« Enfin un polar québécois qui n'est pas un prétexte, ni une pâle imitation des Américains […] Un polar captivant, à la hauteur des excellents livres que publie généralement Alire. »
Le Libraire

« Son histoire est construite sur des poutres, l'intrigue est à l'avant-plan, solide, enlevante, les scènes d'action sont réglées au quart de tour […] Bref, c'est un vrai plaisir que de se plonger dans cette histoire. Et la suite, que la conclusion (réussie et pas banale) laisse entrevoir, on l'attend avec impatience. »
Voir – Montréal

« Le rythme est mené à un train d'enfer et, si l'auteur de ces lignes ne flirte pas souvent avec le roman noir, la surprise fut de taille, et ce, jusqu'aux petites heures du matin. »
Ici

C'EST DU COSTAUD, LE RYTHME EST EFFRÉNÉ.
SI VOUS PLONGEZ, ATTENDEZ-VOUS
À DU ROMAN NOIR. »
SRC

« SI L'ON SE FIE À *NÉBULOSITÉ CROISSANTE EN
FIN DE JOURNÉE* [...] L'AUTEUR MANIE DÉJÀ
L'ART DU SUSPENSE AVEC UN DOIGTÉ
DES PLUS MALÉFIQUES. »
Le Soleil

« SON ÉCRITURE ET SON SENS ROMANESQUE
CONFÈRENT À CE POLAR DES QUALITÉS
QUE L'ON RETROUVE
DANS LES MEILLEURS RÉCITS DU GENRE. »
Québec français

« UNE ENTREPRISE RISQUÉE DONT L'AUTEUR
S'ACQUITTE HAUT LA MAIN.
IL FAUT DIRE QUE L'INTRIGUE EST FICELÉ
COMME UN RÔTI DE PORC ET QUE
LE ROMAN COMPORTE DE NOMBREUSES
RÉFÉRENCES SOCIOCULTURELLES
SAVOUREUSES RENDANT L'ENSEMBLE
D'UNE GRANDE CRÉDIBILITÉ. »
Impact Campus

... ET DU *ROUGE IDÉAL*

2003 — PRIX ARTHUR-ELLIS

« LE PORTRAIT QUE FAIT JACQUES CÔTÉ
DE LA VIEILLE CAPITALE
S'AVÈRE TOUT À FAIT ÉTONNANT,
COMME SI, LE TEMPS D'UN ROMAN,
QUÉBEC PRENAIT DES AIRS DE
NEW YORK OU DE CHICAGO. »
Le Soleil

« IL EST DIFFICILE DE LÂCHER CETTE HISTOIRE
MENÉE TAMBOUR BATTANT. […]
CÔTÉ TIRE BIEN SON ÉPINGLE DU JEU.
IL NOUS ENTRAÎNE DANS UN RÉCIT BIEN
FICELÉ, AU SUSPENSE RONDEMENT MENÉ. »
La Presse

« UNE ÉCRITURE IMPECCABLE,
DES DIALOGUES SAVOUREUX ET JUSTES
QUI SAVENT JOUER DE PLUSIEURS NIVEAUX DE
LANGAGE FONT DU *ROUGE IDÉAL*
UN POLAR PARTICULIÈREMENT EFFICACE
QUI SAURA À COUP SÛR PLAIRE
AUX AMATEURS DU GENRE. »
Le Devoir

« LE ROMAN EST BIEN FICELÉ,
FACILE D'ACCÈS. »
Le Journal de Québec

NÉBULOSITÉ CROISSANTE
EN FIN DE JOURNÉE

Du même auteur

Les Montagnes russes. Roman.
  Montréal : VLB, 1988.

Les Tours de Londres. Roman.
  Montréal : VLB, 1991.

Les Amitiés inachevées. Roman.
  Montréal : Québec/Amérique, coll. Littérature
  d'Amérique, 1994.

Nébulosité croissante en fin de journée. Roman.
  Beauport : Alire, Romans 034, 2000.

Le Rouge idéal. Roman.
  Lévis : Alire, Romans 063, 2002.

Wilfrid Derome, expert en homicide. Récit biographique.
  Montréal : Boréal, 2003.

La Rive noire. Roman.
  Lévis : Alire, Romans 092, 2005.

NÉBULOSITÉ CROISSANTE
EN FIN DE JOURNÉE

JACQUES CÔTÉ

ALIRE

Illustration de couverture
JACQUES LAMONTAGNE

Photographie
VALÉRIE ST-MARTIN

Diffusion et distribution pour le Canada
Messageries ADP
2315, rue de la Province, Longueuil (Québec) Canada J4G 1G4
Tél.: 450-640-1237   Fax: 450-674-6237

Diffusion et distribution pour la France
DNM (Distribution du Nouveau Monde)
30, rue Gay Lussac, 75005 Paris
Tél. : 01.43.54.49.02   Fax : 01.43.54.39.15
Courriel: libraires@librairieduquebec.fr
Internet: www.librairieduquebec.fr

Pour toute information supplémentaire
LES ÉDITIONS ALIRE INC.
C. P. 67, Succ. B, Québec (Qc) Canada G1K 7A1
Tél.: 418-835-4441   Fax: 418-838-4443
Courriel : info@alire.com
Internet : www.alire.com

Les Éditions Alire inc. bénéficient des programmes d'aide à l'édition de la
Société de développement des entreprises culturelles du Québec (SODEC),
du Conseil des Arts du Canada (CAC) et reconnaissent l'aide financière du
gouvernement du Canada par l'entremise du Programme d'aide au développement de l'industrie de l'édition (PADIÉ) pour leurs activités d'édition.

Gouvernement du Québec – Programme de crédit d'impôt pour l'édition
de livres – Gestion Sodec.

À Jean-François et Marc-André

Je souhaite aux gens heureux tout le mal possible à cause du mal qu'ils me font par leur sale bonheur. Et puis, voyez-vous, l'habileté suprême du méchant, c'est de dévoiler son jeu tout en l'accomplissant, c'est de joindre l'impudeur au forfait. Rien n'égale le plaisir de celui qui abat ses cartes sans se compromettre.

Pascal Bruckner
Lunes de fiel

CHAPITRE 1

H aimait sentir les vapeurs qui s'échappaient du pistolet à essence. Elles dansaient comme un voile autour de la pompe dont les chromes étincelaient. L'enseigne étoilée rouge de la Texan Oil Company perçait le ciel indigo. La journée était chaude, d'une chaleur accablante. De l'atelier de mécanique un rythme disco et la voix de Donna Summer accompagnaient les pistolets à air comprimé.

Il donna deux coups secs sur la clenche pour arriver à un chiffre rond de 20 dollars et referma le réservoir de la rutilante Buick Riviera. Il n'eut pas le temps de se déplier et de remonter la plaque minéralogique que la sonnerie de la station-service retentit de nouveau. Les clients ne cessaient d'affluer depuis deux heures. En voyant la Corvette Stingray vert métallique pointer son museau à un mètre de ses yeux, il ressentit une telle fébrilité qu'il oublia de se faire payer par le client. Son regard se fixa sur la plaque qui identifiait son propriétaire : Kid Samson. Le conducteur de la Buick s'impatienta. Le jeune homme restait là, accroupi, immobilisé par l'émotion. Il aperçut les bottes en peau de serpent de Samson qui claquaient contre

l'asphalte. La voix éreintée du conducteur le ramena
à la réalité.

— Tu veux être payé ?

Ses grosses mains pleines de cambouis s'activèrent
rapidement. En un tournemain il alla cueillir le billet
et le glissa dans la poche de son bleu de travail.

— Salut, le jeune. *Full* et *check* l'huile.

— Oui…

— Quand est-ce que tu viens te faire peur ? dit
Samson en montrant le bazou que H avait acheté en
prévision des courses de démolition.

— Je m'inscris cette semaine à ma première course.

Il lui faudrait d'abord recouvrer son permis de conduire, ce qui était loin d'être fait. Mais à la limite il s'en
passerait.

— Je t'attends avec mon *bumper*, le jeune… dit
Samson en riant.

Tout ragaillardi, H ouvrit la trappe du bouchon situé
au-dessus de la valise arrière. Il inséra prudemment le
pistolet à essence et enclencha la détente. Il se tourna
et regarda Kid marcher en se dandinant vers le bureau,
les jambes musclées à en fendre son jean, la cigarette
entre le pouce et l'index, le majeur la tapotant pour faire
tomber la cendre. Samson était costaud et ses épaules
saillaient sous son t-shirt blanc aux couleurs de Kid
Samson Racing. Dans l'une des poches arrière de ses
Wrangler, son gros portefeuille était attaché à une
chaînette. Il peignait ses cheveux noirs vers l'arrière
en les aplatissant avec une pommade qui en accentuait
le lustre. Ses longs bras se balançaient nonchalamment
et le coton des manches épousait ses biceps gonflés
par les haltères. Lui aussi avait des tatouages : une
fille nue sur l'avant-bras gauche appelée Manon et un
chef indien sur l'autre. Sur le seuil de la porte, le
patron, Bérubé, attendait Kid avec le sourire. Samson
était une vedette locale, un fidèle client. Un p'tit cul

parti de rien, comme on disait, et dont l'entreprise de soudure avait prospéré.

H ouvrit le long capot de la Corvette et retira la jauge à l'huile, en essuya l'extrémité, la glissa dans son cylindre et constata en la retirant de nouveau que le 357 Chevy ne pompait pas l'huile. Une vraie merveille. Un bloc-moteur étincelant comme du nickel. Une fille passa en bicyclette et il la dévisagea en souriant comme si la voiture lui appartenait. Elle se montra indifférente, se détournant en affectant une moue dédaigneuse.

Il referma le capot. Kid Samson était l'une de ses idoles. Il avait grandi dans la même paroisse que lui : à Sainte-Geneviève, dans la partie pauvre. H, comme on l'appelait, suivait toutes les courses de démolition auxquelles Samson participait. L'autodrome de Val-Saint-Michel devenait le royaume de Kid : courses en forme de huit, sauts par-dessus trois autobus scolaires – le célèbre péril jaune – ou encore la traversée d'un mur de feu long de cent mètres. Des dimanches d'enfer. La dernière page du cahier des sports recensait régulièrement ses exploits. Rien à son épreuve. C'était le Evil Knievel québécois.

Passionné également de casse sous toutes ses formes, H, avec son allocation de la prison, s'était acheté une Chevrolet 1959, véritable forteresse d'acier. Son agent de probation avait applaudi son initiative, de même que le psy de la prison. Toute sa violence pourrait être canalisée et manifestée dans un cadre légal. Le patron de la station-service lui avait fait un bon prix et l'autorisait à garer le véhicule dans le stationnement du garage en attendant qu'il achève les réparations. H allait peindre son engin d'un jaune vif et inscrire en noir le numéro 13 sur le capot et sur les portes. Il ne restait plus qu'à réparer le démarreur et il pourrait se lancer à l'assaut.

Avant de retirer le pistolet à essence, H vérifia les niveaux d'huile des freins et de la transmission, lava le pare-brise et les phares bien qu'ils ne fussent pas sales, et jaugea la pression d'air dans les pneus. Samson accordait toujours un bon pourboire et il fallait lui donner du service, d'autant plus qu'il dispensait à H des conseils pour bien figurer dans les courses de démolition.

Samson connaissait une partie de l'histoire du jeune pompiste. Le patron, Bérubé, lui avait raconté qu'il avait accepté de parrainer un détenu en libération conditionnelle à la demande d'un membre du club Lions de la paroisse Sainte-Geneviève. H avait un dossier judiciaire aux chapitres nombreux malgré son jeune âge : vols, recel, destructions de véhicules et voies de fait. Note positive : de Boscoville à Orsainville en passant par Tilly, il avait complété son cours de mécanique.

Il avait vingt et un ans mais en paraissait trente-deux tellement les coups avaient cabossé son visage. Cette face blême, parée contre les rayons du soleil, servait d'écran à des yeux qui semblaient avoir été percés par un ouvre-boîtes. Le lobe ballonné et le dos arqué du nez avaient souffert de quelques combats de boxe en prison ; de même que les dents, pour le moins disparates, de vrais chicots gorgés de sucreries et encerclés par des lèvres presque invisibles, une mince ligne rouge, hachurée d'une cicatrice. Ses cheveux châtains cachaient ses oreilles et son front était masqué en partie par un toupet. Au travail, le patron lui demandait d'attacher cette chevelure et de la dissimuler dans sa combinaison. D'une forte stature, il affichait d'impressionnants trapèzes, deltoïdes et pectoraux qui lui avaient causé bien des ennuis.

Le jeune homme jeta un coup d'œil au compteur. Pour exprimer son admiration, il alla jusqu'à laver les feux arrière de la Corvette. De grands éclats de rire fusèrent du garage. Les mécaniciens alignés sous la porte de l'atelier de mécanique se moquaient de lui, pensait-il, en raison du zèle qu'il mettait à l'ouvrage. Il les détestait tous. Un jour il en ferait payer un. Dans tous les centres de détention où il avait niché, personne n'avait pu l'intimider. Il était fort et vicieux dans ses attaques, imprévisible.

Samson sortit du garage en envoyant la main au personnel.

H replaça le pistolet de distribution, vissa le bouchon du réservoir.

— Combien que je te dois, l'jeune?

— 18 piastres.

— Jus' ça! Ça se peut pas. La *tank* était vide. T'as fait le plein?

— Oui.

Samson jeta un coup d'œil sur l'afficheur de la pompe à essence et se mit à jurer. Bouillant de rage, il donna un coup de pied sur un pneu.

— Crisse de câlice de ciboire de tabarnak! Te rends-tu compte de c'que t'as faite, innocent? T'as mis du jaune au lieu du rouge. J'vas tout encrasser mon moteur. Non! Non! Non! Ça se peut pas.

Samson se prit la tête entre les mains. Ses yeux semblaient vouloir bondir hors de leurs orbites.

H, sous le choc, ne disait rien, victime de cet horrible vertige qui se manifestait parfois. Il dut s'appuyer contre un présentoir. Sentant sa tempe droite pomper dangereusement, il s'efforça de garder son calme.

Samson, hors de lui, ses bras implorant le ciel, poussa un guttural tabarnak, puis hurla: « Y a mis du jaune, câlice! » Cette erreur prenait l'allure d'une catastrophe: c'était une hérésie. On ne remplissait pas le réservoir d'une Corvette avec de l'essence contenant un bas indice d'octane. Un moteur d'une telle puissance ne carburait qu'au «rouge».

Un coup de vent fouetta les fanions multicolores en plastique suspendus dans les airs.

H fixait le bitume pendant que l'autre l'engueulait. Il aperçut les jambes de Bérubé qui s'amenaient rapidement. Il leva la tête et défia le regard du patron. Les employés regardaient la scène à distance sous la porte de l'atelier de mécanique.

— Qu'est-ce qui se passe, Kid?

— Ton gars a mis du jaune à place du rouge.

Le patron ferma les yeux et serra la mâchoire. Il toisa son employé, mais celui-ci ne bronchait pas. Du revers de la main, le garçon essuya la sueur qui perlait sur son front. Il faisait pitié à voir dans son bleu de travail taché d'huile. Il en détacha le haut, découvrant la brûlure qu'il s'était infligée lors d'un vol de voiture qui avait mal tourné.

— À quoi tu penses? vociféra Samson à l'endroit du jeune homme.

— Écoute, Kid, c'est gratuit.

— Je veux rien savoir, Djay-Djay. Ça répare rien. J'vas tout encrasser mon moteur. Tu vas siphonner ce gaz-là, pis tu vas mettre du rouge dans *tank*. Pis j'veux pus voir cette tête de linotte-là toucher à mon char. O.K.?

Le patron dévisagea son pompiste.

— Inquiète-toi pas, il vient de faire son dernier plein.

Bérubé ne pouvait pas se permettre de perdre un client comme Samson. Son index encrassé se pointa à quelques pouces du visage du jeune homme.

— T'as assez gaffé comme ça. Prends tes cliques puis tes claques. T'es renvoyé.

Le patron jouait cette carte pour ramener Samson à de meilleurs sentiments. Pour lui, c'était fini les programmes de réinsertion. (Il oubliait de mentionner une petite entorse à la Loi du salaire minimum: refusant de payer 2,87 $ l'heure comme le prescrivait la loi, il se contentait d'offrir 1,90 $, en dessous de la table. La bonté et la compassion avaient un prix.)

Le regard inquiétant du garçon indisposa le patron, un regard d'animal à sang froid, des yeux de serpent qui vous glaçaient la colonne.

Les employés étaient sortis pour assister à la scène et chacun d'eux craignait d'avoir à réparer l'erreur de H au moment où l'on fermait l'atelier de mécanique. Il faisait beau et ils avaient tous envie de profiter du samedi après-midi.

S'échappait de la radio *You're the first, the last, my everything* : la voix caverneuse de Barry White annonçait un week-end prometteur où filles et bières seraient à l'honneur.

H n'avait pas répondu aux attaques, se contentant de ruminer un désir de vengeance. Le soleil cuisait son visage et il semblait dans un autre monde. Il jeta un coup d'œil discret vers les mécaniciens qui se moquaient de lui en fumant une cigarette. L'un d'eux, Bissonnette, riait toujours plus fort que les autres de ses malheurs.

Le patron répéta son injonction malgré la peur qui le tenaillait :

— T'as pas compris ? Scrame ! T'es renvoyé. Va-t'en… Débarrasse… Tu viendras chercher ton bazou et ta paye mercredi.

Puis Bissonnette poussa l'insulte un peu trop loin en susurrant la lettre Hhhhhhhhhhh, faisant allusion à la drogue qu'affectionnait l'ex-détenu. Seuls ses copains en taule pouvaient l'interpeller par ce surnom. H perdit contenance, s'empara d'une pinte d'huile 10 W 30 et la lança avec une force inouïe sur le mur du garage, manquant de peu Bissonnette. La pinte de carton éclata, éclaboussant les mécaniciens.

H allait se lancer à l'assaut de Bissonnette mais fut retenu par Bérubé et Samson.

La violence dans les yeux du garçon les décontenança. Le patron sentit l'urgence de calmer tout le monde. Il apostropha Bissonnette : « Maudit innocent, mêle-toé de tes affaires. »

H, qui craignait d'avoir des ennuis pour son geste, ne demanda pas son reste. Il viendrait chercher sa paye et sa voiture.

Il traversa lentement le chemin Sainte-Foy en oblique, défiant les voitures et obligeant les conducteurs à ralentir. Il entra dans la vieille épicerie Côté pour dépenser ses pourboires, s'achetant des Colts, des croustilles et un coke. Il ne lui restait que cinq dollars dans les poches. Comment allait-il annoncer la nouvelle à la vieille maudite ? se demandait-il. Il puait l'essence, la sueur, la graisse, et ses mains étaient crasseuses, ce qui heureusement cachait ses cicatrices.

Tête basse, il entreprit la descente de cette longue côte qui le menait chez lui, l'avant-dernier immeuble de la rue de Norvège. Une rue qui n'avait rien de la Norvège. Une rue monotone, sans arbres. Ses yeux fixaient ses grosses bottes noircies de cambouis. Il ressemblait à l'une de ces figurines dont les jambes s'activent mécaniquement sur un plan incliné.

Un adolescent qui s'amenait en sens inverse changea de trottoir en l'apercevant. Les enfants en général l'évitaient, car ils connaissaient sa mauvaise réputation. De mauvais poil, H le dévisagea et fit quelques enjambées vers lui. Le garçon décampa pour se cacher derrière les immeubles de la rue des Mélèzes. Cigarillo au coin du bec, H fonça sur lui et, dix mètres plus loin, lâcha sa proie comme un prédateur écœuré de tout.

Kid Samson ne serait jamais plus un modèle pour lui. On n'avait pas le droit de l'engueuler. Feu Paul, le seul vrai modèle qu'il aurait jamais, avait raison : le monde est une chiure. Demolition Man était comme tous les autres : un chien sale. Et les chiens sales ne méritent pas de vivre. Pas plus que les policiers. L'évangile selon Ti-Paul se révélait toujours vrai : « Peu importe ce que tu fais, tu t'en sors pas. Alors frappe pour dire que c'est assez. » C'est ce que Ti-Paul avait prouvé un soir de juillet. Il y avait laissé sa peau au sommet du pont de Québec. Un exploit couronné par les premières pages des journaux. Ti-Paul, le sang qui coulait dans ses veines…

En arrivant devant son immeuble, le gros bloc rouge comme il l'appelait, il jeta un coup d'œil au dernier étage. La vieille rôtissait au soleil en écoutant la station CKCV qui faisait tourner *Comme j'ai toujours envie d'aimer*.

Il allait lui fermer la gueule si elle posait trop de questions. Il monta lentement jusqu'au deuxième étage sans dire un mot. Il entra sans la saluer, alla se terrer dans sa chambre, se laissa choir sur le lit défait. Le vrombissement des voitures et le vacarme des camions qui rétrogradaient violemment sur le boulevard Duplessis envahissaient la pièce. La nuit n'y changeait rien. Moins de circulation, mais, comme tout était calme autour, le bruit d'une seule voiture résonnait pendant de longues secondes. Parfois le boulevard devenait une piste de course pour deux chauffeurs téméraires. Il souhaitait alors que le duel se termine dans un carambolage, ce qui arrivait parfois. La paix sonore n'existait jamais. Pour ajouter à cette cacophonie de décibels, les avions qui atterrissaient à l'aéroport de l'Ancienne-Lorette survolaient à basse altitude les immeubles des rues de Norvège et des Mélèzes.

Sur la porte de la chambre était épinglée une affiche d'Ozzy Osbourne, le chanteur de Black Sabbath, son groupe préféré. Sur une étagère en mélamine blanche se trouvaient une centaine de modèles réduits de voitures. Pour la plupart volés, à l'exception de ceux qu'il avait achetés en prison. Avec une lampe à souder, il avait fait fondre les voitures pour leur donner un aspect accidenté. Puis, il avait recréé des scènes d'accidents. Les voitures semblaient toutes le résultat d'effroyables collisions. Sur la tablette du haut, une photo encadrée d'un jeune qui lui ressemblait étrangement. C'était un mémorial, une épitaphe à la mémoire de Paul. Il y avait disposé des objets ayant appartenu à son héros : une baïonnette à poignée, une dague, un bracelet, deux bagues, une croix gammée, une pipe à haschisch, la tragique première page du *Journal de Québec* du 12 juillet 1972 ; et surtout une petite urne contenant quelques cendres du cher disparu.

Paul était né quelques semaines après lui. Ils avaient été conçus dans le même immeuble. Lui au second étage, au 301, et Paul au premier, au 203. Vers l'âge de cinq ans, copains inséparables, on les avait séparés parce qu'ils se ressemblaient trop et que cette coïncidence faisait parler les mauvaises langues. Mais la distance entre les deux paroisses n'était pas suffisante. Ils étaient inséparables, des siamois. Le père était carrossier et aimait les femmes. Trop, selon ses proches. Puis le père et la mère s'étaient tués dans des circonstances nébuleuses lors d'un violent face-à-face sur le boulevard Sainte-Anne. Paul avait été élevé par la sœur de sa mère, puis il avait migré de l'école de réforme de Boscoville au Centre de jeunesse Tilly à la prison d'Orsainville.

Après avoir roupillé et s'être soulagé d'une érection, H se leva, déposa la tête de lecture sur le premier sillon de *Paranoïd*, son disque préféré. La voix haut perchée et les guitares *fuzzées* parvenaient presque à enterrer les bruits urbains.

La porte s'ouvrit brusquement. Le visage bouffi et acnéique de sa tante émergea avec ses yeux glauques, éteints par trop de Valium. Le soleil avait gratiné sa peau. Elle portait un bikini vert lime au tissu gaufré. Son corps décharné, malgré ses 48 ans, était usé avant le temps ; ses cuisses étaient rongées par la cellulite, ses jambes striées de varices, et ses seins s'étaient affaissés comme ceux des mémés noires qu'il voyait dans les documentaires sur l'Afrique.

— Baisse la musique, calvâsse. Le voisin va encore taper dans les murs.

— D'la marde. Qu'i' aille chier, dit H en se redressant à peine.

— T'es pas au travail ?

— Y avait pas de job, une des pompes a brisé.

Elle le regarda sans le croire.

— Va te laver. T'es sale. Ça pue l'gaz icitte.

— Crisse-moé la paix.

La tante ne réagissait plus aux insultes. C'était comme lui dire bonjour, comment ça va ? Le cadeau de Grec que lui avait refilé sa sœur s'était avéré un vrai calvaire qui allait miner sa vie. Une vieille fille avec un enfant maudit. Elle avait fait son possible, mais il lui menait la vie dure. Elle n'espérait plus qu'il paie un jour sa pension et en venait à souhaiter qu'il retourne en prison.

Le voisin du dessous frappa deux fois avec un manche à balai. H donna deux violents coups de talon et un « va chier » en guise de réponse.

— Baisse ta musique ! Le concierge va monter, calvâsse, cria sa tante d'une voix éraillée par trois paquets quotidiens de cigarettes.

— Je vais la baisser. Sors, je vais me changer.

— Va te laver, tu pues.

— Oui. Sors, hostie !

Vers cinq heures, on frappa trois coups au mur. C'était le signal d'Angela pour annoncer à son neveu que le souper était prêt. Il leva manuellement le bras du tourne-disque.

Dans la cuisine, sur la table ovale en stratifié blanc, l'attendaient deux hamburgers sur une assiette en bois. Il décapsula la bouteille de Coke sur le comptoir, il le buvait chaud, et s'en versa un grand verre. Sa grosse main noire prit la bouteille de ketchup en plastique. Elle était quasiment vide. Il pressa la bouteille jusqu'à ce qu'elle échappe d'horribles pets.

— Y a pus de catchup.

— Y a d'la relish pis de la moutarde, lança Angela d'un ton sec.

— T'oublies toujours d'acheter de quoi.

— Pis toé, t'oublies toujours de me payer ta pension. Plains-toé pas.

La bouteille n'en finissait plus d'agoniser entre ses mains. Angela s'empara de la bouteille.

— J'vas mettre de l'eau au fond.

— Ça goûte le cul.

Elle se leva, fit couler un peu d'eau dans la bouteille et l'agita pour en tirer un faible jus, qui contenta H.

Comme il faisait trop chaud à l'intérieur, il alla manger sur le balcon qui donnait sur le boulevard Duplessis. Avant de sortir, il ramassa le jeu de Mille Bornes sur la table du salon. La vieille écoutait *Bonanza* en mangeant ses hamburgers. Il entendit l'indicatif musical qu'il détestait tant. Il associa le stupide banjo à Kid Samson qui se prenait pour un cow-boy.

Assis sur la chaise longue, il avala en deux bouchées son repas, cala son verre de Coke et rota, mais personne n'entendit. Ensuite, H prit le jeu de Mille Bornes. Il tira l'une des cartes où un chiffre apparaît sur ce qu'il croyait être une pierre tombale alors qu'il s'agissait en fait d'une borne de kilométrage. C'était le numéro 75. L'heure de pointe l'obligeait à un calcul rapide. Il se mit à compter les voitures dans chaque voie. Il poursuivit minutieusement le compte dans sa tête : 68 et 69 dans la voie sud. Le soixante-quatrième dans la voie nord : une horrible Torino bleu poudre qu'il aurait voulu liquider – puis dans la voie sud le sacrifice allait avoir lieu. Une « Maverick de fif », comme il les appelait, apparut devant lui. Il épaula une carabine imaginaire, ajusta sa ligne de mire, appuya sur la détente et fantasma le pire des carambolages, une collision impliquant plein de voitures, comme dans ses rêves.

Au moment où son délire atteignait son apogée, une ambulance Cadillac 1965 rouge et blanche – il connaissait tous les modèles – passa à tombeau ouvert, sirène et gyrophares en activité. Il se passionnait pour ces rutilants corbillards. Il eut l'impression que son jeu de société morbide prenait forme dans la réalité. Le travail des ambulanciers le fascinait.

Le soir, dans son lit, il était à l'affût du moindre crash. Il y avait au moins un accident majeur par mois sur le boulevard Duplessis. Par les décibels de l'impact, il devinait la distance et le lieu de la tragédie. Au son, il mesurait la fatalité de l'accident. Il sautait alors de son lit et se rendait sur place. Parfois, il n'avait qu'à regarder du haut de la fenêtre de sa chambre. Deux mois auparavant, une voiture s'était enroulée autour d'un poteau à quelques mètres de chez lui. De son mirador sinistre, il avait observé le drame qui s'était joué sous ses yeux. La scène était horrible. Les cris, les plaintes, les gémissements faisaient monter son adrénaline et le mettaient dans un état second. Il ne prêtait jamais secours, enivré par le spectacle. Le lendemain, les membres de la famille s'étaient rendus sur les lieux de l'accident. Ils cherchaient quelque chose sur le terre-plein. « Ça doit avoir de la valeur », avait

tout de suite pensé sa tante. La scène ne l'avait pas
ému outre mesure. Hormis les sensations fortes qu'il
en tirait, H s'inspirait de ces tragédies pour sculpter
ses modèles réduits. Dans certaines voitures, il avait
introduit des figurines en plastique qu'il maquillait en
grands blessés. Sa tante avait cessé d'émettre des
commentaires négatifs sur cette passion morbide. Elle
trouvait le jeu tordu au possible mais ne le disait pas.
En prison, au contraire, les détenus appréciaient l'artiste
de la casse, particulièrement les scènes d'accidents
impliquant des voitures de police. Il avait pu exposer
ses œuvres en prison, ce qui lui avait valu beaucoup
de compliments.

Du salon, le rire rauque et hystérique de sa tante
l'agressait. Elle adorait l'émission *Bonanza*. Elle était
serveuse le soir dans un resto appelé le Buffet de la
colline. Le jour, elle écoutait la télé ou se faisait bronzer
sur le balcon en grillant cigarette sur cigarette, au point
d'avoir en permanence un nuage de Craven A autour
d'elle. Vieille fille à vingt-six ans, vieille fille pour toujours, lui rabâchait sa famille quand elle était jeune.
Elle n'avait eu d'hommes dans sa vie que les gars de
la famille Bonanza.

H et Angela vivaient dans un quatre et demie
meublé avec des objets des années cinquante. Le sofa
était une grosse boursouflure de tissu vert funèbre
dont les ressorts étaient atrophiés et les coussins
éventrés. Le siège du fauteuil brun en cuirette était
recouvert d'une serviette pour cacher un trou qui ne
cessait de se creuser. La grosse télévision, une RCA
Victor, était coiffée de longues antennes couronnées
de laines d'acier avec lesquelles il fallait se battre pour
avoir une image claire. Un tableau en velours représentant un picador en action était accroché au-dessus
d'un meuble en forme de cercueil contenant la chaîne
stéréo.

Vers neuf heures, H descendit au sous-sol. Il aimait se promener dans cet endroit humide. Il piquait souvent des objets dans les casiers. Parfois il s'y cachait pour fumer un joint ou se masturber en pensant aux voisines. Il adorait la cave, le climat d'effroi qui y régnait. Deux jours plus tôt, en maraudant dans les casiers, il avait aperçu un objet très intéressant auquel il n'avait cessé de penser depuis. S'y trouvait-il toujours ? Au fond du sous-sol s'étirait une longue rangée de 24 casiers. Les locataires y stockaient des effets personnels. Tout était cadenassé, à l'exception du leur. Ils n'avaient rien de valeur, de toute façon. Du toc de pauvres.

Il se rendit d'instinct jusqu'aux casiers. Il ne voyait rien, excepté le bout rougi de son Colt. Il marcha quelques pieds dans l'allée en se dirigeant à tâtons, puis il s'arrêta, chercha le fil interrupteur de l'ampoule, alluma. Il ferma les yeux, ébloui par la lumière. Il voyait des points orangés furtifs comme dans ses voyages à l'acide. Il s'avança jusqu'au casier des Ferron. L'étui était toujours parmi l'équipement de chasse et de pêche. Il aurait aimé montrer sa découverte à Ti-Paul. Il sortit de sa poche un trombone qu'il déplia et ouvrit le cadenas en un tournemain. Il pénétra dans le cagibi, attentif aux moindres bruits. Le sous-sol servait aussi de buanderie. Il se pencha, tira sur la fermeture éclair, caressa la crosse de la 303, apprécia la froideur du canon. Sur une tablette se trouvait une boîte de cartouches CIL. Il en prit quelques-unes qu'il mit dans la poche de sa vareuse militaire. Dans le casier voisin, il aperçut de la peinture en aérosol. Il passa sa main à travers les barreaux et s'empara d'une bombe de peinture rouge. Comme il ne voulait pas sortir avec l'étui à fusil, il alla vers un autre casier et y prit un vieux sac de hockey. Il regarda par le soupirail et constata que l'obscurité avait délogé le jour. Il déposa l'arme dans le sac, fuma un joint, se branla et piqua un petit somme. Il était trop tôt pour aller jouer sur la route.

◆

H observa la trotteuse marquer le coup de minuit. Le viaduc qui traversait l'autoroute Duplessis se trouvait à trois cents mètres de l'appartement de sa tante. Pour s'y rendre, il passa par le stationnement arrière, longea le boisé au bout duquel se trouvait la voie ferrée perpendiculaire au boulevard. Personne ne se trouvait sur les lieux à cette heure de la nuit. Les voitures étaient aussi moins nombreuses, les phares balayaient la chaussée sur une longue distance. Blotti contre une poutre de ciment, il examinait les véhicules par les interstices du garde-fou. Il se sentait bien à l'abri derrière ces meurtrières. Derrière lui, à sa gauche, se dressait l'usine Fruehauf qui fabriquait des remorques de camions ; à sa droite s'étalait ce qui restait de forêt à Sainte-Foy, une lisière végétale qui s'étendait jusqu'à Cap-Rouge. Devant lui, à gauche et à droite du bou-levard, s'étirait un train d'immeubles qui longeait le serpent d'asphalte.

Cinq minutes après s'être embusqué, H entendit des bruits de pas sur la couche de pierres concassées. Il aperçut un itinérant, les bras en croix, qui marchait en équilibre sur l'un des rails en chantonnant des paroles confuses. C'était le fou à Bélanger, dit Bellingosse, un grand échalas perdu dans ses haillons. Il avait pris tellement de caps d'acide qu'il y avait laissé le peu de matière grise qu'il avait déjà eue. H reconnut la chanson d'Alice Cooper que fredonnait en faussant Bélanger. Il éprouva l'envie de se redresser pour aller le tabasser, mais il resta couché contre le garde-fou.

Ses yeux mi-clos observaient Bellingosse qui s'immobilisa devant lui.

— Hé *man* ! Quesse tu fais là stie ?

— Décampe parce que je te sacre une volée, dit H
d'une voix qui n'entendait pas à rire.

— Je voulais juste…

H ramassa une poignée de cailloux et s'amusa à
faire danser le long corps décharné. L'itinérant ne
demanda pas son reste et s'éloigna en vitesse en sautillant pour ne pas être atteint, ce qui fit rire H.

De longues minutes passèrent. Le vrombissement
des voitures excitait H. Puis, entre deux passages de
véhicules, le boulevard redevenait calme, d'un calme
urbain, incertain. H n'entendait plus que le grésillement
des lampadaires et une rumeur au loin. Il aperçut la
lumière de sa chambre qui était restée allumée. Il eut
une pensée pour Paul. Il prit la bombe de peinture et
inscrivit les mots suivants sur le tablier du viaduc :

TUE HURT BRISE

Le graffiti se perdit entre les innombrables messages, dont celui laissé par Ti-Paul, *Kill the Cops,* et
qui résistait à l'assaut du temps.

Le moment était venu. Il sortit la carabine du sac de
hockey. Sa main glissa tout au long du canon jusqu'au
guidon. C'était froid et il en apprécia le toucher. Il mit
une cartouche dans le bloc de culasse, tira le chien,
inséra le canon entre les barreaux du garde-fou. La
mire était parfaite. Dans sa tête, il se vit faire feu sur
une horrible Pinto qui souffrait en montant la côte. Il
l'imagina prenant feu comme dans le film *Bullitt.*

Parmi cinquante cartes du jeu de Mille Bornes, soit
celles d'attaque, de défense et d'immunité, il allait tirer
une carte pour chaque automobiliste qui s'amenait vers

lui ou le contraire. Les cartes *crevé, stop, accident*, déter-
mineraient la victime. Dix chances sur cinquante d'y
passer. C'était plus que le slogan de la publicité du
ministère des Transports: « une chance sur treize »,
pensa-t-il. La première carte annonçait: *Roulez.* Un
pétaradant GTO décapotable, duquel s'échappait la
chanson disco *That's the way I like it,* fut le premier à
passer le test. H pigea de nouveau. La carte suivante,
increvable, le fit rire, puisqu'elle fut tirée pour une
Vega vert lime qui crachait l'huile et la boucane. « Un
char de fif », se dit-il. L'autre carte, également, le fit
s'esclaffer : *as du volant,* qui fut attribuée à une
Plymouth Fury, un longiligne corbillard pour grand-
père qui avançait à 70 kilomètres à l'heure dans la voie
rapide. Soudain, lorsque H entendit la sirène d'une
ambulance qui se rapprochait, son pouls s'accéléra.
L'ambulance passa sous le viaduc à plus de 160 kilomètres à l'heure. L'excitation gagna toutes ses fibres.
Il sortit une carte et fut impressionné: *fin de limite de
vitesse.* Le jeu marchait. Il ne tirerait jamais sur une
ambulance. Elles avaient l'immunité totale.

C'est alors qu'il perçut une lourde vibration dans le
sol, qui s'amplifia de plus en plus. Il paniqua en entendant l'avertisseur de la locomotive. Un convoi du
CN. Il se leva comme si de rien n'était et marcha le
long de la voie ferrée. Le puissant phare de la locomotive l'aveugla et il se ravisa. Il laissa passer l'engin
et regagna sa meurtrière d'acier. Le train paraissait ne
plus finir et faisait un vacarme ahurissant. Il fut alors
saisi par une révélation: le fracas des wagons couvrirait
la détonation. Comment avait-il pu oublier ce détail?
pensa-t-il. Il tira une carte au moment où un véhicule
venait dans sa direction: *roulez.* La rage monta en lui.
Qui s'amusait à le narguer ainsi? Wagons couverts,
wagons plats, wagons à minerai ne cessaient de défiler

derrière. Il prit une autre carte : *accident*. L'adrénaline
monta en lui comme le mercure à la chaleur. Sa proie
était désignée. Il fut sidéré en apercevant une Corvette
blanche qui s'amenait dans la voie nord. C'était un
signe, comme disait sa tante en parlant de choses
occultes. Il visa sa cible et, lorsqu'elle fut à moins de
cent mètres, il appuya sur la détente. Le pare-brise
éclata. Dans un *Dies irae* sinistre, le train siffla plusieurs
fois. Le bolide dévia de sa trajectoire. Le conducteur
n'eut pas le temps d'appuyer sur les freins. La voiture
emboutit un pilier de ciment. Le choc fut d'une violence
inouïe. H sentit son corps secoué par l'impact. Involon-
tairement, il déverrouilla le chargeur. Puis une intense
chaleur se répandit sous lui. Un premier conducteur refusa de s'arrêter pour prêter assistance. H dut s'esquiver
rapidement, car le wagon de queue se rapprochait. Il se
débarrassa de la carte maudite en la jetant par-dessus
le viaduc. Dans un sauve-qui-peut, il décampa en direction du boisé qui séparait son immeuble du chemin
de fer. En voulant faire trop vite, il trébucha et glissa
sur le ballast. Il lui sembla avoir été aperçu par le
contrôleur dans le wagon de queue au moment de se
relever. Une lueur jaune incandescente était visible.
En bas, la circulation fut aussitôt interrompue.

Il piqua à travers le petit bois, grisé par l'excitation
et habité par l'angoisse. Dans la panique, il perdit
pied, buta contre la racine d'un orme, s'étala de tout
son long. Quand il se releva, les paumes de sa main
chauffaient, toutes éraflées. Son cœur battait à grands
coups sa poitrine. Il voulut se débarrasser de l'arme
en la jetant au loin mais il entendit alors la voix de
Ti-Paul : « Fais pas ça. » Tout était noir. Il lui fallait se
trouver une cachette.

Cinq minutes s'étaient à peine écoulées que les
sirènes des autos patrouilles s'amplifiaient au loin. Il

se rappela le chêne avec la petite cabane au milieu du bois. Il courut à en perdre le souffle, aperçut l'échelle aux barreaux cloués tout croche. Il y grimpa, le feu au derrière, et alla se réfugier dans la cabane. Une fois à l'abri, il reprit son souffle. Il coinça l'arme entre deux branches au-dessus de lui en prenant soin de la dissimuler dans le feuillage. De ce nid d'aigle, il ne voyait que les feux croisés des gyrophares, comme des pales lumineuses, la lueur de l'incendie, et il se sentit frustré. Un véhicule d'incendie arriva en trombe, suivi d'une ambulance et de voitures de police. Il enviait les spectateurs qui regardaient la scène du haut de leur balcon. Une épaisse fumée noire s'élevait. Ce n'était pas ce qu'il voulait voir. Il descendit en vitesse de l'arbre, pressé de contempler son œuvre aux premières loges. Il ne voulait pas manquer le travail des ambulanciers et des pompiers. Le reste l'ennuyait. La tâche des techniciens et des enquêteurs n'avait rien d'intéressant. Il fit un détour par la rue de la Paix et regagna ses pénates par une petite rue tranquille.

Il monta les escaliers en trombe, ouvrit la porte qu'il ne fermait jamais à clé, se rua vers le balcon. La scène était démente. Deux longs cordons de voitures, tous phares allumés, étaient immobilisés dans la nuit, attendant que les pompiers achèvent d'éteindre le brasier dans une mer de mousse ignifuge. Le viaduc était comme un four, une trouée infernale. Et toute cette mousse qui giclait comme dans une laveuse. Une ambulance s'était arrêtée à dix mètres de l'accident. Les deux ambulanciers, tout habillés de blanc, parlaient entre eux en regardant l'amas de ferraille. L'un d'eux traçait de sinistres arabesques avec sa cigarette. Une autre ambulance, une Cadillac blanche marquée du signe de la Croix-Rouge, s'amena à tombeau ouvert en roulant sur l'accotement. Les policiers de la SQ avaient établi un large périmètre de sécurité. Le feu s'éteignit peu à peu sous l'assaut répété des lances et des extincteurs.

Appuyé contre le garde-fou du balcon, H ne savait plus où regarder. Il ressentait une intense excitation. Il imagina Ti-Paul à ses côtés, fier de lui. Il huma les effluves dégagés par le brasier. L'odeur de fibre de verre, d'huile et de pneus brûlés empestait les environs. Mais il y avait aussi comme une odeur de méchoui, se disaient les badauds. C'était en fait l'odeur d'un homme qui venait de brûler vif.

CHAPITRE 2

DIMANCHE, 6 JUIN 1976

Dans sa chambre du Hilton Hyatt, l'agent Daniel Duval retirait son short de jogging. Le robinet du bain coulait et une épaisse nuée l'auréolait. De ses pores s'échappait encore la sueur des 42.2 kilomètres du Nipnuck Trail Marathon, une épreuve assommante. Il aurait préféré un bain froid, mais il savait par expérience qu'il risquait d'horribles crampes. Le rythme avait été endiablé et la course pénible en raison de l'humidité extrême et d'une chaleur qui atteignait les 30 degrés. Jamais il n'aurait pu améliorer son temps, pensa-t-il en songeant à ces conditions médiocres. Trois heures, deux minutes, quinze secondes. Il était déçu. Son record, établi à Boston par une température idéale, était de 2h57. Il avait fini cent soixantième, loin derrière son idole Frank Shorter. Au moins, il s'assurait encore une fois une participation aux Olympiques de la police qui auraient lieu à Milwaukee. Il croyait qu'on faisait exprès pour choisir des villes où il n'y avait rien à faire.

C'était son premier marathon de l'année et il souhaitait descendre de nouveau sous la barre des trois heures dès la fin du mois d'août. Il se regarda dans le miroir. Il n'avait pas le physique idéal d'un marathonien et chaque épreuve lui coûtait entre trois et quatre kilos. « T'es trop lourd, trop musculaire, un gros camion », lui répétait sans arrêt l'entraîneur du club. Mais il savait qu'il pouvait encore progresser. Il avait davantage la physionomie d'un coureur de demi-fond, mais il adorait les courses d'endurance. Le trot tranquille de la course à pied lessivait son stress et ses angoisses. Chaque course lui procurait toute une palette d'émotions. Mais en ce 6 juin, n'eût été de la présence de Laurence, une jolie coureuse de son club, il aurait franchi la ligne d'arrivée avec trois minutes de plus au chrono. Son amour-propre l'avait empêché de casser avant la fin. Au diable le coup de chaleur !

Dans la chambre d'hôtel adjacente à la sienne, Laurence se reposait de son premier marathon. La jeune urgentologue de l'Hôtel-Dieu de Québec était folle de joie d'avoir réussi un aussi bon temps : trois heures dix minutes et dix secondes. Daniel et elle s'étaient sautés au cou dans l'euphorie du moment. Ce premier contact, si naturel, l'avait ravi. C'est lui qui l'avait encouragée dès le mois de février à s'entraîner en prévision d'un marathon.

Duval se pencha et versa dans le bain un sac de gros sel pour détendre ses quadriceps. Les cristaux blancs se diluèrent dans l'eau comme du soda-mousse. Ses muscles étaient bourrés d'acide lactique et il se mouvait avec peine. Il se glissa dans le bain en expirant de plaisir. Dans la baignoire trop petite, ses jambes entraient à peine, l'obligeant à s'asseoir à 90 degrés. Il sentit sa pulsation cardiaque redescendre autour de 48 battements par minute. Il bougeait lentement ses orteils, dont le gros, si laid, était noirci par tous ces kilomètres hebdomadaires. Il mouilla son visage en s'immergeant la tête. Il laissa échapper quelques bulles à la façon d'un gamin. Tout heureux, il songeait à cette fin de semaine formidable, loin des tracas de la centrale de police. Il émergea à la surface en souriant et en pensant à Laurence. Il n'y avait pas grand-chose à faire au Connecticut, à part contempler les résidences secondaires des riches New-Yorkais. Mais Laurence et le marathon rachetaient tout.

Même s'il leur fallait rentrer tous les deux à Québec au cours de la nuit, la soirée n'était pas finie pour autant. Ils avaient réservé une table dans un restaurant marocain du centre-ville. Après avoir ingurgité des glucides et évité les aliments gras tout l'hiver, Duval sentait remonter en lui ses instincts de carnassier. Vivement les protéines animales, plaida-t-il au quarante-deuxième kilomètre. Ils s'étaient donné rendez-vous à six heures dans le vestibule.

Il se hissa difficilement hors du bain. Les dix derniers kilomètres s'étaient révélé une victoire de la volonté sur son corps qui lui disait d'arrêter. Toute la semaine il en sentirait les effets dévastateurs. Il ouvrit la lumière de la salle de bains et regarda l'heure. Il lui restait quinze minutes pour se préparer. Il alluma la radio et *Young American* de David Bowie retentit dans la pièce. Comme cette musique exaltait l'état d'excitation qu'il ressentait, il chanta avec le chanteur, bien qu'il ne sût qu'à moitié les paroles. Il s'installa devant le miroir, sortit son blaireau, se couvrit le visage de mousse et rasa sa barbe qui avait pris de l'expansion durant le marathon.

Daniel Duval avait des cheveux de jais qu'il portait très courts habituellement, mais son capitaine lui avait demandé de les laisser pousser quelques mois auparavant, sans lui dire pourquoi. Il se doutait bien qu'il s'agirait d'infiltrer un groupe criminalisé, probablement les Popeyes ou les Outlaws, des motards qui faisaient du Québec la Chicago du nord. Il peigna ses cheveux vers l'arrière en une longue vague, enduisit le bout de ses doigts de brillantine et se passa la main dans la chevelure. Ce changement de coiffure avait beaucoup intrigué ses collègues et sa fille Mimi, qui trouvait son nouveau style « cool ». Cette allure désinvolte lui avait valu beaucoup de succès auprès des collègues féminines de la centrale. Il avait ordre de ne rien dire, hormis qu'un peu de changement ne faisait pas de tort. Son visage au teint foncé était bien défini ; ses traits délicats mettaient en évidence de grands yeux aux iris verts et des lèvres charnues comme des jujubes. Son menton était plutôt carré et le nez portait encore les traces d'une fracture subie durant sa jeunesse.

Il rinça son visage à l'eau froide pendant une longue minute. La journée ensoleillée avait renouvelé son hâle. Il marcha lentement et péniblement jusqu'à son sac de voyage. On eût dit quelqu'un qui recommençait à se mouvoir après avoir subi des fractures aux jambes. Heureusement, son pied droit blessé, qui l'avait tenu à l'écart de son sport pendant un mois, avait tenu la route. L'orthèse faisait son travail. Si les douleurs revenaient, il pouvait dire adieu à Milwaukee et à la bourse de 2000 $; bien que l'argent fût secondaire, il en serait déçu.

Il hésita longuement entre un jean bleu et un pantalon blanc en lin et opta pour ce dernier. Il voulait se sentir plus à l'aise pour ce rendez-vous avec une femme, le premier depuis longtemps.

Il enfila le t-shirt souvenir que les organisateurs avaient remis aux marathoniens. Puisqu'il faisait chaud à l'extérieur, il hésita à se parfumer, mais se ravisa et vaporisa discrètement le dernier-né de Giorgio Armani sous ses oreilles. Daniel était veuf depuis trois ans. Pour la première fois depuis la mort de Marie-Claude, il faisait la cour sérieusement à une femme. Il n'avait plus pratiqué ces rituels amoureux depuis Mathusalem. Son collègue, Louis, l'avait sorti plusieurs fois dans les bars, mais Daniel détestait danser et se trouvait d'une gaucherie lamentable. Il avait en horreur les discothèques enfumées et la musique disco. Il n'écoutait que du jazz et de la chanson.

Sa femme avait été sa première compagne. Ils s'étaient rencontrés à l'édifice Parthenais, au Q.-G. de la SQ. Il était patrouilleur à la Sûreté du Québec et suivait des cours du soir en criminologie. Après le deuil qui l'avait lentement conduit à la dépression, il avait surgi peu à peu de sa torpeur sous l'influence de sa fille Michelle. Il se sentait maintenant prêt à revivre, à renouer avec l'amour, sachant qu'il pouvait refaire sa vie avec une autre ; Mimi aussi semblait prête à accepter une autre femme dans la vie de son père et dans la sienne. Du moins en théorie.

Il chaussa ses sandales et se regarda une dernière fois dans le miroir : pas un poil, parfaitement rasé. Mais cette coupe de cheveux l'embarrassait.

Dans le corridor, deux marathoniens au physique décharné le saluèrent, lui adressant des sourires de compassion. Il appuya sur le bouton de l'ascenseur et souhaita ne pas rencontrer Laurence avant qu'elle sorte de sa chambre. Il avait deux minutes d'avance. Il savait qu'une autre épreuve, bien plus difficile, allait s'engager. Il adorait se trouver en compagnie de cette fille, de six ans sa cadette. Il la trouvait sémillante, belle et pleine d'esprit. Elle lui redonnait un souffle de jeunesse, lui qui, à trente-cinq ans, se sentait vieux. Il comptait déjà quinze ans de service à la SQ, dont sept années à l'Escouade des crimes contre la personne et trois comme chargé de cours à l'école de criminologie de l'Université de Montréal.

Il appuya sur le bouton pour que la porte de l'ascenseur s'ouvre plus rapidement. Il aperçut Laurence de biais qui lisait des revues devant le kiosque à journaux.

Il la contempla de profil : ses longs cheveux bruns glissaient sur sa nuque. Elle était resplendissante. Elle portait aussi le maillot gris du marathon, un bermuda bleu et des sandales romaines. Ses jambes ambrées par ses longues courses quotidiennes étaient musclées, mais d'une musculature tout en délicatesse. Il ressentit son premier nœud à l'estomac, sa gorge se noua, il se racla la gorge. En avalant sa salive, il s'approcha lentement et huma le parfum de lavande qui se dégageait d'elle. Il avait l'impression de marcher sur un fil de fer.

Elle lisait un article du *Times* sur les espoirs américains aux Jeux olympiques de Montréal. Daniel avança subrepticement sa tête par-dessus son épaule.

— Tiens ! Les Américains parlent de nous.

— Surtout de leur champion. Frank Shorter a gagné un marathon en 2 h 9 l'an dernier.

— C'est une machine, ce gars-là. Il va gagner à Montréal.

La bandoulière de son sac en toile glissa sur son épaule cuivrée. Elle la replaça d'un geste élégant, puis passa une main dans sa chevelure soyeuse qu'elle ramena vers l'arrière.

— Comment on se sent deux heures après son premier marathon ? s'enquit Daniel.

— Vidée, mais tellement fière.

Elle remit la revue dans le présentoir, puis ils se dirigèrent vers les portes tournantes qui éclataient de soleil. Elle remarqua aussitôt qu'il claudiquait.

— On dirait qu'on t'a tabassé à coups de bâton.

— Mon métier est tout désigné pour ça…

— Pas ta fasciite, j'espère ?

— Non. C'est l'autre pied…

— Tu veux que je t'examine pour voir s'il y a de l'inflammation ?

Daniel éclata de rire à la perspective d'un examen podologique par Laurence. Un premier contact physique par l'entremise de ses pieds lui parut hors de question. Ses orteils étaient horribles.

— Non merci, docteur. J'ai trop voulu performer malgré toute cette humidité. Je vais être la risée des collègues pendant une semaine.

— Il te faudrait un massage sportif pour cicatriser toutes les microdéchirures.

— Ces massages-là sont dignes des méthodes de la Gestapo. Je préfère encore boiter trois jours.

— Et si on prenait un taxi ? Ce serait déjà une bonne thérapie, suggéra Laurence.

— C'est une excellente idée…

Elle volait, se trouvait au-dessus du monde après ce marathon. Elle avait accompli quelque chose qu'elle croyait ne jamais pouvoir réaliser. Et elle vivait ce moment avec Daniel, qu'elle appréciait un peu plus chaque jour, sans trop savoir si elle éprouvait pour lui de l'amitié ou de l'amour. Elle se sentait attirée par cet homme calme, plein d'assurance. Étant donné qu'elle avait toujours été considérée comme une grande perche à l'école, elle avait toujours recherché des hommes aussi grands qu'elle et Daniel la dépassait de deux centimètres, ce qui n'était pas arrivé souvent dans sa vie puisqu'elle mesurait un mètre quatre-vingt-deux. Bien sûr, quelques années les séparaient, mais cet écart ne poserait un problème qu'à sa mère. Au départ, la profession de Daniel l'avait rebutée. Elle entretenait plein de préjugés à l'égard des policiers, mais comme il travaillait au service des enquêtes criminelles, elle avait fini par voir ce métier d'un autre point de vue. Finissante en médecine deux ans plus tôt, elle avait connu de mauvaises expériences avec des policiers quand elle était de garde, n'appréciant pas leur comportement envers des détenus blessés qui devaient être soignés. Sa mère, une bourgeoise de Sillery, espérait bien que ce béguin ne se concrétise pas en union.

Lors des entraînements, les membres du club s'étaient vite aperçus de leur complicité. Dès son arrivée, Laurence était devenue un pôle d'attraction, se faisant draguer par tous les mâles, même par les hommes mariés. Ils lui semblaient tous disponibles. Un seul demeurait discret à son égard: le grand noir avec un maillot aux couleurs de l'Université de Montréal. Elle lui avait parlé la première et il avait saisi la perche. Duval lui avait donné maints conseils au cours des longues sorties dominicales qui préparent les coureurs aux marathons. Parfois, il avait même couru plusieurs kilomètres dans une vague de coureurs beaucoup plus lents que lui, uniquement pour l'aider et l'encourager, ce qui lui avait valu les railleries de ses compagnons.

À l'extérieur, les rues étaient décorées de fanions étoilés célébrant le bicentenaire de l'indépendance américaine: 1776-1976. Partout la figure de l'Oncle Sam coiffé de son haut-de-forme étoilé vous apostrophait d'un doigt menaçant. Un an après le retrait en catastrophe des troupes américaines du Vietnam, les étoiles avaient pâli. La fête avait un goût amer.

Daniel se mouvait si lentement que Laurence lui montra un fauteuil roulant à la sortie des portes tournantes:

— Je peux te pousser si tu veux.

— Comme médecin, tu devrais savoir que demain tu sentiras dans chaque pas les 42 kilomètres d'aujourd'hui.

— Sauf que demain j'ai pris congé, moi…

Ce sourire moqueur terrassa Duval.

D'un geste gracieux, elle héla un taxi.

◆

— Comment je vais faire ? demanda Daniel.

— Prends la position du lotus.

— Aussi bien me faire écarteler.

Il se demandait réellement comment il allait parvenir à se glisser sous cette table basse du restaurant marocain. Il leur fallait manger assis à la manière musulmane. Laurence s'esclaffa en le voyant se contorsionner. On aurait dit un pilote qui pénétrait dans le cockpit d'une formule 1. C'était long et pénible. Daniel adora ce rire sain, cristallin, et ces grands yeux clairs, pleins d'étincelles.

— Ça va prendre une dépanneuse pour me sortir de là…

Sur les murs du restaurant, on avait accroché des tapis perses en soie aux couleurs contrastantes. Des portes en ogive séparaient les sections.

Le serveur apporta les menus. D'origine tunisienne, il sut aussitôt qu'ils étaient Québécois et s'adressa à eux en français. Daniel n'explora pas très longtemps la carte et opta, tout comme Laurence, pour un couscous royal avec de l'agneau, des merguez et du poulet. Il commanda des feuilles de vigne farcies en entrée tandis que Laurence choisissait la soupe tunisienne. Tous deux étaient prêts aux pires excès.

— Après les sacrifices, la ripaille, déclara Laurence.

— Je n'ai pas bu une bière de la semaine !

— C'est excellent pour la ligne.

— Je vais prendre tout ce dont je me suis privé depuis des lustres. Peu importe le pourcentage de gras, ce soir, plaida Daniel.

Le serveur s'approcha et alluma une chandelle dans une lampe dorée. Daniel commanda une Budweiser et Laurence un kir. Sur la carte des vins, elle sélectionna un bourgogne aligoté que lui recommandait le sommelier.

— Vous ferez une seule addition, demanda Laurence au serveur.

— Oui, bonne idée, c'est moi qui paye, répliqua Daniel.

— Je sais que tu as les moyens de m'inviter, sauf que cette fois c'est moi qui t'invite.

— Je prends l'addition !

Le clin d'œil complice de Daniel au serveur vint clore la discussion.

Les grands yeux verts de Laurence brillaient à la lueur de la flamme. Daniel se dit que la beauté logeait partout en elle et la jeune femme lui parut trop bien pour lui. Le serveur revint avec les apéritifs. Daniel savoura les yeux fermés la coulée de bière qui ruisselait dans son gosier asséché.

Laurence remarqua une fois de plus l'alliance qu'il portait à l'annulaire. Elle savait Daniel veuf. Dans les conversations, lors des sorties du club, elle avait appris que sa femme était morte dans un accident et qu'il avait une fille. Elle s'était surprise à vouloir en apprendre davantage au sujet de cet homme. Des coureurs lui avaient raconté qu'il avait dû surmonter une terrible dépression et qu'il pesait 225 livres lorsqu'il s'était joint au club. « Une vraie bouée », lui avait confié Clément, un coureur. Afin de chasser les souvenirs et le dépit, l'agent Duval avait demandé à être transféré de Montréal à Québec. Un tel transfert s'appelait, en jargon syndical, un placement du directeur pour raisons humanitaires.

Daniel parlait très peu de lui, de sa vie, de son passé. Jusqu'à maintenant, il avait évité de s'impliquer sur le plan personnel et elle interprétait cette attitude comme une façon de garder une distance entre eux. Leurs conversations, quoique loin d'être superficielles, ne les engageaient nullement au plan affectif. Bien sûr, ils s'étaient fait l'accolade quelques heures plus tôt, mais qu'est-ce que cela signifiait? Les hommes avaient tendance à laisser passer leurs émotions quand il était question de sport. Après un exploit, ils s'enlaçaient, s'embrassaient, se couchaient l'un sur l'autre, et ensuite ils osaient se moquer des homosexuels, pensa-t-elle. Tout était nouveau et peut-être ne s'intéressait-il pas à elle, en fin de compte.

Une musique arabe avec ses modes complexes s'échappait des enceintes acoustiques. Daniel appréciait ce voyage en musique après avoir entendu tant de disco au pays de l'Oncle Sam.

Derrière un rideau flottant surgit une danseuse du ventre qui s'avança vers leur table. Le visage à demi voilé, elle était vêtue de soie coulissée verte. Cette Schéhérazade yankee à la tignasse blonde, au ventre tout en ondulations, n'avait d'arabe que les bijoux et la tunique. Tous les regards étaient tournés vers eux. Celui de Daniel se focalisa sur l'anneau doré qui se mouvait sous le nombril. Les seins bien bombés bougeaient sous le fin tissu. Jusqu'où et à quel degré d'intensité pouvait-il regarder l'appât charnel? Il demeura stoïque comme dans le box des témoins. S'approchant un peu plus de Duval, elle fit claquer ses bijoux en agitant ses bras dans sa direction. Il regarda Laurence qui souriait et qui entrevoyait la suite. Non, Schéhérazade n'allait pas l'inviter à danser! Il détestait jouer aux exhibitionnistes. Et surtout pas question de se déhancher après ce marathon. Il se sentait rivé sous la table et aurait préféré se trouver face à un gorille de Frank Cotroni. Les yeux bruns de la fille plongèrent dans les siens. Elle allait tendre ses mains vers lui lorsque le serveur apporta les entrées et Jinny alla se trémousser à une autre table.

— C'est ce qu'on appelle s'en tirer à bon compte, dit Daniel en soupirant.

— J'étais prête à laisser un bon pourboire.

— Un peu plus et je me croyais dans un James Bond…

— Elle a dû te confondre avec le major Nelson…

— Je suis juste lieutenant…

— Tu aimes danser ?

— Pas vraiment. Je n'ai aucun sens du rythme. J'ai essayé de jouer du piano et je n'y suis jamais arrivé. Les mains pleines de pouces. Un jour, ma fille m'a demandé de dessiner un chat et elle m'a dit que mon dessin ressemblait plus à une bactérie qu'à un félin.

Laurence affichait un sourire amusé. Ce n'était rien de très profond encore, mais il faisait un effort pour se montrer affable et spirituel.

Le serveur s'approcha avec la bouteille de vin et en versa d'abord dans le verre de Daniel qui chuchota à Laurence qu'il l'invitait officiellement. Il fit rouler le vin dans le verre, prit une gorgée et, d'un signe de tête, montra son appréciation.

Ils portèrent un toast.

— À ton premier marathon…

— À notre beau voyage.

Laurence trouva la soupe piquante et savoureuse et il apprécia ses feuilles de vigne.

— Tu vas prendre congé ? demanda Laurence.

— Non. On est débordés au boulot. Plusieurs policiers sont en congé ou ont été prêtés à la ville de Montréal pour les Olympiques.

— Est-ce qu'il y a du nouveau dans l'enquête sur le meurtre de la jeune danseuse ? J'étais là, en janvier, quand ils l'ont amenée à l'urgence. Je n'arrive pas à oublier les mutilations qu'elle avait subies.

— C'est un dossier frustrant qui piétine. On va devoir bientôt suspendre l'enquête. Les meurtres commis par les gangs criminels sont difficiles à élucider. Ils font partie des 20 % d'homicides non résolus. C'est rare qu'on parvienne à les coincer. Sauf qu'ils le font eux-mêmes tôt ou tard. On n'a jamais eu autant de meurtres à Québec depuis que la guerre des motards fait rage. J'ai parfois l'impression d'être à Montréal à l'époque où les Hell's avaient pris le dessus sur les Devil's Disciples.

— On note plus de cas d'homicides à l'hôpital depuis deux ans.

— Tant que les Hell's n'auront pas fait le grand ménage, vous allez éponger du sang…

— Est-ce que tu t'es habitué aux scènes de crime que tu vois ?

— C'est moins difficile qu'au début, sauf dans les cas d'infanticides. On s'adapte. C'est un peu comme à l'hôpital. On vous les envoie sans la mise en scène, sur une civière. Au début tu es sur le gros nerf ! Après, le patient entre en morceaux et ça ne te fait presque plus rien.

Daniel avala une gorgée de vin et lui retourna la question.

— Toi, tu t'es adaptée rapidement ?

Laurence fit signe que non de la tête.

— J'ai failli abandonner la médecine un soir à mes débuts. J'étais résidente au CHUL. Je terminais mes études. La soirée avait été calme malgré la Saint-Jean-Baptiste, une nuit chaude. Il est deux heures de la nuit. Je suis couchée. Une infirmière me réveille en me secouant légèrement l'épaule. Une urgence. Je me sens un peu perdue, car je viens de faire un rêve très étrange. Je me dirige vers la salle des urgences. Je sens une odeur suspecte, une odeur de cuisson, de rôti. Sur le coup, je crois qu'il s'agit d'une blague de la part des infirmières. J'entre dans la salle. À chaque angle de la table en acier, une infirmière tient le coin du drap qui recouvre ce qui me semble être une masse atrophiée.

Puis l'une d'elles s'exclame: « Vous êtes prête, docteure Martin? » Elles commencent alors le décompte:
« 3, 2, 1, go! Tadam! » Avec élégance, elles soulèvent
le drap. Tout d'abord, je crois apercevoir un chien
brûlé et je ne comprends pas ce qu'il fait là. C'était
affreux. Je ne comprenais rien. Je croyais encore rêver.
Les infirmières souriaient comme les présentatrices
de *Price is right*. Je m'approche, sidérée, et là mes
leçons d'anatomie me sautent en pleine face. Je comprends que la chose qui gît là est un corps humain
atrocement brûlé, aux oreilles complètement fondues.
L'horreur!

— J'ai lu l'histoire du jeune homme.

— Il avait consommé du LSD et s'était jeté dans
le feu de la Saint-Jean. J'ai failli tout abandonner. J'ai
engueulé les infirmières. J'étais profondément outrée.
Je les ai menacées de les dénoncer à la corporation.
C'était déshumanisant, tout le contraire de ce qu'on
m'avait appris à l'école. J'ai pleuré pendant cinq minutes à côté du cadavre avant de remplir le certificat
de décès.

— Ce qui est affreux dans cette histoire, c'est que
les ambulanciers ont été empêchés par les fêtards de
se rendre sur les lieux. On leur lançait des bouteilles.
On en lançait même sur le jeune homme qui brûlait
dans le feu.

Daniel avait été si pris par l'histoire qu'il ne s'était
pas rendu compte que le serveur avait repris son assiette. Laurence avait dû toucher une corde sensible
puisqu'il demeura pensif de longues secondes.

Il se rappelait cet avant-midi de juillet, une journée
qui n'annonçait rien de bien nouveau, une journée
comme tant d'autres. Ce jour-là, pourtant, il ne s'était
pas rendu au labo de médecine légale pour une enquête,
mais pour identifier sa femme. Une mort banale. Un

appel de routine. Un automobiliste oublie de faire un arrêt obligatoire, et hop la vie !

Il allait raconter cette histoire à Laurence mais se ravisa lorsque le serveur s'approcha avec l'immense bol de couscous fumant. C'était une histoire tellement triste qu'il valait mieux la taire. Il décocha à Laurence un sourire amical. Il ne parvenait pas à contenir une certaine nervosité. Son pied gauche giguait sous la table. Le marathon du cœur s'avérait ardu. « Aucun talent de dragueur », se dit-il. Il valait mieux rester léger et spirituel.

— T'as dû ressentir des émotions assez fortes durant le marathon ?

— On pense à beaucoup de choses. C'est une expérience également spirituelle.

Elle le regardait dans les yeux, entièrement réceptive. Il sentit la jambe de Laurence s'appuyer, volontairement ou non, contre la sienne sous la table. Il ne la déplaça pas. C'était un moment parfait. Le retour en avion serait comme un voyage sur un tapis magique.

CHAPITRE 3

Lorsque Duval entra dans le cagibi vitré qu'il occupait avec Louis Harel, il trouva ce dernier en train d'écouter le témoignage émotif d'une femme dont le mari avait succombé deux jours plus tôt à un accident de la route. Derrière les tours de paperasses en équilibre sur son bureau, Louis salua son collègue d'un geste nonchalant et esquissa un sourire moqueur en le voyant boiter. Pour lui, marathon était synonyme de mortification. Il avait hâte de lui tirer les vers du nez au sujet de ses performances, notamment sur le plan sexuel.

Mais avant, Louis tenta tant bien que mal, avec sa légendaire maladresse, de remonter le moral de la dame. Pouliot, l'adjoint du chef et nouveau patron par intérim, l'avait référée à lui pour qu'il lui fasse entendre raison. Elle avait piqué une crise de nerfs dans son bureau. Pour Louis, l'affaire était classée et il lui tardait d'en finir et de reprendre la lecture du *Journal de Québec*. Il frotta son crâne chauve et luisant. Âgé d'à peine quarante ans, il avait perdu ses cheveux au même rythme qu'il gagnait de l'embonpoint. De poils, il ne lui restait que ses gros sourcils noirs. Son visage aux traits réguliers et sa mâchoire carrée s'harmonisaient à cette calvitie. D'ailleurs, sa réputation de Casanova chauve n'était plus à faire. Ses yeux bleu-gris étaient embarrassants pour un suspect, car ils semblaient dire : parle, tu es coupable. Costaud et de taille moyenne, il était surnommé affectueusement le Gros ou encore Loulou.

Il frotta sa mâchoire et voulut clore l'affaire.

— Je le sais, c'est affreux de mourir aussi bêtement, plaida-t-il en lisant le rapport. Mais les spécialistes et le coroner sont formels : votre mari a dû s'endormir au volant. Nulle trace de freinage. Il avait consommé un peu d'alcool et il roulait rapidement. Puis bang ! La route ne pardonne pas à cette vitesse.

Les yeux de la femme étaient cernés, ses narines rougies à force de se moucher. Elle n'acquiesçait pas aux conclusions du caporal Harel. Son intuition lui disait que son mari n'avait pas pu mourir aussi stupidement.

Exaspéré, Louis passa le rapport à Daniel, son chef d'équipe, afin qu'il l'examine.

— Jette un coup d'œil là-dessus, Dan. Veux-tu un café ?

— Oui.

Louis se leva et versa une cuillerée de Sanka, de l'eau bouillante, du lait en poudre Carnation et trois sachets de sucre. Duval lui avait pourtant montré le fonctionnement de la cafetière Melitta, mais rien n'y faisait. Il invita la dame à s'approcher alors que Louis déposait la tasse de son affreux café sur son bureau.

Pour l'avoir vécu, le lieutenant Duval comprenait le chagrin de cette femme. Elle sentit qu'elle trouverait en lui une oreille attentive et un peu de compassion en cette journée de deuil. Il la pria gentiment de s'asseoir pendant qu'il parcourait le rapport et lui offrit à son tour un café, offre qu'elle déclina.

Le rapport d'autopsie indiquait que Bernier était décédé sur le coup et que le véhicule avait pris feu. Les ambulanciers avaient soustrait de ce cercueil un homme polytraumatisé à moitié carbonisé. Des brûlures post mortem, selon le rapport du médecin légiste.

Daniel leva les yeux du document et les porta sur la femme. Malgré ses traits tirés par l'insomnie, elle avait un beau visage et de longs cheveux blonds. Elle s'exprimait bien et semblait convaincue de sa cause. Elle se calma en présence de Daniel, dont la gentillesse lui parut un baume après sa conversation avec Pouliot et Harel.

Duval pivota dans son fauteuil :

— Louis, est-ce qu'on a fait une vérification mécanique de la voiture ?

— Non.

Il s'adressa de nouveau à la veuve.

— Est-ce que la voiture était en bon état ?

— Il s'en occupait comme d'un bébé. Elle lui coûtait une fortune.

— Est-ce qu'il avait eu des accidents auparavant ?

— Non.

— Buvait-il souvent ?

— Non. Il ne dépassait jamais la limite légale.

— Avait-il tendance à s'endormir au volant ?

— Non.

— Parce que c'est une possibilité. Les gens ne s'en rendent pas compte, mais ils s'endorment fréquemment une ou deux secondes. En plus, on a changé l'heure il n'y a pas très longtemps. C'est un facteur de risque, d'après nos statistiques. Certains vont atteindre leur destination sans accident et sans savoir qu'ils se sont assoupis, mais un conducteur sur deux qui s'endort au volant se tue dans un accident.

— Mon mari adorait conduire. Il était toujours alerte au volant.

Elle répondait d'une voix assurée, comme s'il s'agissait des questions d'un procureur. Louis reprit la lecture des pages sportives et fulmina en lisant le gros titre à la une : « Carter absent pour six semaines ».

Duval retira un poil échoué sur sa lèvre inférieure et poursuivit son interrogatoire.

— Est-ce que votre mari traversait une mauvaise passe ?

— Voyons, monsieur ! Mon mari ne se serait jamais suicidé. C'était un boute-en-train !

Louis poussa un soupir. Il était écœuré de cette pleurnicharde et les Expos se retrouvaient maintenant à 15 matchs de Philadelphie et la saison ne faisait que commencer. Défaite de 14 à 5 contre Atlanta. Hank Aaron : quel poison pour les Expos ! maugréa-t-il.

Daniel fixa la femme droit dans les yeux.

— Où était-il allé, ce soir-là ?

— Il fêtait un collègue de travail qui était transféré aux États-Unis.

— Madame Bernier, votre mari roulait dans une voiture sport très performante… Est-ce qu'il aimait faire de la vitesse ?

Elle hésita avant de répondre, se frotta les yeux et les joues à s'en friper le visage.

— Il roulait vite, mais c'était un excellent chauffeur. Il n'a jamais été arrêté pour conduite dangereuse. Il ne prenait pas de risques inutiles.

— A-t-il déjà perdu des points de démérite ?

Elle hésita et fondit en larmes en hochant la tête affirmativement.

— Donc, il a déjà été arrêté.

— Oui, oui, c'est arrivé, parvint-elle à dire en étouffant ses sanglots.

— Combien de fois ?

— Aucune idée, dit-elle d'une voix éteinte.

— Avait-il l'habitude de faire de la course avec d'autres conducteurs sur les routes ?

Elle resta muette, défroissa sa longue jupe imprimée d'une main nerveuse.

— Madame Bernier, répondez-moi.

— Oui, au début de notre relation il roulait vite, mais je l'ai engueulé et j'ai menacé de le quitter s'il continuait. Ça fait très longtemps.

Daniel marqua une pause, but une gorgée de café qu'il trouva infecte. Il sentit la femme au bord de l'effondrement. Elle tremblait.

— Vous êtes sûre que vous ne voulez pas un café, madame Bernier ?

Elle répondit non de la tête ; Louis ronchonna dans la sienne. Aujourd'hui elle pleure, se dit-il, et demain elle sera morte de rire en empochant le magot des assurances. Il avait hâte que le questionnaire se termine pour parler à son ami de sa fin de semaine. La bouche enfarinée par un gâteau, il lança à Daniel un regard qui lui suggérait de cesser tout ce baratin. Duval réfléchit un instant, tambourina des doigts sur le mur, puis sur le vieux classeur de bois, et jeta un coup d'œil sur les Laurentides. Il revint sur ses pas. Le regard implorant de la femme attendait une réponse. Il succomba.

— J'accepte de prendre quelques heures pour éclaircir certains points nébuleux, mais il ne s'agit pas d'ouvrir une enquête. Je vous répondrai donc comme mon collègue. Par expérience, je peux vous dire que cette mort a tout d'un accident bête comme on en voit trop souvent. Le coroner est formel. Je vais demander une inspection de ce qui reste du véhicule et j'irai voir sur les lieux de l'accident si on ne trouverait pas des éléments probants.

Elle lui serra affectueusement le bras, ce que Louis ne manqua pas de remarquer : un de perdu, dix de retrouvés, pensa-t-il.

— Je vous remercie, inspecteur.

Le terme inspecteur accrocha un sourire aux lèvres de Duval, car ce qualificatif provenait des films et des romans étrangers. Ils étaient des enquêteurs ou des agents.

— Je vais faire faire une inspection poussée du véhicule.

La bouche pleine d'un chou à la crème, Louis articula une des sottises dont il avait l'art.

— Y reste pas grand-chose. La Corvette a fondu comme de la guimauve, dit Louis en léchant le bout de ses doigts crémeux.

Daniel foudroya son collègue pour son manque de discernement. D'un froncement de sourcils réprobateur, il excusa son compagnon auprès de la veuve. Louis grimaça et bougonna à l'idée de perdre son temps pour une affaire classée. Il n'avait pas envie de passer la journée dans un cimetière d'autos à se faire rôtir le crâne à la recherche d'indices. D'autant plus qu'on annonçait une journée torride. Il réclamait de l'air climatisé.

La femme parut soulagée et multiplia les mercis. Lorsqu'elle sortit, Harel leva les bras en signe de désespoir, pivota sur sa chaise.

— Mais qu'est-ce qui te prend, Daniel ?

— Ce gars-là conduisait depuis vingt ans et n'avait pas eu d'accidents, selon elle. Puis il emboutit un pilier par une nuit où les conditions routières sont parfaites. De toute façon, cette femme-là est tellement acharnée qu'on recevrait tôt ou tard l'appel de son avocat. Alors…

Harel alla vérifier la température sur le thermomètre. Il indiquait déjà 88° F. La province traversait une canicule précoce. Cent vingt feux faisaient rage dans la forêt québécoise et la moitié des avions-citernes étaient cloués au sol en raison d'un conflit de travail.

— L'été n'est même pas commencé et on crève de chaleur. Et toi ? C'est quoi cette idée de courir un marathon et de revenir en loques ?

— Dans deux jours, c'est moi qui vais t'attendre sur les paliers d'escaliers.

— Puis la poule ?

— Tu veux parler de Laurence…

— C'est fait ?

— J'ignore ce que tu veux dire.

Harel enfourna la dernière bouchée de son gâteau. Il était boulimique des petits gâteaux Vachon. Son boulanger lui consentait un prix réduit : trois boîtes pour une piastre. Il fumait, grignotait, s'empiffrait, se gavait de fast-food, sauf au moment de sa sortie dominicale au Sam Wong avec son épouse, Charlène, qu'il délaissait de plus en plus. Lorsqu'il devenait trop lourd, il compulsait sur les appareils du gymnase. Des blagues de mauvais goût commençaient à circuler à son sujet à la centrale de police. Ce surnom, le Gros, prenait peu à peu tout son sens. Il essayait une fois l'an de suivre un régime équilibré, mais il perdait vite ses bonnes habitudes.

Jumelé à Louis lors de son arrivée à la SQ, Daniel avait détesté au départ travailler avec lui, non pas à cause de leurs personnalités divergentes, mais surtout à cause des méthodes utilisées par le Gros, en particulier celle du bottin téléphonique placé sur les reins du suspect qu'il voulait faire parler : il frappait dessus comme sur un sac d'entraînement au cours de ces interrogatoires. Sans parler de sa conduite dangereuse pendant les poursuites.

Hormis ces défauts, force était de reconnaître qu'on ne s'ennuyait pas avec Louis, même si on devait parfois lui fermer la trappe. Il commentait tout.

Daniel prit place derrière son bureau. Sur un mur il avait épinglé les médailles remportées dans des compétitions, dont sa médaille d'argent aux Jeux de la police de Memphis. Sur son bureau, il y avait une photo encadrée de sa fille Michelle, qui lui rappelait tellement Marie-Claude. Il épluche le courrier du matin. Rien d'important si ce n'était de la revue mensuelle de la Sûreté.

— T'inquiète pas, Louis. On reprend l'enquête de l'Amazone dès demain. Et si on n'a rien d'ici la fin de semaine, on demande à Pouliot de laisser le dossier en suspens.

— Bon d'accord, champion, tu gagnes.

L'Amazone était un bar de danseuses situé sur le chemin Sainte-Foy et qui appartenait à la petite pègre. Une danseuse y avait été assassinée quelques mois auparavant dans une affaire de drogue.

La beauté de la jeune fille, le fait qu'elle étudiait en droit et qu'elle venait d'une bonne famille avaient fait vendre beaucoup de journaux. Joignant l'utile à l'agréable, Louis avait rencontré dans ce bar une danseuse, Sandra, qui était devenue sa maîtresse. Cette double vie lui coûtait de plus en plus cher et mettait son ménage en danger, car il louait secrètement une garçonnière dans la rue Myrand.

Daniel rinça sa tasse, l'essuya, puis se leva péniblement en regardant son coéquipier. Louis replia le journal avec dépit.

— Les Expos ont encore perdu…

Daniel claudiquait et avançait péniblement. En l'apercevant dans le corridor, Malo, le blondinet caporal au visage picoré par l'acné – il était aussi chef d'équipe –, le gratifia d'un sourire mesquin. Malo était, selon Daniel, la pire langue sale qu'il eût rencontrée dans la police. Tous deux affichaient le plus grand mépris l'un envers l'autre. Pour Malo, Duval était un étranger, un Montréalais qui avait abouti à Québec par caprice, ce qui avait « tassé » un jeune policier sur la liste de priorité. La convention collective permettait la mobilité d'une ville à l'autre. À cause du stade olympique, Malo lançait des blagues douteuses sur les Montréalais et il taquinait Duval sur son accent. Grand copain de Pouliot, l'adjoint du chef, Malo visait le poste de ce dernier qui, lui, attendait l'ouverture d'un concours qui le ferait capitaine d'escouade. Depuis que le capitaine Dallaire avait été prêté à la ville de Montréal pour les Olympiques, Malo et Pouliot s'entendaient comme larrons en foire. Le climat qui régnait au poste du boulevard Saint-Cyrille était de plus en plus malsain.

Louis ne pouvait pas blairer Malo.

— Un jour, je vais lui péter les boutons à ce grand fendant-là. En passant, tu viens voir *Flesh Gordon* qui joue au Midi-Minuit, ce soir ?

Daniel esquissa un vague sourire et serra le nœud de sa cravate. Il sortit de leur étui ses Ray Ban chamarrés aux verres en forme de gouttes d'eau. D'un signe de tête, il demanda à Louis de le suivre. Le Gros coinça son journal sous son bras et s'extirpa enfin de son fauteuil.

◆

Black Dog, de Led Zeppelin, jouait dans la chambre. Sur la table en rondins de bois s'étalait le journal ouvert à la page 3 où l'on voyait les restes calcinés d'une Corvette. H avait lu et relu l'article qui occupait le tiers de la page. Il se sentait fort et dominant. La télévision et la radio en avaient parlé, mais aucune n'avait suggéré qu'une main criminelle ait pu causer cette mort violente. H regrettait de ne pas avoir été vraiment près de la scène. Il comptait remédier à la situation. Plus il se rapprochait d'un sinistre, plus l'alanguissement qu'il ressentait était profond, un étrange bien-être qu'il éprouvait autrement en se droguant. La chimie de son corps s'animait alors, réagissait, le stimulait agréablement. C'est ce dont parlait Paul à une certaine époque.

Il lui fallait maintenant aller chercher l'arme coincée entre deux branches, ensuite il peinturerait son bolide.

Il se leva, gratta quelques accords sur une guitare imaginaire et s'installa sur un banc pour lever quelques haltères. Il effectua une série de douze mouvements. La veine de sa tempe droite se gonfla comme si elle allait éclater. Il se redressa, vit des étoiles danser. Entre deux chansons, le bruit de l'autoroute submergea l'espace exigu de sa chambre. Il imagina son monstre d'acier faisant des ravages sur le circuit de Val-Saint-Michel. Il s'impatientait de goûter à l'enfer des courses en huit. Ses amis en prison parieraient sur lui. Il n'avait plus qu'à débourser 50 dollars pour s'inscrire et il allait se mesurer à Kid Samson.

Il ouvrit le couvercle d'un contenant de margarine. Il y avait là 125 dollars en petites coupures et en monnaie, somme qu'il avait volée au garage depuis trois semaines en réparant des crevaisons.

◆

En cette journée de canicule, la circulation était dense et les conducteurs se montraient délinquants. Plusieurs ne respectaient pas le code de la route, brûlant les jaunes, passant sur les rouges, stoppant à l'américaine et excédant les limites de vitesse.

— Attention ! Mets les freins. Tu vas rentrer dedans.

Daniel était exaspéré par la façon de conduire de Harel, qui n'avait rien d'exemplaire.

— Elle est jaune !

— Reflet du soleil.

La voiture passa sous un feu plus rouge que jaune.

— Elle était rouge, Louis !

— Rouge pâle, railla Harel.

Sur le boulevard Henri IV, Louis coupait, dépassait, klaxonnait les lambins, les engueulait, postillonnait des injures dans le pare-brise. Louis était un conducteur agité et cette agitation se transmettait à la direction, à l'accélérateur et aux freins qui devenaient l'extension de son système nerveux.

Daniel hochait la tête de dépit.

— Relaxe, le Gros, je veux arriver au cimetière de voitures en même temps que la voiture.

— Quoi ? dit Louis en se tournant vers Daniel qui voyait son visage tout déformé à travers les lunettes d'aviateur de son collègue.

Il n'avait pas compris la blague, trop occupé à se frayer un chemin dans la circulation. Il voulait se débarrasser rapidement de ce qu'il considérait comme une perte de temps absolue.

— T'as entendu parler du stress, Louis ?

— Quoi, c'est une nouvelle drogue ?

— C'est ce que tu vis quand t'es sur le gros nerf comme présentement. Au bout du compte, ça te coûte ta santé et des années.

— Je te présenterai mon père. Il a 72 ans, il fume deux paquets d'Export A par jour et il boit son petit fort. Il a enterré son jeune frère missionnaire qui n'avait pas de vices.

Sur la Transcanadienne, la voiture passa devant le centre industriel de Saint-Romuald où l'on construisait des maisons mobiles. Des cordons de trains attendaient d'être remplis ou vidés aux abords des usines.

Louis ralentit en apercevant devant lui une voiture de la SQ, son propre corps policier. Il appuya sur le briquet du tableau de bord, s'alluma une cigarette, sortit son coude à l'extérieur de la voiture, se tourna vers Daniel.

— Puis, tu ne m'as pas dit comment tu t'es comporté avec ton écolière?

— Regarde en avant quand tu conduis. D'abord, elle a 28 ans et pratique la médecine.

— Parle-moi-z-en de sa médecine, mon homme…

Louis n'eut pour toute réponse que le sifflement de l'air qui s'infiltrait dans la voiture. Il resta longuement tourné vers son collègue, ce qui énerva davantage Daniel.

— Ça doit encore sentir le banc d'école, reprit Louis en gloussant.

Daniel se retourna, médusé.

— Louis, un peu de respect. Et regarde devant!

Le compteur marqua de nouveau 100 milles à l'heure. Louis s'épongea le front avec son mouchoir. Il avait déboutonné sa chemise. Il avait la respiration sifflante quand il expirait.

— Maudite idée de prendre la route. Est-ce que le baseball t'intéresserait plus que *Flesh Gordon*? Les Métros jouent contre Trois-Rivières.

— Sandra n'est pas là?

— Elle travaille.

La voiture arriva dans les terres agricoles de Pintendre. L'air empestait le purin. Harel grimaça. Le cimetière de voitures avait les dimensions de dix terrains de football. Toutes les voitures accidentées ou vétustes finissaient là, à rouiller. Elles étaient empilées de façon anarchique sur plusieurs épaisseurs.

Daniel balaya du regard le champ d'acier. La chaleur le força à dénouer sa cravate. Louis sortit de la voiture, s'étira, bâilla, pesta:

— Qu'est-ce que j'ai fait pour me retrouver ici? C'est l'enfer, hostie! râla-t-il en s'épongeant le front avec sa manche.

La vue de ces milliers de cercueils roulants n'avait rien de réjouissant. Daniel ne put s'empêcher de penser que la voiture dans laquelle Marie-Claude avait péri se trouvait quelque part dans un cimetière d'autos. Ces caisses de tôle, ou plutôt ce qui en restait, donnaient la nausée. Les chromes, les miroirs et les pare-brise en éclats étincelaient de toutes parts. Sur cette courte-pointe de tôles cabossées et multicolores, le soleil plombait de tous ses feux.

Ils se présentèrent à la cabane du gardien. Deux bergers allemands se dressèrent au bout de leurs chaînes en aboyant, obligeant Duval et Harel au respect.

Dans la cabane en bardeaux, le préposé aux pièces écoutait une tribune téléphonique à la radio : un hystérique y déblatérait contre les gens de l'air. Un calendrier de la compagnie *Lévis Autopart* montrant une femme nue sur un capot de voiture sauta au visage de Louis. Il ne put s'empêcher de le feuilleter de juin jusqu'à décembre et de janvier jusqu'à mai.

Le préposé avait un nez en demi-lune et un menton tout en courbes. Sur sa chemise grise, le nom Armand était cousu en lettres rouges. Il mangeait un Joe Louis d'une main et tenait sa cigarette dans l'autre, même s'il lui manquait trois doigts. Daniel présenta sa carte d'enquêteur.

— On voudrait voir la Corvette du gars qui s'est tué en fin de semaine.

Armand eut un rictus horrifié, ce qui crochit davantage son nez.

— C'est pas beau à voir ! C'est pas beau ! Suivez-moi. Rangée 4, dit l'homme en découvrant les derniers chicots ébréchés qui lui servaient de dents.

En sortant, il hurla aux chiens :

— Vos gueules !

Les molosses, tout piteux, s'écrasèrent pour ronger leurs os.

En se dirigeant vers les lieux, Harel se couvrit la tête d'un mouchoir pour se protéger du soleil. Depuis qu'il avait lu que les chauves pouvaient mourir d'une insolation sur le crâne, cette perspective le troublait.

Marcher à travers ce massif de tôles cordées en rangs d'oignons donnait le vertige. La chaleur était intense. Armand montra le véhicule.

— C'est tout ce qui reste…

Duval tiqua en voyant la carcasse de ce qui avait été un bolide sur lequel des yeux admiratifs s'étaient posés. La fibre de verre avait fondu. On aurait dit une sculpture moderne, informe, toute roussie. De la guimauve caramélisée.

Daniel essaya d'ouvrir la porte, mais en vain. Il se pencha, entra la tête dans l'habitacle. Les bancs avaient brûlé, il ne subsistait que des ressorts noircis. Des éclats de verre jonchaient le plancher. Du sang avait séché sur le volant tordu comme un bretzel.

— Attention de ne pas te couper, Dan.

Le lieutenant Duval fit le tour de la voiture. Le pare-brise, du moins ce qu'il en restait, lui parut avoir subi un double choc. Le fractionnement du verre révélait deux types d'impact : un gros suivi d'un petit, ou l'inverse. La moitié du pare-brise avait été arrachée. Au-dessus du tableau de bord, le verre dentelé offrait un contour surprenant : Duval remarqua, entre les pics de verre, une trouée au contour blanchâtre, à la définition presque parfaite. L'autre tranche de verre froissé reposait contre le tableau de bord. Duval songea à une hypothèse : la pièce d'un autre véhicule qui roulait devant le bolide avait peut-être atteint le pare-brise. Il se pencha sous la voiture, mais on n'y voyait rien. Il se releva, s'épousseta. Harel, coiffé de son mouchoir, s'impatienta. Il ressemblait à une grosse mémé russe.

— Allez, viens-t'en, Dan.

Duval se tourna vers Armand.

— Vous allez me remorquer tout ça à la fourrière de la SQ. On va inspecter la caisse à fond.

Le Gros tiqua, grimaça, inspira et expira longuement, stupéfait par le zèle de son équipier.

— Mais qu'est-ce que t'as vu ? On va encore perdre du temps avec ça ?

Daniel dévisagea Louis, écœuré par son attitude.

— Maintenant, tu ne dis plus un mot et on se rend sur les lieux de la collision.

Même s'il boitillait, Duval repartit d'un pas décidé. Le commis et Louis traînaient derrière en jasant.

— Il a été blessé ? dit le commis en remarquant la claudication de Daniel.

— Oui, par une femme qui a piqué une crise de nerfs, répondit Louis.

Un camion à remorque chargé de vieux bazous entra en soulevant un voile de poussière.

Daniel se retourna vers Louis.

— Lance-moi les clés de la voiture.

— Pourquoi ?

— Lance !

Louis lui lança le trousseau en faisant un mouvement par en dessous.

— Je prends le volant.

Il répandait autant de rouge sur l'asphalte qu'il en étendait sur la carrosserie de la Chevrolet. Il trempait avec enthousiasme le pinceau dans le bac. Son corps survolté s'agitait ; ses narines palpitaient à l'odeur de l'acrylique. Les roues étaient peintes en blanc et faisaient ressortir le rouge de la carrosserie. Celle-ci éclatait comme un néon la nuit. Un rouge feu, flamboyant. La couleur jaune prévue au départ l'aurait fait passer pour une tapette. À la fermeture du garage, H était allé récupérer son véhicule.

Ne restait plus que le capot à recouvrir. H s'éloigna pour contempler son œuvre, s'avança, se mira dans une fenêtre. Puis une femme en bikini ouvrit sa porte-fenêtre au deuxième étage. Il aimait regarder « les p'tites femmes », comme il les appelait, se faire bronzer sur leurs balcons. Depuis que l'une d'elles lui avait dit qu'il ressemblait à Killer Kowalsky, le lutteur, il ne cessait de lui reluquer les seins, gros comme des melons.

Il inclina la tête sur son épaule droite et regarda d'un angle étrange le fruit de son travail. C'était plus excitant que de peindre un modèle réduit, et pas de flics pour dire qu'il s'agissait d'une voiture volée. Il l'avait payée et il possédait les papiers qui le prouvaient.

Dans le stationnement, un gamin s'amusait à rouler sur la roue arrière de sa bicyclette mustang. Un paquet de cigarettes attaché avec une épingle à linge à la fourche arrière pétaradait en frottant sur les rayons de la roue.

Une fois le capot séché, H y inscrirait le nombre 17, l'âge de Paul à sa mort. Des chiffres noirs sur fond rouge. Les éducateurs des écoles de réforme et les gardiens d'Orsainville allaient entendre parler de lui.

Il leva la tête. Un bruit assourdissant grondait dans le ciel. Un DC-9 d'Air Canada préparait son atterrissage à l'aéroport. Alors que le bruit des voitures sur le boulevard reprenait ses droits, H aperçut deux hommes en chemise blanche qui grimpaient le talus du viaduc. Il sourit, devinant qu'il s'agissait de policiers. L'enfant à la bicyclette, tout en sueur, s'arrêta pour le regarder travailler. H fit glisser son cigarillo au coin des lèvres et gratifia le gamin d'un clin d'œil. Puis il se tourna de nouveau au sud pour observer les deux hommes.

Ils pouvaient bien chercher, l'arme était cachée, et il n'avait aucun lien avec la victime.

Pendant qu'il observait les enquêteurs, le petit garçon, une réglisse rouge dans la bouche, ne cessait de lui poser les mêmes questions. Trop collant. Il se fâcha.

— Non ! Tu peux pas embarquer. Va jouer ailleurs. Chus écœuré de toé.

Tête basse, la lippe boudeuse, l'enfant déguerpit.

◆

Harel ne cessait d'éponger son large front. Le soleil à son zénith luisait sur son crâne. Pour mal faire, il avait oublié son mouchoir dans la voiture. Il observait sans trop d'enthousiasme son ami en train d'inspecter les lieux. Aucune trace de freinage sur la chaussée. La Corvette avait peut-être pris feu parce que les tôles rouillées et brûlantes du catalyseur avaient allumé l'incendie. Il nota cette conjecture dans son calepin noir pour la mentionner au coroner. Il se pencha, examina avec attention l'accotement et le fossé rempli de détritus : miroirs, pneus, enjoliveurs de roues, bouteilles. Il faudrait des journées pour étudier tous ces indices.

Apercevant une carte à l'envers, Louis se pencha en souhaitant découvrir un as de cœur qui lui porterait chance.

— Une carte de Mille Bornes !

Il la rejeta et elle plana jusque dans le fossé.

— Qu'est-ce que tu fais ? lança Daniel.

— Perds pas ton temps.

Daniel descendit cueillir la carte en question. Le message sur celle-ci le sidéra : il la déposa dans un sac brun sans en toucher la surface.

— C'est la carte appelée accident. C'est bizarre.

— C'est juste une carte d'un jeu de société.

Avec peine, Daniel gravit le talus qui le mena sur le viaduc. Louis, derrière, marchait péniblement en calant dans le lit de gravier concassé.

Alors que Louis lançait des cailloux en essayant de viser le panneau du CN, Daniel lui demanda de s'approcher. Il s'amena nonchalamment. Il leur fallait crier pour se comprendre. Le vrombissement des voitures enterrait leurs voix.

— Je t'ai déjà vu plus alerte.

— On perd notre temps.

Daniel montra à Louis tous les graffitis peints sur le ciment.

— Tu te prends pour Champollon?

— Champollion, tu veux dire.

Louis lut à haute voix certains messages:

— Demolition Man, LSD, Hendrix, Outlaws, Morisson, Paul, Pacific Rebel's, Tue, Hurt, Brise. Police = Cochon, Kill the Cops…

— Des graffitis comme tu en trouves partout en Amérique. Notre conducteur a lu un graffiti. Sidéré par cette révélation, il s'est jeté contre le pilier, railla Louis en s'esclaffant.

— Brillant, le Gros… Tu te surpasses.

— Des jeunes viennent ici pour boire de la bière, fumer du pot, écrire des graffitis.

— Qui est Demolition Man?

— Un crétin qui fait des courses de démolition.

Louis se pencha et ramassa le mégot d'un joint. Daniel lança:

— Sainte-Geneviève est une paroisse où le taux de délinquance est assez élevé, surtout le secteur qui borde le boulevard.

— Je le sais. J'ai grandi à côté, à Notre-Dame-de-Foy, où on leur faisait une bonne concurrence.

Daniel ramassa un caillou et fit un mouvement vers l'arrière, mais sans lancer le projectile. Louis interpréta aussitôt son hypothèse.

— Tu veux dire que…

— Il y a six mois, un homme est mort sous le pont Jacques-Cartier. Deux adolescents avaient laissé tomber une roche de vingt livres sur le toit de sa voiture. La roche est passée à travers la tôle et l'homme est mort sur le coup.

— Oui, mais ici il faudrait que le malade fasse une motion et il serait alors à découvert, alors que sur le pont les jeunes n'avaient qu'à laisser tomber le projectile.

— Admettons qu'il l'ait fait.

— Premièrement, il lui aurait fallu un sacré bon bras, et ton gars, c'est sûrement pas Steve Rodgers. Deuxièmement, il faut beaucoup de visou à cette distance.

— La loi de la gravité. Comme on est en hauteur, on peut viser plus loin et l'angle est parfait.

— Est-ce qu'ils ont trouvé un caillou dans la voiture ? Je ne pense pas.

— Il faudrait demander aux gars de l'Identité.

Daniel aperçut le long des garde-fous des embouts en plastique de petits cigares.

— Pour…

Un fardier fendit l'air en rétrogradant, actionna ses freins Jacob, ce qui empêcha toute communication. Daniel replaça ses cheveux que le passage du camion avait décoiffés. Il remarqua le crâne rôti et dégoulinant de son collègue.

— Pour me faire pardonner, je t'invite à dîner chez A & W.

— *You bet !*

Louis ne mangeait plus que de la *junk* depuis des mois, si bien qu'il devenait ardu pour eux de décider où ils allaient manger le midi. Souvent, l'un déposait l'autre quelque part et allait le chercher une heure plus tard. Au dîner, Daniel se contentait d'un repas faible en calories, et surtout très léger. Quant à Louis, il pouvait avaler trois Teen Burgers, un frite et un bock de rootbeer.

Comme Duval n'avait pas fait d'excès dans les dernières semaines, il pouvait bien se payer une frite et un hamburger.

Redescendre le talus fut encore plus difficile pour Daniel, qui grimaçait de douleur. Un mal atroce lui taraudait les quadriceps.

— T'aurais dû prendre congé. On serait pas pognés ici, lança Louis sur un ton sympathique.

— J'allais pas te laisser seul avec toutes ces danseuses.

Louis éclata d'un rire paillard. Un gros rire salé de mononcle.

— J'en ai déjà plein les mains avec Sandra…

Daniel gloussa à son tour. Louis reprit :

— Dan, tu sors ce soir ? *Come on, man !* T'es rendu pépère.

— Je vais me reposer. Regarde mon état.

— À la place du baseball, je t'invite au Balzac. C'est la soirée des dames.

— Me vois-tu danser dans cet état ?

— On te demande juste de draguer.

— Je dois préparer un syllabus.

Louis grimaça.

— Un quoi ?

— Un syllabus. Un plan de cours.

— Parle comme tout l'monde.

Duval avait été pressenti par le directeur de l'école de criminologie de l'Université de Montréal pour remplacer un collègue en sabbatique pour la session d'hiver, mais l'idée de retourner à Montréal le rebutait. Il avait enseigné à temps partiel la criminologie, mais à la mort de sa femme il avait démissionné. Cette surqualification, disaient les mauvaises langues, et les avantages monétaires que lui procurait l'échelon maximale lui valaient maints préjugés des collègues qui ne voyaient en l'université qu'un haut lieu de snobisme.

Daniel arriva enfin à la voiture.

— En passant, Dan, j'ai été voir le film que tu m'as conseillé.

— Lequel ?

— *Vol au-dessus d'un nid de coucou.*

— Puis ?

— Tu parles d'une histoire de fous !

— C'est justement une histoire de fous.

— J'ai trouvé ça long. J'ai préféré *Jaws*.

Louis affectionnait le toc et le kitsch américain. Il n'avait jamais pardonné à Daniel de ne pas être allé à Graceland lors des Olympiques de la police de Memphis. C'était comme aller à Rome sans voir…

Louis, sans avertir, fouilla dans la poche du veston de Daniel et s'empara des clés.

— C'est moi qui conduis. On sera plus vite au resto.

Malgré les sautes d'humeur que lui causait Louis depuis quelque temps, Daniel était attaché à ce macho invétéré. À son arrivée à Québec, Louis s'était empressé de faciliter son intégration à l'Escouade des crimes contre la personne. Duval se rappelait toutes les attentions de Louis et de Charlène pour rendre agréable son arrivée dans la capitale : barbecue, visites guidées de la ville, sorties dans les bars. Louis avait invité Daniel et Mimi à passer des fins de semaine à son chalet du lac Sergent. Malheureusement, Mimi et Carole, la fille de Louis, ne s'étaient pas très bien entendues ; trop différentes l'une de l'autre. Daniel appréciait la générosité du gros Louis, qui n'avait jamais ménagé ses efforts pour lui.

Daniel l'observa du coin de l'œil.

— À quoi tu penses ?

— À mes trois Teen Burgers.

◆

L'autodrome de Val-Saint-Michel était rempli à pleine capacité. Les puissants projecteurs éclairaient l'ovale d'un quart de mille. Les vieilles américaines pétaradaient en passant devant l'estrade. Le signaleur agita le drapeau blanc pour annoncer le dernier tour. Jean-Paul Cabana et Langis Caron s'échangeaient à tour de rôle la commande de l'épreuve à chaque tournant. Dans la rangée G, siège 4, H se leva et hurla ses encouragements à Langis Caron.

— Envoye, Langis ! Envoye, Langis !

À force de s'emporter, H avait répandu la moutarde et le ketchup de son hot-dog sur son t-shirt Kiss. Les spectateurs à côté de lui étaient ahuris par l'hystérie du jeune homme tatoué.

Le signaleur agita le drapeau à damier et la Malibu de Langis Caron l'emporta par la longueur d'un capot.

H sortit son portefeuille et admira son accréditation. Il avait déboursé 50 $ pour l'obtenir. Il avait aussi signé un papier qui déchargeait les propriétaires de toute responsabilité advenant un accident grave.

Intrigué par l'intérêt d'un garçon aussi jeune pour les courses en forme de huit, le commissaire lui avait demandé ce qui l'attirait dans ce genre de course. H avait répondu du tac au tac : « Les accidents. J'aime les gros crashs. » Le promoteur avait été surpris par cette réponse et par le fait que le garçon ne pose pas plus de questions. On lui avait lu les règlements de sécurité, qu'il avait écoutés avec indifférence.

La course en forme de huit allait commencer. Les vieux tacots cabossés, datant pour la plupart des années 50 et 60, s'alignèrent dans un vacarme intimidant. Les voitures n'avaient plus de silencieux. La fureur de ces vieux moteurs glaçait la colonne. La course en forme de huit étant ce qu'elle est, les conducteurs se croisaient dans la boucle. Il en résultait de terrifiantes collisions. Le gagnant était celui qui se rendait au bout de cette apocalypse de tôle. Les chocs étaient brutaux et il n'était pas rare qu'un conducteur soit transporté à l'hôpital. Un pilote avait été tué l'année précédente quand son véhicule avait pris feu après avoir fait un tonneau.

Dans les gradins, H attendait l'événement avec impatience. Il s'alluma un Colt et s'imagina prenant part à la course du jeudi. Il avait lu les prédictions astrologiques de son signe dans l'almanach de sa tante. On annonçait au scorpion du succès, Mars étant en Verseau. Lorsqu'on présenta Kid Samson, alias Demolition Man, il hua à pleins poumons, ce qui surprit ses voisins d'estrade. Samson était le pilote le plus apprécié pour sa témérité. Il fonçait sans peur, mais frappait proprement, comme on disait dans le milieu. Les voitures s'avancèrent chaotiquement vers la grille de départ.

On donna le signal. Les voitures s'élancèrent dans un nuage de fumée. Dès le premier croisement du train de voitures, une longue clameur se fit entendre. La collision avait été évitée de justesse. H était hypnotisé, assis sur le bout de son siège. Dans ce jeu du chat et de la souris, il fallait éviter d'être pris en souricière. C'était un chassé-croisé infernal où on devait accélérer et braquer pour s'en sortir.

La foule réagit bruyamment dès les premières collisions. Les chocs produisaient des sons assourdissants suivis d'intenses clameurs. Samson toucha le pare-chocs arrière d'un conducteur qui sortit du parcours et abandonna. Des « let's go Kid » se firent entendre. H souhaitait que Samson se fasse ramasser. Sinon il s'en occuperait lui-même. Peu à peu la piste devenait un cimetière de voitures agonisantes.

H se leva sur la pointe des pieds, trop excité par la fin de la course. Il ne restait que cinq voitures. Steve Baker de Shannon essaya de prendre Samson en sandwich entre lui et Fernand Picotte, mais Demolition Man s'échappa de justesse, au grand dam de H qui le vilipendait en le traitant de pourri.

— Envoye, Baker, pèse s'a suce, envoye tue-le, câlisse ! Maudit chieux !

Les spectateurs à ses côtés se retournèrent en riant. Il s'adressa à son voisin comme s'il était porteur d'une grande vérité.

— Aujourd'hui, les gars se protègent trop. Y z'ont peur de s'faire mal. Y ont pas d'couilles. Y pensent juste à leu chèques.

Une détonation de tôle, véritable coup de tonnerre, suivie d'une longue clameur, mit fin à la course : la Plymouth de Steve Baker venait d'être emboutie à l'aile avant. L'orgueil de Shannon s'extirpa sous l'acclamation de ses admirateurs. Samson remportait une autre victoire. Il salua la foule et sa bagnole qui toussait effectua un tour d'honneur. Le pare-chocs déglingué frottait sur la piste en faisant jaillir des étincelles.

H se leva sans demander son reste.

Sur la route de Val-Bélair, il poussa le moteur de la Pinto de sa tante au maximum. La pédale d'accélération au plancher, il se trouvait presque toujours dans la voie de gauche. Le petit quatre cylindres agonisait. Sur le boulevard, H colla les pare-chocs des autres conducteurs, donnant l'impression de les tasser dans la voie de droite. Il poussa un cri d'animal en dépassant deux auto-stoppeuses qui sursautèrent. Ses yeux étaient exorbités. Il vivait un grand moment ! Il était en train de devenir celui qu'il avait toujours rêvé d'être. Sa vie changeait. Paul n'était pas loin qui le regardait.

◆

Daniel Duval habitait une maison de style géorgien dans le quartier Saint-Sacrement : un petit cottage en briques qui datait d'une cinquantaine d'années, situé en bordure de la falaise tout près de la Pente-Douce. Les fenêtres en saillie du premier et du second niveau offraient une vue imprenable sur les Laurentides, tandis que la fenêtre en baie à l'arrière s'ouvrait sur un petit jardin anglais. Un mur en pierres grises séparait sa cour de la ruelle. Les propriétaires précédents avaient planté une multitude de vivaces et la vieille tonnelle en cèdre était couverte de clématites qui allaient bientôt éclore. Des phlox variés coloraient la plate-bande. Les pivoines avaient toutes écloses et le magnolia perdait ses dernières fleurs blanches en forme d'hélices.

Le cottage était meublé avec simplicité. Daniel avait vendu tout le mobilier que sa femme et lui avaient acheté pour le remplacer par des meubles classiques parés de tissus Laura Ashley. C'est sa fille qui les avait choisis avec la décoratrice.

La maison était encore pleine de l'odeur du fenouil au parmesan qu'il avait servi comme légume d'accompagnement. Daniel rangeait les derniers ustensiles dans le lave-vaisselle.

Une douce musique jouait à l'étage. Mimi, qui suivait des cours au Conservatoire de musique, pratiquait sa flûte traversière.

Il versa le savon, appuya sur la touche de démarrage et la cacophonie du confort moderne l'agressa. Il monta péniblement à l'étage. L'escalier en érable qui longeait le mur de brique craquait de partout. L'heure des devoirs était un rituel pour le père et la fille. La fin des classes approchait et Mimi était fébrile à l'idée de partir au camp musical.

Daniel entra dans la salle de bains pour se brosser les dents tout en écoutant les progrès de Mimi à la flûte.

Sa fille étudiait chez les Ursulines ; souhait qu'avait manifesté Marie-Claude, qui croyait davantage en l'enseignement privé. Daniel n'était pas d'accord, mais il ne s'était jamais opposé à cette volonté. Mimi, elle, voulait aller à l'école publique. Elle n'en pouvait plus de porter cette jupe de tartan. Elle avait honte d'être parfois photographiée par des touristes lorsqu'elle sortait par la porte cochère du couvent. Sœur Marie-Léa l'avait semoncée parce qu'elle avait pris l'habitude de changer de vêtements à l'heure du dîner avant de s'échapper de l'enceinte.

Daniel s'appuya contre le chambranle et la regarda jouer, dos à lui, totalement emportée par sa partition. Mimi répandait les notes joyeuses d'une sonate de Bach sur sa flûte argentée. Elle était passionnée de musique et songeait poursuivre ses études dans ce domaine. Elle était grande, comme sa mère, plutôt granola, et elle portait toujours une salopette blanche et cette chemise fleurie qu'elle lui avait empruntée. Elle puisait de plus en plus dans sa garde-robe à la recherche de chemises amples et confortables. Daniel trouvait fascinant de voir Mimi se développer. Parfois il avait l'impression de retrouver un instant Marie-Claude, le côté artiste en plus. Mimi était fière, espiègle, frondeuse : des traits qu'elle avait hérités de sa mère. Daniel vivait bien sa relation avec sa fille. Ils avaient une bonne communication. Duval savait quand faire preuve de discipline et quand relâcher la tension. Son père lui avait souvent répété, à propos des enfants : « C'est comme les vaches, ça ne donne rien de les attacher, elles finissent toujours par revenir dans l'enclos. » C'est ce petit bout de femme de douze ans qui l'avait relevé durant son deuil. Son père, qu'elle croyait invincible, était devenu un être brisé, prostré. Elle l'incitait à sortir, à voir sa famille, ses amis, à faire du sport au lieu de boire de la bière devant la télé. Elle avait dû parfois crier, le talonner, le couvrir de bêtises pour qu'il se remette à fonctionner, s'occupe de la succession. Un samedi matin, elle avait sorti ses chaussures de sport et son survêtement de jogging et l'avait obligé à aller courir. Il s'était plié à l'injonction.

Le corps de Mimi semblait bercé par la musique, captif du rythme. Ses longs cheveux brun clair étaient secoués lorsqu'elle entamait un nouveau mouvement.

Après le morceau, Daniel applaudit l'interprétation de Mimi. Elle grimaça.

— Mon doigté est à revoir. Mais au moins j'ai pu la jouer sans me tromper.

Elle essuya sa flûte et la rangea dans son étui.

— Tu voulais de l'aide pour ta grammaire.

— Je ne comprends rien aux verbes pronominaux. Je ne sais pas comment les différencier. J'ai un test demain.

— Qu'est-ce que tu vas faire?

— Allez, p'pa, niaise pas.

— Une chance que t'es bonne en math…

Daniel était le seul policier à pouvoir écrire des rapports sans fautes et ses collègues ne cessaient de lui demander d'épeler tel ou tel mot, trop paresseux pour vérifier dans le Robert.

Il regarda le tableau des conjugaisons des verbes pronominaux.

— D'abord, ton professeur a dû te dire qu'il existait quatre types de verbes pronominaux.

— Non, elle n'a jamais dit ça. Elle explique mal.

— Impossible. Tu ne devais pas écouter.

— La maudite bonne sœur parle trop vite.

— Prenons le premier cas, dit Daniel en pointant le bout de son index sur l'exemple donné dans Grévisse. Elle s'est blessée. Elle a blessé qui? S apostrophe mis pour elle-même. Le COD est avant le verbe et donc le verbe s'accorde.

Elle l'interrompit en entendant son exemple.

— En passant, elle a appelé.

— Elle ?

— La fille. Tu sais de qui je parle. La coureuse qui te court après…

— Elle s'appelle Laurence.

Mimi désapprouvait cette liaison mais elle pressentait que, tôt ou tard, elle n'aurait pas le choix de l'accepter. Cette fille lui paraissait trop jeune pour son père. Elle n'arriverait jamais à remplacer sa mère.

Elle regarda son paternel avec une moue désapprobatrice, puis son regard se posa sur l'affiche de Peter Gabriel costumé en chauve-souris.

— Qu'est-ce qu'elle a dit ?

— De la rappeler.

— À l'hôpital ou à la maison ?

— J'en sais rien. Je ne voulais pas qu'elle me raconte sa vie.

L'entrée de Laurence dans la vie de Daniel perturbait sa fille. Daniel envisageait de discuter de la question avec Mimi. Pour l'instant, cela ne servait à rien, puisqu'il ne savait pas quelle tangente prendrait cette relation. Il voulait éclaircir la situation, mais sans rien précipiter. Il craignait les réactions de Mimi si les choses allaient trop vite. Daniel ramena sa fille, perdue dans la lune, à sa grammaire Grévisse. Mimi tiqua.

— Oui, mais pourquoi un COD, là. Il n'y a pas de verbe avoir !

— C'est la règle. Essayons l'autre exemple. Elles se sont donné la main.

— Elles ont donné quoi ? La main, le COD est placé après le verbe, donc ça ne s'accorde pas.

— Tu as tout compris, ma chouette.

Elle prit son air espiègle et alla droit au but.

— Est-ce que vous vous êtes donné la main ?

— Ici, le verbe donné ne s'accorde pas, ironisa Daniel.

— Change pas de sujet.

— Mimi, c'est l'heure des verbes pronominaux.

Après lui avoir expliqué les cas 3 et 4, Daniel lui demanda de finir seule l'exercice qu'il corrigerait par la suite.

Daniel fixa le babillard devant le bureau de travail : sa fille avait épinglé une photo de lui en train de traverser le fil d'arrivée du marathon de Boston, complètement livide. À côté, il y avait une photo de famille prise à Disneyland et une autre montrait Marie-Claude, seule, le jour du dernier anniversaire célébré en famille. La chambre était tapissée de photos montrant les accoutrements scéniques du chanteur de Genesis, l'idole de Michelle. Des revues *Rock n' Folk* jonchaient la table de nuit. Aussitôt qu'elle avait sept dollars en poche, elle achetait un disque, surtout du progressif, et depuis quelque temps du classique. Sa chaîne stéréo, dans l'encoignure en érable, était sa fierté. Elle et son père se livraient parfois une dure bataille pour le droit d'écouter de la musique. Il lui avait finalement acheté un casque d'écoute.

Daniel se leva, posa affectueusement sa main sur l'épaule de sa fille.

— Je vais aller téléphoner. Je reviens tout de suite après.

Daniel descendit péniblement l'escalier en s'appuyant contre la rampe. Il alla à la cuisine, ouvrit la porte du congélateur, agrippa un sac de glace.

Il remonta à l'étage, entra dans la salle de séjour. Le soleil s'apprêtait à descendre derrière les Laurentides. Sa lumière éclairait les façades ouest du quartier Saint-Sauveur, là où Roger Lemelin avait immortalisé la famille Plouffe. Il prit le téléphone sur son bureau en cerisier, se laissa choir en expirant dans son fauteuil club de cuir rouge, son poste d'observation de la ville. Il appliqua le sac de glace sur son pied.

Il connaissait déjà par cœur le numéro de Laurence. Il le composa sans hésiter, sans penser à sa nervosité. Il voulait être à la hauteur, lui dire des choses amusantes, faire preuve d'esprit même s'il n'avait, selon lui, aucun talent pour cela.

— T'as manqué l'entraînement ? lui demanda Laurence.

— Si tu me voyais : un vrai cul-de-jatte.

— Tu viens au cinéma ? Il y a *Vol au-dessus d'un nid de coucou.*

— Je l'ai déjà vu, mais je le reverrais avec plaisir.

— T'es sûr ?

— Oui.

— On se rejoint devant le cinéma Cartier. À tantôt.

Pour sortir dans cet état et après cette journée, il fallait que ce soit sérieux. Il avait quinze minutes pour corriger les exercices de Mimi. Il prit le sac de glace et souhaita que sa fille ait tout compris.

◆

Il n'y avait qu'une dizaine de clients au Clarendon, un bar de style art déco aux magnifiques boiseries et paré d'imposants corbeaux en bois. Les frères Côté, des musiciens locaux qu'on entendait de plus en plus, interprétaient *Night in Tunisia*. Daniel était un fervent de jazz mais, contrairement à Laurence, il détestait le jazz rock qui faisait présentement un tabac. Elle portait une robe légère en coton blanc. Daniel la trouva encore plus belle. Le soleil avait hâlé sa peau et elle s'était reposée des fatigues du marathon. Un massage sportif lui avait permis de réparer ses muscles abîmés, qui guérissaient normalement.

Jamais Daniel n'avait autant disserté sur un film. Il parlait avec enthousiasme : « Nicholson mérite son Oscar ! Quelle performance ! » et Laurence répondait qu'elle l'avait préféré dans *Chinatown* de Polansky.

La serveuse s'approcha avec les Martinis. Laurence sortit son portefeuille.

— C'est ma tournée.

Il leva son verre et porta un toast. Il ajouta avec une certaine timidité, tout en se donnant une contenance : « À nous deux. » Les paupières de Laurence se refermèrent assez longtemps pour qu'il comprît que le geste était apprécié.

Elle le trouvait séduisant lorsque sa main ramenait sa longue chevelure vers l'arrière. Elle fit son sourire le plus chaleureux.

Le saxophoniste entonna *Naima* de Coltrane.

Elle voulait reprendre la conversation là où ils l'avaient laissée dans l'avion. Elle ne connaissait qu'une partie de la réponse à la question qu'elle lui avait posée alors.

— Pourquoi es-tu déménagé à Québec ?

Daniel se rembrunit, inspira et expira longuement.

— Ma femme a fait partie de la première génération de femmes policières. Son intégration a été extrêmement difficile. On lui a fait sentir que ce n'était pas sa place. À son arrivée, personne n'a voulu faire équipe avec elle parce qu'elle était une femme. C'était humiliant. Les policiers disaient craindre pour leur sécurité. Tu imagines. Puis les mauvaises blagues : un tablier déposé dans son casier, des remarques sexistes. Une longue descente aux enfers. Elle allait travailler à reculons. Moi, j'étais pris en sandwich. Je n'osais plus regarder certains de mes anciens collègues. J'étais déjà aux enquêtes criminelles. Marie s'est retrouvée en pleine dépression, mais elle a persisté. Elle avait beaucoup de caractère. Puis, un matin de juillet 1972, alors qu'elle répondait à un appel d'urgence, un conducteur a brûlé un stop et a embouti sa portière. Elle est morte pendant son transport en ambulance. Ce jour-là a été le début de la spirale vers le fond. J'aimais Marie et je me retrouvais seul avec un enfant à élever et des collègues qui m'avaient trahi en faisant subir à ma femme une véritable torture mentale. Il me fallait partir. Il y avait deux ou trois hypocrites en uniforme que je me voyais tuer…

Duval avala sa salive. Il n'irait pas plus loin.

En faisant attention de ne pas renverser les verres, Laurence avança lentement sa main qui se referma sur celle de Daniel. Sa gorge était nouée. Leurs yeux s'accrochèrent, pleins de langueur. Sans qu'il cesse de la regarder intensément, ses doigts remontèrent doucement vers le visage de la jeune femme. Elle posa ses lèvres humides contre la main de l'homme.

Il ne ressentait plus l'agonie du marathon.

CHAPITRE 4

Duval entra à la centrale à huit heures moins deux, le cœur si léger qu'il ne s'aperçut pas qu'il boitait moins que la veille. En plus, il avait oublié de se raser, ce qui ne lui arrivait jamais. Il était rentré vers une heure, mais n'avait pu trouver le sommeil que tard dans la nuit. Nuit pleine de lumière au cours de laquelle il n'avait cessé de rêvasser en écoutant de la musique. Il entra en sifflant *My Funny Valentine*. Claire, la secrétaire de l'escouade, grimaça de douleur en le voyant claudiquer vers son bureau.

— Lieutenant, vous n'êtes pas raisonnable. Vous vous faites souffrir par le sport.

— C'est la seule façon pour un policier d'être sanctifié… et de supporter son patron…

— Justement, le monsieur Pouliot veut vous voir dans son bureau.

La vieille dame lui chuchota à l'oreille.

— Il n'a pas l'air dans son assiette.

— C'est quand la dernière fois qu'il l'a été ?

En bon arriviste qu'il était, Pouliot profitait de l'absence du capitaine Dallaire pour se faire voir.

Duval alla à son bureau et vit que Harel ne s'y trouvait pas. Depuis un mois, Louis arrivait systématiquement en retard.

Il lut les mémos qui s'empilaient dans son casier et n'y trouva rien d'important. Encore une fois le bulletin du syndicat s'insurgeait contre la décision du gouvernement Trudeau de tenir un vote à la Chambre des communes sur l'abolition de la peine de mort. Daniel pensa à la pétition qu'il avait refusé de signer. Lors de la dernière réunion syndicale, il avait été hué pour avoir pris position contre la peine capitale, alors que la majorité des membres étaient en faveur. « Robitaille serait fier de toi, calvaire », avait vociféré Malo. Jean Robitaille, un jeune policier qu'il avait peu connu mais grandement apprécié, avait été assassiné six mois auparavant. Une semaine avant Noël, un gangster l'avait abattu en sortant de la succursale de la Banque de Montréal à Place Laurier. Daniel jeta le bulletin à la poubelle et se dirigea vers le quartier général de Pouliot.

La secrétaire du patron avisa ce dernier que le lieutenant était arrivé. Une voix bourrue annonça qu'il pouvait entrer.

Pouliot remplissait de café sa tasse des Nordiques. Il ne salua pas Duval, mais grogna un son guttural en signe de bienvenue. Il s'alluma une Players à bout uni. Pouliot fumait trois paquets par jour et ses cordes vocales émettaient un bruit de tôle quand il parlait. Il avait le teint hâve et des dents jaunies, soulignées par des lèvres lippues. Ses cheveux gris permanentés tiraient sur le jaune. Devant lui, son cendrier Michelin en forme de pneu ne désemplissait jamais. Daniel était toujours dégoûté à la vue de ce pachyderme fumant. Son corps n'était qu'une masse de replis graisseux. On ne peut pas avoir un esprit sain dans un corps pareil, se prit-il à penser. Il détestait être examiné par ces gros yeux sanguins de saint-bernard. Pouliot extirpa du bout des doigts un brin de tabac qui était accroché à sa lèvre inférieure.

— Assis-toi, Dan. J'ai deux mots à te dire. C'est quoi l'idée de faire remorquer ce char-là et de perdre une journée sur une affaire classée ? Pendant ce temps-là, on est sans nouvelles du meurtrier de Manon Therrien. Six mois que ça traîne.

Duval se rembrunit mais garda son calme.

— Pour la danseuse, on attend des renseignements d'un indic.

— Écoute, t'as huit heures pour fermer le dossier du chauffeur de Corvette. C'est clair ?

— Oui, Chef… dit Duval pour le narguer.

Comme Pouliot était chef de l'escouade par intérim, il aurait dû l'appeler capitaine, ce que refusait Daniel. Il quitta la pièce sans saluer.

De retour à son bureau, il y trouva Louis, les deux pieds appuyés sur sa table. Il buvait son café, fumait sa cigarette et lisait son journal. Daniel fut surpris de constater que le Gros n'avait que cinq minutes de retard. Ses yeux cernés et son visage aussi froissé que son veston ne laissaient aucun doute sur ses activités nocturnes. Le démon du midi faisait son œuvre. Ses souliers en daim reposaient sur un procès-verbal. Puisque Charlène travaillait chez Tip Top, elle habillait Louis comme une carte de mode. Il portait un pantalon en flanelle beige, une chemise rouge en coton et une veste sport marron, de confection italienne.

— As-tu passé la nuit sur la corde à linge ?

— Non, sur le corps de Sandra à me faire brasser le pogo jusqu'à quatre heures du matin. Je l'ai rejointe après son chiffre de nuit. Je me contrôle plus. C'est l'enfer. J'ai jamais *shifté* comme ça. En passant, j'ai dit à Charlène que j'étais sorti avec toi, qu'on préparait une arrestation délicate.

— C'est pour ça que tu tenais tant à me faire sortir, hier. Pour te donner bonne conscience.

— J'en ai plus depuis longtemps.

Louis bâilla. Il avait les yeux dans le cirage.

Daniel le jugea tellement mal en point physiquement qu'il lui proposa de retourner à la maison.

— Es-tu fou ? Charlène est en congé. Elle va me tomber dessus pour être rentré aussi tard.

— Pouliot nous donne encore huit heures pour éclaircir le dossier de la veuve.

— C'est déjà trop.

Louis sirota son café noir trop chaud, souleva avec dépit son *Journal de Québec*, le laissa retomber et se mit à pester. Il était furieux contre les Expos. André Dawson avait fait gagner les Métros contre les Aigles de Trois-Rivières, mais les Expos le rappelaient dans leur formation.

— Y frappait pour 359. Les Expos ont une saison de misère. Ils auraient pu nous le laisser. On a rien, icitte. P'tit pain !

— Allez, le Gros, amène-toi. Demain on reprend le dossier Therrien.

— Le gros bon sens qui te revient.

Il avait promis à Sandra qu'il arrêterait le ou les assassins de Manon, « sa chum de fille ». Il attacha l'étui de son 38, expectora, avala une menthe Tic-Tac, fourra son gros index dans son oreille pour un curetage digital, puis d'un signe de tête indiqua qu'il était prêt.

Daniel tenait à enquêter dans les rues voisines du lieu du drame. En questionnant les locataires, il espérait obtenir des informations. Il se rendit dans la rue de Brabant dans la paroisse Saint-Benoît. Des immeubles, aussi moches que ceux de la rue de Norvège, tous identiques avec des balcons aux couleurs criardes et une brique grise, s'alignaient le long de l'autoroute Duplessis. La seule chose qui brisait la ligne de ces blocs de béton était un toit en forme de pignon qui saillait comme une coque de navire. Ils se garèrent devant l'entrée du 732, le plus près possible du lieu de l'impact. Avant d'entrer, Duval observa le viaduc.

Harel ouvrit la porte. Une odeur d'ammoniac rappelant la morgue lui leva le cœur. Les marches de l'escalier étaient recouvertes d'une mosaïque de petites céramiques turquoise et blanches.

— Occupe-toi du rez-de-chaussée, Louis, je me charge du deuxième étage. On se rejoint au premier. Ça va t'éviter de monter un étage de plus…

— Trop bon…

— Tu vois comme je prends soin de toi…

D'une porte à l'autre, des dames méfiantes répondaient qu'elles n'avaient rien vu. Ou les gens étaient absents. Ils se retrouvèrent vite à l'étage. Daniel frappa au 120 et un homme au visage couperosé apparut dans l'embrasure de la porte. Il décrocha la chaîne de sûreté en voyant la carte de Harel. Ses cheveux blancs en bataille et son pyjama à rayures bleues indiquaient que c'était un lève-tard. Une forte odeur de bacon et d'œufs s'échappait de l'appartement. L'homme avait une énorme pomme d'Adam qui ne cessait de remuer.

— Y a eu un gros crash vendredi soir. Avez-vous vu quelque chose de spécial? demanda Duval.

— Comme je l'ai dit à mon voisin, j'étais couché. J'ai entendu comme un pneu qui éclatait, puis ensuite un autre choc assez violent. Le train de marchandise du CN passait en même temps.

— Le train?

— L'accident est arrivé pendant que le train de marchandise traversait le viaduc. Y passe toujours à la même heure. Je suis sûr que le conducteur a eu une crevaison. Ç'a fait pouf!

Daniel regarda Louis, qui paraissait tout aussi sceptique que lui. Tous deux savaient que le pneu d'une voiture n'éclatait pas en faisant un bruit assourdissant. Seuls les pneus des poids lourds explosaient violemment, ce qui pouvait être fatal en raison de la pression libérée.

— Vous êtes certain d'avoir entendu deux sons distincts ?

— À une seconde d'intervalle.

Le vieil homme, sûr de lui, hochait la tête et sa pomme d'Adam opinait dans le même sens.

— Je vous remercie, monsieur. Je peux savoir votre nom ?

— Roger Sylvain. C'est moi le concierge. J'ai toujours été le concierge. Ma femme voulait pas que je devienne le concierge. Trop de trouble. Vingt ans que je suis concierge.

Daniel leva l'index pour faire cesser ce radotage.

— Une autre question, monsieur le concierge : avez-vous déjà vu des jeunes du coin tirer des cailloux sur les automobiles ?

— Non, mais ça ne m'étonnerait pas qu'il y en ait. Les jeunes ne respectent plus rien. C'est pas comme dans mon temps. Ils cassent tout.

Avant qu'il se lance sur cette nouvelle rengaine, Louis le remercia afin de s'éclipser. Il détestait entendre radoter des gens du troisième âge. On ne parvenait plus ensuite à leur fermer la trappe, sauf en les coupant.

— On vous remercie, monsieur, dit Duval à son tour.

Il referma enfin la porte. Duval ne pouvait plus retenir le fou rire qui le torturait, comme celui qui le prenait parfois à l'église quand il était jeune.

Harel se mit à cabotiner en descendant l'escalier.

— Je voulais être concierge, mais ma femme voulait pas que je sois concierge. Elle disait que la conciergerie, c'était pas fait pour moi. Mais moi, je voulais être concierge. La conciergerie, c'est pas un cadeau.

Duval dut se tenir à la rampe pour ne pas s'écrouler de rire.

— Arrête, Louis.

Le Gros cessa sa parodie et Daniel rangea son calepin dans sa poche.

◆

La gare de voyageurs de Sainte-Foy n'avait aucune envergure avec ses allures de chalet. À ses côtés, la gare de triage étendait ses bras de fer. Des cordons de trains attendaient dans leurs zones respectives. Derrière, les piliers des ponts, verts d'un côté et blancs de l'autre, encadraient un ciel gaufré.

Harel s'alluma une cigarette et envoya valser l'allumette derrière lui. Ils marchèrent jusqu'au poste de débranchement et Daniel s'adressa au répartiteur.

— On est de la police et on aimerait savoir qui conduisait la locomotive qui allait vers Cap-Rouge dans la nuit de vendredi.

L'homme releva sa visière et consulta un horaire complexe. Il regarda l'horloge, fit claquer son dentier.

— C'est Boutin. Dépêchez-vous, son train part dans quinze minutes. Il est dans la voie de sortie.

Par une fenêtre de la tour d'observation, l'homme indiqua du doigt l'emplacement du train.

Une forte odeur de diesel imprégnait l'air humide. Un jeune aiguilleur pointa sa clé en direction de Boutin. Ce dernier nettoyait les fenêtres extérieures de sa locomotive rouge et noire. Des mèches de cheveux roux sortaient de sa casquette et son visage blême était picoté de taches de rousseur. Bouteille de Windex à la main, il vaporisa le liquide bleu dans une vitre et se mit à frotter énergiquement. Duval leva la tête vers lui en se protégeant du soleil avec sa main.

— Bonjour, monsieur Boutin. On est enquêteurs à l'Escouade des crimes contre la personne et on a quelques questions à vous poser.

Le conducteur s'arrêta de frotter, méfiant, puis déposa la bouteille sur la tablette.

— Montez.

Ils gravirent le marchepied latéral et pénétrèrent dans la cabine de contrôle. Boutin s'assit à son poste de conduite et s'emporta :

— Qu'est-ce que j'ai fait ? Pas ma pension alimentaire, encore ?

Duval esquissa un sourire.

— Non, rassurez-vous. C'est au sujet de la collision qui s'est produite vendredi soir.

Le cheminot enleva sa casquette orangée et se gratta la tête.

— Oui, on passait au même moment, mais j'ai rien vu, rien entendu. Je traînais cent wagons – il prononçait ouâgon –, je transportais des dizaines de milliers de tonnes de marchandises et rien n'a bougé. Un moustique.

— Avez-vous vu quelqu'un sur le viaduc ? demanda Louis.

— J'ai vu un homme à un kilomètre du *tracel* de Cap-Rouge. Un grand pouilleux tout croche qui marchait sur les traverses. J'ai donné trois coups d'avertisseur avant qu'i' se tasse. Il était complètement perdu. Il avait l'air de se parler à lui-même.

— L'aviez-vous déjà vu ? demanda Harel.

— Des pouilleux, on en rencontre plein le long de la *track*.

— À quelle heure vous l'avez vu ?

— Vers une heure et dix.

— L'accident est arrivé à une heure.

Duval en déduisit qu'il ne pouvait pas s'agir du suspect.

— Savez-vous si les jeunes ont tendance à tirer des cailloux sur les voitures, du haut de la voie ferrée ? demanda Duval.

— C'est vous qui devriez savoir ça.

— Toutes les plaintes ne sont pas rapportées, rétorqua Harel.

— Les p'tits crisses mettent des roches sur les rails. J'ai toujours rêvé d'en accrocher un, hostie.

— Qui se trouvait dans le wagon de queue ?

— C'est Curly.

— Pouvez-vous le faire venir ? demanda Daniel.

Boutin prit le téléphone et avisa Curly que deux policiers voulaient lui poser des questions.

— … et demande à Conrad de t'amener en voiture.

Un homme aux jambes démesurément longues et maigres se pointa trois minutes plus tard. Ses lèvres étaient enflées comme deux larves et surmontées d'une moustache bien fournie. Ses sourcils se rejoignaient à la racine du nez en un T parfait et ses yeux bridés lui donnaient un air vaguement oriental. Tout était souligné chez lui, même sa coiffure afro-américaine, d'où lui venait son surnom de Curly.

Le bras moucheté de paillettes rousses pointa les policiers :

— Ces messieurs de la police veulent savoir si t'as vu quelque chose.

— Vous étiez dans le wagon de queue, vendredi, quand il y a eu l'accident sur le boulevard Duplessis. Avez-vous vu quelque chose de suspect ?

Curly hocha la tête.

— J'ai entendu comme un bruit d'explosion, suivi d'une autre détonation. J'étais près de l'impact. Puis j'ai vu un homme tomber et s'éloigner dans le boisé.

— Vous êtes sûr ?

— À peu près.

— Pourriez-vous le décrire ?

— Non, il avait des vêtements foncés. Il portait un sac, ça j'en suis sûr.

— Quelle sorte de sac ?

— Un sac de sport.

Le téléphone sonna. On indiquait à Boutin et à Curly que tout était en ordre et que leur convoi pouvait partir. Boutin regarda l'heure et signala aux policiers qu'ils devaient y aller.

— Pourriez-vous venir au poste ? demanda Duval.

— Je ne peux rien vous dire de plus, et là on part pour Sarnia.

Daniel insista.

— Le gars était grand, petit ?

— Assez grand. Six pieds.

— Jeune ?

— Aucune idée.

— C'est possible qu'on vous rappelle, dit finalement Daniel en fourrant son calepin dans la poche de sa chemise.

Il descendit le marchepied en se tenant au garde-corps. Une fois sur le plancher des vaches, il dénoua sa cravate :

— Qu'est-ce que t'en dis ?

— Il te reste cinq heures, dit Louis en regardant sa montre. Il est midi. J'ai faim. On va chez Sam Wong ? Cinq piastres pour le buffet à volonté. Le patron m'a rien chargé quand je suis allé la dernière fois.

Louis savait tirer tous les avantages que lui procurait son métier de policier.

Pour la quatrième journée de suite, le mercure avoisinait les 30° C. La canicule semblait s'installer à demeure. Sur la route, les automobilistes s'impatientaient à la moindre erreur des autres conducteurs. Louis, qui lisait le journal, s'emporta en lisant un gros titre :

— Un médecin accusé du meurtre de dix nouveau-nés. Méchant malade ! Ensuite les calvaires de politiciens veulent leur épargner la peine de mort.

Daniel roula les yeux et fronça les sourcils, car il savait que le message lui était adressé.

— On ne va pas recommencer avec ça, le Gros.

— Je te taquine.

Harel commentait toutes les nouvelles spectaculaires. Mais l'idée ne lui serait jamais venue de parler de la bataille de Beyrouth qui venait de commencer, ou de celle des gens de l'air qui s'amorçait au Canada.

Le dragon sur l'enseigne du restaurant Sam Wong fit siffler *Kung fu Fighting* à Louis. Le stationnement du restaurant était rempli, comme à tous les midis. Quand ils se levèrent de la banquette de l'auto, leurs chemises restèrent collées un instant au dossier.

Duval allait refermer sa portière quand il reçut un message radio de Pouliot.

— Laisse faire, Dan. Y rappelleront.

Duval prit le micro; ce n'était pas dans ses habitudes de ne pas prendre les appels.

— Oui, qu'est-ce qu'il y a?

— Les gars du labo confirment qu'une balle a perforé le pare-brise.

— Où est le corps de Bernier?

— Tu parles. C'est ça le problème. Le coroner a appelé le croque-mort pour reprendre possession du corps. On s'apprêtait à l'incinérer avec une balle dans le corps. Villemure est à compléter son autopsie. Il vous attend.

Louis hochait la tête de stupéfaction.

— J'en reviens pas. Félicitations!

Daniel ne pavoisa pas. Il avait seulement hâte de regarder Pouliot dans les yeux.

— On dîne, et ensuite on passe à la morgue.

◆

La Chevrolet descendit la côte Saint-Sacrement. Duval avait toujours été sidéré par l'étrange parcours qui menait au 1600, rue Semple, l'Institut de médecine légale et de police scientifique. Emprunter une rue appelée Saint-Sacrement pour se rendre à la morgue avait quelque chose d'insolite. Dans le rétroviseur, la grosse église d'inspiration gothique et romane dressait ses clochers. La voiture traversa le boulevard Charest et Duval tourna à gauche dans la rue Semple. La morgue était située dans un parc industriel, c'était une suite d'entrepôts et de hangars. Plusieurs compagnies de transport y étaient établies, comme si elles avaient le mandat de vous conduire au paradis ou en enfer. Mais ce qui amusait Duval et Harel, c'étaient les nombreuses entreprises d'alimentation, Canadian Salt, Courtiers en alimentation provinciale, Nutribec, qui voisinaient la morgue ; de quoi inquiéter les paranoïaques. Par un cynique hasard, la rue Semple n'avait aucune issue à l'ouest. Un *dead end*, comme disent les Anglais.

L'odeur de formol, alliée aux miasmes sucrés de la mort, embaumait le long corridor blanc. Les murs froids, en carreaux de céramique lustrés, menaient aux salles d'autopsie et de radiographie.

Louis avala une Tic-Tac avant d'entrer dans la première salle d'autopsie.

Villemure, le médecin chef du laboratoire, était un homme trapu dans la cinquantaine. Il avait les cheveux blancs, légers et souples. Derrière des verres à doubles foyers retenus par un cordon perçait l'éclat de ses yeux bleus que n'avait pu ternir la contemplation de la mort. Il exerçait également le métier de pathologiste au CHUL et il était rattaché à la faculté de médecine de l'Université Laval. Sans mauvais jeu de mots, c'était un bourreau de travail qui se tuait au boulot. Il avançait dans les corridors de la morgue comme un demi-offensif sur un terrain de football. Deux fois la semaine, il allait donner un cours qu'il prodiguait avec brio. Laurence avait dit à Daniel que les leçons d'anatomie de Villemure étaient fascinantes. Ce pédagogue avait une façon bien à lui de s'adresser aux élèves : « Vous avez ici les trompes de Fallope. Qui est Fallope ? Non, monsieur, ce n'est pas une constellation. Aucune idée ? » Son regard balayait la salle de cours. « C'est un médecin de la Renaissance, l'assistant du grand Vésale, qu'il remplaça à la chaire de médecine de l'université de Padoue. On ne vous a pas parlé de Vésale, le chirurgien de Charles Quint ? Mais qu'est-ce qu'on vous apprend aujourd'hui à la faculté ? Dire que je me dirige vers ma retraite… »

Tous les enquêteurs aimaient travailler avec François Villemure, car il donnait des pistes qui faisaient gagner un temps précieux. Parfois, l'examen des aliments non digérés dans un estomac lui suffisait pour mettre les enquêteurs sur la bonne voie. « De la *junk* ! Interrogez les serveurs du A & W ou du Harvey's près de l'endroit où on l'a découverte. Elle a été violée tout de suite après avoir mangé cette cochonnerie. »

Au début de sa carrière, Duval mettait un masque quand il entrait dans la salle d'autopsie, mais il s'était depuis habitué à l'odeur de décomposition, sauf dans les rares cas où les asticots couraient sur les tables.

Devant le médecin s'étalait le corps nu d'une femme dans la cinquantaine, raide comme une barre, le dos et le côté du corps couverts de lividités. On l'avait trouvée morte derrière le domaine Maizeret, une quinzaine d'heures plus tôt. Maître Dionne, le coroner, avait demandé une autopsie.

Villemure releva les yeux du cadavre et salua les deux enquêteurs.

« Salut, messieurs. Voulez-vous un chien ? La dame était sortie faire une marche avec son pitou. Il est à la SPCA. »

Il plongea à nouveau ses mains dans la cavité ana-
tomique dont les intestins jaunâtres saillaient comme
un réseau inextricable de boyaux.

— Je suis à vous dans un instant. On est débordés.
La canicule est le pire des psychopathes.

Devant la porte battante, Harel, qui s'était bourré la
panse de côtes levées et de *egg rolls*, n'en menait pas
large.

Villemure déposa le poumon droit sur le plateau de
la balance, nota le poids dans son rapport. Il le découpa
ensuite en tranches fines. Il gratta les tissus avec la lame
du couteau et constata que la dame souffrait d'un
œdème, ce qu'il inscrivit, de même que la présence de
dépôts noirâtres, résultat de la pollution urbaine.

Duval était étonné que le sarrau blanc du médecin
légiste ne soit jamais taché de sang ou de fluide cor-
porel. Il était fasciné par le métier de Villemure, cette
science qui permettait de lire les signes d'un corps
décédé et d'établir des faits indiscutables. Ce sphinx
du scalpel ne se trompait jamais, mais il allait devoir
expliquer pourquoi on n'avait pas décelé la balle dans
le corps de Bernier.

Duval s'impatientait d'obtenir le résultat de l'autopsie
de Bernier, mais Villemure n'était pas un homme qu'il
fallait brusquer.

Le docteur releva la tête. L'index de son gant de
caoutchouc sanguinolent invita Louis à regarder de
plus près. Harel, qui se rongeait les ongles, fit un pas
hésitant vers Villemure en affichant un rictus dégoûté.

— Tu vois, Louis, les dépôts noirs, c'est de l'anthra-
cose. C'est ce que tu as dans les poumons. En passant,
j'attends toujours ma bouteille…

— Lâchez-moi, ciboire, vous allez pas recommencer.

Louis, par défi, sortit son paquet et s'alluma une
Export A. Il en tira une longue bouffée pleine de satisfaction.

Villemure éclata d'un rire cristallin amplifié par ceux de Garant, son assistant, et de Duval.

Louis avait parié une bouteille de porto avec Villemure qu'il cesserait de fumer avant la fin de l'année précédente, mais le médecin l'attendait toujours. François était un bon vivant et il lui arrivait de prendre un verre avec Daniel au Clarendon. Tous deux s'étaient liés d'amitié après avoir fait coffrer un jeune père de famille. La poursuite accusait l'homme d'avoir secoué son bébé, alors que la défense affirmait que le bébé était tombé du lit. Puis Villemure s'était inscrit au club de jogging de Daniel, mais il manquait d'assiduité.

Garant, le technicien, abaissa ses lunettes de sécurité et activa sa scie. Elle s'enfonça bruyamment dans la calotte crânienne qu'il souleva comme un capuchon après que Villemure eut pratiqué une incision du cuir chevelu allant d'une oreille à l'autre.

Harel gardait ses distances. Le scalp que venait de relever Garant donnait à la dame le faciès d'un macchabée de film d'horreur. Le cuir chevelu était retourné comme une cagoule de chair molle.

Garant avait toujours de bons gags à raconter au sujet de son métier, et pas toujours propres. Louis les répandait aussitôt arrivé à la centrale. Une fois encore, l'index de Garant invita Louis à s'approcher.

— Qu'est-ce que tu me veux ?

— Approche-toi, Louis.

Garant souleva la calotte crânienne vidée de sa matière grise et déposa une ouate au fond de la tête, à l'endroit où repose habituellement le cervelet. Il montra du doigt la cavité.

— T'as vu, Louis, ça... c'est le cerveau d'une femme...

Le Gros éclata de son rire gras.

Villemure, habitué à l'humour médicolégal, plissa à peine les lèvres. Daniel trouvait l'ambiance de la salle d'autopsie plus agréable que celle régnant dans les bureaux de la SQ.

Le médecin laissa choir le poumon droit dans un bac à déchets biomédical et les restes du gros ballon glissèrent longuement sur l'amas d'organes luisants avant de s'immobiliser.

— Vous arrivez au bon moment. J'ai les radios.

François sortit de sa poche un sachet qu'il lança à Daniel.

— Beau travail, les gars. Un peu plus et le croque-mort remettait une balle fondue à la veuve… C'est le projectile qui a causé la mort. Les fractures thoraciques et les brûlures sont péri mortem ou post mortem. La fracture à la colonne vertébrale est survenue lors de l'impact contre le mur. Les tissus montraient la présence d'alcool. Sur un corps aussi brûlé, une blessure par balle est impossible à discerner. Du moins *de visu*. D'ailleurs, rien n'indiquait à mon stagiaire qu'il devait chercher une balle sur les radiographies. C'est la dernière chose à laquelle on pense quand on reçoit un accidenté de la route. Dans le cas d'une mort suspecte à la suite d'un incendie criminel, c'est différent, mais dans ce cas-ci…

Duval n'avait jamais entendu Villemure se justifier de la sorte.

Le technicien prit la douche téléphone et arrosa d'eau et de désinfectant la carcasse éventrée. L'eau rougie ruissela sur la table jusque dans le tuyau. Harel plongea son regard dans le corps qui se vidait peu à peu de ses organes. Harel se demanda comment le croque-mort s'y prendrait pour refaire une beauté au corps avant qu'il ne soit exposé.

Villemure saisit le cœur et l'examina. Il remarqua les dépôts de cholestérol. Une artère coronaire était bouchée à 92 %. Il hocha la tête ; il venait de découvrir la cause du décès.

— Viens voir, Louis. Toi aussi, Daniel. Regardez les dépôts jaunâtres dans les artères coronaires. C'est le cholestérol qui se dépose sur les parois des artères et les bouche. C'est ce qui explique la mort.

Duval posa la question pour faire réfléchir Louis.

— Qu'est-ce qui cause ça ?

— La consommation de viande, les gras saturés et hydrogénés. C'est génétique aussi dans certains cas.

Louis répliqua.

— De toute façon, vous pouvez être tués par un fou furieux qui remplace le tir au pigeon d'argile par le tir aux conducteurs…

Villemure enleva ses gants et se lava les mains sous le robinet. Il se tourna vers Garant.

— Va chercher le gars qui s'est tué en moto. Suivez-moi, messieurs.

Les souliers des enquêteurs claquaient sur le carrelage blanc. Duval et Louis ne cessaient de saluer d'anciens confrères de travail. Deux ans plus tôt, la morgue se trouvait au sous-sol du poste de la SQ. Villemure disait s'ennuyer de son ancienne morgue victorienne du boulevard Saint-Cyrille.

Au bout de l'allée se trouvait la salle des corps non réclamés et qui prenaient le chemin de la fosse commune après six mois. À droite, une chambre froide pouvait accueillir une cinquantaine de corps sur dalles et une cinquantaine d'autres sur le plancher.

Villemure ouvrit la porte hermétique.

Le compresseur des tiroirs réfrigérés redémarra, ce qui fit vaciller l'éclairage.

Villemure tira la poignée du frigo dans lequel gisait Bernier. Il souleva le drap blanc sous lequel reposait la masse carbonisée et méconnaissable de l'homme.

Harel plissa les yeux et Duval se mordit la lèvre inférieure en pensant à ce que lui avait raconté Laurence au
restaurant. Il devenait difficile de dire à quelle espèce
animale l'homme appartenait. Harel ne pouvait croire
que cet homme avait baisé la femme qu'il avait vue,
la veille au matin. Villemure referma le tiroir.

— Je vais vous montrer les radios.

Le médecin accrocha les radiographies derrière
l'écran lumineux.

— La balle est entrée par le grand pectoral droit.
Durant son passage, elle a touché le poumon, section-
nant la veine pulmonaire, déclenchant une hémorragie
fatale avant de s'immobiliser contre une vertèbre dor-
sale. La balle a pénétré à un angle de 37 à 40 degrés.

Il inscrivit sur son rapport : tué par balle. Il éteignit
la lumière de l'écran et rangea la radiographie.

— Merci, François, dit Duval. Quand est-ce que tu
reviens dans le club ?

— Je cours bien assez de ce temps-là. Je reçois des
stagiaires, des thanatologues et surtout trop de cadavres.
Mais on s'appelle et on se paie une petite sortie. Qu'est-
ce que t'en penses ?

— Tout à fait d'accord.

— Mimi va bien ?

La fille de Villemure, Raphaëlle, fréquentait aussi
l'école des Ursulines.

— À part les verbes pronominaux, l'algèbre et cette
maudite jupette qu'elle ne veut plus porter, ça va.

— Ma fille s'est fait un copain. Il a dix-sept ans et
demi. Aussitôt qu'il devient majeur, je le poursuis pour
détournement de mineure. Tu devrais voir le zombie.
On envoie nos filles dans les meilleures écoles et elles
nous ramènent la racaille des polyvalentes.

La porte du garage s'ouvrit automatiquement. Un
corbillard de J.A Bouchard & fils entra à reculons

dans la baie de déchargement. Deux employés à la mine patibulaire firent glisser les civières. Un gros corps et un petit.

— Tenez docteur, il s'est fait sauter la cervelle après avoir tué sa femme.

Les yeux rougis et découragés de Villemure se posèrent avec ennui sur les sacs rouges. Il leva les yeux vers Daniel :

— Les morts me courent après !

— T'es chanceux, nous c'est un zombie appelé Pouliot ! gloussa Louis.

◆

La voiture avait été passée au crible par deux techniciens de l'Identité judiciaire. Deux mécaniciens du ministère des Transports, mandatés par le coroner, avaient certifié l'excellent état mécanique de la Corvette.

Henri Harvey, l'expert en balistique du laboratoire, prit le sac que lui remettait Duval. Sourire aux lèvres, le jeune blondinet examina la balle. Devant lui, sur une table du labo, le casse-tête de verre avait été reconstitué.

— Une balle de 303 avec une chemise en cuivre. Elle a fracassé le pare-brise du côté du conducteur. Comme tu l'avais remarqué, elle a fait un trou un peu plus gros qu'une demi-lune dans le pare-brise. Quand on l'a reconstitué, on a retrouvé l'autre demi-lune. Comme tu peux voir, ça forme un trou de balle. Une balle de 303, c'est bien ça, dit Harvey.

— La balle a été tirée à quelle distance ? s'informa Duval.

— Cinquante mètres. De devant, bien sûr…

— Donc, sur un viaduc, dans un angle de 37 degrés, conclut Daniel. C'est ce que dit aussi Villemure.

— Vue plongeante, répondit Harvey.

— Ça confirme ce que disent des témoins qui croyaient avoir entendu un pneu éclater, alors qu'il s'agissait d'une détonation suivie de l'impact.

— D'autres indices ? demanda Harvey.

Daniel sortit son calepin.

— L'employé du wagon de queue du CN affirme avoir aperçu un homme assez grand, portant un sac, qui s'enfuyait dans le boisé qui borde le viaduc.

Harvey gratta son duvet blond qui le chatouillait sous le menton.

— Un règlement de compte ou une farce d'adolescent qui tourne mal ?

— Par expérience, je peux vous dire qu'il y a de la racaille dans ce coin-là, certifia Louis.

Daniel allait élaborer un portrait psychologique du suspect : âge, niveau d'éducation, milieu familial, antécédents judiciaires possibles, taille, loisirs… À partir de ce profil, il leur serait possible de réduire la zone à ratisser.

La sonnerie agressante du téléphone interrompit la conversation. Harvey avisa Daniel et Louis que Pouliot les attendait dans son bureau. Il confirma à Daniel qu'on n'avait pas trouvé d'empreintes sur la carte du jeu de Mille Bornes, mais qu'une équipe passait les lieux au peigne fin.

L'affaire fut aussitôt inscrite sur la liste des homicides et Pouliot n'aurait pas osé confier l'enquête à un autre que Duval et son comparse. Le chef invita gentiment Daniel et Louis à prendre un siège.

— Beau travail, les gars ! Qui aurait pu réaliser ça ? s'emballa-t-il.

Même s'il savait que tout le mérite revenait à Duval, il congratula le duo et y alla d'une blague sous forme de compliment à l'endroit de Duval.

— Sais-tu, Dan, quelle est la différence entre toi et Snick, la vedette de l'escouade canine ? Il a du pif comme toi, mais y coûte pas cher. Et toi, Louis, tu coûtes cher, pis t'as pu de flair ! gloussa le chef.

Louis ricana pour la forme, tandis que Daniel esquissait à peine un sourire. Même pour l'humour, Pouliot ne l'avait pas, se dit Duval, qui n'approuvait guère les vannes qu'on lançait à Louis depuis quelque temps. C'était pathétique. Pouliot était chef par intérim depuis un mois seulement, et déjà il en bavait. Il faut dire que le taux de résolution des cambriolages n'avait jamais été aussi bas depuis vingt ans, et l'éditorialiste du *Soleil* avait noté le fait. Sous les feux de la rampe, Pouliot, qui tenait à se faire une réputation, s'était montré lamentable dans ses réponses : il bafouillait, se trompait, s'emportait, avait une syntaxe et un vocabulaire pitoyables. Bref, tout le monde s'ennuyait du capitaine Dallaire ; Pouliot devenait la risée de tous et le fauteuil du chef semblait trop grand pour lui. En cet été olympique, les enquêteurs allaient eux aussi subir une épreuve, celle de supporter le « boffeur » – surnom qu'on donnait à l'adjoint du chef – jusqu'aux vacances.

Mais en cette après-midi, Pouliot avait retrouvé le sourire. Derrière ses grosses lunettes à monture dorée, il resplendissait et les dents de son partiel brillaient autant que son insigne.

Ses doigts devenus fous tambourinaient sur son bureau au point que son numéro de percussion exaspéra Duval, qui fixait la grosse main poilue.

Pouliot pompa intensément sa cigarette et expira la fumée au-dessus de sa tête. Puis il commença à se tapoter le lobe du nez à répétition avec la phalange du pouce.

— Écoutez, les gars, on va devoir annoncer la nouvelle aux médias, mais avant je vous charge d'aller voir la dame pour lui expliquer que son mari a été la cible d'un tireur. Je serais mal avisé de le faire.

Harel se braqua, il détestait ce travail.

— Envoyez deux jeunes. On a beaucoup de travail.

— Justement, vous êtes jeunes et vous voudrez sans doute savoir qui en voulait à son mari.

La réponse ferma le clapet au caporal Harel.

— Peux-tu mettre deux autres gars sur l'affaire, Maurice ? demanda Duval.

Le capitaine hocha négativement de la tête.

— Avec tous les gars en vacances ou prêtés pour les Olympiques, on peut pas. En fin de journée, on enverra un communiqué de presse. On avait bien besoin de ça.

◆

La veuve habitait à l'Ancienne-Lorette une maison canadienne aux lucarnes rouges. Deux grands sapins bleus se dressaient devant la maison.

Duval et Harel détestaient le boulot de messagers de mauvaises nouvelles. Déjà que cette femme absorbait un deuil, il faudrait maintenant lui annoncer que son mari avait été victime d'un homicide. Rien pour la consoler.

Harel donna un coup de coude à Duval.

— Tu lui annonces ou c'est moi qui le fais ?

— Pile ou face ? dit Duval en sortant une pièce de monnaie du fond de sa poche.

— Pile.

Daniel lança la pièce, la saisit et gagna son pari.

— Maudite face de reine de tabarnak ! C'est toujours à moi que ça arrive, maugréa Louis.

— T'es tellement psychologue, ironisa Daniel.

Duval frappa trois coups avec le heurtoir à tête de lion et une dame du troisième âge, vêtue de rose, vint répondre. Daniel montra sa carte.

— Entrez. Veuillez vous asseoir. Suzanne va descendre.

Un tableau de Marc-Aurèle Fortin, montrant une maison à la campagne surplombée de peupliers géants, ornait le mur devant la fenêtre du salon. Sur la tablette du foyer en pierre, plusieurs photos du disparu montaient la garde. Duval hésita avant de s'asseoir : le mobilier de style Louis XVI était du genre que l'on condamne avec une corde et qu'il faut regarder comme dans un musée.

La veuve blonde descendit les escaliers avec grâce. Elle portait un tailleur turquoise. Le deuil n'avait fait qu'étendre ses ravages. Elle paraissait avoir pris dix ans en vingt-quatre heures.

Louis ne mit pas ses gants blancs pour annoncer la nouvelle.

— C'est triste à dire, mais quelqu'un a poivré votre mari, madame.

Daniel dévisagea son collègue, découragé par son manque de discernement. Harel traduisit ses propos dans un autre style.

— Il a été victime d'un homicide.

Le choc dévasta la dame, qui s'effondra dans les bras de sa mère. Elles pleurèrent un bon bout de temps, assises sur le récamier blanc. Daniel, compatissant, s'adressa à la veuve d'une voix amicale.

— Madame Bernier, quand vous êtes venue hier matin, votre instinct semblait vous dire qu'il était arrivé quelque chose de louche à votre mari. Vous aviez raison. Quelqu'un a tiré sur lui et il a embouti le viaduc.

Louis prit le relais.

— Est-ce que quelqu'un en voulait à votre mari ?

Elle réfléchit un instant, échappa quelques larmes, se moucha, poursuivant sa réflexion comme si elle faisait le tour de ses connaissances. Elle hocha négativement la tête.

— Mon mari n'avait pas d'ennemis à ce que je sache.

— Devait-il de l'argent à quelqu'un ? demanda Daniel.

— Non.

— Qu'est-ce qu'il faisait dans la vie ? fit Duval gravement.

— Entrepreneur en construction.

— A-t-il eu des clients qui auraient pu appartenir à un gang criminalisé ?

— Si c'est le cas, il ne m'en a pas parlé.

Elle passa son mouchoir tout chiffonné sur ses paupières.

Louis, avec son formidable tact, poursuivit :

— Madame Bernier, je m'excuse de vous poser cette question, mais est-ce que votre mari était un chaud lapin ?

Elle éclata en sanglots et poussa un non catégorique. Louis roula des yeux exorbités. Daniel soupira.

— Mon mari était un homme fidèle.

Daniel opina de la tête. Mais combien de fois avait-il entendu cette réponse pour apprendre, au terme d'une enquête, que la veuve cocue se fourvoyait depuis belle lurette ?

— Avait-il des dettes de drogue ? demanda Louis tout aussi sèchement.

— Non ! Allez-vous arrêter de l'insulter, bon Dieu ! cria-t-elle en toisant Louis avec des yeux de fauve traqué.

Daniel crut qu'elle allait frapper Louis, qui s'excusa. Heureusement, la mère leur demanda de la laisser se reposer.

Duval se leva :

— Bon, reprit-il, nous allons revenir. J'aimerais que vous nous donniez les noms des dernières personnes qui ont vu votre mari lors de cette fête pour un employé qui allait vivre aux États-Unis. J'aimerais aussi examiner l'agenda de votre mari et son carnet d'adresses. Avant de partir, pouvez-vous me dire à quel endroit avait lieu cette fête ?

— Au Fiacre, un restaurant de Sainte-Foy.

En sortant de la maison, Duval eut une intuition qu'il confia Harel.

— Depuis le début, j'ai l'impression que c'est un crime gratuit, sans mobile.

— Par contre, quelqu'un aurait pu savoir que le gars rentrait chez lui par l'autoroute Duplessis à telle heure.

Daniel déverrouilla la portière et ils continuèrent de se parler de chaque côté de la voiture.

— Je trouve que c'est se donner beaucoup de trouble. D'après moi, il n'existe aucun lien entre la victime et le meurtrier. À partir du moment où, sur le viaduc, tu t'es mis à lancer des cailloux sur le panneau du CN, j'ai eu l'impression qu'il s'agissait d'un meurtre non prémédité. Une bande de jeunes, à la suite d'un pari, qui tirent sur une voiture, dit Daniel en s'engouffrant dans la voiture.

L'habitacle de la Chevrolet était chaud comme une serre.

— Moi, je crois plutôt à un règlement de compte, dit Louis en baissant sa glace.

◆

Louis monta le volume de la radio. Il adorait la musique disco et le son Motown. *I wish* de Stevie Wonder, sa chanson préférée, jouait et elle lui donna le goût d'aller se déhancher. La journée ne finissait plus d'égrener ses minutes et il se sentait incapable de prendre son courage à deux mains et d'avouer à Duval qu'il ne pourrait tenir son engagement. C'était mardi et, déjà, il était à court d'argent. La journée de la paie arrivait toujours trop tard. Son double train de vie lui coûtait les yeux de la tête. L'argent devenait inflammable entre ses doigts. Il était littéralement intoxiqué par Sandra. Il n'y avait rien de trop cher pour elle. Il n'avait qu'à penser à son corps ambré, tout en rondeur, à sa peau satinée pour perdre le sens commun. Sandra lui donnait accès à un nirvana de chair. Daniel avait eu beau le mettre en garde contre les dangers d'une telle relation, rien n'y faisait. Six mois déjà et le feu continuait de couler dans ses veines. *Sugar daddy,* comme l'appelait Sandra, donnait l'impression d'avoir dix-huit ans d'âge mental. Il ne pensait qu'à elle. La jeune danseuse le mettait dans un état de tonus érectile constant, blaguait-il en faisant référence à son horoscope.

— Je pense à elle, je bande. Je bande, je pense à elle. C'est physique.

Daniel se retourna, observa le Gros qui battait la mesure en suivant les cuivres hypnotiques et la basse ronflante de la chanson.

Louis était marié depuis seize ans.

— Et ta femme ? demanda Daniel.

Harel réfléchit, fronça les yeux, grimaça.

Ils avaient deux enfants. Deux filles. Sa relation avec Charlène, sans être catastrophique, allait lentement à vau-l'eau. L'érosion avait entrepris son travail destructeur. En compagnie de Sandra, qui n'avait que vingt-cinq ans, il retrouvait des élans de jouvenceau ; il en était au point de ne plus supporter la lassitude de vivre en couple. Il ne savait pas comment il avait fait pour endurer cette vie rangée pendant toutes ces années. Il voulait reprendre ce que le mariage lui avait enlevé.

Louis dénoua sa cravate, détacha deux boutons à sa chemise.

— C'est pas de ma femme que je veux te parler. Stationne la voiture.

— On est sur le boulevard.

— Pas grave.

Daniel stoppa la voiture sur l'accotement, leva le sélecteur de vitesse à PARK et se tourna vers son acolyte, les yeux à demi ouverts. Les pare-soleil ne parvenaient pas à contrer le flot lumineux de cette fin d'après-midi.

— Daniel, je suis très mal à l'aise. J'en ai pas dormi de la nuit. Je ne peux pas te remettre les trois cents piastres que je te dois. Jeudi, je pourrais t'en donner cent, mais c'est tout ce que je peux faire.

— C'est pas la fin du monde.

— Je crois que Charlène me soupçonne de quelque chose. Cette nuit, quand je suis venu me coucher, elle a changé de pièce.

— Faut pas s'étonner, avec le parfum que tu charries depuis quelque temps. Rentrer à quatre heures du matin… Tu joues ton mariage comme un funambule sa vie sur un fil de fer.

Louis salua la comparaison par une grimace hautaine.

— Tu vas mener cette double vie encore longtemps ?

Harel haussa les épaules d'impatience. Il savait que, sans Charlène, il ne pouvait fonctionner. Cuisine, lessive, repassage, comptes à payer, il aurait été incapable d'accomplir toutes ces tâches qui incombaient à la dame au foyer, comme il l'appelait. En fin limier qu'il était, Daniel avait remarqué que les cols de chemises de son collègue étaient cernés depuis quelque temps, ce qui lui faisait dire que la crise était commencée.

Louis appuya sur le briquet du tableau de bord, se planta une cigarette au coin des lèvres.

— Ce que je voulais te demander… Pourrais-tu me passer cinquante piastres ?

Le visage de Daniel prit une autre teinte. Là, c'était trop.

— Sacrement ! Qu'est-ce que tu fais avec tout cet argent ?

— C'est sa fête.

— Sa fête… Mais c'est la fête tous les jours ! Faites des activités qui coûtent moins cher. Allez à l'aquarium, marchez sur les plaines…

Duval regarda passer un camion qui talonnait la voiture devant lui.

— En tout cas, pour l'argent c'est O.K.

— T'es un vrai chum, Dan. Je te revaudrai ça.

Daniel baissa le levier de vitesse, regarda dans le rétroviseur et reprit sa place dans la circulation, inquiet. Louis regarda sa montre et calcula qu'il ne lui restait plus que soixante-quinze minutes de travail. La trotteuse semblait le narguer. Pendant un instant, il fut convaincu que le temps n'avançait plus. L'entrain et la motivation l'avaient déserté. Il se tourna vers Daniel :

— Qu'est-ce qu'on fait d'ici cinq heures ?

— J'aimerais aller voir ce qui s'est passé au Fiacre, si les employés ont été témoins de quelque chose de bizarre lors de la fête. Mais avant, je veux retourner sur le viaduc pour chercher des indices.

Le programme n'enchanta pas plus Harel que la chanson de Boule Noire qui passait maintenant à la radio. Mais pouvait-il se permettre de critiquer ? L'homme, philosopha-t-il, devrait pouvoir prendre congé du temps.

— T'as pas envie qu'on arrête à l'Amazone après ? On pourrait jaser avec notre informateur.

— Nos informatrices, tu veux dire… Non. C'est pas le temps. Les journaux vont encore nous tomber dessus. Je déteste ce que Pouliot est en train de faire. On va se retrouver avec tous les feux de la rampe sur nous alors qu'il faudrait garder nos informations à l'abri.

Daniel se rangea sur l'accotement au-dessus du viaduc pour rafraîchir l'habitacle.

— Reste dans la voiture, j'en ai pour cinq minutes.

Daniel grimpa difficilement le talus et examina les lieux à la recherche d'indices. En se rappelant l'angle de tir mentionné par Villemure, il s'avança vers le garde-fou. Une seule position de tir possible, compte tenu que la voiture se dirigeait vers le nord. Duval imagina le tireur blotti contre le garde-fou, le canon entre les barreaux. Il s'immobilisa à l'endroit d'où la balle avait dû logiquement être tirée. Il se dit qu'en supposant que le tireur se trouvait là, ce qui était un angle de tir idéal, et qu'il avait eu le réflexe de désarmer le verrou en usant d'une force modérée, la douille de la 303 avait dû retomber à peu près à cet endroit. Il se pencha, balaya des yeux le sol et aperçut à un mètre le culot de la douille qui brillait entre les cailloux. Il ramassa l'objet avec une pince et le glissa avec précaution dans un sac de plastique. Il remarqua qu'à l'endroit où le tireur s'était tenu se trouvaient les embouts de Colt et les mégots de cigarettes qu'il avait remarqués précédemment. Il en ramassa quelques-uns et les déposa dans un autre sac. Après avoir relu les graffitis, il copia les messages dans son carnet.

Il retourna à la voiture, fier de son coup. Cette histoire allait se résoudre très rapidement, pensait-il. Les lieux d'un crime l'aidaient habituellement à imaginer le criminel, mais là il baignait dans le néant.

Il ouvrit la portière et trouva Louis derrière le volant. Daniel montra fièrement le nouvel indice en sa possession.

— J'ai la douille.

— On voit que c'est les peigne-culs de l'Identité qui sont passés par là… dit Louis d'une voix blasée.

Le Gros regarda son copain en se demandant où il pêchait cette énergie. Il avait l'impression que, lui, il ne résoudrait plus aucun crime, aussi mineur soit-il.

— Alors on va au Fiacre ?

— Oui, et on pourrait aussi rendre visite au bureau de Bernier construction. Il avait peut-être des comptes en retard. On pourra peut-être retracer des clients mécontents de leur garantie ou dont les maisons ont des vices de construction…

Louis n'écoutait plus et Daniel spécula dans le vide. Parfois, Louis marmottait un grognement qui laissait croire qu'il suivait, mais sa pensée divaguait à des milles et des milles.

Puis un message radio entra.

— Salut, les gars. C'est Tremblay. Un agent du CN a téléphoné pour dire qu'ils avaient arrêté le gars qui errait sur la voie ferrée. On l'a interrogé. Plus *fucké* que ça, tu meurs. Il était sur un méchant *trip* d'acide. Il a de la misère à se tenir, imaginez-le avec un fusil dans les mains. Mais il dit avoir vu un extraterrestre couché sur la *track*… On cherche toujours la soucoupe…

— Francis, tu diras à Harvey et à Pouliot que j'ai retrouvé une douille de 303…

— Je fais le message.

Après être allé fureter en vain au Fiacre, Duval déclara forfait pour la journée.

Dans le stationnement de la centrale, il remit cinquante dollars à son ami. Harel poussa un soupir de satisfaction en glissant l'argent dans son porte-monnaie. Ses grands yeux de samoyède embrassèrent Daniel du regard.

— Tu me sauves, je te remercie. T'en parles pas.

— T'inquiète pas.

La situation de Louis préoccupait Duval. Si l'administration apprenait qu'un de ses enquêteurs fréquentait une danseuse d'un bar appartenant à la petite pègre de Québec, ce serait la crise à la centrale et la première page assurée. Le syndicat aurait du mal à défendre un tel écart de conduite, à moins de plaider la folie passagère ou la passion.

— Qu'est-ce que t'as au programme, ce soir ? demanda Louis.

— Je vais reconduire ma fille à son match de basket et je me couche.

Louis étendit le bras et tapota l'épaule de son compagnon.

— À demain !

— *Ciao !*

◆

H s'étouffa et déposa le tuyau de bambou enfumé sur la table. La pièce embaumait le haschisch. Il avait verrouillé la porte. La vieille savait qu'il fumait de la drogue, mais ne supportait pas la vue de la lampe à souder. Elle craignait pour le feu plus que pour la santé de son neveu. Ses couteaux noircis lui faisaient mal au cœur. C'était la coutellerie d'argent qu'elle avait héritée de sa mère.

H chauffa les couteaux jusqu'à les rendre incandescents, coinça un morceau de haschisch entre les lames et aspira la fumée par le tuyau de bambou. Il dut contracter les muscles de sa mâchoire pour ne pas s'étouffer et perdre la précieuse fumée. Il ferma la valve de la cartouche et la flamme bleue s'éteignit. Ses yeux injectés de sang étaient dilatés. Il se sentit

l'esprit en liesse, il était bien. *Blaster* le hasch était
une activité qu'il associait à Paul, qui l'avait initié à
ce rituel. Merveilleux moment où la réalité disjonctait
pour céder la place au délire. Les gars en prison
l'avaient surnommé H tellement il consommait de
cette pâte brune.

Whole Lotta Love de Led Zeppelin jouait à tue-tête.
Il gratta quelques accords imaginaires devant le miroir.
Il aurait aimé jouer de la guitare comme Jimmy Page
et remplir des stades. Il avait eu une vieille guitare
électrique en prison et avait appris les trois accords
de cette chanson. Puis il s'était découragé, incapable
de jouer quoi que ce soit d'autre, même pas les *Portes
du pénitencier*. Le succès de Led Zeppelin était lié à
sa mémoire affective. Paul et lui parodiaient le refrain
de la chanson qui devenait *Je mange des Bananes
chiquita, chiquita*.

Couché sur le tapis tressé, il sourit à l'évocation
de ce souvenir.

Il sortit de sa poche une cartouche de 303. Il la regarda et la déposa debout sur son culot. L'horoscope
du jour était propice à la réalisation de son projet, les
astres semblaient favorables à son dessein.

Sa mère adoptive frappa à la porte. Il cacha la lampe
à souder et les couteaux sous le lit et fourra le bloc de
hasch dans sa poche. Il éventa la pièce avec l'album de
Led Zeppelin, baissa légèrement la musique et ouvrit.
Dans la porte entrebâillée, le corps décharné de la
vieille, perdue dans son peignoir, apparut, le visage
crispé, plein de reproches, la cigarette coincée au coin
des lèvres – elle parlait en fumant. La chambre sentait
la drogue à plein nez mais elle ne dit rien. Elle avait
peur de cet enfant qu'elle n'avait jamais vu devenir un
homme. Il lui faisait penser à un chat sauvage dont
on ne peut prévoir les réactions. De toute sa hauteur,

elle le regarda affalé de tout son long comme une loque, les yeux dans « la graisse de binne », comme elle disait. Son corps tout alangui paraissait ne plus vouloir se relever. Avec son pied, H fit tomber la cartouche pour que la vieille ne pète pas les plombs.

— Tu travailles pas ?

— Y voulait pas que j'rentre.

— Pourquoi ?

— Pas assez de job.

— Ma pension ?

— Inquiète-toé pas, j'vas t'payer. J'ai ma paye demain, dit-il d'une voix pâteuse.

— En passant, le concierge veut que tu débarrasses ta minoune. Il a loué l'espace du 311.

— Lui, qu'i' aille chier.

Il referma la porte, écouta *Stairway to Heaven* avec recueillement malgré le vacarme urbain et songea à cette soirée qui serait aussi rouge que le soleil couchant derrière les Laurentides.

◆

Caché dans l'égout, il ressentait un grand bien-être. Il s'était toujours senti bien dans ce lieu humide dont il connaissait tous les dédales grâce à Paul. Il entendait les automobiles et les camions qui pilonnaient violemment l'intérieur. Il imagina que c'était un abri contre les bombes. Les odeurs nauséabondes ne le dégoûtaient pas ni les rats fort nombreux. Plus jeune, il les accrochait par la queue sur la corde à linge et les tirait avec une carabine à plomb. Attirés par les conteneurs à ordures, les rongeurs infestaient les lieux.

Ses Adidas Rome étaient mouillés et ses pieds puaient le rance. Il regrettait de ne pas avoir mis ses bottes en caoutchouc, mais elles l'auraient empêché de courir, sans compter qu'elles lui irritaient les talons.

À un mètre de lui, à l'extérieur, se trouvait le fossé dans lequel il venait, dix ans auparavant, ramasser des écrevisses qui finissaient par mourir d'oubli dans un bocal.

Un soir, ce fossé lui avait servi de poste d'observation à la suite d'une collision mortelle qui avait impliqué plusieurs voitures. Une automobile avait traversé le terre-plein pour venir en harponner deux autres qui circulaient en sens inverse. Un vrai carnage. Un fracas du tonnerre. Un accident effroyable, le pire qu'il ait vu. Longtemps avant l'arrivée des ambulanciers, il avait entendu geindre les blessés qui agonisaient. Il se terrait à quelques pieds d'eux. Il avait vu plusieurs conducteurs refuser de leur porter assistance. L'arrivée des ambulances et des voitures de police avait été l'événement le plus spectaculaire auquel il eût assisté. C'était une symphonie de sirènes hurlantes colorée de gyrophares. Un son et lumières hallucinant. Les faisceaux des gyrophares se croisaient frénétiquement sur les murs des immeubles. Et quel travail! Une mise en scène formidable. Un ballet réglé au quart de tour. Et quel courage il fallait pour s'approcher aussi rapidement du massacre. Morts et blessés n'étaient pas beaux à voir. Tapi dans le fossé, il s'était gavé du spectacle morbide jusqu'au moment où un ambulancier, ange blond de la mort vêtu de blanc, l'avait aperçu. H avait fait le mort. Lorsqu'il avait entendu crier « Vite! De l'aide, un blessé », il s'était sauvé sans demander son reste, mais il avait eu peur. Une fois chez lui, il avait continué d'observer la scène du haut de son nid en fer forgé. Il avait fallu des heures pour tout ramasser. Le cortège des dépanneuses avait été interminable. Il n'aimait pas cette étape. C'était comme après la fin d'un spectacle, quand les préposés ramassent les chaises. Jamais il n'avait ressenti une émotion aussi forte que ce soir-là. Un vertige qui l'avait mené près de l'extase. Ti-Paul lui avait demandé de raconter la scène dans les moindres détails. Il en rêvait encore la nuit.

Sur ses genoux reposait la carabine qu'il tenait dans ses mains gantées. Il aurait bien aimé apercevoir la Toronado de Bérubé ou la dépanneuse de Bissonnette. Viendrait bientôt le jour où il prendrait sa revanche sur tous ceux qui avaient ri de lui. Il sortit la cartouche de 303 de sa poche et la glissa dans le bloc de la culasse. Il aimait le contact chaud de la crosse en érable.

Il sortit de l'égout, se flanqua sur le talus du fossé. Caché par les conteneurs à ordures, il devenait invisible pour les locataires de l'immeuble derrière lui. Le camouflage idéal. La nuit était aussi noire que les vêtements qu'il portait. Les véhicules se faisaient de moins en moins nombreux au-dessus de sa tête. Le vrombissement s'étirait, sinistre, en un long chuintement de caoutchouc. Il sortit la carte *flat tire* du jeu de Mille Bornes. Il annonça à Paul que la partie venait de commencer et il l'entendit lui dire : « Vise le pneu avant. » Paul revivait en lui, par lui et pour lui. Paul n'était mort que pour mieux vivre en lui.

L'habileté du conducteur, pensait-il, lui vaudrait la vie sauve. Maintenant, il fallait déterminer qui seraient les appelés et qui serait l'élu. Il ricana en voyant passer une horreur de Datsun avec ses phares pareils à des yeux de Chinois. Ces voitures *made in Japan* méritaient qu'on les envoie toutes à la ferraille, comme cette Vega de tapette, pensa-t-il.

Le son d'un camion à remorque qui débrayait lui suggéra de choisir une proie énorme. Il allait voir si les chauffeurs de camions étaient les as qu'ils prétendaient être. Il aimait cet état dans lequel il se trouvait. Il régnait sur l'autoroute, avec droit de vie ou de mort. Le *boss*, le *lone ranger* du *highway*, c'était lui.

Comment déterminer qui serait l'élu ? Il regarda la trotteuse de sa montre et décida que le premier camion qui se pointerait entre les chiffres 9 et 12 verrait son chauffeur désigné pour affronter le terrible sort.

Pendant cinq minutes, le destin favorisa les victimes potentielles qui échappaient de justesse aux aiguilles de la mort. Plusieurs véhicules lourds s'amenèrent en pétaradant, mais tous ils évitèrent la sanction. Camouflé dans les hautes herbes qui bordaient le fossé, H avait une position de tir idéale. Un Kenworth bleu métallique eut la vie sauve par une seconde et le jeu reprit. Alors que la trotteuse marquait trente secondes, H aperçut à deux cents mètres un gigantesque Peterbilt noir qui s'approchait. Il ne pouvait plus lui échapper, coincé dans ce piège arbitraire. La règle allait s'appliquer. H se mit à l'affût. Il compta les secondes et le fardier passa en grondant. H visa le pneu avant. Sur le coup, il crut avoir manqué la cible. Mais deux secondes plus tard une détonation assourdissante ébranla tout le secteur. Le pneu explosa, se déchiqueta. Le chauffeur débraya, freina, mais la bête était touchée. Le camion serpenta comme dans ses rêves. La sellette d'attelage et le pivot d'accouplement avaient perdu toute stabilité. Le poids de la citerne rendait la manœuvre impossible. À trois cents mètres, hors du champ de vision du jeune homme, le mastodonte plongea dans le fossé dans une crissante agonie de tôle, un long et sinistre lamento d'acier tordu. Les émotions de H étaient mitigées. Oui, il avait harponné le monstre, mais il n'avait pas vu l'accident. Puis ce fut l'apothéose : le camion explosa. Une boule de feu s'éleva, puis une épaisse fumée noire.

L'accident devait être visible de chez lui, mais H ne bougeait plus, fasciné par cette flamme qui éclairait la nuit. Son cœur cognait dur.

Il angoissait. Comment se rendre sur place ? Il ressentait une horrible frustration et une énorme injustice, comme si une force extérieure l'empêchait de contempler son œuvre. Les locataires de l'immeuble derrière lui accouraient, certains s'appuyaient à quelques mètres contre la clôture Frost. Il les entendait parler. Hésitant entre le désir de courir, comme le faisaient de nombreux badauds, et la nécessité de se terrer et de cacher son arme à feu, il décida de se réfugier dans les égouts. Avec les rats, il se sentirait en sécurité. Il se consola en se disant qu'il verrait à la télévision ce qui s'était passé. Il pénétra plus profondément dans le tuyau, s'adossa à la paroi arrondie et alluma un cigarillo. Au-dessus de lui, camions de pompiers, ambulances et autos patrouilles filaient à tombeau ouvert. Mais c'était trop tard. Il n'avait plus qu'à lancer sa carte.

◆

Duval écoutait paisiblement le téléjournal en robe de chambre quand il reçut un appel de Pouliot.

— Peux-tu te rendre sur l'autoroute Duplessis, il y a de la casse. Un *truck* qui brûle. Des gens ont entendu une détonation. C'est peut-être votre gars. J'ai essayé de joindre Louis, mais il est pas là. Sa femme croyait qu'il était chez toi. Il est là ?

— Il vient de partir…

Il ne tenait pas à étirer son mensonge et raccrocha aussitôt.

Duval se rua vers sa voiture. Une fois passée la côte Saint-Sacrement, il écrasa l'accélérateur de sa Rabbit et l'aiguille de l'indicateur de vitesse marqua cent soixante kilomètres sur le boulevard Charest. Il était persuadé que l'agresseur ne se tenait pas loin et il ne voulait pas le manquer. L'épaisse colonne de fumée était visible à trois kilomètres.

Première angoisse : « Merde, mon pistolet ! ». Mais trop tard pour faire demi-tour. Il avait un problème incorrigible depuis quelque temps. Il oubliait tout. En voyant la longue file de voitures immobilisées, il se mit sur l'accotement et roula prudemment jusqu'à la hauteur du brasier.

L'odeur de pneus brûlés et d'huile lui était insupportable. Il n'aimait pas voir des indices s'envoler en fumée.

Sur le viaduc, des badauds à la curiosité morbide admiraient le spectacle. C'était le viaduc depuis lequel on avait tiré le conducteur de la Corvette. En agent d'expérience qu'il était, Duval observa les gens agglutinés. L'homme qu'il cherchait était jeune, vingt ou vingt-deux ans, peu instruit, jamais rassasié de violence, et il circulait à pied. Il entretenait un rapport ambivalent avec les automobiles. Une sorte de pyromane des routes à la recherche d'une minute de gloire.

Il aperçut Bélanger, un jeune technicien en scène de crime, et l'interpella.

— Philippe, peux-tu prendre des photos des curieux qui assistaient au spectacle sans trop te faire voir ? Prends-en plusieurs sur le viaduc, des gros plans.

— Oui, chef ! Je vous monte une belle exposition, répondit le jeune avec ce zèle propre aux nouveaux venus.

Duval s'approcha de la fournaise. Les pompiers avaient établi un long périmètre de sécurité. L'un d'eux, qui ne l'avait pas reconnu à cette distance, lui fit signe qu'il ne pouvait passer. L'enquêteur montra sa carte et l'homme, en s'excusant d'un clin d'œil, leva le cordon de sécurité. Les gyrophares striaient les visages de bleu et de rouge par intermittence.

Le camion gisait dans le fossé, couché sur le flanc. La citerne d'aluminium, éventrée et cabossée, laissait s'échapper du lait sur la chaussée. La mousse flottait au-dessus du liquide qui bouillait et s'évaporait sous la chaleur intense. C'était surréaliste. Le tracteur était complètement tordu et le chauffeur n'avait eu aucune chance de s'en tirer. Daniel lui souhaitait d'être mort sur le coup, avant que les flammes n'aient gagné l'habitacle.

Il s'avança, la main devant les yeux pour se protéger de la chaleur. Il voulait constater *de visu* l'état du camion. Il ne pouvait aller plus près que vingt mètres. À ses côtés, les sapeurs-pompiers s'affairaient à circonscrire les flammes.

De l'autre côté du camion, il aperçut André Van der Bosch, photographe au *Journal de Québec*. Ses longs favoris, ses cheveux gominés noirs et son t-shirt blanc lui donnaient des airs de rockeur des années cinquante.

— Salut, Dédé. Je peux te demander un service ?

— Essayez toujours, lieutenant, on verra après, répondit l'autre avec son accent belge.

— As-tu pris le camion de l'autre angle ?

— Non, mais un instant… je veux pas cramer, moi !

— Rend-moi ce service.

— Et en échange ?

— Je te raconterai les détails de l'affaire, à toi et à Corbeil.

— Dacodac.

— Suis-moi.

Daniel souleva le cordon. Un gros pompier de Sainte-Foy accourut, tout en émoi.

— C'est interdit.

Duval allongea le bras, pointa avec son index le pompier.

— Vous, votre job c'est d'arroser, et moi, la mienne c'est d'enquêter. Occupez-vous de vos tuyaux, vous en avez suffisamment sur les bras. J'ai besoin des photos de monsieur avant que tout s'envole en fumée.

Ils grimpèrent par-dessus la clôture en prenant garde à leur fourche et s'avancèrent vers la cabine.

Des spectateurs par dizaines étaient postés dans les stationnements. Les balcons servaient de postes d'observation, corbeilles de première classe pour contempler la mort.

— Prends toutes les photos que tu peux de la cabine et des pneus. Je te rejoins au Jack & Gil.

Daniel observa le visage des curieux, puis le camion.

La cabine était tournée sur le côté. Il était difficile de découvrir à cette distance des indices sur la nature de l'accident. Daniel se mêla un instant aux badauds. Les gens parlaient d'une double détonation très rapprochée, d'un pneu qui aurait éclaté.

Les techniciens en reconstitution d'accidents essayaient de comprendre ce qui s'était passé. Ils étaient accroupis et regardaient quelque chose sur la chaussée. Daniel s'approcha d'eux et fut consterné en examinant l'asphalte.

— Salut, Daniel. Pas besoin de te faire un dessin…

— Tu me passes ta lampe de poche ?

Une seule trace de freinage apparaissait sur la chaussée. Duval remonta la trace en l'éclairant de la lampe de poche. Seuls les pneus de gauche avaient laissé une marque. Il pensa que le transfert de poids de la charge avait sans doute occasionné la perte de contrôle du camion, qui avait alors piqué dans le fossé. Il venait d'obtenir une partie de la réponse qu'il cherchait. Le tireur n'avait pas pu viser du haut du viaduc. Ou alors il lui aurait fallu être un tireur d'élite. Daniel retrouva des lambeaux de caoutchouc déchiquetés en bordure de la voie. Il suivit la piste jusqu'à ce qu'elle disparaisse.

Son regard se posa sur les stationnements et sur les fourrés en bordure du fossé. Le tireur aurait pu s'y cacher. Était-il assez fou pour tirer d'une fenêtre ? Duval élimina cette hypothèse. Tout le monde l'aurait vu et entendu. Et de ce terrain vague entre deux immeubles ? Non. Il aurait été à découvert.

La seule façon d'y arriver consistait à se camoufler dans le fossé. En tirant d'aussi près, n'importe qui pouvait atteindre la cible, se dit-il. Il descendit de biais le talus du fossé, jonché de détritus : bouteilles, pintes d'huile, pneus, enjoliveurs et assez de pièces mécaniques pour reconstruire un moteur. Son pied glissa vers le lit du fossé et son soulier en ressortit couvert d'un glaçage de boue. « Merde ! » Daniel aperçut alors l'égout. Il s'approcha. La lampe de poche éclaira le sol fangeux. À l'entrée du tuyau d'égout, il y avait des empreintes fraîches. Des empreintes de chaussures de sport.

À travers les émanations fétides, Daniel perçut une odeur âcre de tabac et de sueur. Quelqu'un venait de passer par là. Sa bonne vieille truffe ne mentait pas. La lueur de sa lampe laissa entrevoir une eau verte sur laquelle valsaient des patineurs. Il éclaira la surface bétonnée et nota la présence de nombreux graffitis. Ils ressemblaient à ceux qu'il avait lus sur le viaduc. Lentement, Duval avança, déchiffrant les inscriptions et dessins : une tête de mort, *Paul says fuck you*, *Pacific Rebel's*, *kill yourself*, un cœur : Rod *loves* Gisèle… Il fallait être timbré, pensa-t-il, pour exprimer son romantisme dans un endroit pareil. Le cercle de lumière demeura fixe pendant plusieurs secondes. Il lui semblait soudainement qu'il avait lu ce graffiti quelque part. Des lettres rouges, sanguinolentes.

BRISE QUI TUE N HURT

Il n'avait pas son carnet, mais nota la phrase dans sa main. Le jet de la lumière se réverbéra sur l'eau. Un embout de cigarillo flotta lentement dans sa direction. Comme ceux qu'il avait prélevés sur le viaduc. Les ailes de son nez palpitaient. Il avait l'impression d'une présence toute proche. Il fit le geste de saisir son pistolet. Que du vide. Il visualisa l'étui sur le chiffonnier chez lui. Il tiqua, puis s'en voulut de ne pas avoir avisé quelqu'un avant de descendre. Il tenta d'envoyer un message, mais l'épaisseur du béton et de l'asphalte rendait toute communication impossible. Il hésita longuement avant de poursuivre, mais décida finalement de s'enfoncer un peu plus dans la bouche puante. Au diable ce jean blanc, se dit-il. Il releva la lampe de poche et sentit quelque chose lui filer entre les pieds. De gros rats dodus, pas incommodés une seconde par sa présence. Duval avait les pieds complètement trempés. À la hauteur du terre-plein, le tuyau tournait à un angle de quatre-vingt-dix degrés. Duval glissait ses doigts sur le béton froid et rugueux. Il se retourna et vit que l'extrémité du couloir avait disparu. Devait-il sortir par l'autre bout ou poursuivre vers la gauche? D'instinct, il tourna. Puis de l'eau gicla à ses pieds. Il pensa que c'étaient les rats.

◆

H hésita avant de lancer un autre caillou. « Qu'i' s'amène », se dit-il. Il l'avait clairement entendu s'avancer. Puis il avait vu le faisceau lumineux. Par la répercussion du son, il pouvait mesurer la distance de son poursuivant. Il l'attendait impatiemment. Il l'avait vu bifurquer à gauche, à l'intersection des tuyaux, et s'engager droit devant lui. Il était en mesure de l'apercevoir à travers une nuée de lumière. C'était sans doute un chien, un de ceux qui avaient tué Paul. « Viens-t'en… J'ai une balle pour toé, mon hostie », répéta-t-il. Paul et lui avaient maintes fois parcouru ce dédale. H le connaissait par cœur et pouvait semer n'importe qui. Le fusil était prêt. Il attendait seulement que la cible s'approche un peu plus. H allongea le bras et pointa le canon sur sa proie. La cible s'offrait d'elle-même. Soudain, une douleur au talon lui fit pousser un gémissement : un rat venait de le mordre. Le policier éteignit aussitôt sa lampe de poche. Les pas se rapprochèrent de H. Inquiet, celui-ci ne voyait plus rien, mais il entendait les clapotements.

Il épaula son arme et fit feu. La détonation l'assourdit. Avait-il atteint son poursuivant ? Il n'entendait plus rien. Beaucoup d'eau avait giclé. L'autre était-il tombé ?

◆

La balle avait ricoché sur le béton et des éclats de roche avaient touché l'oreille de Duval. Le sang dégoulinait dans son cou. Lui aussi avait perdu une partie de son ouïe. Recroquevillé, il se demandait comment il allait faire pour sortir de ce tunnel. Sa lampe de poche lui avait glissé des mains et était inutilisable. Il entendit l'homme déverrouiller son arme. Il voulut courir vers lui, mais il offrirait une cible trop facile. Il décida de reculer en rampant. Un cri dément retentit, d'abord aigu puis guttural, suivi d'un rire saccadé, un rire de désaxé. La réverbération amplifiait par cinq le volume de la voix, mais Duval avait l'impression d'avoir des bouchons dans les oreilles.

— Viens m'chercher, maudit chien ! J'ai un chien d'ma chienne pour toé…

H se mit à japper.

Duval avait de l'eau jusqu'au menton et craignait d'être mordu au visage par les rats qui lui picoraient les mollets et les mains. Il ne pouvait pas demander de l'aide. Il entendit un bruit mécanique qu'il reconnut, celui d'un fusil qu'on charge, et un autre coup de feu tonna. La balle siffla au-dessus de sa tête. Jamais il n'avait senti filer des balles aussi près de lui. Son oreille chauffait comme si un mégot se trouvait à l'intérieur. Daniel saisit une roche. À défaut d'arme à feu, il emploierait ce moyen primitif.

— Rends-toi, t'es cerné de partout, cria-t-il.

H se remit à hurler pour l'intimider. Duval continua sa reptation. La voix de l'homme suggérait maintenant la proximité. Le policier avançait plus vite que lui. Puisqu'il n'entendait plus le bruit métallique, il souhaita que l'autre soit à court de munitions.

Duval pouvait sentir le souffle de son agresseur. Il se redressa et fonça à toute vitesse vers l'homme qui s'éloignait.

— Arrête ou je tire, bluffa Duval pour le dissuader.

La stratégie fonctionna, l'homme cessa de courir.

— Laisse tomber ton arme.

Un objet tomba dans l'eau, mais ce n'était pas un fusil, se dit Daniel. Le silence était pire qu'un vacarme. Des gouttes d'eau se répercutaient en écho. Les bras vers l'avant, Duval avança en tâtant le vide, tout le corps prêt à l'attaque. Le choc fut brutal. H s'était accroché à la paroi d'un tuyau crevassé. Duval reçut une ruade en plein abdomen et trébucha vers l'arrière. Il se releva, s'agrippa à la chevelure de l'homme et appliqua une solide droite sur ce qui lui parut être un menton. Puis il sauta sur l'homme qui tenait l'arme dans sa main, lutta et parvint à lui arracher le fusil, qu'il lança au loin. Mais il reçut un coup violent sur le crâne et perdit conscience.

Duval se réveilla plusieurs minutes plus tard, avec comme une déflagration de grenade dans la tête. Son oreille était couverte de sang séché et la plaie continuait à couler. L'os pariétal avait subi un choc sévère. Ses jambes avaient été mordillées par les rats. Il se leva péniblement. La première pensée qu'il eut fut de se maudire. Comment le tueur avait-il pu lui échapper ? Une chasse à l'homme dans les égouts… C'était pas possible ! Il se trouvait pitoyable. Il en voulut alors à Louis de ne pas être là lorsque nécessaire. Maintenant, il fallait sortir de ce trou. Il ne se rappela pas par où il était arrivé.

Il chercha sa lampe de poche dans l'eau, mais il craignait les morsures. Il se leva, étourdi. À mi-chemin de la sortie, un jet de lumière l'auréola. Non, ce n'était pas le tunnel de lumière au bout de la mort, se dit-il, même s'il avait l'air d'un vrai zombie.

— Daniel ! C'est Tremblay.

Le policier, alerté par des curieux qui avaient entendu des coups de feu à l'intérieur de l'égout, s'était engagé dans le tuyau avec son Smith & Wesson dans une main et sa torche électrique dans l'autre.

— Y a quelqu'un ?

— Je suis ici, Francis.

L'enquêteur s'empressa d'aller à son aide. Il tourna à gauche à l'intersection des tuyaux et aperçut le lieutenant.

— J'arrive.

Francis saisit Duval par la taille et l'aida à regagner la surface. En voyant les blessures de Daniel à la lueur des lampadaires, il sursauta.

— Ça va aller, Daniel ?

Duval répondit par l'affirmative. Il passa sa main sur l'épaule de Francis qui le dirigea vers la voiture. Le veston de son collègue était maculé de sang.

— Vite ! Une ambulance, cria Tremblay à des policiers.

— Qu'est-ce qui est arrivé ?

— Rencontre imprévue avec des rats, dont celui qu'on cherche, dit Daniel.

— Tu as tiré ?

— Non. J'ai laissé mon revolver à la maison. Je suis parti trop vite.

— Tiens, assis-toi, Daniel.

Duval se laissa choir sur la banquette arrière d'une auto patrouille. Francis chercha une trousse de premiers soins, mais en vain. Daniel essaya aussitôt de se relever :

— Allez chercher son fusil. Il est quelque part dans l'égout.

Tremblay donna l'ordre à deux gars de l'Identité d'aller récupérer l'arme en question et d'autres indices.

Duval passa sa main sur son visage souillé de boue. Le souffle court, il défila toutes les informations dont il se rappelait.

— C'est le même gars que l'autre jour. Il laisse ses marques. Dis aux techniciens de protéger les lieux du crime. Il y a des empreintes de chaussures à l'entrée. Il doit habiter dans le secteur.

— Du calme, Daniel.

L'ambulance arriva trois minutes plus tard. Tremblay monta derrière pour prendre la déposition du lieutenant.

Van der Bosch et Corbeil, à qui Duval avait promis une histoire, accouraient alors qu'on le déposait sur la civière.

— Duval, qu'est-ce qui s'est passé ? demanda Corbeil.

Daniel se rappela sa promesse, mais n'était pas en état de narrer les événements.

— Rappelle-moi demain, je te raconterai.

— Mais il va être trop tard pour la prochaine édition…

Tremblay s'interposa pour les éloigner de la civière.

— Demain qu'il a dit, maugréa-t-il.

Le policier sauta dans l'ambulance et referma la portière de la Cadillac. En voyant les morsures de rat de son collègue, Tremblay défaillit.

— Il a été mordu partout. Vous n'avez pas un antidote contre la rage ? demanda-t-il à l'ambulancier.

— Non, j'ai rien pour ça, mais j'ai d'autres choses.

L'ambulancier sortit aussitôt sa trousse de premiers soins. Il désinfecta les plaies au peroxyde.

— Tu appelleras ma fille, Francis, pour lui dire que tout va bien. Ne lui conte pas les détails. Dis-lui que je suis tombé.

L'ambulance reçut un appel signalant que les urgences de l'hôpital Laval et de Saint-Sacrement étaient engorgées de patients.

En entendant le répartiteur demander au chauffeur de se pointer à l'Hôtel-Dieu, Daniel s'inquiéta. Il se rappela que Laurence était de garde. Il se trouvait trop pitoyable, dégueulasse, ainsi enduit de merde, saignant et puant comme un cochon.

— Amenez-moi à Saint-Sacrement.

— Non, y sont en grève. Grève rotative.

Une voix rocailleuse résonna, causant une distorsion à la radio. À voir les paupières de Duval papillonner, on comprenait que le timbre de Pouliot n'avait rien d'un baume. L'ambulancier passa le micro à Tremblay.

Pouliot voulut savoir dans quel état se trouvait son enquêteur. Duval grogna à Tremblay :

— Dis-lui que je suis mort. Je veux savoir comment y va réagir.

Sourire aux lèvres, Tremblay refusa.

— Il a été mordu par des rats, assommé par une bête féroce, mais il garde le moral. On devrait le réchapper, dit Francis en passant une main dans ses cheveux.

— Dis-lui, reprit Daniel, qu'on a retrouvé la carabine.

— Excellent, lança Pouliot. Et est-ce que Duval est en état de parler ?

— Oui, capitaine, répondit Francis qui souriait en voyant les signes négatifs de Duval.

Tremblay, la nouvelle recrue de l'escouade, était le plus jeune inspecteur de l'histoire du bureau. Il portait des petites lunettes rondes à monture d'écaille. Ses cheveux blonds, trop fins, allaient dans tous les sens. Il avait les traits du visage doux et des yeux bleu pâle. Son sourire était un accord parfait de blancheur et de bonhomie. Tireur d'élite et athlète accompli, il était ceinture noire deuxième dan en aïkido et personne au poste n'était parvenu à le coucher au plancher, pas même Summerville qui mesurait six pieds et six pouces. L'affronter, c'était comme foncer à travers un courant d'air qui vous rabattait par terre. « C'est de la magie ! », s'extasiaient les collègues. Ses épaules, sa nuque et ses trapèzes étaient une formation colossale de muscles. Il ne jurait que par la nature. Vivre à Québec ou à New York était du pareil au même pour lui. Il prenait ses congés en septembre et octobre pour profiter de la pêche et de la chasse. Au retour, il racontait avec moult détails et gestes les moments forts de ses voyages, ce qui, ajouté à son accent du terroir, lui avait mérité le surnom de Chouaneux.

Pouliot semblait cracher dans le micro comme le Diable de Tasmanie.

— Dis-lui, Tremblay, que les journalistes sont en route. En passant, Duval, tu devrais coucher avec ton 38H.

Duval se redressa comme Lazare. Il voulut intervenir, mais il était trop tard. Le patron avait raccroché.

— Pas de point de presse à l'hôpital ! J'ai fini ma journée. Et elle m'est bien rentrée dans le corps, non ?

L'ambulancier intervint.

— Restez calme.

— Tu sais, Daniel, dit Francis, Pouliot, pour redorer son image, dira qu'on patrouille même dans des tuyaux d'égout pour arrêter les criminels.

La grosse voiture blanche monta la côte du Palais et, un à un, les six étages en pierre de l'hôpital occupèrent tout le champ de vision de Daniel.

L'ambulance entra dans la voie réservée aux véhicules d'urgence.

Daniel souhaitait ne pas voir Laurence et se demanda en même temps comment elle réagirait. Il sentait la charogne et il donnait l'impression d'être tombé dans une fosse à purin. Il n'avait pas le moral, se trouvait nul. Il avait honte d'avoir laissé filer ce détraqué. Tout cela à cause d'un pistolet qu'il avait oublié à la maison. « Et la lampe de poche qui fout le camp à l'eau », se dit Duval : « Décidément, tout a été de travers ! » Et le patron qui en remettait. Il n'aimait pas raconter ses échecs et il devrait le faire devant celle qu'il commençait à peine à connaître. Il se sentait une véritable loque. Et puis il avait failli être buté. Deux fois ! s'étonna-t-il. Il pensa à sa fille et il trouva son boulot absurde pendant un instant. Il imaginait déjà des gros titres et entendait les ragots des collègues. À sa défense, il se rappela qu'il n'était pas en service.

Il exigea des ambulanciers de le laisser marcher, mais ils refusèrent. Alors qu'on le sortait du fourgon, journalistes, photographes et cameramen se ruèrent autour de la civière.

— Avez-vous été touché, lieutenant Duval ?

— Vous avez tiré ?

— Quel âge a-t-il ?

— Est-ce le même homme ?

La nuée d'éclairs lumineux lui donna moins la nausée que d'apprendre que Pouliot avait déjà livré des informations.

Daniel demeura coi, craignant que ses réponses n'excitent davantage le dément. Mais le mal n'était-il pas déjà fait ? Quel crétin !

— On dit qu'il vous a échappé…

Tremblay répondit à sa place, excédé par les questions.

— On ne voyait rien dans ce trou à rats.

Duval était frustré. Tout ce battage publicitaire risquait de nuire à l'enquête : soit que l'individu se ferait discret pendant quelque temps, soit qu'il voudrait en remettre pour épater la galerie et montrer qui était le plus fort. Daniel connaissait bien le comportement des meurtriers désaxés pour avoir écrit des articles sur la question, tandis que le capitaine par intérim Pouliot montrait de piètres dispositions pour la psycho-pathologie des criminels. Le taux de solution de crimes de l'escouade, légèrement plus bas qu'à Montréal, s'expliquait. Il n'était pas nécessaire d'attendre les résultats d'une commission d'enquête pour constater l'inefficacité de certains boy-scouts enquêteurs.

Lorsque Duval entra à l'urgence, un infirmier s'enquit de ses blessures en remplissant la fiche d'examen sommaire à l'usage de l'urgentologue. Duval zieuta tout autour, mais ne vit pas Laurence.

L'infirmier l'installa dans un espace fermé par des rideaux. Il alla ensuite remettre le rapport à la jeune urgentologue. Le combiné sur l'oreille, elle était en conversation avec l'orthopédiste tout en vérifiant sur l'écran lumineux les radios d'un patient dont le tibia était fracturé – encore un accident de moto. Elle raccrocha alors que l'infirmier entrait en coup de vent.

— Docteur, j'ai un policier impliqué dans une fusillade dans un égout. Il a été blessé à une oreille, assommé avec un objet contondant et mordu sur les jambes et les bras par des rats. Pas beau à voir. Je peux m'en occuper, c'est pas si grave. Mais y a des journalistes plein l'hôpital. Une grosse affaire.

En apprenant qu'il s'agissait d'un policier, Laurence ressentit une vague d'appréhension. Elle saisit la planchette à arches et, lorsqu'elle constata qu'il s'agissait de l'agent Duval, elle se sentit défaillir.

— Où est-il?

— Mon Dieu, fille, t'es don' pâle. C'est écrit ici.

Laurence se précipita comme s'il s'agissait d'un code 5.

— C'est pas grave, je te dis. Pourquoi tu cours de même?

Elle tira le rideau vert pâle. Ce n'est pas un mourant qu'elle aperçut, mais un gaillard souriant dans une chemise d'hôpital, visiblement mal en point, tout sanguinolent.

— Mais qu'est-ce qu'ils t'ont fait?

— Je faisais mon jogging dans les égouts quand j'ai été attaqué par un gang de rats en espadrilles…

Elle souleva sa chemise et vit les plaies laissées par les morsures.

Il sentait mauvais, avait honte, mais il gardait le sourire. L'hygiène corporelle avait toujours été pour lui une obsession dans son rapport avec les autres, surtout avec les femmes. Elle passa une main dans ses cheveux.

Duval trouva Laurence irrésistible dans sa combinaison verte, les cheveux attachés, les petites lunettes à la monture féline, le stéthoscope autour du cou. Le parfum de vanille qui émanait d'elle faisait ressortir toute la puanteur qu'il dégageait.

— Daniel, qu'est-ce qui t'est arrivé ? dit-elle en prenant son pouls.

— Je faisais ma ronde de nuit dans un égout…

Laurence fit une moue qui attisa le désir de Duval.

— Un gang de rue ? s'informa-t-elle.

— La pire soirée de ma vie. Je suis un amateur.

— Qu'est-ce qui est arrivé à ton oreille ?

— Une balle a ricoché et les éclats de béton m'ont touché.

Elle tâta la bosse qui gonflait sur l'os pariétal.

— Une sévère contusion. Qui a tiré ?

— Depuis lundi, on a sur le dos un détraqué qui s'en prend aux automobilistes. Je me suis rendu sur les lieux et j'ai cherché d'où il avait pu tirer. Près de l'endroit où il aurait pu se planquer, j'ai aperçu un égout et j'ai compris qu'il était là.

Elle releva plus haut le tissu de la chemise d'hôpital et entrevit ce qu'elle n'avait pu qu'imaginer jusqu'à maintenant.

— Je ne suis pas la seule à te désirer, à ce que je peux voir.

Duval ne sut que répondre.

Elle plaça la jaquette de manière à cacher ses parties intimes. Elle se retourna et saisit sur un plateau des compresses stérilisées et appliqua un antiseptique en profondeur sur les morsures.

— Ça va chauffer.

Duval pinça les lèvres et ferma les yeux.

— Je vais t'administrer un antirabique.

— Mais je ne suis pas enragé, dit Duval en cabotinant.

Il souleva la tête et grimaça en voyant les marques laissées par les dents acérées des rongeurs. Il grimaça davantage lorsqu'il vit la seringue giclant du vaccin contre la rage.

— C'est nécessaire ?

— Oui ! Et tu devras revenir quatre fois pour les rappels. La rage ravage le métabolisme en un mois. Et elle ne pardonne pas. Tu vas te tourner sur le ventre.

Daniel était embarrassé de lui montrer son postérieur dans ces circonstances. Le docteur Laurence Martin en profita pour parfaire son diagnostic… La cambrure des reins était superbe et la voûte des fesses, dont elle serait l'hôte avant longtemps, lui plaisait. Elle les regarda et les trouva mignonnes, fermes. Holmes et Watson. Un duo parfait.

Elle désinfecta l'épiderme avec une gaze imbibée d'alcool.

— Ça va piquer un peu.

Daniel ferma les yeux et ne ressentit qu'un léger pincement. Laurence tapa affectueusement sur l'autre fesse.

C'était une heureuse humiliation, la résignation dans la joie, conclut-il.

— Regardons cette oreille, maintenant.

Le sang avait séché à l'intérieur du pavillon. Il éprouvait un sérieux problème d'ouïe.

Puis elle ne put résister : elle soigna par un baiser ses lèvres desséchées et Duval ne résista pas non plus. Elle le regarda droit dans les yeux.

— J'ai eu la frousse quand j'ai su que c'était toi. Je ne voyais que ton nom et je n'entendais pas ce que l'infirmier me disait.

Elle passa doucement une main dans ses cheveux. Daniel embrassa amoureusement sa paume :

— Je ne voulais pas venir ici, mais l'ambulancier ne pouvait m'amener ailleurs à cause des grèves. Je ne voulais pas t'inquiéter.

— Tu veux venir dormir chez moi ? C'est à côté, rue des Remparts.

— Je te remercie, mais Mimi doit s'inquiéter.

— Tu veux que je l'appelle ?

Tremblay, avec ses airs de collégien timide, se glissa discrètement entre les deux rideaux en s'excusant :

— Daniel, Pouliot vient d'arriver. Il voudrait savoir à quelle heure tu pourras faire ta déposition. L'Identité a trouvé d'autres pièces à conviction et on voudrait avoir tout en mains pour opérer le plus vite possible.

Daniel regarda l'heure.

— Je serai au poste dans une heure.

— Pouliot veut que tu parles aux journalistes ? demanda Laurence.

— Pas ce soir.

Tremblay parut perplexe. Il avait autre chose à dire et ne savait comment s'y prendre. Duval gesticula pour qu'il accouche.

— Allez, parle.

— J'ai appelé Mimi et j'ai tout fait pour ne pas l'inquiéter, mais elle m'a cuisiné et j'ai fini par lui avouer que tu étais à l'hôpital.

Les yeux froncés de Daniel en disaient long.

— Elle est ici ?

— Oui.

— Fais-la entrer.

Quelques secondes plus tard, Mimi apparut, les yeux rougis par les larmes. Elle s'agrippa à son père et sanglota maints « papa, papa ». Elle regarda l'oreille, ou plutôt le chou-fleur rouge, pas beau à voir, et la prune et les cheveux encroûtés de sang. Elle essuya une larme et Laurence lui passa un mouchoir qu'elle accepta d'un geste sec.

— Qu'est-ce que t'as eu ?

— Ça va bien, ma chouette. Quelques morsures de rats qui ne devraient pas changer mon comportement, du moins je…

Et pendant qu'il disait ça, son visage se contorsionna et il fit semblant de se métamorphoser en homme-rat, ce qui rassura Mimi et la fit rigoler. Duval regarda Laurence, puis sa fille :

— Mimi, je te présente le docteur Martin.

Mimi regarda Laurence comme si elle venait d'apercevoir le docteur Jekyll. Laurence prit un ton de voix rassurant :

— Ton père n'a rien de grave, Mimi.

Se rendant compte de l'identité de la soignante, la jeune fille eut moins envie de rire. Elle n'aimait pas qu'une autre femme prenne soin de son père. Elle lui avait souvent dit de se méfier des femmes, mais là, comment son paternel pouvait-il résister à autant de charme et de beauté ? Médecin en plus, elle a tout pour elle, se dit-elle.

La poignée de main fut plutôt froide. Laurence lui déplaisait, mais Mimi l'accepterait si c'était le vœu de son père. Elle tenait à son exclusivité, mais elle savait bien que tôt ou tard il lui faudrait relâcher cet attachement maladif.

Après que Laurence eut désinfecté et pansé l'oreille, elle désarma Duval avec sa question :

— Quel film a-t-on vu, hier ?

— Mais… *Vol au-dessus d'un nid de coucou*. Pourquoi ?

— Je voulais vérifier si tu n'avais pas subi une légère commotion cérébrale. Mais ça va, dit-elle en examinant le blanc de ses yeux.

Elle lui recommanda de mettre de la glace sur sa prune et de prendre du Tylenol. Daniel était en mesure de repartir, mais il n'avait pas envie de rencontrer les journalistes. Il ferait donc un pied de nez à Pouliot en les évitant. Le chef et l'attaché de presse de la police l'attendaient dans le vestibule de l'urgence.

— Laurence, peux-tu me faire évacuer sans que je sois mordu par les rapaces, cette fois-ci ? J'ai été assez dévoré pour ce soir.

Laurence ne réfléchit pas très longtemps. Elle appela Frédéric, un Noir préposé aux bénéficiaires, et lui demanda de se pointer avec une civière.

Un bloc de muscles entra quelques minutes plus tard dans la pièce. On aurait dit un ancien bloqueur des Steelers qui bouclait ses fins de mois à l'hôpital. La civière semblait un jouet entre ses grosses mains.

— Frédéric, j'ai un service à te demander.

— Oui, docteur ?

— Daniel, couche-toi sur la civière.

Elle prit un drap bleu et recouvrit le visage du lieutenant, qui comprit aussitôt l'astuce.

— Laurence, tu es géniale. Je suis mort de rire.

— Frédéric, tu le conduis jusqu'à la morgue. Là, tu appelles un taxi et tu le fais sortir, ressuscité.

— Comme Lazare ! s'esclaffa le grand Noir.

Laurence se tourna vers Mimi, vivement amusée par les astuces du jeune médecin.

— Mimi, tu vas à l'entrée principale, où le taxi ira te cueillir.

Daniel parla sous le drap. On ne voyait que sa bouche qui bougeait.

— Francis, tu diras au patron, dans quinze minutes, que j'ai eu besoin de prendre l'air.

Francis acquiesça et sortit en gardant le secret sur ce qu'il venait de voir.

Frédéric agrippa la civière.

— Êtes-vous prêt, monsieur le mort-vivant ?

— Tu sais, c'est en plein comme ça que je me sens cette nuit.

— Eh bien ! Je vous conduis à la morgue.

— J'y suis jamais entré couché…

Le grand Mauritanien éclata de rire.

— Vous avez bien failli, ce soir.

— T'es au courant ?

— Oui, on en parle à la radio.

Duval pesta contre l'imbécile d'adjoint. Il fallait filtrer les informations.

Frédéric faillit éclater de rire en voyant un patient de l'âge d'or prier au passage du trépassé.

— Sergent, on récite même des prières pour vous.

— Tu sais, Frédéric, j'en ai bien besoin. Et en passant, je suis lieutenant.

— Pour moi, c'est du pareil au même.

En voyant apparaître par les battants deux pieds au bout d'une civière, les membres des médias eurent tous le même réflexe : se précipiter. Les journalistes ont des fibres rapides dans les muscles, se dit Daniel qui pouvait les distinguer à travers le tissu. Une déception mêlée de compassion se manifesta lorqu'ils aperçurent le macchabée. Ce n'était pas l'homme qu'ils espéraient.

Sous le drap, dans l'ascenseur qui le conduisait à la morgue, Duval ricana en pensant à Pouliot et au porte-parole qui poireautaient à l'urgence. La vie offrait de ces revanches qui ne passent qu'une fois. Dans la dernière section du couloir de la mort, les effluves de formaldéhyde et la froideur des lieux lui rappelèrent qu'il aurait pu, en cet instant, effectuer ce macabre parcours pour de vrai et aboutir chez Villemure, là où les morts ont encore des comptes à rendre aux vivants. Et cette pensée lui déplut.

CHAPITRE 5

La nouvelle éclata à pleines pages dans tous les journaux. On retrouvait à la une les quatre éléments qui font rouler les presses : sang, souffrance, sordide et sensationnalisme. L'autoroute Duplessis était baptisé « boulevard de la grande noirceur » ou « boulevard de la mort ». La folie d'un dément enrichissait sa légende, mais aussi les grandes chaînes de journaux. On avait imprimé, selon l'animateur Robert Gillet, quatre mille copies de plus du *Soleil* et six mille du *Journal de Québec*. La photo de Daniel avait fait le tour des agences de presse : « Du poulet au menu pour les rats », blaguait le *morning man* de CJRP.

Assis au volant de sa voiture, Duval conservait sa dignité malgré la dureté de certains commentaires et les deux heures de sommeil grappillées çà et là entre deux cauchemars. Il savait que peu de ses collègues seraient descendus seuls, sans arme, dans ce trou à rats. Un soleil matinal aveuglant forçait les automobilistes qui roulaient vers l'est à plisser les yeux. Duval avait peine à distinguer la couleur des feux de circulation. Il n'y aurait pas de répit pour les feux de forêts, annonçait le météorologue de Statistique Canada.

Daniel n'avait pas mis un pied dans la centrale que ses camarades l'accueillirent à grandes claques dans le dos.

Tous regardaient son oreille. Duval avait encore de la difficulté à entendre. Seul Malo, avec sa démarche de m'as-tu-vu, passa devant lui sans s'arrêter. Prince, qui faisait équipe avec Daniel avant que Pouliot le transfère dans l'équipe de Malo, salua son courage.

L'atrium était baigné de colonnes de soleil et laissait voir les visages blêmes des policiers.

Tremblay se pointa à la course.

— Salut, Daniel, Pouliot est de mauvais poil. Il n'a pas apprécié ce qui s'est passé, hier. Il veut te voir.

— Qu'il relaxe…

Les collègues, amusés par cette insolence, s'esclaffèrent.

Au même moment, Louis passait la porte du rez-de-chaussée, complètement dans les vapes, le *Journal de Québec* sous le bras. Il avait passé la nuit sur la corde à linge. Sa tenue était négligée, son veston froissé, ses yeux dans le cirage et son visage fripé par les agitations nocturnes. Il semblait plus mal en point que Duval, mais fut soulagé en apercevant son compagnon sain et sauf.

— J'ai reçu un coup en voyant ta photo ce matin. On pense tout de suite au pire, dit Louis en montrant la première page du journal. Ça va?

— Un peu dur d'oreille, mais ça va.

Duval se demanda aussitôt si le souper d'anniversaire avait mal tourné, son ami se trouvant dans un état lamentable. Jamais il ne l'avait vu aussi négligé. Deux énormes sucettes coloraient le cou du Gros.

Tremblay, qui n'en revenait pas, ne put s'empêcher de lui demander, en désignant les empreintes amoureuses:

— Louis, as-tu aussi été aux prises avec une bête féroce? On va t'envoyer au labo…

Les rires francs des policiers fusèrent.

— Écoute, mon jeune, dit Louis, le doigt menaçant, mêle-toé de tes affaires !

La peau de bébé du jeune Tremblay s'empourpra. Le Gros n'était pas dans son assiette. On s'empressa de changer de sujet et, pour ne pas se le mettre à dos, on lui causa baseball.

— Belle victoire des Expos, Louis. Parrish, trois coups sûrs, dit le vénérable Beaupré derrière sa console.

— Les Métros ont gagné aussi. Tu devrais être content, lança Prince.

— Y a pas juste ça dans vie, une partie de baseball, répliqua Louis.

— Y a la partie de baise… ironisa Harvey.

Tous s'esclaffèrent, ainsi que Malo qui revenait de son casier avec une pile d'enveloppes dans les mains. Sans doute sa pétition nationale pour le maintien de la peine de mort qu'il comptait remettre au ministre de la Justice.

— En tout cas, Louis, ça marche, dit Prince en sortant un sac de ginseng.

Louis reconnut les racines de ginseng qu'il avait laissées sur son bureau.

— Bernard ! Qu'est-ce que tu fais avec ça ?

— C'est toi qui disais que ça mettait du pouitt pouitt dans l'bambou. Je voulais essayer ça. Moi, ç'a fait boumboum dans l'bambou.

Les rires gras des policiers résonnaient dans l'atrium. Louis était un boute-en-train qu'on prenait plaisir à taquiner. Parfois, les blagues allaient assez loin mais le Gros encaissait. Sauf en ce matin du 9 juin, où il n'entendait pas à rire.

Il n'allait pas discuter du malheur qui lui arrivait. La tuile se fracassait en quatre sur sa tête. Il voulait en parler à Daniel, mais le moment n'était pas propice.

Duval invita son équipe à monter. La journée allait être excitante en dépit de la sale mine qu'il affichait.

Il aimait les enquêtes quand elles arrivaient à ce stade. Tout était possible avec les indices qu'ils détenaient.

En haut de l'escalier, avant de prendre des directions différentes, les collègues se souhaitèrent une bonne journée. Prince tapota l'épaule de Duval.

— En passant, merci, Daniel, pour ta documentation. C'est intéressant.

— Si j'ai autre chose, Bernie, je t'en parle.

La fille de Prince, une superbe adolescente de dix-sept ans, avait fait une psychose après une surdose de LSD 25. Elle délirait depuis des semaines. Les médecins craignaient qu'elle ne soit devenue schizophrène. Lui et sa femme hésitaient entre une thérapie avec ou sans médicament. La rage qu'entretenait Prince contre les trafiquants de drogue avait alors incité Pouliot à l'incorporer à l'équipe de Malo, qui tentait d'infiltrer un gang de motards de Saint-Roch.

— En passant, je m'ennuie de l'équipe.

— Je te rapatrie n'importe quand.

— Garde la place au chaud, dit Prince avant de se diriger vers le bureau des crimes contre la personne.

Quelques instants plus tard, Duval entrait dans le bureau du chef. Tous les journaux du matin tapissaient son bureau. Sur l'un d'eux, il avait déjà renversé son café. Son cendrier, dont la base était en tissu aux motifs de tartans, débordait de mégots tordus. Pouliot était nerveux, sa main tremblait en prenant sa tasse des Nordiques. Lui aussi avait une nuit de granit étampée dans le visage. Il desserra son nœud de cravate, massa ses yeux fatigués.

— Assis-toi.

Il se gratta la tête et une rafale de pellicules voltigea dans le rai de lumière qui traversait la pièce. Tout en expirant un nuage de fumée, il écrasa son mégot, le tordit dans tous les sens comme s'il voulait lui faire mal.

— Café ?

Daniel déclina.

Le chef prit une longue inspiration, bomba le torse et le torrent d'insultes se déversa. Il pointa le doigt vers Duval et les yeux du limier suivirent le gros index boudiné, jauni par la cigarette.

— Hé tabarnak ! Pourquoi tu m'as fait ça, hier ? Réalises-tu ce que tu as fait ? C'est quoi ton idée ? On t'a attendu… Je t'ai donné un ordre et tu l'as défié… Tu pourrais être suspendu.

Il s'arrêta, victime d'une quinte de toux sèche. Il donnait l'impression d'être sur le point de cracher ses poumons tellement il postillonnait. Son souffle était court, bruit rauque entre deux respirations. Les bronches, il est atteint des bronches, il fume trop, se dit Daniel.

Ce dernier sentait sa tension mise à rude épreuve et il attendait que le patron ait vidé son sac pour rendre les coups. Il allait réfuter les arguments égoïstes du chef un à un.

— C'est dû à quoi, ta crise de vedette ? reprit finalement Pouliot. Tu te prends pour Burt Reynolds ou Clint Eatswood ? J'avais besoin de toi.

— Pour te vendre ou te racheter auprès des éditorialistes ?

— Laisse-moi finir. Nous avions une nouvelle à annoncer et ton témoignage était attendu. Tu t'es sauvé comme un voleur.

Trois rides épaisses soulignaient le front de Pouliot.

Duval l'interrompit :

— S'il te plaît, Jean, pèse tes mots. Es-tu capable d'avoir un éclair de psychologie pendant quinze secondes ? J'étais blessé, épuisé. J'ai été poivré dans un égout. C'était dégueulasse : les odeurs, les rats, les morsures, pris au piège d'un désaxé qui voulait me faire la peau. Et je suis venu faire une déposition à une heure du matin. C'est pas assez ? Je ne suis pas une vedette sportive qui donne des entrevues.

Le patron agita violemment l'index pour l'interrompre, tout en se tordant le nez à répétition à grands coups de pouce.

— Écoute-moi.

— Non, toi écoute ! Pour une fois…

Le patron fronça les yeux, se renfrogna, se cala dans son fauteuil. Ses mains jointes formaient un triangle devant son visage.

— Hier matin, tu me traitais comme un crétin parce que j'avais flairé qu'un homme avait pu être victime d'un meurtre. Ça t'apparaissait un caprice d'enquêter là-dessus. Eh bien ! Regarde tous les journaux devant toi. Sale petite journée tranquille. Je fais même des heures supplémentaires, puis t'oses ensuite m'écœurer pour une flopée de journalistes en mal de descriptions juteuses. Si je t'avais écouté, je serais allé me promener dans les petits bars de danseuses alors qu'on doit laisser agir notre informateur dans ce dossier-là. T'écoutes pas ! Ensuite, ton opération médiatique, ton opération charme, c'est de l'irresponsabilité à l'état pur. La paranoïa va s'installer. À qui crois-tu que ça rapporte de révéler les exploits d'un désaxé dans les journaux ? Au détraqué lui-même, qui s'en gargarise. Cette sale ordure qui tire sur les voitures et qui se prend pour un héros deux matins de suite en étalant les journaux dans sa chambre, tu penses qu'on va lui offrir du bonbon, une récompense après ce qu'il a fait ? Tu lui donnes toutes les raisons du monde de recommencer. Tu crois que j'allais tout révéler ? Non. Si tu veux que cette enquête avance, tu vas me fournir deux autres gars qui ont de l'allure. Tremblay puis Prince. Là on va fonctionner. Donne-moi pas des jambons. Puis quand on aura coincé ce gars-là, on fera nos jars devant les journalistes… Mais comme je sens que la machine s'apprête à s'emballer et que les Caligula des médias veulent leur ration de sang quotidien, il faut dire non aux journalistes. Je ne veux pas qu'on laisse filtrer des éléments d'enquête qui pourraient nuire à notre travail. C'est clair?

Le patron hocha la tête du bonnet, but une gorgée de café, s'alluma une cigarette et s'enfonça encore plus dans son fauteuil.

— Arrête-moi ce gars-là, Duval, c'est tout ce que je te demande. Jusqu'à maintenant, je t'ai jamais écœuré. Je suis bien prêt à mettre Tremblay sur l'affaire, pour Prince on verra. Pour le reste, j'ai une chose à te dire: avise-toi pas de me donner des ordres. Le *boss,* c'est moi. Je peux te faire enquêter dans les chiottes publiques si j'en ai envie. Là, t'as l'occasion de régler un gros coup. Et tâche de ne pas oublier ton arme! Ça évitera qu'on se retrouve à la case départ, comme ce matin.

Le coup porta, Duval l'encaissa mal. Il sortit en saluant discrètement son supérieur et claqua la porte à en faire sursauter Claire de l'autre côté, qui n'osa pas lever les yeux de sa machine à écrire.

D'un pas rapide il traversa les îlots de verre qui servaient d'espaces de travail. Certains collègues le félicitèrent et les autres affichèrent le même mépris quotidien, les mêmes sourires mesquins. En s'asseyant à sa table de travail, il aperçut sur le babillard l'œuvre de Réginald Badeau, l'artiste légiste de l'escouade. On voyait sur la caricature l'agent Duval mordu par un rat monstrueux. Badeau avait écrit: « Un policier mordu par un rat, le rat succombe! » Le rongeur se trouvait raide mort sur le dos, les quatre pattes en l'air. Duval la trouva bonne et se douta bien qu'elle allait faire le tour des étages.

Entre le buvard et le mica de son sous-main, il avait glissé une photo de Mimi. Il la regarda. L'empressement de sa fille à le rejoindre à l'hôpital l'avait ému. Puis il s'arrêta à penser aux conséquences que son

décès aurait sur sa fille. Qui s'occuperait d'elle ? Ses
parents ? Il n'y avait jamais réfléchi.

Duval sortit son agenda Filofax pour dresser le plan
de la journée. Il interpella ensuite Harel et Tremblay
qui jasaient à la porte du bureau.

— On est attendus à l'Identité.

Il allait se lever quand un livreur du fleuriste
McKenna entra, chargé d'un bouquet de pivoines
blanches qui embaumèrent la pièce.

— La vie de vedette commence, lança Tremblay
dont la tête émergea dans l'embrasure de la porte.

— Deux minutes.

Tremblay hocha la tête et retourna dans son cagibi
pendant que Louis se dirigeait lentement vers l'ascenseur.

Daniel prit l'enveloppe et vérifia l'identité de l'ex-
péditeur. S'y trouvaient également deux billets pour le
spectacle de Weather Report. Laurence avait écrit
quelques vers libres et lui indiquait les dates de rappel
pour le vaccin.

Il huma le papier et chercha un vase pour y déposer
les fleurs. Apercevant le bocal à poissons rouges de
Louis, qui ne servait plus depuis longtemps, il le remplit à même la fontaine et y disposa les pivoines.

Après avoir griffonné l'horaire de la journée et la
marche à suivre pour être doublement efficace, il prit
le chemin du bureau de l'Identité judiciaire qui se
trouvait au sous-sol. Malgré la fatigue, les blessures
physiques et les humiliations, il se sentait bien.
Laurence rayonnait partout autour de lui. Il éprouvait
les mêmes émotions qu'à l'époque de ses premiers
émois amoureux. En même temps, la mort s'imposait
à son esprit, tout à côté de l'amour.

Tremblay le rattrapa dans l'escalier.

— Daniel, le chef m'a dit qu'il me mettait sur l'enquête.

— Bienvenue au Théâtre du boulevard de la mort. En passant, merci encore pour hier. J'étais content de te voir apparaître.

— J'aurais aimé être là deux minutes avant.

Tremblay était aussi enthousiaste qu'un enfant. Sa candeur le rendait sympathique aux yeux de tous. C'était une tout autre attitude avec les suspects, ses questions suggestives les amenant fréquemment à se trahir. Duval se réjouissait que Francis se joigne à lui, d'autant plus que Louis était une vraie nuisance depuis quelque temps. Pourtant, le Gros était encore loin de la retraite.

— Par quoi on commence ? demanda Tremblay comme un gamin qui a envie de jouer.

— Suis-moi. Petit tour à l'Identité.

La silhouette du Gros apparut dans le chambranle de la porte. Il discutait avec un homme qui ressemblait à un existentialiste avec sa barbichette, ses cheveux courts et ses lunettes noires en plastique. C'était Jean Hertel, dactylotechnicien, aussi longiligne qu'une cartouche de 303. Harvey, l'expert en balistique de la rue Semple, et Badeau, un homme tout en rondeurs, les accompagnaient, ainsi que Pierre Gaucher, technicien à l'Identité judiciaire, dont le corps s'étirait à plus de six pieds et demi au-dessus du sol. Pour cacher sa calvitie, il ramenait ses cheveux de côté sur le dessus de la tête.

Duval et Tremblay entrèrent dans le bureau.

Duval donna une tape amicale à Badeau pour le remercier de son attention caricaturale.

— Tu vas devoir m'aider pour qu'on établisse un portrait-robot, riposta Badeau.

— Il faisait noir. Je ne voyais rien.

— Des signes ?

— Il m'a semblé qu'il avait les cheveux courts. Il mesure environ six pieds. Il est musclé, assez grand, très fort. Sa voix est grave. Je crois qu'il portait un blouson en jean. C'est l'impression que j'ai eue. Il avait une forte haleine de petits cigarillos bon marché. Les mêmes que j'ai ramassés sur le viaduc. Il va falloir faire la tournée des tabagies proches du lieu du crime. J'ai tapé dessus très fort. Je suis convaincu qu'il a mal à la mâchoire ce matin. Elle est peut-être même fracturée.

— Pour la grandeur du gars, tu as probablement raison puisque ses souliers sont de pointure 11, lança Gaucher.

Le spécialiste en identité judiciaire montra à Duval l'emplâtre des chaussures de sport.

— Des Adidas Rome. Plutôt récents, vu le peu d'usure des crampons, conclut Hertel.

— Regarde ce qu'on a trouvé également, dit Gaucher en sortant d'un sac brun la carte « crevaison » du jeu de Mille Bornes.

— Exactement comme pour le premier crime.

— Il faut acheter le jeu et prévoir les cartes susceptibles de le faire disjoncter, recommanda Duval.

— D'autres empreintes ? s'informa Tremblay.

— Non. Il porte des gants. On les a retrouvés, dit Hertel.

Daniel sortit son calepin.

— Les graffitis sont à peu près identiques à ceux du viaduc. Il y a trois mots mystérieux avec une petite variation : *Brise qui Tue n Hurt*, ainsi que le nom Paul. On les retrouve sur le viaduc et dans l'égout. C'est un champ lexical qui connote la violence.

Harel gloussa.

— Quelle langue tu parles ? T'es pas à l'université, ici, lui rappela-t-il.

Louis détestait tout ce qui était intellectuel ; son attitude faisait parfois bondir Daniel qui abhorrait ce genre de commentaire. Le Gros croulait sous les préjugés de tous ordres.

— Daniel a raison, rétorqua Tremblay. Le gars signe son crime. Il laisse même une carte de visite. Tue, Hurt et Brise indiquent bien ce qu'il fait, non ? Tuer, blesser, briser.

Harvey, dont les mains étaient gantées, alla chercher la carabine de calibre 303 qu'il déposa sur une table rectangulaire avec les autres pièces à conviction.

— Voici la pièce de résistance.

Il présenta ensuite les tests de tirs effectués à l'intérieur d'un puits.

— La signature que l'arme a laissée sur les balles est identique dans tous les cas. Même arme, même meurtrier. La coïncidence entre les marques initiales et les tests comparatifs en labo sont sans appel. Les sillons et les rayures sur les balles correspondent. La douille que tu as trouvée également.

— Il y avait des empreintes ?

— Oui. Mais il semble que le dernier utilisateur portait des gants, ceux retrouvés dans l'égout, dit Hertel.

— Elle a un numéro de série ? demanda Daniel à Gaucher.

— Oui.

— Avez-vous examiné les photos de la scène du crime ? Avez-vous repéré quelqu'un de louche ?

— Non, on n'est pas en mesure de désigner quelqu'un en particulier, conclut Gaucher.

Duval s'aperçut que Louis était totalement absent. L'inertie complète. D'une néfaste inefficacité, que pourrait-il faire ? se demanda Duval. Il avait envie de le secouer. Son laisser-aller finirait par donner raison à tous ceux qui faisaient circuler des ragots sur lui. Il décida finalement de confier le travail qu'il avait en tête à Tremblay, vers qui il se tourna.

— Pendant qu'on est sur le terrain, vérifie dans nos dossiers si, au cours des dernières années, on n'a pas eu affaire dans ce secteur à quelqu'un qui entretenait une relation particulière avec les bagnoles : vols, vandalisme de voitures, etc. Tu me fais la liste de tous les jeunes délinquants des paroisses Sainte-Geneviève, Saint-Benoît et Notre-Dame-de-Foy. Ensuite, tu vas aux tabagies du coin et tu leur demandes si un individu, qui correspond à la description que je viens de faire à Badaud, a acheté des Colts. Si t'as le temps, tu vas au Massicotte Sport le plus près des lieux du crime, celui de la rue de l'Église, et tu demandes s'ils ont vendu des Adidas Rome à un gars bizarre qui fumait des Colt.

— Oui.

— Rejoins-nous ensuite au Marie-Antoinette, à midi. Pendant ce temps-là, Louis et moi, on va aller interroger des locataires.

Il allait sortir quand Marie Talbot, une technicienne de l'Identité judiciaire qui ressemblait à Olive Oyl, arriva en coup de vent avec une fiche du Centre de renseignements des policiers du Québec. Marie était responsable des premiers balbutiements informatiques à la SQ. La base de données recensait tous les crimes commis au Québec et les informations étaient disponibles en quelques heures pour l'ensemble des corps policiers. Le souffle court, la grande Marie débita ses informations.

— La police de Sainte-Foy a reçu une plainte, hier, pour une carabine de calibre 303 qui a été volée dans la rue de Norvège. Le numéro de série concorde. Le plaignant s'appelle Maurice Ferron et il a des antécédents judiciaires de voies de fait et de violence conjugale.

Duval serra le poing.

— Beau travail, Marie !

Le visage de celle que tous considéraient comme une vieille fille rosit de bonheur.

— Comme il semble que le dernier utilisateur de la carabine portait des gants, il faudra vérifier les empreintes de Ferron, conclut Duval.

D'un pas décidé, Francis quitta la pièce. Duval fit signe à Louis de le suivre. Il finirait bien par apprendre ce qui se passait avec le Gros. C'était pas normal, ces airs de chien battu.

◆

Malgré la douleur qui lui vrillait la mâchoire, H esquissa un sourire violacé devant le miroir de la commode. Le bras de lecture du tourne-disque avança par à-coups, mécaniquement, et retomba lourdement sur la première plage de l'album des New York Dolls, dont les lettres sur la pochette étaient tracées au rouge à lèvres. Un riff agressif de guitare tout en distorsion secoua l'appartement. H monta le volume à 7 et la voix d'un chanteur hystérique se mit à hurler *Personality Crisis*. H trépigna. Il aimait ce disque volé au Sherman de Place Laurier. Il regarda par la fenêtre, s'appuya contre le châssis. Le boulevard de la mort était calme. Il avait lu un article qui disait que la circulation avait diminué de 25 % à partir de huit heures le soir. Les automobilistes avaient peur de le rencontrer sur leur chemin. Les policiers également, se persuadait-il. Il leur filait entre les doigts. Décidément, il aimait le *look* des New York Dolls.

Il se regarda dans le miroir. Un peu de fard sur sa blessure et on n'y verrait rien. Ce sale «beu» frappait fort. Il détacha sa queue de cheval et donna du volume à sa tignasse en la secouant. Sa longue chevelure dense et ondulée cachait en partie les traces de son accident. Personne ne pouvait dire qu'il avait des brûlures.

Par une nuit d'été, Paul et lui avaient volé deux voitures dans le stationnement d'une école de conduite. L'école venait de lui refuser son permis parce qu'il avait raté un stationnement à reculons. Le prix à payer : un marathon de casse. Ils les avaient détruites dans une sablière après une virée infernale. Mais sa voiture avait pris feu lorsque la tôle du catalyseur s'était détachée et il avait été brûlé au deuxième degré. Toutefois, le véritable drame s'était produit peu après : la police, la poursuite, le pont, la mort de Paul, et lui en retrait, impuissant.

Le cigarillo au coin des lèvres, H se laissa tomber sur le lit et relut avec excitation tous les articles qui le concernaient. Les conducteurs étaient pourris, incapables de contrôler leur véhicule, croyait-il. La chanson se termina et il la remit une dixième fois au grand déplaisir de sa tante. Il tourna de 120 degrés le bouton de volume et le voisin se remit à frapper violemment le plafond avec un bâton. Il baissa de deux crans le son.

Il appela le patron de la station-service. Son dernier chèque était prêt. C'était aussi un grand jour : il participait pour la première fois à une course de démolition à l'autodrome Val-Saint-Michel.

◆

Lorsqu'il entra dans l'aire de stationnement du garage, les mécaniciens remarquèrent aussitôt sa longue chevelure, qu'il cachait quand il travaillait dans l'atelier de mécanique. Les hommes cessèrent de s'activer en le voyant, étonnés.

— Tiens, v'là H, la bise qui pue, marmonna Bissonnette en poussant le réservoir de vidange d'huile.

H affichait une telle assurance que personne n'aurait osé s'en prendre à lui. Il n'entendait pas s'en laisser imposer. Le bruit des fusils à air reprit. H entra par la porte du bureau pour ne pas provoquer ces bons-à-rien-pleins-de-graisse, comme il les appelait. Mais comme on le toisait, il les dévisagea avec un sourire narquois.

Le patron était en train de commander des pièces au téléphone. Il ne manifesta aucune sympathie en voyant son ex-employé. Comme il ne voulait pas lui parler, il ouvrit le tiroir du bureau en aluminium gris, et en sortit une enveloppe qu'il lui remit froidement en souhaitant qu'il disparaisse aussi vite qu'il était venu.

H décacheta l'enveloppe et son visage s'allongea en lisant le montant inscrit sur le chèque. Il regarda le patron d'un œil haineux et Bérubé n'eut d'autre choix que de raccrocher. H ressemblait à une bombe à retardement et il faisait peur.

— Pourquoi y manque vingt piastres ?

— J'ai dû réparer ton erreur, sans parler de la bouteille d'huile que t'as scrapée, et y a fallu nettoyer ton dégât. Assume tes responsabilités.

Le patron eut peur en voyant la réaction de son ancien employé. H bomba le torse au-dessus du comptoir.

— C'est du vol, tabarnak ! Paye-moé !

— Écoute, tu vas prendre tes responsabilités.

— J'ai besoin d'argent, je cours ce soir à Val-Saint-Michel.

— C'est pas mon problème.

H avait envie d'ouvrir le tiroir-caisse et de se servir, mais il connaissait les conséquences d'un tel geste.

Le patron s'en lavait les mains. Il avait la certitude de lui avoir laissé sa chance.

H sortit, en rogne, sans rien dire. Bérubé ajoutait l'insulte à l'injure. L'injustice dont il était victime ne resterait pas sans réparation. Il entendait déjà sa tante réclamer sa pension à grands cris. Mais ce soir, il allait remporter la course de démolition et la bourse. Dans son dos, il entendit Bissonnette chuinter le son Hhhhhhhhh. Quelqu'un paierait.

Avant de redescendre la rue de Norvège, il alla feuilleter un instant les revues au Rendez-Vous Sainte-Foy. Pas trop longtemps, car le patron piquait des crises. Mais aujourd'hui, c'était le nouvel employé et H prit le temps de regarder les magazines. Alors qu'il allait payer son Jos Louis, un homme aux cheveux blonds, d'allure sportive, demanda au commis s'il avait vu récemment un homme d'environ six pieds, vêtu d'un blouson en jean, acheter des petits Colt. L'employé, qui travaillait à cet endroit depuis trois jours seulement, référa Tremblay au gérant, qui serait de retour le lendemain. H resta le nez plongé dans sa revue, jetant parfois un coup d'œil dans le miroir en œil de poisson, jusqu'à ce que le policier soit sorti. Il déposa dix cents sur le comptoir et extirpa le gâteau du sac. Plus question d'acheter ses Colt au Rendez-Vous ni au Buffet de la Colline.

◆

Dans la voiture qui se dirigeait vers la rue de Norvège, Louis restait muet comme une carpe et rien ne semblait pouvoir l'extirper de sa torpeur. Duval ne savait plus quoi faire pour le réveiller.

— T'as le mâche-patate vissé serré ce matin.

Aucune réaction. Louis fixait la route. Daniel, qui voyait la une du *Journal de Québec* se refléter dans le pare-brise, pensa qu'une nouvelle sportive sortirait Loulou de sa déprime.

— Dryden et Lafleur dans la première équipe d'étoile, ça doit te faire plaisir ?

C'était aussi déridant que de lui annoncer que le prix du poulet était à 77 cents la livre au IGA ou que les milices phalangistes au Liban venaient d'essuyer de lourdes pertes.

Daniel stationna la voiture et renonça à comprendre ce qui rendait son collègue taciturne. Mais il avait là-dessus sa petite idée : Sandra l'avait sans doute plaqué. Au moment où ils allaient descendre, ils reçurent un message de Marie Talbot :

— Maurice Ferron accumule aussi les contraventions non payées et, avec tous les points de démérite qu'il perd, il a dû apprendre l'art de la soustraction.

Elle s'était rappelée les paroles de Duval, à savoir que l'homme entretenait un rapport particulier avec les voitures. Pour le plus grand bien de Daniel, Louis y alla de son analyse personnelle.

— Il faudrait être vraiment nul pour enregistrer son arme, s'en servir de cette façon et l'abandonner par la suite.

— Ça ne ressemble pas à l'homme qu'on cherche.

Le vestibule sentait la friture à plein nez, forte odeur d'huile Mazola, et le plâtre humide. Ferron habitait au bout du corridor au premier. Les murs étaient couverts de stuc blanc peau-de-bonhomme-carnaval et le tapis rouge semblait avoir été teint avec du sang. La sonnette ne fonctionnait pas et Duval frappa énergiquement. Un chien se mit à japper, hystérique. « Farme ta yeule, Popée ! Farme ta yeule ! », aboya une voix tout aussi hystérique. Une vieille face ratatinée apparut derrière la chaînette qui retenait la porte entrebâillée.

— Est-ce que Maurice Ferron est ici ?

— C'est icitte. Vous êtes qui ?

— Nous sommes enquêteurs et nous avons des questions à lui poser, répondit Duval en montrant ses papiers.

La femme appela son mari qui écoutait la famille Stone : Donna Reed était en train de servir un repas à son mari qui faisait la morale à Jeff pour être rentré tard la veille.

— Moe, y a du monde pour toé.

Elle dégagea la chaînette, ouvrit toute grande la porte et invita les policiers à entrer.

Ferron se leva et entra sa camisole blanche dans son pantalon de fortrel. Irrité, il croyait que des huissiers venaient l'achaler pour des contraventions non payées. Daniel sut immédiatement que ce n'était pas son agresseur. Ferron était un bas-cul tout décati dans la cinquantaine. Il portait de longs favoris et appliquait de la brillantine dans ses cheveux teints noir corbeau. Une mèche vrillait sur son front, pareille à une queue de cochon. La bouteille de gin qui traînait sur la table expliquait les ailes du nez couperosées. L'homme semblait visiblement dérangé de manquer la fin de son sitcom. Il s'amena, sur la défensive, pendant que le chien émettait des grognements. La femme hurla à Popée de se coucher et Popée se coucha.

— J'vas payer, mais donnez-moi encore un mois. Tsé veux dire… Moé, j'veux bin…

— On vient pas pour ça. Monsieur Ferron, êtes-vous le propriétaire d'une carabine 303 dont le numéro de série est le suivant ? demanda Daniel en lui remettant la fiche de la centrale.

— Oui, c'est à moi et je l'ai déclarée volée.

Duval le fixa dans les yeux. Ses sourcils en accent circonflexe intimidèrent Ferron.

— Quand vous êtes-vous rendu compte du vol ?

— Je suis descendu au sous-sol, hier, pour chercher mon coffre de pêche et j'ai vu qu'elle avait disparu. Le cadenas avait été débarré.

— À quelle heure êtes-vous descendu ? demanda Duval.

— Dix heures du matin.

— Quand aviez-vous vu votre carabine pour la dernière fois ?

— Il y a un mois, quand j'ai monté mon poêle barbecue.

— Quelqu'un serait-il susceptible de vous l'emprunter sans demander la permission ?

— Bin non ! Tsé veux dire… Je connais personne.

L'indicatif musical annonça la fin du sitcom. Ferron se frotta nerveusement la panse en attente de la prochaine question de l'agent Duval.

— Vous soupçonnez quelqu'un ?

— Non. Tsé veux dire, moi, je fais mes petites affaires.

— Monsieur Ferron, on aimerait voir le casier où a été volée l'arme.

— Y va falloir descendre dans le *locker*. J'garde pas ça en haut, tsé veux dire, les accidents. Ma femme veut pas.

Il demanda la clé à sa femme et fit signe aux enquêteurs de le suivre. Entouré de ces deux armoires à glace, le petit homme agitait nerveusement son trousseau de clés. Il ouvrit la porte de la cave, qui n'était pas verrouillée. Une pénétrante odeur d'humidité baignait l'endroit faiblement éclairé par un soupirail. Il les conduisit jusqu'aux casiers, tira sur une corde pour faire de la lumière. En touchant le cadenas, il constata qu'un des arceaux était toujours ouvert.

— Est-ce que la police de Sainte-Foy a pris des empreintes ?

— Non.

Tous les yeux se posèrent sur l'étui vide de la 303.

— C'est tout ce qui reste.

Par pure formalité, Louis posa la question d'usage.

— Monsieur Ferron, où étiez-vous hier entre onze heures du soir et deux heures du matin ?

L'homme mit sa main droite sur son front, incapable de se rappeler.

Il avait un trou de mémoire causé par la nervosité. Il se mit à bafouiller des «tsé veux dire», à manifester sa nervosité par un tic de la mâchoire. Son nez luisait dans la pénombre comme un lumignon.

— O.K., je m'en rappelle. J'étais à la Touraille, la brasserie…

— Est-ce que quelqu'un pourra confirmer ?

— Oui, le barman, des connaissances.

Daniel s'avança, se pencha au-dessus de la boîte de balles CIL, qui avait été ouverte.

— Est-ce qu'il manque des balles ?

— Je les ai pas comptées.

Duval sortit de son veston un sac en papier et des gants. Il enfila ceux-ci et déposa la boîte de cartouches dans le sac. Pendant que Louis signait un reçu pour les pièces à conviction, Daniel sortait avec l'étui en vinyle.

— Vous allez devoir faire une déposition. Votre carabine a été utilisée par le fou qui tire sur les voitures.

Le visage de Ferron se violaça.

— Les deux gros crashs ?

Louis, qui reprenait vie, le fixa dans le blanc des yeux.

— Dites-moi, est-ce que vous connaissez quelqu'un qui aurait pu descendre ici pour voler votre carabine ?

— Je sais que des jeunes viennent jouer icitte, tsé veux dire, mais ce sont des enfants. Je vois pas un jeune voler une 303. En tout cas, c'est pas moi qui a tiré. J'suis juste un chasseur d'orignal.

Daniel rappela à l'homme de passer au poste pour faire sa déposition. Ferron s'en retourna tout chamboulé.

Il ne leur restait plus qu'à interroger les locataires. Qui sait si on n'avait pas vu quelqu'un sortir avec un fusil de la cave ? La salle de lavage se trouvait à dix mètres des casiers. Louis roula des yeux à la vue des électroménagers. L'idée de faire la lessive le rendait malade. Il avait un mois de linge sale dans le panier à lavage. Il ne pensait qu'à ses ennuis. Il avait maintenant envie de s'en ouvrir à Daniel, mais le moment était mal choisi. L'autre était comme un vrai chien de chasse. Compte tenu des événements de la veille, et du fait que Daniel avait failli y laisser sa peau, Louis était mal placé pour raconter ses ennuis. Il n'avait plus le cœur au travail, alors qu'ils avaient sur les bras une affaire difficile dans laquelle il ne faisait pas sa part. C'était manifeste. Un autre chef d'équipe que Daniel l'aurait viré depuis longtemps. Il aurait voulu prendre un congé de maladie, sauf qu'il avait épuisé au cours des six derniers mois tous ceux qu'il avait eus en banque. Prendre un congé sans solde dans sa situation financière était exclu ; aussi bien courir au suicide.

Il montait l'escalier derrière Daniel.

En l'entendant traîner ses savates, Daniel se retourna.

— Peux-tu me dire ce que t'as à matin ?

Louis ne répondit pas. Pour une rare fois, Daniel perdit patience.

— Hé ! Tu me dis ce qui te tracasse. Je vais pas passer la journée à subir ton air bête.

Harel émit enfin un grognement et hocha la tête.

— O.K. Dans la voiture…

◆

Une fois à l'abri dans la grosse Chevrolet noire, Louis craqua, et fondit en larmes comme un enfant sous le regard atterré de son collègue. Entre deux sanglots, il essaya de lâcher le morceau et fut incapable de ravaler son motton.

— Sandra t'a laissé ?

— Non. Charlène. J'ai été mis dehors. J'ai reçu une lettre de l'avocat de ma femme. Elle m'a fait suivre par un privé et ils savent que je fréquente une danseuse. Y savent qu'a sniffe de la coke. Câlice, je suis cuit si ça se sait.

— Toi, tu en as pris ?

— Non. Enfin, une fois avant de baiser, pour essayer, mais c'est pas mon bag.

Duval expira, hocha la tête de stupéfaction. Le Gros se remit à geindre comme un veau, tout prostré, le corps arrondi, sa grosse tête entre ses mains noueuses.

Daniel était bouleversé et il appréhendait les conséquences d'une telle révélation.

Le Gros releva la tête, fit tourner nerveusement son bracelet en or et fixa Daniel avec ses yeux de merlan frit.

— Elle va me faire chanter, tu vas voir.

— Tu vas aller consulter le psychologue du bureau.

Ce fut comme si on lui disait d'aller danser dans un bar gai déguisé en *drag queen*.

— Moi chez le psy ? Tu parles ! Si on apprend la chose, je suis viré.

— Est-ce que Charlène est du genre à te faire chanter ?

— Dans l'état où elle est, oui. Je peux m'attendre à perdre la garde de mes enfants et elle va me faire cracher le paquet.

Daniel regarda sa montre. Il était 11 h 47. Cette confession lui enlevait l'envie de poursuivre sa recherche d'indices. Tremblay avait peut-être fait des découvertes intéressantes et Daniel s'impatientait de le rejoindre au restaurant.

— Écoute, si on allait manger ?

— Je suis tôlé.

— La fête s'est bien déroulée ?

— Oui, mais le temps a passé trop vite. Je suis rentré à quatre heures du matin. Pouliot avait appelé à la maison en disant qu'il me cherchait partout. Comment voulais-tu qu'elle me croie quand je lui ai dit que j'enquêtais ? C'est moi qui étais sous enquête…

Duval prit une longue inspiration pendant que ses doigts tambourinaient sur le volant.

— Allez viens, je te paie le plat du jour. Il ne faut pas que tu restes dans cet état. On va faire quelque chose.

◆

H croisait la rue Nobel lorsqu'il aperçut deux hommes qui sortaient de son immeuble. Il bifurqua dans l'entrée du bloc voisin et sortit par-derrière. Il avait su tout de suite qu'il s'agissait de policiers. L'homme qui avait un pansement était celui à qui il avait donné une bonne frousse. Quand il avait aperçu Louis Harel, H avait serré les dents. Celui-là était le genre de flic qui méritait de crever : c'est lui qui, une nuit, avait assassiné froidement la personne qu'il considérait le plus. Bien sûr l'enquête avait conclu que Louis Harel n'était pas responsable de la mort de Paul, mais ce genre de procédure était arrangé à l'avance. C'est bien lui qui avait projeté son frère à l'eau au bout de cette poursuite qui avait mal tourné. H avait déjà choisi la carte du jeu de Mille Bornes pour Harel : *Fin de limite de vitesse*. Il jouissait rien que d'y penser. Il en avait des cas à régler ! Il se sentait comme un justicier, et Paul approuverait. Par mesure de sécurité, il tourna dans la rue Nobel. Sa mâchoire lui faisait mal et il valait mieux ne pas se montrer en plein jour avec cet hématome.

◆

À 12 h 28, Tremblay ne s'était toujours pas joint à eux.

Son enquête avançait sûrement, se disait Daniel.

Il sentait tout le poids de la semaine dans son corps et il souhaitait ardemment l'arrivée du week-end. Il songeait à l'invitation de Laurence, aux fleurs qu'il venait de recevoir et il s'imaginait déjà en sa compagnie. Il rêvassait en regardant par la fenêtre : reprendre une vie normale avec une femme à ses côtés et mettre fin à ce carême d'affection.

La serveuse réchauffa les cafés. Pour une rare fois, Louis avait peine à terminer son sandwich au poulet. Il pignochait dans les frites graisseuses baignées de sauce barbecue. Il était anéanti, trouvait difficilement ses mots, bafouillait. Il n'avait pas dormi de la nuit.

Daniel tentait de le convaincre d'aller consulter le psychologue de la centrale. Mais Louis considérait qu'il n'était pas malade.

— J'ai toute ma tête.

— Je ne dis pas que t'es malade, mais le psy va te conseiller une approche, une démarche à suivre.

— …

— Dans un sens, c'est un mal pour un bien. Si tu n'aimais plus ta femme, tu devrais être consolé. Tu peux pas avoir le beurre et l'argent du beurre. T'es le premier à dire que Sandra t'a redonné des élans juvéniles et que Charlène t'ennuie.

— Oui, mais je suis bon à rien dans une maison. Je ne cuisine pas, le fonctionnement de la laveuse est un mystère pour moi, je suis incapable d'employer le percolateur. J'ai jamais utilisé un four de ma vie. Je suis un hostie de manchot dans une maison.

— Tu suivras les instructions… On n'en meurt pas. Tu devras faire des efforts, apprendre à te débrouiller seul.

— Elle va me faire cracher le morceau… Ah la câlice ! Me faire suivre par un privé… Tu t'imagines, si on apprend que je sors avec une danseuse ?

Sortir avec une *strip-teaseuse* revenait à fréquenter une employée de la pègre. Le Gros ne le savait que trop bien.

Il ressentait des démangeaisons partout. Il aurait voulu s'arracher la barbe de deux jours qui assombrissait son visage. Véritable paquet de nerfs à vif, il se gratta le crâne qui se couvrit de rougeurs et se cureta l'intérieur de l'oreille avec l'index.

Duval repoussa son assiette.

— Louis, il n'y a aucun règlement qui empêche un policier d'aimer une danseuse. Si c'est de cet amour-là que tu veux, c'est ton droit. Je serai le premier à te défendre contre les ragots. Une cause pareille, c'est du bonbon pour le syndicat. La Charte des droits ne peut nier à un citoyen la possibilité de fréquenter une danseuse.

Tremblay arriva à 12 h 38 et n'avait rien de neuf à annoncer, si ce n'est que le gérant du Rendez-Vous Sainte-Foy ne serait là que le lendemain. Il cala d'un trait son verre d'eau.

— Je vais aller rencontrer le commis qui travaille le soir. Chez Massicotte Sport, personne ne se souvient d'un gars qui correspond à notre signalement et qui aurait acheté des Adidas Rome. Ils en vendent cent paires par semaine. Ensuite, j'ai téléphoné dans des magasins de jeux de société. Là non plus personne ne se rappelle avoir vendu un jeu de Mille Bornes à quelqu'un de bizarre. Pour ce qui est des jeunes avec des antécédents judiciaires dans cette paroisse, la liste est longue et je n'ai pas eu le temps d'éplucher les dossiers, mais Gaucher et Marie me donnent un coup de main. En tout cas, il n'y a aucun délinquant répondant au nom de Paul. Je m'en vais poursuivre le travail. On devrait avoir établi une liste exhaustive d'ici demain.

Louis termina lentement sa tarte au sucre en buvant un café noir tandis que Duval avalait goulûment son pouding au riz. Francis commanda un club-sandwich avec un Coke. Le jeune policier regrettait l'humour déplacé dont il avait fait preuve le matin à l'endroit de Louis.

Avant qu'il retourne à la centrale, on remit l'étui et les balles à Tremblay pour qu'il les soumette aux techniciens de l'Identité judiciaire.

◆

Vers 17 h, après avoir monté et descendu des centaines de marches, cherché des indices et interrogé les locataires, Duval déclara forfait. Par mesure de prévention, il demanderait au patron de poster des hommes à différents endroits du boulevard.

Louis avait pris le volant de la Chevrolet pendant que Duval préparait mentalement son rapport. L'enquêteur était épuisé : ses jambes avaient encore en mémoire chaque mètre du marathon et l'agression de la veille avait laissé des traces. Il n'avait pas recouvré totalement ses capacités auditives. Il entendait comme à travers un coquillage. L'altercation avec le patron et le récit des aventures de Louis avaient dégénéré en mal de bloc. La chape de plomb qu'il avait sur le crâne devenait insoutenable. Louis lui proposa des aspirines, mais il refusa. Sa journée était terminée, soldée. Une journée perdue, où ils n'avaient pas avancé suffisamment. Il sortit son agenda pendant que Louis les ramenait à la centrale. En l'ouvrant, il tomba sur la page du 28 juin, date de son anniversaire. Il aurait bientôt 36 ans et cette perspective l'effraya.

Il lut dans tous les sens les graffitis retrouvés sur les lieux du crime. *Tue, Hurt, Brise. Brise qui Tue n Hurt*. Il chercha entre les trois termes un lien logique qui permettrait d'élucider le mystère, mais sans succès. Peut-être n'y avait-il rien à tirer de là, mais le fait qu'on les retrouve à deux endroits le turlupinait. Le nom, Paul, l'intriguait également. Il faudrait chercher dans les dossiers.

— Toi qui as travaillé dans le secteur, tu ne te rappelles pas avoir eu affaire à un dénommé Paul ?

Louis, entre deux dépassements agressifs sur le boulevard Charest, réfléchit à la question. Il rumina le nom plusieurs fois en cherchant à rafraîchir sa mémoire médiocre des noms.

— J'ai eu affaire à un Pierre-Paul un an avant ton arrivée aux Homicides, mais le gars est mort. C'était un vrai dur. Un *bum* de quartier. Et il habitait dans la paroisse Notre-Dame-de-Foy.

— Qu'est-ce qui est arrivé ?

— Une poursuite qui a fini sur le pont de Québec. Il a eu une panne d'essence à la hauteur de l'aquarium. Le jeune s'est sauvé en montant sur des piliers du pont ; il se disait probablement qu'il pourrait me faire la fête une fois en haut. Il m'a bravé et défié de le rejoindre. Il était armé, contrairement à ce qu'on a pu dire par la suite. Un couteau de poche. Puis il a enjambé le garde-fou. Je croyais qu'il voulait se suicider. Je me suis approché de lui, doucement ; en essayant de le raisonner, je lui ai tendu la main. Il a sorti son jack-knife et a tenté de m'atteindre à la poitrine. J'ai évité de justesse le coup, mais lorsque j'ai voulu le saisir par la manche, il a chuté dans le fleuve. On m'a accusé de l'avoir poussé en bas du pont : une enquête qui m'a sérieusement amoché, malgré l'appui inconditionnel des collègues. J'ai finalement été exonéré de tout blâme. C'est bizarre parce que j'ai l'impression de patauger dans la même merde, aujourd'hui. Tu veux sauver un jeune et, à la première occasion, il essaie de te tuer. J'avais rarement vu un kid aussi violent. Un dossier épais comme le petit catéchisme. De la graine de violence en pleine éclosion, a conclu le sociologue à l'enquête. Le psychiatre, lui, a parlé de sociopathe.

Un long silence s'installa entre eux. Daniel posa la question sans détours.

— Où est-ce que tu vas souper, ce soir ?

— À mon appart.

— Tu ne vas pas chez Sandra ?

— Elle a un contrat à la Baie-James. Mille piastres pour deux jours. Une fête pour le gros nono du local 144.

— Tu vas parler à ta femme ?

Louis se rembrunit à cette perspective.

— J'aime mieux pas la voir.

De retour chez lui, Daniel eut une belle surprise. La maison était remplie d'une odeur de fines herbes. Le doigté tout en délicatesse de Bill Evans égrenait ses notes bleues et vaporeuses. La table était dressée. Les chandelles du grand candélabre en étain étaient allumées. On avait sorti la nappe des grands jours et Mimi, revêtue d'un tablier de cuisinier, préparait des spaghettis aux tomates. Dans le four levait peu à peu un gâteau au chocolat dont elle terminait le glaçage à la vanille. En voyant son père entrer, elle alluma le feu pour les pâtes. Daniel arborait un sourire plein de fierté. Elle s'approcha de lui et lui fit la bise avec délicatesse pour ne pas lui faire mal.

— Qu'est-ce qui me vaut le grand honneur ?

La vue du pansement et l'état physique de son paternel s'avérèrent insupportables.

— Je veux prendre soin de toi. J'ai eu peur…

Mimi éclata en sanglots. Daniel roula des yeux, la serra contre lui en tapotant doucement son épaule. Décidément, cette journée tournait en pluie d'émotions. Il avait mal à la tête comme si on jouait au baseball avec son cerveau.

— Mimi, ça va. Je ne suis pas à l'article de la mort.

Elle ne le croyait pas. Il minimisait toujours les risques. Elle avait lu les journaux et savait qu'on lui avait tiré dessus à deux reprises et qu'il avait lutté contre l'assassin.

Puis les yeux de Daniel tombèrent sur l'examen que sa fille avait coincé sur la porte du congélateur avec un aimant en forme de fraise.

— 19 sur 20 pour le test de verbes pronominaux ?

L'air triomphant, elle regarda son père.

— Formidable ! Tu me fais plaisir.

Le souper se passa bien jusqu'au moment où Mimi aborda la question qui la titillait tant :

— Vas-tu sortir avec elle ?

Daniel comprit alors que l'attachement de sa fille avait quelque chose de maladif. Elle devenait possessive et jalouse. Sur le coup, Daniel faillit répondre que ce n'était pas de ses affaires, mais il voulait éviter un autre affrontement. Il en avait plein le dos des altercations.

— Écoute, Mimi, un jour tu vas me mettre devant le fait accompli que tu t'es fait un chum. Même si je n'aime pas sa face, tu vas me demander de l'accepter comme il est. Eh bien, je suis veuf depuis longtemps, j'ai fait mon deuil même si je pense encore beaucoup à Marie-Claude, et je suis prêt à rencontrer quelqu'un. Ton père n'est pas un curé. Il a envie d'être aimé et de partager cet amour-là. J'aurai bientôt 36 ans et le temps est venu pour moi d'avoir une vie normale.

Il la regarda droit dans les yeux. Ses longs doigts de musicienne modelaient la cire chaude d'une chandelle. Ses grands yeux ronds fixaient la flamme. L'une de ses tresses françaises retomba sur sa joue.

Daniel savait que sa fille jugeait Laurence trop jeune. Il aurait voulu lui expliquer que l'âge n'avait pas d'importance quand les sentiments prévalaient. Mais il trouva que le cliché n'était pas très convaincant.

Mimi se leva pour aller glacer le gâteau et Daniel demeura perplexe sur la coexistence pacifique de ce triangle affectif. Mais il ne pouvait plus vivre uniquement en vase clos. Ces dernières années avaient été trop casanières. Des années de réclusion. Le téléphone n'apportait jamais autre chose que des sondages, des faux numéros ou encore des amis de Michelle. Rien pour lui. Après la mort de Marie-Claude et ce départ vers Québec, ses amis s'étaient naturellement évaporés. Le temps de la mue était bel et bien terminé.

Mimi le sortit de sa torpeur.

— Papa ? Tu veux du gâteau ?

Il sourit, écarquilla les yeux.

— Un petit ou un gros morceau ?

— Entre les deux !

◆

Il fit remorquer sa vieille ferraille jusqu'au circuit de Val-Saint-Michel. Il y avait trop de dangers à conduire un véhicule dans un tel état. De plus, il n'avait pas de permis ni de plaque d'immatriculation. Les risques d'être arrêté bêtement, avec toutes les conséquences, n'en valaient pas la peine.

L'homme de la dépanneuse, le garagiste du BP, ne disait pas un mot. Il actionna le treuil et le devant de la Chevrolet se hissa lentement. Les passants ne manquaient pas de se retourner en voyant cette grosse

minoune destinée à l'abattoir d'une course de démolition. Cigarillo dans la bouche, le coude au vent, H
allait enfin s'amuser dans la cour des grands.

Il était fier de l'attention qu'il recevait. Il avait hâte
de sauter derrière le volant. Pour ne pas payer davantage, il demanda à l'homme de le laisser à l'entrée du
circuit.

La voiture démarra du premier coup. H roula lentement jusqu'à « l'enclos des minounes », comme on
l'appelait. Les spectateurs qui marchaient en direction
des gradins riaient au passage du bazou. Lorsqu'il
arriva sur les lieux, les organisateurs furent sidérés :
on n'avait jamais vu un participant se présenter sans sa
remorque. Avec des gestes de sémaphore, un officier
lui indiqua le chemin de l'enclos. Toutes les vieilles
guimbardes offertes en sacrifice étaient stationnées là.
Le responsable de sa catégorie, Adrien Michaud, alla
à sa rencontre. Sur le coup, il ne le reconnut pas avec
sa longue chevelure. H le salua.

— T'as pas de remorque ?

— Non, mon truck est au garage, prétendit H avant
de s'éclipser.

Puisque la course à laquelle il participait clôturait
le programme, il alla s'asseoir dans les gradins. La
piste baignait dans un éclairage violent. Une course
de stock-cars, catégorie novice, se déroulait mais ne
l'intéressait pas. C'étaient de vieux tacots qui n'avan-
çaient pas. Il préférait la catégorie Stock avec ses
bolides plus rapides. Il ne ressentait aucune nervosité
et se sentait habité par la présence et la force de Paul.
Il avait hâte de se mesurer à celui qu'il avait jadis
admiré et pour lequel il vouait une haine insondable.

Après la course de stock-cars que menait Sam
Robitaille se tenait un des événements les plus attendus
de la semaine. Kid Samson allait propulser sa voiture

par-dessus un tremplin de huit mètres et survoler trois vieux autobus aux derrières arrondis. Du jamais vu sur le circuit de Val-Saint-Michel. Samson avait récolté toutes les blessures possibles, mais revenait toujours à ses premières amours : la casse. H souhaitait que Samson ne se blesse pas durant sa cascade. Il voulait se charger lui-même de l'expédier à l'hôpital.

H se sentait important ce soir-là. Il l'était. Il avait du pouvoir et savait l'exercer. Il avait suffi de le prendre. Il n'avait jamais contrôlé quoi que ce soit et soudainement il devenait maître du jeu. Sa soif d'affirmation et de mainmise sur les autres serait satisfaite.

Les pétarades des moteurs, dont on avait enlevé les silencieux, bourdonnaient à ses oreilles. Les odeurs d'essence et de caoutchouc brûlé titillaient ses narines.

La Chevelle de Jean-Paul Cabana passa la première le drapeau à damier. Les spectateurs se ruèrent vers les concessions. Pendant ce temps, on préparait la prestation de Kid Samson. Une ambulance alla se poster près de l'aire d'atterrissage du tacot.

H allait se faire valoir durant la course en forme de huit. Ce ne serait pas une partie d'autos tamponneuses. On lui avait remis les règlements qui régissaient la compétition. Le *fair-play*, chez ces risque-tout, avait sa place. Primo : ne pas s'acharner sur un adversaire en danger, au risque de mettre sa vie en péril. Secundo : ne pas frapper la porte côté conducteur. Tertio : advenant un incendie, prêter assistance au conducteur. H froissa la feuille de papier et la jeta au loin. À la guerre comme à la guerre ! On ne lui avait pas fait de quartiers dans la vie et il n'en ferait pas, surtout après l'humiliation que Kid Samson lui avait infligée. Un ressentiment qui appelait une vengeance.

Vers 21 h, les spectateurs regagnèrent leurs sièges. L'annonceur présenta Samson à la foule qui l'acclama pendant qu'il faisait un tour de piste dans une décapotable. À l'instar d'Evil Knievel qui arborait les couleurs du drapeau américain, Kid Samson portait fièrement la feuille d'érable dans son dos.

Près de H, un spectateur se dressa comme un ressort, enfouit deux doigts dans sa bouche et siffla le casse-cou.

À deux cents mètres de la rampe de lancement, le moteur tournait à plein régime et Samson embraya, faisant crisser ses pneus dans un nuage de fumée. La voiture accéléra jusqu'à la rampe de lancement et s'éleva dans les airs en traçant un arc spectaculaire au-dessus des autobus avant de s'écraser sur des strates de véhicules empilés les uns sur les autres. La foule, qui avait jusque-là gardé le silence, hurla son admiration. Samson, qui aimait en mettre plein la vue, mit du temps avant de s'extirper de l'habitacle. D'abord un bras, puis la tête et le tronc. Lorsqu'il leva le bras en l'air, la foule l'acclama. Mais pas H.

◆

Daniel embrassa sa fille qui révisait ses leçons et alla se coucher. Il n'avait pas dormi depuis 48 heures. Il se glissa sur le matelas, alluma la radio. La musique l'aidait à faire le vide, sinon il ruminait ses enquêtes jusque tard dans la nuit. Il aimait l'émission *Jazz Soliloque* de Gilles Archambault. Les propos, l'humour et le timbre de l'animateur l'apaisaient. C'était devenu l'une des habitudes de son veuvage. La voix d'Archambault, ses choix musicaux – sauf quand il faisait jouer du free jazz – le relaxaient après une journée de travail. Il s'endormit quinze minutes plus tard sur un solo langoureux de Johnny Hodges dans une interprétation de *I Got it Bad*. Son corps criait de partout l'urgence d'une nuit salvatrice.

◆

H se dirigea au pas de course vers l'enclos des minounes. Les pilotes grillaient une dernière cigarette en se taquinant. H s'installa derrière le volant. Michaud nota qu'il n'avait pas de casque protecteur. Un commissaire lui en apporta un. H le mit sur sa tête mais ne l'attacha pas.

À la queue leu leu, dans un infernal vrombissement de chevaux-vapeur, les conducteurs entrèrent dans l'arène. Survolté, H râpa l'asphalte dans un long crissement de pneus, y laissant une longue cicatrice de caoutchouc, au grand plaisir des spectateurs. Dans un parcours en forme de huit, les voitures devaient éviter le nœud où se rejoignaient les deux boucles. Mais elles finissaient par s'emboutir. Le tracé s'avérait impitoyable. À cinq voitures de la sienne se trouvait celle de Samson. Le présentateur annonça le numéro 13 de Samson et la foule manifesta son amour pour le pilote de Val-Bélair. Puis on présenta H comme une recrue de Sainte-Foy : Donald Hurt. Il fut accueilli chaleureusement.

H mit la transmission au neutre, appuya sur la pédale d'accélération pour faire rugir les 200 chevaux de sa voiture. Il braqua le volant, prêt à contourner le peloton. Ces voitures qui dataient d'une quinzaine d'années et plus étaient lourdes et les blessures fréquentes. À chaque saison, il se tuait au moins un conducteur.

Le contrôleur donna le signal du départ. H appuya à fond et dépassa aussitôt la voiture de devant. Il se glissa à quatre places de la Buick de Kid Samson. Le long serpent de tôle franchit le premier tour sans accrochages, mais aussitôt des concurrents plus lents se trouvèrent à la fin du peloton, coincés dans le goulot d'étranglement. Le serpent se mangeait la queue. Il y eut une série de collisions sourdes et les spectateurs se dressèrent comme des ressorts pour ne rien manquer. H louvoya entre deux voitures immobilisées, hésitant à se faire plaisir, réservant ses assauts pour Samson.

La fébrilité le gagnait, tel un enfant dans une auto tamponneuse qui désire tout frapper. Il ne résista pas au coffre qui se présenta devant lui. Il se parlait à lui-même :

— Vas-y, fonce, frappe. Yeah ! Tiens, toé, câlisse ! Prends ça, laisse-moé pas repasser. Toé, té *out* ! Bingo ! *Watch out*, j'arrive.

Un choc sourd résonna dans ce colisée de campagne. Le radiateur du numéro 8, Willie Thériault, venait d'exploser et un geyser d'eau et de vapeur s'éleva dans le ciel. H recula et put repartir avec son pare-chocs qui traînait en faisant jaillir une gerbe d'étincelles. Il était complètement défoncé derrière le volant. À travers son pare-brise, il vit deux voitures se télescoper à la croisée fatale. Les autres conducteurs avaient peur de lui. Son automobile ressemblait à un monstrueux insecte qui avalait tout sur son passage. Il prit pour cible la Buick de Samson. Au centre de la piste et un peu partout, les voitures rendaient l'âme en crachant l'huile et en râlant jusqu'à l'agonie du moteur. Il ne restait que douze véhicules dans la course. H se sentait comme ces pilotes de chasse dans les vieux documentaires nazis qu'il aimait regarder. Il s'imaginait aux commandes d'un Messerschmitt. Alors que Samson allait croiser la boucle, H le manqua de justesse et à grande vitesse. La clameur de la foule révéla que le numéro 13 l'avait échappé belle. H poursuivit sa chasse. Il était en bonne position. C'était lui qui donnait le spectacle. Le commentateur, qui n'avait aucune information à son sujet, ne cessait de répéter qu'il n'avait jamais été aussi impressionné par une recrue. Ce jeune homme lui rappelait le regretté Conrad Poulin, l'enfant chéri de la Beauce.

Alors qu'il passait le nœud du huit, ralenti par un concurrent, H fut pris au piège par Samson, mais la voiture de celui-ci ne fit qu'effleurer son pare-chocs. Il reprit la chasse, déterminé. Sa chance arriva lorsque la voiture de Samson fut stoppée sec au centre par la grosse Edzel de David Gagnon. La Buick fit un 180 degrés, offrant dangereusement la portière du chauffeur comme cible. H appuya à fond sur l'accélérateur. Son véhicule frappa lourdement la portière de la voiture de Samson qui alla rebondir sur une autre voiture qui venait de rendre l'âme. La tête de Demolition Man retomba lourdement sur le volant. Le signaleur arrêta la course. La scène avait horrifié les pilotes, qui ne s'expliquaient pas pareille démence. Les pétarades s'étouffèrent peu à peu. Seul H pavoisait en faisant des beignets sur la terre battue, ce qui généra un nuage de poussière. Il était hors de lui. De ses yeux jaillissaient des éclats de lumière.

Des gerbes de mains faisaient signe à l'ambulance de s'amener. La voiture de Samson laissait échapper de l'essence et on demanda la présence des pompiers.

H rayonnait. C'était dément. Pompiers, ambulanciers, tout y était. Et en toute légalité. On lui ordonna de cesser ses folies. Les secouristes s'approchèrent. Samson était sérieusement amoché, coincé dans sa voiture. Il saignait du nez, à demi-conscient. Un médecin accourut. Après de longues minutes d'angoisse, Samson reprit connaissance en reniflant des sels. Il souffrait d'une commotion cérébrale et de contusions. Assis dans son véhicule en retrait, H avait hâte qu'on relance la course. Justice était faite. Mais les autres pilotes ne l'entendaient pas ainsi. Une dizaine d'entre eux, comme un gang de rue, s'approchèrent de sa voiture pour lui faire un mauvais parti. Ils étaient enragés. Des visages grimaçants lancèrent des injures à travers son pare-brise fracassé. Hurt avait frappé en dessous de la ceinture, comme disaient les adeptes de ce sport. H les toisa farouchement et les traita de poules mouillées.

Des pilotes commencèrent à le bousculer, d'autres essayèrent de l'extirper de la voiture. Il se pencha pour éviter les coups. On le menaçait de mort. Kid Samson était le Guy Lafleur de ce sport et on ne s'en prenait pas à lui aussi lâchement. Les organisateurs annulèrent l'épreuve et sa licence. Les ambulanciers sortirent Samson de son amas de ferraille. On l'étendit sur une civière. Courageusement, Samson, malgré ses fractures, salua la foule qui l'acclamait. Des agents de sécurité s'immiscèrent pour protéger H. Sa portière toute cabossée étant coincée, il sortit par la vitre de côté. On l'accueillit par des huées. Seuls quelques fanatiques osèrent applaudir celui qu'on appelait, quelques minutes auparavant, la révélation de Sainte-Foy. Il s'en foutait. Tous ces gens qui criaient après lui, c'était sa vie après tout. Lui contre tous. Tous contre lui. Il était né pour être paria. Il avait atteint un autre objectif important. Il venait de mettre K.-O. celui qui l'avait humilié. Les idoles finissent par tomber de leur trône et les parias s'élèvent à leurs dépens.

Michaud, qui n'en revenait toujours pas, arriva. Il remit cent dollars à Donald Hurt pour sa seconde place, mais il lui déconseilla de revenir. Hurt était banni à vie de la compétition.

H regrettait une chose : que Samson ne soit pas blessé plus sérieusement. Dans sa poche, il avait une carte de Mille Bornes : accident. En passant devant la voiture de Samson, il la jeta dans l'habitacle.

◆

Il avait le pouce levé au bord de la route, mais personne ne s'arrêtait pour le faire monter. Exaspéré, il envoyait des majeurs à tous les conducteurs. Il s'avançait de plus en plus jusqu'au milieu de la chaussée, obligeant les chauffeurs en colère à dévier dans l'autre voie dans un concert de klaxons enragés.

Il marcha, marcha longtemps. Trois heures plus tard, il arriva sur la butte de l'Ancienne-Lorette. Sa rue, longue cicatrice de noirceur et de lumière, était visible. À cette distance, elle tenait dans sa main. Quel plaisir il aurait eu à l'écrabouiller. Les briques et le plâtre compressés entre ses doigts comme dans un moulin à viande. Il poursuivit sa marche. Heureusement le temps était doux. Il ne lui restait plus qu'à faire le dernier bout qui le conduirait chez lui.

CHAPITRE 6

JEUDI, LE 10 JUIN 1976

Le réveil sonnait sans qu'un bras s'abaisse pour le faire taire. Les lamelles métalliques des stores étaient secouées par le vent matinal et frottaient contre le cadre de la fenêtre. Daniel était couché sur le ventre et ne bougeait pas. Sa bouche ouverte et son nez pointaient vers la fenêtre à moitié fermée.

Excédée par le bruit, Mimi se leva, et entra dans la chambre de son père pour éteindre la sonnerie.

— Qu'est-ce qui se passe ? dit-elle en s'asseyant sur le lit.

Pour le taquiner, elle lui chanta cette berceuse qu'il fredonnait parfois pour la réveiller : « Daniel, il est l'heure de se lever, il est sept heures moins quart, faudrait pas que tu te rendormes, tu vas être en retard ».

Elle le secoua, ce qui ne lui était jamais arrivé, puis elle le chatouilla près des aisselles.

— Hé ! Lève-toi.

Les yeux mi-clos, l'haleine épaisse, il sourit en apercevant le visage oblong de Mimi qui occupait tout son champ de vision. Une tresse française effleura son visage, et son sourire plein de malice se moquait de lui. Duval bâilla, frotta ses yeux englués de sommeil. Le foyer rétabli, il vit enfin sa fille parfaitement.

— Je reviens au monde. On dirait que toutes mes plaies ont été pansées.

Pendant un instant, elle le soupçonna d'avoir veillé avec la docteure, mais elle se rappela qu'ils s'étaient couchés en même temps et qu'elle l'avait entendu ronfler.

— Il va falloir que tu changes le store !

— Bientôt.

— Ça fait un mois que tu répètes ça.

Il avait dormi profondément et n'avait pas entendu le damné store qu'il voulait remplacer par un voile. Mimi orienta les lamelles pour laisser entrer un peu de lumière.

— Tu vas être en retard, papa. Tu veux un café ?

— Ce serait gentil, Mimi.

Elle était radieuse, il ne lui restait plus que deux semaines de cours avant les grandes vacances. Ses pensées la ramenaient sans cesse à son camp musical. Elle n'aurait plus cette satanée jupe à tartan ridicule à porter.

C'était justement le sujet dont voulait l'entretenir son père. Il avait reçu une lettre de sœur Régine lui signalant que sa fille arrivait à l'école sans sa jupe et qu'elle l'enlevait pour sortir à l'heure du dîner et à la fin des cours.

Aussi gracieux que Frankenstein, Daniel marcha vers les toilettes. L'ombre noire et mal rasée qu'il contemplait dans l'épais brouillard de son lever était bel et bien lui par un blues matinal. Il fixa l'affreux bandage autour de son oreille et entreprit de s'en défaire, opération qui fut sans douleur sauf pour les yeux – le pansement était écœurant à regarder.

Avant que Mimi fasse tourner son disque de Genesis comme tous les matins, il voulut régler l'affaire de la jupe. Entre deux coups de blaireau, il sortit la tête de la salle de bain et interpella sa fille :

— Mimi, y paraît que tu ne veux plus porter ta jupe ?

Elle s'approcha, tirant le sac Simons par terre.

— Non, je la charrie dans un sac. J'ai honte. Elle m'écœure, cette jupe-là. Je déteste les uniformes. Je la porte dans l'école, c'est bien assez. Je la mets rendue là, pis je l'enlève le midi pis à 3 h 30. Je respecte le règlement, bon. J'ai pas à faire la promotion des Ursulines dans les rues de Québec. Point à la ligne !

Daniel se taillada la joue avec son rasoir. Il appliqua un bout de Kleenex sur la coupure, qui cessa de saigner.

En dépit de ce manque évident d'appartenance sentimentale à son alma mater, Daniel parut satisfait de la réponse de Mimi. Il ne pouvait pas la forcer à porter la jupe pour se rendre à l'école. Il en parlerait à la religieuse. De toute façon, les vacances scolaires allaient bientôt régler le conflit tout naturellement.

Après s'être rasé, Daniel but en vitesse son café au bout du comptoir-lunch de la cuisine. Puis il décampa en prenant une pomme ; ce n'était pas le moment de se présenter en retard au bureau.

Louis était là depuis vingt minutes et affichait une mine réjouie. Il enfonça une cuillère dans le pot de Sanka. Il s'installa afin de poursuivre la lecture du *Journal de Québec*. Tout en avalant un chou à la crème, il lisait avec satisfaction que les Nordiques s'étaient enfin débarrassés de ce lambineux rouquin de Dale Hoganson. Il commençait toujours par les nouvelles sportives. Ce jour-là, il ne trouva que peu de chose pour se délecter, à part ses petits gâteaux, d'autant plus que les Expos étaient inactifs la veille.

Louis et Francis étaient sortis ensemble la nuit précédente. Francis avait aperçu Louis dans le stationnement et s'était excusé de sa mauvaise blague. Non rancunier, Harel l'avait invité à sortir. Il avait même réussi l'exploit de l'amener au cinéma Champlain pour voir un film intitulé *Exhibition*. L'annonce avait achevé de convaincre le Charlevoisien : *Il plaira aux femmes autant qu'aux hommes ; il donne des idées pour l'esprit aussi bien que pour la fantaisie érotique.* La séance s'était avérée un bide monumental : les scènes érotiques se faisaient attendre. « C'était comme une communion sans hosties ! », au dire de Louis. Il regrettait de ne pas être allé voir *Plaisir à trois* au Midi-Minuit.

Lorsque Duval entra dans le bureau avec une légère claudication, Louis l'apostropha sans lever les yeux de son journal. Il lisait une dépêche AP.

— Elle en finit plus de ne pas mourir.

— Qui ?

— Ann Quinlan. On l'a débranchée il y a deux semaines et elle ne meurt pas.

— Faut croire qu'elle n'est pas prête.

Le débat sur l'euthanasie divisait l'Amérique. Même si les médecins affirmaient qu'il y avait eu mort cérébrale, devait-on intervenir et mettre fin à ce coma ? La main de Dieu contre celle de l'homme…

La haute teneur philosophique de l'article étonna Duval. D'ordinaire, les informations pertinentes du journal pouvaient tenir dans un dé à coudre.

— Ça va ? demanda Duval.

— Oui.

— T'as bien dormi ?

— Oui, mais pas longtemps, je suis sorti avec Francis.

— Il est au courant ?

— Non.

Louis montra du doigt l'oreille de son copain.

— T'as plus ton pansement?

— Je me supportais plus avec cette horreur au visage, dit Daniel en déposant le café dans le filtre.

La journée était radieuse, mais on annonçait des averses en fin de journée. Il le fallait car les CL-215 ne venaient pas à bout des incendies qui ravageaient le territoire québécois, courant et avalant des kilomètres de forêts.

La cafetière bruissait et glougloutait en embaumant la pièce.

Louis se pencha ensuite sur la nécrologie. Il terminait toujours par les pages des décès, ce qui amusait son collègue. Quand il connaissait quelqu'un, il rappelait à Daniel les souvenirs qu'il conservait de cette personne. Daniel trouvait bizarre cette curiosité morbide. Lui avait horreur des pages nécrologiques depuis le jour où il avait dû rédiger celle de sa femme. Il avait encore frais en mémoire l'effet que lui avaient causé la photo de Marie-Claude et le message qui suivait: elle laisse dans le deuil son mari, le lieutenant Daniel Duval, sa fille Michelle… Il ne regardait en principe jamais ces pages, sauf lorsque le Gros lui montrait la photo d'un truand qui leur avait donné du fil à retordre.

— Aucun disparu notoire, conclut Louis Harel en refermant son journal.

Daniel rangea les papiers de la veille, éplucha son courrier interne, pesta – une autre réunion syndicale en fin de journée sur le projet de loi fédéral d'abolition de la peine de mort – et sortit son calepin. Une note indiquait que l'alibi de Maurice Ferron était bon. Il était bel et bien à la Touraille à boire de la bière. Un mémo, celui de Pouliot, lui demandait de contacter l'animateur André Arthur vers 11 h 30. L'école de criminologie de Montréal l'invitait à donner une communication sur les infanticides. Un ex-collègue

montréalais de la SQ, Robert Gagné, lui envoyait des
statistiques prouvant le peu d'incidence de la peine
de mort sur la criminalité dans trois États américains : la Floride, l'Illinois et le Texas. Ces chiffres lui servi-
raient de munitions au cours de l'assemblée.

Tremblay entra en sifflant *Je suis cool*. Il avait sous
le bras plusieurs dossiers judiciaires que lui avait remis
Gaucher. Il s'était levé tôt pour les passer au peigne fin.

— Pas trop crevé, Francis ? demanda Harel.

— Après le film que tu m'as emmené voir, j'ai rêvé
que je visionnais *La planète des singes*, version 3 X.
Singes, guenons et babouins à poils, railla Tremblay.

Duval marcha jusqu'au tableau, prit une craie et
inscrivit les deux séquences de mots lues sur les deux
lieux du crime : *Tue*, *Hurt*, *Brise* et *Brise qui Tue n
Hurt*. Il essayait de donner une signification à ces
graffitis.

Tremblay marcha vers le tableau où se tenait Daniel.
Tous deux se trouvaient enveloppés par une colonne
de soleil où dansait la poussière. Tremblay laissa
tomber les dossiers sur une table, le sourire aux lèvres :

— Dans certains cas, c'est très lourd. Il est clair que
ça racaille dur dans le coin. Dans la rue de Norvège,
il doit y avoir au moins un dossier judiciaire par tranche
de cent locataires. Il y a eu de tout : meurtres, viols,
vols, prostitution, exhibitionnisme, recel.

Louis l'interrompit sans lever les yeux de la première page du journal :

— Hé, Francis, tu vas pas nous donner un cours de
criminologie ?

— Laisse-moi finir. Il y a même quelque chose qui
te concerne directement. Hier, les gars ont demandé à
l'ordinateur de leur sortir, comme leur avait demandé
Daniel, des cas de crimes violents où des véhicules
étaient impliqués. C'est très intéressant. On a cinq cas

dans la paroisse Sainte-Geneviève et quinze autres dans les paroisses avoisinantes. Cinq suspects potentiels déjà. Des dossiers épais comme des t-bones. Tous ont quelque chose à voir avec notre affaire.

Louis se leva pour examiner les photos des suspects.

— En quoi je suis concerné ? demanda-t-il.

— Tu es lié directement à l'une de ces enquêtes.

Francis déposa la photo de Pierre-Paul Melançon sur le bureau de Louis, qui chancela. Au même moment, Pouliot entra dans le bureau, feignant un enthousiasme dont personne n'était dupe.

— Salut, les gars, ça avance ?

— On peut pas dire que ça recule, marmotta Louis.

Pouliot, les mains sur les hanches, se tourna aussitôt vers Duval.

— Daniel, as-tu reçu le mémo pour l'émission d'André Arthur ? Il fait une ligne ouverte sur votre enquête et il voudrait te parler. Dis-moi pas non. Déjà qu'il annonce qu'il va nous taper dessus. Je sais que tu peux le remettre à sa place. T'as une belle opportunité.

— Est-ce qu'il est au courant pour l'histoire de l'autopsie ?

— Non. Pas un mot. Faut pas qu'il sache que le corps était chez le croque-mort.

— Pour les cartes de Mille Bornes ?

— On n' a rien dit là-dessus.

Ici le on voulait dire je. Daniel se gratta une joue, pas joyeux du tout à l'idée de parler à ce bourru personnage qu'il détestait. Il afficha une moue dédaigneuse.

— J'ai pas le temps, l'enquête entre dans une phase critique.

— Va lui dire, toi. Dix minutes et on en a fini avec ce trou de cul.

Harel et Tremblay l'encouragèrent.

— Vas-y, Daniel. Depuis des mois qu'il nous cherche.

— Notre convention… plaida Tremblay.

— Bégin m'a dit qu'il t'a traité d'agent de sécurité à son émission d'hier, renchérit Louis.

Gonflé à bloc par ces encouragements, Duval céda.

— Bon, d'accord.

— Gillet voudrait aussi te parler à neuf heures.

— Là, c'est trop ! Passe-lui le porte-parole. On est en *briefing*, ici. On est occupés !

Ce qui voulait dire : « Sors, tu nous fais perdre notre temps ». Pouliot remercia Daniel et s'éclipsa en prenant une menthe dans le plat en verre sur le bureau de Louis.

Les trois policiers se réunirent autour du bureau de Daniel sur lequel trônaient les dossiers. Daniel baissa les stores parce que la lumière devenait insoutenable et brûlante, mais elle continua d'entrer, fractionnée en lignes minces et fantomatiques.

Louis s'arracha une rognure d'ongle et la lança dans la corbeille, mais manqua la cible. Il poursuivit avec les autres ongles.

— Louis, c'est dégueulasse ! argua Francis.

— Bin quoi ? C'est biodégradable !

— Non, c'est dégradant, railla Duval.

Puis chacun des collègues se plongea dans un dossier. Tremblay prit la chemise brune qui concernait Harel et l'affaire Melançon.

— Louis, Pierre-Paul Melançon, ça te dit quelque chose?

Louis se sentit agressé et haussa le ton.

— Fais pas de farces avec ça, Francis, je t'avertis. Bien sûr que ça me dit quelque chose!

— Excuse-moi, c'est pas ce que je voulais dire.

— Il est mort et j'ai été blanchi de toute accusation.

— Je le sais, j'ai suivi l'affaire.

— T'avais le temps de t'intéresser à ça…

— Ce qui est intéressant, c'est que Melançon, qui habitait la paroisse Notre-Dame-de-Foy, avait aussi habité avant dans la rue de Norvège.

Daniel s'approcha pour regarder le document et son visage s'illumina. Il lut le dossier et comprit qu'une clé venait enfin de leur être offerte sur un plateau d'argent.

— Écoutez ça. Pierre-Paul Melançon avait, entre autres habitudes, celle de voler des voitures pour les démolir dans la carrière de sable de Cap-Rouge. Le soir où il a été tué, lui et son cousin Donald Hurtubise s'étaient livrés à un *derby* de démolition dans une sablière. Tu dois t'en rappeler, Louis. Le cousin, Hurtubise, avait été grièvement brûlé dans le jeu de casse. Un citoyen de Sainte-Foy qui s'en allait jeter des objets dans la carrière avait averti la police.

— Hé, laisse-moi conter la suite, demanda Louis.

Mais Daniel l'interrompit, consterné par une révélation qu'il venait d'avoir.

— Pas nécessaire. Comment s'appelle le cousin de Melançon ?

— Donald Hurtubise.

Duval s'avança vers le tableau comme s'il allait donner une leçon aux deux autres. Sa chemise blanche en lin tranchait sur le fond noir du tableau. Il montra chacun des mots qu'il avait écrits à la craie blanche.

— Suivez-moi bien : *Tue*, *Hurt*, *Brise* ou *Brise qui Tue n Hurt* pourrait désigner Hurtubise ; ce serait sa signature. C'est le cousin de Pierre-Paul Melançon. La déformation des syllabes, le jeu avec les mots est en lien direct avec les actes que pose ce salaud. Le graffiti de Paul, qui revient souvent, est un hommage rendu par le cousin, ou encore une vieille trace du passage de Pierre-Paul Melançon.

— Comme Hurtubise était mineur à cette époque, rappela Louis, on l'a référé au tribunal de la jeunesse.

Francis sortit le dossier de Donald Hurtubise ainsi qu'une photo, le montrant avec une épaisse tignasse.

— Beau garçon ! railla Harel.

La lourde chemise brune s'abattit sur le bureau en soulevant la poussière.

— Mais depuis, le dossier n'a jamais cessé de s'épaissir. Il y a aussi deux autres dossiers intéressants. Deux casseurs de voitures qui ont séjourné en prison en même temps qu'Hurtubise, soit à Bosco, soit à Orsainville. Le premier s'appelle Régimbald et l'autre Gosselin. Ils habitent tout près de chez Hurtubise et ont à peu près le même âge. Ils opèrent peut-être ensemble.

Daniel s'assit et les deux autres se tirèrent une chaise pour s'installer à ses côtés. On eut dit un corps tricéphale au bout de la table. Trois têtes en fusion plongées dans le dossier. Leurs expressions faciales ne mentaient pas. On y lisait l'étonnement et la consternation. Il s'agissait d'un criminel polymorphe et sa description concordait avec le portrait qu'avait établi Daniel. Son gabarit correspondait aussi à l'homme qui l'avait attaqué. On éplucha le dossier, aussi luxuriant qu'une forêt tropicale. Le casier judiciaire qu'il avait accumulé du temps où il était mineur aurait fait rougir les criminels les plus endurcis. Accusé pour vol à l'étalage de modèles réduits au magasin Towers en 1971. À la page 26, il était question d'un vol de voiture, de destruction dudit véhicule et de conduite dangereuse, et de refus d'obtempérer aux ordres des policiers. Après Tilly et Boscoville, c'est la graduation à la prison d'Orsainville : accusation pour voies de fait graves dans un bar de la côte de la Fabrique, le Cercle électrique, réputé pour ses nombreuses descentes policières.

Tremblay s'empressa d'ajouter cette information :

— Il a aussi fait un cours de mécanique en prison et son secondaire cinq.

Daniel indiqua du doigt une information capitale qui leur avait échappé dans leur enthousiasme.

— Vous avez vu ? Il habite dans le même immeuble que Ferron.

— On a notre homme ! conclut Louis.

Duval mit un holà.

— Mais attends, ce gars-là ne peut être accusé uniquement à cause d'un graffiti. Ça va nous prendre des preuves plus solides. Il n'a jamais plus volé de voitures.

Daniel se tourna vers Francis.

— Il est en liberté conditionnelle. Parle à son agent de probation. Tu vas contacter le psy de la prison d'Orsainville et ceux de Tilly et de Bosco et tu vas t'informer sur Hurtubise.

— Les lologues, y disent n'importe quoi, marmonna Louis en se rongeant les ongles.

Le visage de Duval s'empourpra.

— Et toi aussi !

La remarque de Louis avait énervé Daniel au plus haut point. Lui-même avait étudié le comportement des criminels et avait suivi plusieurs cours de psychologie sur la déviance et sa formation lui servait dans sa pratique. Maintes fois, dans sa profession, la connaissance préétablie d'une psychopathologie criminelle avait permis de prévoir les actions d'un criminel et de procéder à son arrestation. Les commentaires de Louis l'exaspéraient, mais il savait qu'on ne pouvait le changer. C'était du Gros tout craché, pensait-il. Loulou qui n'était plus que l'ombre de lui-même.

— Du calme, Dan, conseilla Tremblay.

Après avoir fulminé, Duval prit une longue respiration et se rasséréna. Il se tourna vers Francis.

— Tu vas entrer en contact avec les parents de Pierre-Paul Melançon. Tu comprends, je ne peux pas envoyer Louis. Nous, on s'occupe d'Hurtubise et des deux larrons. On se rejoint au Marie-Antoinette à midi. Aujourd'hui, on donne la claque.

Daniel ajusta l'étui de son Smith & Wesson *lightway* à cinq coups, choix que Louis critiquait constamment.

— Qu'est-ce que tu feras le jour où t'auras besoin d'une sixième balle?

— J'ouvrirai le barillet et je chargerai mon arme, répondait sèchement Daniel, qui appréciait la légèreté de son calibre 38, quoiqu'un canon aussi court s'avérât moins précis. Mais comme les fusillades sur une distance de cent pieds n'existaient qu'au cinéma – la plupart avaient lieu à plus ou moins trente pieds – il ne risquait pas de manquer sa cible.

Duval marcha jusqu'à la fenêtre, ouvrit le store, plissa les yeux. La lumière vive pénétra dans la pièce. Il devint fébrile. Enfin une lueur dans la nuit de cette enquête! C'est en tout cas ce qu'il croyait. Il sentait l'odeur de la proie à l'horizon et avait hâte de la débusquer. Le chef d'équipe Duval donna ses dernières consignes:

— On prend chacun une voiture aujourd'hui. On risque de faire du millage.

◆

L'horloge des Galeries Duplessis marquait 9 h 45. Trois minutes plus tard, l'enthousiasme se dégonflait. Duval et Harel se cognèrent à une porte close. Ils avaient beau sonner, personne ne donnait signe de vie. Harel tourna la poignée, mais elle était fermée à clé. Daniel posa son oreille contre la porte et n'entendit rien. Soit que Hurtubise dormait en feignant de ne rien entendre, soit qu'il était sorti ou qu'il avait pris le large.

— On repassera plus tard, décida Duval.

Il posa une main sur l'épaule de Louis.

— Tu vas prendre le dossier Gosselin et je m'occupe de l'autre. Essaie de voir s'il connaît Hurtubise.

Duval aimait bien se retrouver seul pour mener une enquête. (Quand il était avec Louis, Duval se sentait obligé de tenir une conversation pour meubler le silence.) Louis était bavard et tout devenait sujet à discussion. Mais Daniel s'était attaché à son partenaire et il n'aurait fait équipe avec personne d'autre.

Le silence et l'air frais du matin l'apaisaient. Le fait d'être connecté soudainement avec lui-même l'irradiait de bien-être. D'inductions en déductions, il cherchait une piste possible. Il avait l'impression de créer quelque chose.

Le jeune qu'il allait rencontrer habitait la rue des Mélèzes, parallèle à la rue de Norvège. Son dossier avait autant de pages que son âge à l'envers : 25 ans. Port d'armes illégal, voies de fait, vols qualifiés, voyeurisme et plusieurs actes de vandalisme. En échange d'une peine réduite, il avait avoué une kyrielle de méfaits. Une fois le coup de maillet donné, le juge lui avait imposé une sentence de cinq ans à Orsainville. Le crime le plus important avait mis la puce à l'oreille du service d'enquête. Richard Régimbald avait vandalisé une trentaine de voitures dans le stationnement de Place Laurier. Avec un couteau, il avait égratigné la peinture des véhicules. Un cadeau de 32 000 $ aux débosseleurs.

La lecture du dossier faisait tiquer Duval. Comment arrive-t-on à créer de telles bêtes ? se demandait-il.

Régimbald habitait à un kilomètre de l'endroit où avait eu lieu le premier crime et à un demi-kilomètre du second meurtre.

La sonnette ne fonctionnait pas et le policier frappa trois coups solides. Une voix agacée se fit entendre.

— Je travaille de nuitte, repassez.

Duval cogna avec plus de vigueur.

— Police, je travaille de jour et je repasserai pas.

Il entendit l'homme se lever en râlant et en jurant. Il n'avait pas menti. Il dormait bel et bien. La scène horripila Duval. Régimbald, un colosse avec les yeux dans le même trou, avait le visage râpé par une couverture en chenille, en plus d'arborer un hématome sous l'œil. Une épaisse coulée de bave avait séché de la commissure de ses lèvres jusqu'au menton. Sur sa poitrine, un aigle avait été grossièrement tatoué à l'encre bleue. Une odeur âcre se répandit à l'extérieur.

— Qu'est-ce qu'il y a encore ?

— Tu t'appelles Richard Régimbald ?

— C'est ça…

— Où t'étais, avant-hier, dans la nuit ?

L'homme afficha un sourire vainqueur.

— Tu chercheras pas très longtemps. J'ai travaillé jusqu'à trois heures du matin au Gogo Pizza. Appelle Talbot, le gérant.

Louis inscrivit le nom dans son carnet.

— Quel Gogo Pizza ?

— Celui d'en haut, sur le chemin Sainte-Foy, devant le Sunoco. Je suis plongeur. J'ai rien à me reprocher. J'suis tranquille depuis un boutte.

— Je vais vérifier ça.

Daniel pointa le doigt vers la plaie qu'il affichait sous l'œil.

— Qu'est-ce qui s'est passé ?

Régimbald sourit et se frotta la joue.

— Pis vous ? demanda-t-il en montrant l'oreille de l'enquêteur.

— Hé, Ti-cul, c'est moi qui pose les questions.

— Une querelle de bar. Le gars me regardait de travers.

— Est-ce que tu connais Donald Hurtubise ?

La haine s'inscrivit dans les yeux de Régimbald.

— Oui, pourquoi ?

— Vous avez fait de la prison ensemble.

— Oui.

— Vous vous revoyez ?

— Non, je me suis toujours tenu loin de lui.

— Pourquoi ?

Il montra une longue cicatrice sur son coude.

— *Because* ça. On s'est battus et j'ai eu une fracture ouverte. H est un malade mental.

— Tu l'as revu depuis qu'il est sorti de prison ?

— Je l'ai vu de loin.

Régimbald n'était pas l'homme que l'agent cherchait, mais il fallait quand même vérifier l'alibi à la pizzeria. Sa blessure, qui tirait sur le brun-jaune-compote-de-pomme, remontait déjà à plusieurs jours, conclut-il.

« Ne pas oublier d'appeler André Arthur avant d'aller rejoindre les collègues », se rappela-t-il.

La douzaine de coccinelles mauves de Gogo Pizza étaient garées devant l'établissement en attendant la ruée de midi. La grosse enseigne yéyé tournait aussi vite que les pâtes à pizza que faisaient rouler dans les airs les *pizzamen*. La serveuse, au chignon très années soixante, lui indiqua que Raymond, le gérant, se trouvait au sous-sol. Duval descendit un escalier étroit. Appuyé à un mélangeur industriel, Raymond gueulait contre le novice qui avait oublié de mettre de la levure dans sa pâte. Le jeune, écrasé par la chaleur, avait presque les larmes aux yeux. La scène écœura Duval.

— On se connaît ? dit le gérant d'un air baveux.

— Je suis enquêteur à la SQ, dit Duval en marchant vers lui.

Pour le mettre dans l'embarras, Duval balaya la pièce d'un regard critique. La cave puait et les blattes couraient sur le plancher. Un beau cas pour le service d'inspection sanitaire.

— Faites-vous le ménage souvent ?

— On est débordé.

— Je vous conseille d'y voir parce que j'envoie un inspecteur des aliments. Mais j'étais pas venu pour vous dire que c'est sale ici.

L'autre confirma que Richard Régimbald avait bel et bien travaillé de nuit.

— Vous avez une preuve ?

— J'vas t'montrer sa carte de *punch*, marmotta le gérant, un petit air bête qui, visiblement, devait faire chier tout son personnel, pensa Daniel. Ces petits basculs qui se comportent comme des Napoléon pleins de morgue l'horripilaient. Tous pareils, ces culs-de-jatte. Il se rendit compte que son agressivité était en fait destinée à Pouliot.

L'alibi tenait. La carte de pointage indiquait que Régimbald avait travaillé tous les soirs depuis quatre jours.

— Qu'est-ce qu'i' a faite ?

— Absolument rien, dans le cas qui m'intéresse. C'est juste une vérification.

Duval, sans autre forme de politesse, sortit. Il lui restait une heure avant d'aller rejoindre Louis et Francis. Il entrerait en contact avec Arthur vers 11 h 48, question d'être coupé par les nouvelles de midi et de s'en tirer à bon compte.

◆

Il alla se garer devant l'immeuble où habitait Hurtubise. Il monta péniblement jusqu'au dernier étage. Une seule ampoule éclairait un corridor long de cinquante mètres. Un coup de sonnette, deux coups, trois coups. Pas de réponse. Il colla son oreille contre la porte et n'entendit aucun bruit à l'intérieur.

Il s'installa confortablement dans sa voiture et syntonisa CHRC, la station du bavard. C'était le sujet de l'heure. Ce grand dadais, comme il l'appelait, se défoulait sur l'incompétence des enquêteurs chargés de l'affaire. En une minute, le nom de Duval avait été mentionné trois fois. L'animateur annonça que l'homme qui s'était retrouvé face au dangereux malade, sans lui mettre la main au collet, serait à l'émission vers onze heures trente. « Ça, c'est un peu comme si Guy Lafleur se retrouvait seul devant un filet désert sans compter. Ça se peut pas. Duval, lui, c'est ce qui lui est arrivé. »

Arthur éclata de rire. Le rire d'un hystérique névrosé qui se prolonge dans une jouissance feinte.

« Et ensuite ça réclame des augmentations, ça se plaint de son sort, pas content d'avoir un des meilleurs plans de pension au Canada payé à prix d'or par les contribuables. Les prochains meurtres qui seront commis par ce p'tit crisse d'enculé-là seront à mettre sur le dos du lieutenant Daniel Duval. »

Arthur mit de l'huile sur le feu en rappelant que les funérailles du camionneur auraient lieu le lendemain à Montréal. Daniel referma la radio, incapable de supporter cette démagogie. Son stylo s'activa. Il prépara des arguments aux questions toutes faites que ce cloporte des médias lui poserait. Comment se défendre contre un ogre de cette espèce ? se demanda-t-il.

Il se frotta le menton et maudit davantage Pouliot de l'avoir envoyé à l'abattoir. Deux fois dans les égouts en moins de vingt-quatre heures, c'était trop.

◆

Denis Gosselin habitait dans un bloc appelé L'Orient. Harel se demanda bien pourquoi, car l'immeuble était situé à l'ouest de la rue de Norvège, elle-même située

à l'extrême ouest de Sainte-Foy. La construction tout
en pierres blanches n'avait rien d'oriental. Deux ans
auparavant, Gosselin avait causé des dommages de
28 000 $ à des voitures garées dans le stationnement
de l'église Sainte-Geneviève. Il avait versé des tasses
de sucre granulé dans les réservoirs d'une dizaine de
voitures. «Jusse pour voir», avait dit l'accusé au procureur de la Couronne. Lors du prononcé de sa sentence, le juge avait ironisé : « Je vous condamne à
dix-huit mois de pénitencier *juste pour voir* si ça va
vous faire réfléchir. »

Louis se contenta de multiplier ses condoléances à
la mère tout en fixant la carpette *Welcome*. Une
femme râpée par le temps, mais dont les yeux avaient
une brillance insoutenable. Des yeux de jeune femme
dans une peau de saurien. Son fils avait un alibi
infaillible puisqu'il était décédé six mois plus tôt. Il
s'était pendu en prison. La pauvre femme récoltait
encore les soupçons qui pesaient sur son garçon.
Même la mort ne lui avait pas apporté le repos. Louis,
qui ne se laissait que très rarement attendrir, s'excusa
de lui rappeler de mauvais souvenirs. Elle lui offrit un
café. Il refusa. Un thé ? Il hocha négativement la tête.
Lorsque la femme voulut s'étendre sur le suicide de
son fils, Louis trouva un subterfuge pour s'échapper.
Il appuya sur son walkie-talkie, comme s'il venait de
recevoir un appel.

— J'ai un appel, madame. Je dois y aller.

Les épanchements : pas trop pour Louis.

Il voulut quitter en vitesse ce bloc appartements
qui puait l'eau de Javel. Le papier peint orange à fleurs
blanches le déprima. Il sentit un frisson lui glacer la
colonne. Il se rappelait qu'un meurtre avait eu lieu
dans cet immeuble : un homme y avait tué sa femme
et son bébé avant de se suicider au début des années

soixante-dix. Le crime avait choqué et fait les premières pages d'*Allô Police*.

Le Marie-Antoinette n'était qu'à trois cents mètres.
Louis avait l'estomac dans les talons et le pied lourd
sur l'accélérateur.

◆

À 11 h 40, Duval démarra et alla se stationner aux
Galeries Duplessis. Afin d'avoir un peu d'intimité, il
s'engouffra dans une cabine téléphonique à proximité
d'un Poulet Frit Kentucky. La face du Colonel sur son
gros baril tournait dans le ciel bleu de Sainte-Foy.
Les hottes du resto ventilaient une poisseuse odeur de
friture. La chaleur exténuante donnait à Duval le goût
d'être ailleurs. Il s'épongea le front avec le revers de
sa manche, sortit son agenda et composa le numéro
de la station. Il expira en regardant une grosse femme
qui traversait la rue avec des sacs d'épicerie. On le mit
en attente et il put entendre l'animateur se pomper contre
les enquêteurs « grassement payés » de la Sûreté du
Québec. « Qui est en sécurité sur le boulevard de la
mort de monsieur Duplessis ? » Sa clientèle de parasites
ruminait son fiel sur les ondes. Duval n'en revenait
pas : de vieux frustrés qui avaient raté leur vie appelaient pour déglutir des saloperies sur son compte.
Un véhicule lourd passa et la cabine téléphonique
subit un tel assaut de décibels qu'il n'entendit plus
rien. Duval décida d'adopter une attitude froide et
non émotive. « On me dit que le lieutenant Colombo,
ou plutôt le lieutenant Duval, est en ligne », fit Arthur.

— Bonjour, monsieur Duval.

Comme réponse, Arthur reçut le vrombissement
d'un autobus et le rugissement d'un camion. Puis il
continua de dégorger ses insanités.

— Irez-vous aux funérailles demain, monsieur Duval ?

— ….

— Hey, c'est qui le prochain ? Voulez-vous gager avec moi qu'il va frapper et que vous ne verrez rien encore une fois ? La police a perdu toute crédibilité dans cette enquête.

— Est-ce que je pourrais savoir quelle est votre question ? C'est un échange à un ou à deux ?

— Voulez-vous gager que le chien sale va frapper et que vous allez fendre l'air ?

— D'abord, vous admettrez avec moi qu'il doit être très stimulé s'il vous entend, parce que les tueurs de cette espèce aiment les encouragements, les défis, et vous aurez participé à l'état d'excitation dans lequel il se trouve quand il tue.

Arthur éructa un rire dément et détourna la conversation à son avantage.

— Je ne crois pas qu'il écoute mon émission.

— Faut jurer de rien.

— C'est ça, mettez-moi votre incompétence sur le dos. Monsieur Duval, comment pouvez-vous oublier votre arme alors que vous êtes en service et que vous êtes grassement payé pour tuer la charogne ?

— J'admets être descendu dans ce tunnel sans mon arme. Mais si je n'étais pas descendu, on n'aurait pas toutes les informations qu'on détient aujourd'hui.

— Hey, hey, hey ! Vous répondez pas à ma question. Le plombier qui arrive à son contrat sans ses outils a l'air fou. Pourquoi vous aviez pas votre revolver ?

— Je n'étais pas en service. Je me suis rendu là à 22 h 30.

À l'extérieur, une dame au faciès bougonneur attendait pour utiliser la cabine. Daniel lui fit signe de la main qu'il en avait pour dix minutes. Elle répondit par un roulement d'yeux. Arthur chercha ensuite à lui tirer les vers du nez.

— À l'heure actuelle, on sait des choses ?

— Oui.

— Vous pouvez nous en dire plus ?

— Non.

— Pourquoi ?

— Est-ce que vous diriez en ondes à deux voleurs qui préparent un vol de banque depuis un mois que la police sait où ils vont frapper ? Voyons !

— De toute façon, ce monde-là n'écoute pas notre émission. C'est du monde intelligent qui appelle ici.

Arthur recommença un monologue préparé à l'avance qui ne laissait aucune chance à Duval de s'exprimer. L'autobus numéro 7 passa et Daniel sortit le combiné à l'extérieur pour enterrer cet énergumène.

— C'est don' bin bruyant où vous êtes ! Comment ça que vous m'appelez pas d'un Dunkin Donut comme tout bon policier ?

— …

La grosse dame en sueur, dont le jupon gris dépassait, frappa à la porte. Daniel leva son index pour lui demander une autre minute.

— Comment allez-vous faire pour améliorer le taux de résolution des crimes dans votre service ?

— Je vous ferai remarquer, monsieur Arthur, que notre taux de solution des crimes violents est comparable à ceux des services d'enquête au Canada et aux États-Unis.

— Une police moyenne pour un taux moyen… Quand on se regarde on se désole, quand on se compare on se console…

Daniel n'avait pas prévu le coup. Il n'aurait jamais dû utiliser cet argument. C'était prêter le flanc à coup sûr au sarcasme.

— C'est ce que vous pensez.

Il regarda l'horloge sous l'enseigne du centre commercial et sut que l'épreuve tirait à sa fin.

— Eh bien, monsieur Duval, on me dit que c'est le temps d'aller à la pause avant les informations. Hey, en tout cas, c'est une belle province d'incompétents : des pilotes qui veulent pas parler anglais parce qu'i' sont séparatistes… des polices qui oublient leur gun à maison… On aura tout vu ! Bonne journée, monsieur Duval.

En nage, Duval ouvrit la porte accordéon et s'extirpa comme s'il était en train d'asphyxier tandis que la dame le toisait d'un regard courroucé. Il n'avait fait qu'un pas dehors qu'elle mettait le sien dans la cabine en exhalant une odeur rance d'aisselle et de parfum bon marché.

Duval soupira. Sa chemise trempée collait à sa peau.

Il marcha absorbé dans ses pensées, pas convaincu d'avoir été à la hauteur. Il aperçut son reflet dans la vitre panoramique du restaurant et ses collègues haussèrent le pouce pour montrer leur appréciation. Lui s'était trouvé pourri du début à la fin.

Il ouvrit la porte et ressentit un profond bien-être au contact de l'air climatisé. La sueur cesserait enfin de ruisseler. Il ramena ses cheveux vers l'arrière.

Une bière, gracieuseté de ses collègues, l'attendait à sa place.

Il grimaça, se laissa choir sur la banquette, se prit la tête à deux mains.

Louis employa le ton condescendant qui faisait horreur à Duval.

— T'as bien fait ça, mon grand.

Quand Harel utilisait avec commisération l'expression affective « mon grand », c'est parce que son collègue en arrachait.

— Bois ta bière. C'est ta récompense, ajouta Louis.

Il refusa la bière, non pas parce qu'il était en service, mais parce qu'il ne buvait jamais le jour, la bière l'amortissait trop.

— T'as pas l'air content.

Francis s'enthousiasma :

— Tu lui as bouché le trou à ce cul, on était crampés.

Duval s'empara avec lassitude du menu que la serveuse lui tendait. Il cala son verre d'eau, s'épongea le front.

— Après avoir mangé une volée de bois vert, je vais manger quoi ?

Il commanda une salade mimosa avec un grand verre d'eau. Ses deux compagnons optèrent pour le Tom Pouce, un hamburger géant couvert de sauce barbecue, la spécialité de la maison.

Duval se tourna vers Louis.

— Quelque chose de concluant ?

— Le gars est mort.

— Toi ? demanda Harel.

— Régimbald travaillait à la plonge au Gogo Pizza. La carte de pointage confirme ses dires.

Harel se tourna vers Francis.

— Écoute maintenant ce que Francis a déterré. Une histoire de fous.

— J'ai rencontré la mère de Pierre-Paul Melançon et elle m'a conté sa vie. Je n'ai pas pu voir les psys. Pas eu le temps. Donald Hurtubise et Pierre-Paul Melançon sont en fait des demi-frères. Il semble que le père biologique, Roland Hurtubise, était pas mal *horné*. Il a engrossé deux femmes à quelques jours d'intervalle, la sienne, la mère de Donald, et une voisine, Pierrette Melançon, une femme mariée qui habitait dans le même immeuble. L'affaire était connue. Vers l'âge de huit ans, les deux enfants se ressemblaient tant que les ragots ont commencé à circuler et Pierrette

Melançon a dû déménager. Donald et Pierre-Paul sont restés inséparables. Des frères siamois. Ils ont continué à se fréquenter et à faire des mauvais coups ensemble.

— Et la mère d'Hurtubise ?

— La mère et le père sont morts dans un accident d'automobile. Ils ont été emboutis par un camion sur le boulevard Sainte-Anne.

— Y s'en allaient prier pour leur fils… railla Louis dont l'humour noir tomba à plat.

Francis, emporté par l'histoire, reprit le récit des événements.

— Il a été repris par la sœur de sa mère, Angela. Il n'a pas éprouvé de peine à la mort de ses parents. C'est ce que Pierrette Melançon m'a dit. Il semblait débarrassé, l'âme en paix. Faut dire que Roland Hurtubise tapait fort sur son fils et sa femme. Même s'ils habitaient des paroisses éloignées, ils ont donc continué à se fréquenter jusqu'à cette fameuse nuit où les plombs ont sauté, et les chars aussi. Bref, toutes les pistes mènent à Hurtubise.

La nouvelle redonna un peu de tonus à Duval. Cette enquête allait enfin aboutir. Il dénoua le nœud de sa cravate et l'enleva, ce qu'il ne faisait jamais.

— On retourne tout de suite après dîner chez Hurtubise. On se pointe chez lui et on l'interroge. Il ne faut pas le laisser s'échapper.

— On n'a pas de mandat.

— On l'intimidera. Si ça ne marche pas, on ira le chercher, le mandat.

Louis n'en finissait pas d'enfourner sa tarte au sucre. Pendant que Duval s'impatientait, il racontait mille vacheries sur les féministes qui voulaient porter la culotte. Le propos agaça Duval, qui pensa aussitôt à Marie-Claude, sa conjointe, qui avait eu à pâtir des préjugés masculins dans la police.

Alors que la serveuse s'approchait en griffonnant l'addition, Louis se tourna vers elle et lui demanda de prendre position.

— Vous avez l'air d'une fille intelligente, dites-moi que les femmes se trompent en voulant être comme nous.

Elle posa une main sur une hanche, expira vers le plafond à en soulever sa frange. Son regard baveux croisa celui de Louis.

— Elles veulent pas être comme toi, elles sont déjà meilleures, c'est clair ? dit-elle en mâchant sa gomme et en laissant tomber l'addition.

Rengorgée de fierté, elle leur demanda de payer à la caisse et s'éloigna. Tremblay et Duval s'esclaffèrent au nez de Louis, qui s'était fait rabattre le caquet par cette femme. Harel demeura bouche bée, complètement anéanti par la réplique de cette rousse dans la trentaine qui n'entendait pas se laisser intimider par un rustre de son espèce.

— Les féministes sont toutes pareilles, elles veulent le beurre et l'argent du beurre. Regardez-la qui se trémousse la croupe, marmonna Louis.

— Loulou ! dit Francis en le taquinant. Tu t'es fait ramasser…

Daniel Duval tiqua une fois de plus. On ne changerait pas Louis Harel. Il se leva, laissa un généreux pourboire. Cette réplique du tonnerre valait bien un dollar. Le Gros, pas rancunier, laissa aussi un bon pourboire.

Le moment était venu d'enrayer cette peste, d'éradiquer le rat des routes comme l'avait appelé Arthur, le matin. C'est tout ce qu'il avait dit d'intelligent, concéda Daniel.

Avant de sortir, Louis grappilla une poignée de menthes multicolores sur le comptoir tout en souriant à la serveuse qui l'avait nargué.

La chaleur accablante faisait danser les formes au loin dans le stationnement.

En marchant vers les véhicules, Harel échappa un gros pet qui ne fit rire personne. Duval roula des yeux et Tremblay s'éloigna du périmètre d'émanation pendant que Louis avalait ses petites menthes.

Une tuile attendait Duval lorsqu'il monta dans sa voiture. Il avait allumé les phares accidentellement et la batterie était à plat. Il frappa le volant et sortit en faisant signe à Louis, qui retirait son veston, de l'attendre. Le sourire narquois du Gros se passait de commentaire.

L'intérieur de la voiture devenait une serre sur quatre roues. Le vinyle des banquettes était brûlant.

Pendant que la voiture cuisait à un feu rouge, Duval relut certains détails du dossier. Il regarda la photographie d'Hurtubise et pressentit qu'il s'agissait du gars qui l'avait agressé. Ce visage avait autant d'élégance qu'un vide sanitaire, se dit-il. Aucune lueur d'humanité ou d'intelligence, lui semblait-il, n'émanait de cet individu.

Duval appela au poste pour qu'on lui procure un mandat. À la centrale, Pouliot lui répéta qu'il ne pouvait envoyer personne le lui porter pour l'instant.

— Vos soupçons sont solides?

— On le tient.

— Vous l'avez?

— Qu'il est bête! dit Duval en écartant le récepteur tandis que Harel opinait du crâne.

Il raccrocha. Pouliot n'avait rien dit au sujet de l'entrevue avec Arthur et Daniel conclut alors à l'échec de l'entreprise.

Les deux agents se dirigèrent d'un pas décidé vers l'immeuble, tandis que Tremblay restait dans la voiture pour surveiller l'entrée. Duval souhaita qu'on lui serve Hurtubise sur un plateau d'argent et qu'il finisse cette enquête qui tournait au cauchemar. Le concierge passait la tondeuse sur le gazon jaune. Plus le mercure montait, plus la moquette puait l'humidité et faisait lever le cœur. Toutes sortes de circulaires jonchaient le vestibule sous les boîtes postales. Naturellement, Duval détacha son veston et souleva le bouton-pressoir qui enfermait l'arme dans son étui.

Harel appuya sur la sonnette. Le bruit d'une chasse d'eau se fit entendre. Louis effleura la crosse de son 38. Il y eut des bruits de pas en direction de la porte. Il sonna de nouveau.

Une voix éraillée de femme cria:

— Menute!

Elle ouvrit parcimonieusement la porte. Pour résister aux assauts de la vie, elle se refaisait une beauté en s'exposant au soleil. Une vieille chandelle sans flamme qui sentait la lotion Coppertone à la noix de coco. Elle avait revêtu une robe de chambre rose en ratine par-dessus un costume de bain vert lime. Duval montra sa carte d'identification et prit sa voix de stentor:

— Bonjour, madame. Est-ce que Donald Hurtubise habite ici?

— Oui.

— Vous êtes sa mère? demanda Louis.

— Sa tante.

— On voudrait le voir.

La femme chancela. Elle parut atterrée, en proie à un pressentiment. Elle joua nerveusement avec le nœud du cordon de sa robe de chambre. Ce n'était pas la première fois qu'elle avait affaire à des policiers, mais d'habitude ils étaient en uniforme.

— Qu'est-ce qu'i' a faite, Donald?

Elle prononçait Dônald. Louis jeta un coup d'œil par la porte entrebâillée, puis posa ses gros yeux dans ceux de la dame.

— Il est ici?

— Non y é pas icitte.

— Où il est ? demanda Duval.

— Sorti.

— À quelle heure il est sorti ? poursuivit Duval.

— J'étais pas là à matin, mais y s'lève tard.

Duval se dit qu'Hurtubise avait volontairement refusé de répondre quand ils s'étaient présentés dans la matinée. Il prit un ton plus ferme.

— Où est-il ?

— Y devait sortir faire des courses au Canadian Tire.

Daniel ne la crut pas. Elle mentait pour le couvrir. Mais la mention du magasin, un endroit où il pouvait se procurer des armes à feu, inquiéta Duval.

Louis mit un pied dans la porte :

— Est-ce qu'on peut entrer pour vous poser des questions ?

— Pas besoin d'entrer pour ça. Posez-moé-les là pis ça va faire pareil. Vous avez pas le droit d'entrer icitte. Qu'est-ce qu'i' a faite ?

— Merci, on repassera, dit Duval en tournant les talons et en tirant sur la manche de son collègue.

Alors qu'elle refermait la porte, Duval balaya du regard le salon, mais ne vit rien d'autre que de gros meubles bruns d'une autre époque. Le visage consterné de la femme s'imprima dans la tête du policier.

Harel se tourna vers son collègue :

— Puis ?

— Ça prend un mandat. Demain on fouillera l'appartement. D'ici là, on poste quelqu'un devant et derrière le bloc.

◆

L'équipe retraita plus tôt en raison de la réunion syndicale. Avant cette assemblée extraordinaire, Duval fit les démarches pour l'obtention d'un mandat de

perquisition. Le juge de paix le lui accorda aussitôt.
Duval alla voir son chef pour lui faire part des derniers détails de l'enquête. Pouliot se montra ravi :

— Belle job, les *boys* ! Un peu brouillon, mais on
y arrive.

Duval n'apprécia pas le commentaire. Il exigea de
Pouliot qu'une voiture banalisée soit postée devant
l'immeuble et une autre dans le stationnement. Ces
sentinelles permettraient à tout le monde de souffler
jusqu'au jour suivant. Toutes les pistes menaient à
Hurtubise : proximité des lieux, suspect connu des
milieux policiers, l'arme du crime et une passion né-
vrotique pour la démolition de voitures.

Gaucher, qui participait à la rencontre, confirma que
l'empreinte de pied relevée était similaire à la taille
présumée des pieds d'Hurtubise. La pression exercée
dans la boue correspondait au poids du suspect.
Tremblay prit contact avec le psy d'Orsainville, qui
présenta un sombre portrait de Donald Hurtubise.
« Un gars rusé, vicieux et intelligent dans sa démence,
et qui sait comment s'organiser et parvenir à son but.
Il voue un culte à son demi-frère, qui est comme un
demi-dieu pour lui. »

Pouliot se montra très satisfait du travail de son trio.
Le coup de filet serait porté tôt en matinée. Contre
toute attente, le patron gratifia Duval d'une tape amicale dans le dos.

— En passant, Dan, belle entrevue ! T'as réussi à lui
en placer une couple sur la gueule, à ce merdeux-là.

Ce que le patron oubliait de dire, c'est qu'il avait
aussi été poivré rondement par le moustachu.

— Peux-tu être disponible si j'ai besoin de toi ?
demanda Pouliot.

— Ce soir, ce sera difficile, du moins pas avant dix
heures. Je suis invité à un concert. Mais advenant une
urgence, je veux être le premier sur place.

— Penses-tu qu'on pourra faire un point de presse sans donner, bien sûr, tous les détails ?

— Pas de problème.

Le ton conciliant de Pouliot surprit Daniel. Il regarda sa montre et constata qu'il était en retard.

— Je dois y aller. On a notre réunion syndicale.

— Bonne chance, ironisa Pouliot.

◆

La réunion syndicale se termina par une proposition, adoptée aux deux tiers des voix, qui s'opposait au projet des libéraux d'abolir la peine de mort. Tremblay et Duval avaient réfuté sans succès les arguments des sympathisants de la peine capitale. Statistiques à l'appui, ils avaient tenté de démontrer l'aberration d'une telle mesure. Les erreurs judiciaires étaient encore trop nombreuses et les accusés ne bénéficiaient pas toujours d'une défense adéquate faute de ressources financières. Dans plusieurs États où la peine de mort s'appliquait, le nombre de meurtres n'avait pas diminué mais augmenté dans certains cas. Duval avait rappelé l'affaire Coffin : «Êtes-vous prêts à vivre avec le doute qui vous ronge la conscience ? Le seul fait de ne pouvoir réparer une telle erreur judiciaire justifie l'abolition de la peine de mort. » Malo avait répondu avec une harangue digne de la droite américaine. Ce fut une victoire facile pour les tenants de la peine capitale. Prix de consolation, le syndicat offrait le buffet, ce qui aida à détendre l'atmosphère après ces échanges acrimonieux. Autour d'une table garnie de pains fourrés, de viandes froides, de crudités et de pâtisseries, les policiers se remplissaient la panse. Harel, l'assiette déjà vide, s'arrêta devant la table à desserts et fit le plein. Quelques collègues se payèrent alors sa gueule, si bien que la clique de Malo se donna le mot. On fit caucus autour de Louis. Malo tira la première salve :

— Louis, tu dois être heureux, le syndicat a pensé t'acheter des *cream puff* pour ton appui à notre proposition.

— C'est un pot-de-vin, s'exclama Bégin en gloussant.

Tout le monde connaissait l'engouement de Harel pour les choux à la crème. Mais ce que Malo laissait sous-entendre avait à voir avec une expression que les gais utilisaient pour décrire un jeune partenaire à enfiler par-derrière. Louis ne comprenait pas la raillerie de ses collègues et souriait en toute innocence.

Malo en remit :

— Qu'est-ce que t'aimes dans les *cream puff*, Loulou ?

— C'est crémeux, tendre et mou et ça emmerde personne, dit Louis en prenant une bouchée.

Malo, Bégin, Prince et Gendron gloussèrent en chœur. Daniel et Francis écoutaient en souriant, conscients de la méprise dont leur ami faisait les frais. Ils se disaient que le jeu allait prendre fin. Mais l'acharnement déployé par Malo, abusant de la naïveté bon enfant du Gros, prit une tangente dangereuse que Daniel n'apprécia guère.

— Est-ce que tu peux t'en farcir plusieurs à la fois, Loulou ? demanda Malo en déclenchant une clameur irrésistible.

— Je me les farcis un à la suite de l'autre, dit Louis en se tournant pour se servir une autre fois.

— À la chaîne, s'esclaffa Malo, donnant le ton aux rires gras qui allaient en s'amplifiant.

Daniel fronça les yeux, serra la mâchoire en regardant Francis, et jugea que la farce allait trop loin. Il toisa ensuite Malo.

Alors que ce dernier s'apprêtait à gouailler de nouveau, Daniel s'interposa d'une voix affirmée dans la conversation :

— Pis toi, Malo ? T'as l'air de t'y connaître pas mal. Tu les manges par en avant ou par-derrière, tes p'tits amis ?

Les collègues pouffèrent de rire à l'unisson. Pour un peu on eût cru que l'épiderme grêlé de Malo allait pisser de sueur et qu'il allait se dégonfler. Le blondinet rougit et fut incapable de répondre à la boutade. Pendant ce temps, Francis expliquait à Louis, avec moult gestes, la farce dont il était le dindon. Le Gros péta les plombs. Un poing, c'est tout ce qu'on vit : un gros poing velu qui s'abattit sur la face tordue de Malo, qui se retrouva au plancher, K.-O. Et il fallut retenir Louis pour l'empêcher de servir la même médecine à Bégin, le complice le plus bruyant de Malo. Le Gros se posta au-dessus de Malo à qui on portait secours.

— Tu vois, c'est toi la tapette, Malo.

Duval avait entendu assez d'inepties et demanda à Louis de se retirer. Francis et lui entraînèrent le Gros à l'écart. Une bonne bouffée d'air lui ferait du bien. Francis l'accompagna et Duval les rejoignit. Malo oserait-il porter plainte contre Louis ? C'était une offense publique. L'affaire allait sans doute se retrouver devant le comité de discipline. Ce genre d'altercation se réglait presque toujours à l'interne.

Sous la marquise, Louis grilla une première puis une seconde cigarette. Il ne regrettait rien. Il se le promettait depuis longtemps. Comment avait-on pu penser ça de lui ? Il était abasourdi. Il écrasa son mégot sur le ciment et rentra dans son réduit de la rue Myrand.

Avant de mettre un trait sur cette journée, Duval retourna à son bureau. Il chercha le numéro de téléphone de Corbeil pour lui demander une faveur. Il ne lui restait plus qu'à se croiser les doigts pour que le journaliste donne son aval. Corbeil ne lui gardait sans doute pas rancune pour le *scoop* manqué. De toute manière, Pouliot avait tout déballé le soir même.

Duval composa le dernier chiffre, sachant qu'il jouait son va-tout. Mais il ne fallait rien négliger. Même ce genre de détails.

◆

H déposa cinq cents dans la distributrice de gommes à mâcher. Une grosse boule rouge glissa jusqu'à la trappe. L'horloge de la place centrale marquait 8 h 30. Il n'était pas retourné chez lui depuis que la sonnette l'avait réveillé. Sa truffe de criminel avait flairé le poulet à distance. Il arpentait les couloirs de Place Laurier depuis trois heures. Les magasins étaient bondés de consommateurs. Après avoir bu une bière et mangé des oignons frits à la brasserie Olympique, il s'arrêta devant le magasin de Farces et attrapes. Il aimait ce commerce rempli d'objets insolites : taches de vomi, nez proéminents, poudre à gratter, masques de monstres et de politiciens… Paul et lui venaient souvent y acheter des bombes puantes qu'ils faisaient exploser à l'école.

En examinant le comptoir, il se rappela le jour où Paul lui avait montré un bonbon indigo qui faisait uriner bleu. Il ne le croyait pas. Paul lui en avait fait sucer un et il avait eu la nausée. Quelques heures plus tard, à sa grande surprise, il pissait bleu, ce qui inquiéta sa tante.

Il s'adressa au propriétaire, un petit barbu qui ressemblait à un apôtre avec ses longs cheveux. L'homme lui présenta ses nouveautés : une poupée gonflable qu'il n'osait exposer, un nez en forme de pénis et de faux seins en caoutchouc très réalistes. H les tâta. En essayant le masque de Dracula et en se regardant dans le miroir, il comprit qu'il devait couper sa moustache et ses cheveux.

Il voulut aller au Towers, mais se rappela que le juge lui avait interdit d'entrer dans ce magasin à rayons. Il avait jadis volé pour des centaines de dollars de marchandises, principalement des disques et des modèles réduits, avant d'être pris en flagrant délit à la sortie du magasin.

Il entra dans un photomaton afin de laisser quelques traces pour la postérité. Il n'existait que très peu de photos de lui à l'exception de celles du service de police. En attendant le développement des photos, il marcha jusqu'à la cabine téléphonique située de biais et téléphona au restaurant où travaillait sa tante. C'est elle qui répondit.

— Salut, c'est moé.

— J'veux pas que tu m'appelles à job. Le gérant aime pas ça. C'est le rush.

— J'vas venir, j'suis dans l'coin. Je devrais redescendre avec toé.

— En passant, la police est venue pour toé à matin. Qu'est-ce t'as faite encore ? dit-elle en chuchotant.

— J'ai oublié d'aller voir mon agent de probation. Y fallait que j'me rapporte. C'est réglé. Je l'ai vu.

— Bon. J'te laisse. J'vas t'attendre.

Il expira de soulagement ; il savait qu'il avait réussi à apaiser la vieille. Il pourrait lui emprunter un peu d'argent, car il en aurait besoin dans les prochains jours. Il n'était pas question de remettre les pieds dans la rue de Norvège. Avec moins de cent dollars en poche, il n'irait pas loin. Son plan lui coûterait cher. Mais dans l'immédiat il avait rendez-vous avec ses amis du Texaco.

Il sortit par l'allée appelée rue du Vieux-Québec. Les devantures s'inspiraient des maisons de Place Royale avec une touche Disney. L'odeur de fromage et de charcuterie lui donna la fringale. Il s'assura qu'il avait assez de monnaie pour prendre l'autobus. L'air était gorgé d'humidité. Le bulletin météorologique annonçait des nébulosités croissantes en fin de soirée. Il longea la gare d'autobus Voyageur, puis marcha lentement jusqu'à l'arrêt d'autobus du boulevard Laurier. À la fermeture des commerces, un flot de clients et d'employés se ruaient autour de l'abribus. Lorsque l'autobus numéro 11 s'immobilisa, il se faufila parmi la cohue. Il aurait voulu s'asseoir mais tous les sièges étaient occupés. Il lui fallut s'accrocher nonchalamment à une ganse. La fille derrière lui se collait à ses fesses et il bandait. Le chauffeur roulait en fou et H s'amusa à se laisser secouer dans tous les sens.

Il descendit au terminus qui faisait le coin du boulevard Nelson et de Pie XII. En attendant la correspondance, il fuma un Colt en reluquant les seins sans soutien-gorge d'une fille, qui ne savait plus où se mettre. Il ne savait pas comment aborder les filles et ne pouvait que les reluquer à la dérobée.

Après quinze minutes d'attente, le 7 arriva enfin et il put s'asseoir. Le chauffeur écoutait CFLS. *Show me the way* de Peter Frampton sortait du poste de radio transistor accroché au pare-soleil. H tira du fond de sa poche une carte du jeu de Mille Bornes : cette roue de secours serait sa prochaine carte de visite. Il se remémora les affronts que lui avaient fait subir les employés du garage. On lui refilait toujours les sales boulots alors qu'il avait son certificat en mécanique. On l'avait mal traité et c'était à son tour de jouer. À la hauteur de l'église Saint-Benoît, il tira sur le fil de la clochette et il descendit devant Sainte-Foy Autoparts. Dans quelques minutes, la nuit mate s'installerait. Il sentait la présence de Paul. Paul vivait en lui et pour lui. Il aperçut le garage, l'enseigne à la grosse étoile rouge allumée. Tous les employés étaient partis et plus rien ne pouvait l'arrêter. Toutes les lumières à l'intérieur, de même que les pompes, étaient éteintes. Pas question de traverser le stationnement avant. Il tourna sur une rue perpendiculaire au garage et se faufila entre les nombreuses voitures en réparation. De là, il marcha accroupi jusqu'à la dépanneuse. Il grimpa dans la boîte du camion et saisit une clé en croix. Pareil à un chat, il avait des gestes souples, précis et silencieux. Il se pencha devant le pneu avant droit et, à l'aide de la clé, dévissa tous les boulons les uns après les autres. Ensuite il les fourra dans une poche de sa vareuse militaire. Il sortit la carte du jeu de Mille Bornes, la coinça dans la jante de la roue. Sans remonter dans la boîte du véhicule, il remit la clé dans le coffre en bois derrière la cabine. Il jeta un regard à gauche et à droite et sortit en catimini d'entre les véhicules.

L'humidité augmentait d'heure en heure et il retira sa vareuse. Des pneus crissaient au loin, les chevaux-vapeur hennissaient avec fougue. Ces nuits chaudes excitaient les automobilistes, qui roulaient avec agressivité. Un voile de brume se mouvait lentement sur la ville. Le ciel se couvrait. La sirène stridente d'une ambulance qui fendait le vent le fit se retourner.

Il traversa le viaduc surmontant le boulevard Duplessis.

Comme sa tante travaillait jusqu'à minuit, il tuerait le temps en mangeant un hamburger et une pointe de tarte au sucre aux frais de la princesse. Il se sentait chez lui dans ce restaurant de centre commercial sans envergure. La portion du chemin Sainte-Foy qui allait de la rue de Norvège à la rue de la Colline constituait une part de l'univers qui l'avait nourri. Il aimait le hangar de style aérodrome du Speed N' Sport avec ses pièces pour voitures sport. Il contempla la Mustang

Mach 1 jaune du patron. Son regard se porta ensuite sur le resto où il avait été plongeur. Il s'y était fait haïr de tout le personnel. On l'avait renvoyé au bout de trois jours. Il aperçut l'enseigne de la pharmacie Racine où il avait piqué des modèles réduits sans jamais se faire prendre.

Il entra dans le restaurant et apprécia l'air climatisé. *Only Women bleed,* d'Alice Cooper, jouait à la radio. Il n'aimait plus ce groupe. C'était devenu pour lui Alice au pays des guimauves. Il préférait Alice au pays des horreurs de l'album *Killer*, celui qui se déhanchait avec un boa constrictor autour du cou, violentant des poupées et se pendant sur scène à la fin du spectacle. Même sa vieille aimait *Only Women bleed* d'Alice Cooper.

Le restaurant était aux trois quarts vide. Sa tante, dans son uniforme turquoise, l'accueillit avec un sourire forcé. Elle n'avait cessé de penser à la visite de la police. Elle lui ordonna de s'asseoir au comptoir, car elle ne voulait pas qu'il s'installe à une table. Tout en s'asseyant, il aperçut le verre à moitié plein contenant les pourboires. Il fixa le verre, sortit un Colt, l'alluma et, relevant le menton, laissa échapper des ronds de fumée. Le cuisinier, à travers le passe-plats, le dévisagea. H le défia des yeux et remporta la bataille, l'autre détournant vite le regard. À ce jeu il gagnait à tout coup. Sa tante passa derrière le comptoir en portant des assiettes sales qu'elle déposa dans un bac en plastique. Il remarqua son bas de nylon déchiré à la hauteur du mollet. Il savait qu'elle fatiguait à l'idée d'être prise en défaut par le patron. Elle enfonça la commande sur le pic du passe-plat et la main du cuisinier s'en empara aussitôt. Elle se tourna vers son neveu avec un regard qui exigeait des comptes.

— Qu'est-ce qui se passe ?

— Passe-moé de l'argent.

— J'ai fait le marché cet après-midi. Tu m'as pas payé de pension depuis deux mois. J'ai pas d'argent.

— Dix piastres. J'vas te le r'mettre.

— Non. J'connais ton refrain.

Il l'exhorta des yeux, mais elle ne broncha pas.

— Pourquoi la police te cherche ? lui susurra-t-elle à l'oreille.

— Je te l'ai dit. J'ai oublié de me rapporter à l'agent de probation.

Elle ne le croyait pas. Il mentait comme son père, ce beau-frère violent qu'elle avait tant haï.

— Juste dix piastres, reprit-il en haussant le ton. Fais ça pour moé.

— Parle-moé pas de même icitte !

H ravala sa salive. Le cuisinier apparut derrière le petit théâtre de son passe-plat pour y déposer deux smoked meat fumants.

Angela prit l'assiette, chuchota à son neveu de s'en aller et fila comme un coup de vent. H reluqua de nouveau le verre placé à portée de la main. L'homme à l'autre bout du comptoir lisait, tout absorbé, son *Journal de Québec*, et le cuisinier, de l'autre côté du mur, avait le dos tourné. Il feignit de prendre le journal coincé entre la caisse et le comptoir et, d'une main agile, piqua une petite liasse de billets : des coupures de un et de deux dollars. Il les garda au creux de sa main et sortit.

Dehors il compta rapidement les billets : 14 $. Avec ceux qui lui restaient, il disposait de 88 $ pour se tirer d'affaire et de deux heures avant que sa tante ne découvre le larcin. Il pensa au sujet de cette dernière : « Tu voulais pas m'en passer dix, bin ça va t'en coûter quatorze. »

Il irait le lendemain à l'hôtel et réfléchirait à la suite des événements. Mais, pour l'instant, il avait envie de s'amuser. Alors qu'il traversait le stationnement, il aperçut une voiture de la police de Sainte-Foy qui tournait à l'intersection du chemin Sainte-Foy et de la rue Duchesneau. Il ralentit, se cacha entre deux véhicules. La voiture passa et la voie redevint libre.

À la vue de l'enseigne du Gogo Pizza, la faim qui lui tenaillait l'estomac s'amplifia à l'idée d'une pizza garnie. H faisait sa tournée d'adieu. C'est l'impression qu'il avait en arpentant ce chemin de calvaire. Des adieux ! Et dans sa tête l'idée d'un dernier repas prit toute son importance.

◆

Quoique la journée ait été éreintante, Duval tint à reprendre son entraînement. Les douleurs du marathon avaient presque disparu et il lui fallait expurger la tension accumulée. Il adorait le trot tranquille de ses pas sur le pavé. Il courut sur les plaines d'Abraham en essayant de faire le vide, mais il continua à ruminer. Son entrevue à l'émission d'Arthur, son intervention après la réunion syndicale, son geste de provocation à l'endroit de Malo, la discussion qui avait suivi avec Harel laissaient des traces. Il regarda sa montre. Il avait couru soixante minutes et parcouru environ douze kilomètres. Aucune douleur. Il emprunta la ruelle, passa sous la tonnelle et, une fois dans le jardin, il délia ses muscles par des étirements variés.

Le temps passait vite. Il prit un chaudron, le remplit d'eau et le mit sur le feu, de même qu'une sauce aux tomates. Après avoir plongé les fusillis dans l'eau bouillante, il monta prendre sa douche. La maison avait été désertée par Mimi lorsqu'elle avait su que le médecin venait chercher son père.

La douche lui procura une détente qu'il eût souhaitée plus longue. Il décida de laisser sécher ses cheveux. Un peu de gel et cet horrible toupet resterait en place.

Il passa sa main sur le miroir embué et s'observa un instant. Son deuil semblait bel et bien passé. Il trépignait comme un adolescent à son premier rendez-vous galant. Choisir un vêtement s'avéra aussi difficile qu'envoyer un homme sur la Lune. Il lui fallait de la musique. Il choisit un disque de Ben Webster, saxophoniste au timbre chaud qui savait l'apaiser quand les choses ne tournaient pas rond. Il opta finalement pour un Chino, une chemise et un veston en lin noirs.

La Datsun 240 Z de Laurence s'immobilisa devant la maison. De la salle à manger, il regarda ses longues jambes se déplier hors du bolide. Daniel ne lui laissa pas le temps de s'emparer du heurtoir et ouvrit la porte. Il la trouva sublime et se sentit prêt à succomber sur-le-champ. Il ne put résister à l'idée de la serrer contre lui. Il eut aussitôt droit à l'examen médical à domicile.

— Comment va cette oreille ?

— Pas aussi bien que mes yeux qui te regardent.

Elle se blottit de nouveau dans ses bras.

— Et toujours pas la rage ?

Il lui mordilla le cou et la fixa avec des yeux de fauve.

— Disons que je la contiens…

Elle ne portait pas de soutien-gorge sous sa robe d'été bleue aux motifs fleuris blancs. Son corps athlétique et sa peau ambrée attisaient son désir. Et sa fragrance de vanille ouvrait des perspectives de plaisir à l'épilogue de la nuit.

Elle caressa ses longs cheveux mouillés que faisait luire la pommade.

— Tu te prends pour une star de cinéma ? demanda-t-elle.

— Pas besoin de jouer au détective, c'est mon rôle dans la vie.

— Parce que tu es très très *sexy*, ce soir.

— Eh bien ! Dans ce cas, tu te prends toi aussi pour une starlette. Une docteure Welby, mais avec le *sex-appeal* en plus.

— T'as eu une bonne journée ? demanda-t-elle en ne pouvant s'empêcher de jeter un œil dans la maison.

— Du bon et du mauvais. *As usual*, par les temps qui courent. Les journées au bureau sont comme des marathons qu'il me faut courir avec un poids de vingt livres sur le dos.

Elle s'approcha et lui caressa la nuque.

— Il va falloir mettre un peu de baume sur ces plaies-là.

S'ensuivit une longue étreinte. Leurs lèvres se joignirent lentement dans un long baiser. La main de Daniel s'aventura sur une cuisse pour remonter sous la robe. Laurence se laissa faire un instant, mais elle ne voulait pas rater le spectacle de Weather Report. Il lui fallut ramener Daniel à l'ordre.

— Tu ne crois pas qu'il faudrait partir ?

— Entre toi et les élucubrations musicales de Weather Report, j'opte pour toi.

— T'oublies que j'ai payé les billets… Tu es aussi conservateur que ton vieux Gilles Archambault ! Vous êtes des puristes bloqués au stade anal du jazz.

— Non, le jazz, c'est oral…

Elle écarquilla les yeux :

— Tu dis n'importe quoi. Fais-moi visiter ta maison.

Curieuse, Laurence promenait son regard sur tous les meubles et objets qui l'entouraient.

— C'est charmant ici.

— Je te sers un verre ?

— Non, merci. On n'a pas le temps.

Laurence examina avec curiosité l'aménagement intérieur. Elle sourit en apercevant la quantité de chaussures de sport qui s'empilaient dans le vestibule. Elle en avait aussi une collection impressionnante. Daniel

espérait que Laurence ne le félicite pas pour l'aménagement, car le mérite ne lui en revenait pas. Il avait
reçu beaucoup d'argent de l'assurance-vie de Marie-
Claude et il avait pu se payer une décoratrice. Les traces
du passé, à l'exception d'une photo de sa femme qu'il
conservait dans son bureau, avaient à peu près disparu.

La salle à manger et le salon étaient séparés par
des portes françaises en chêne. Un vaisselier en merisier datant de la construction de la maison, en 1911,
était intégré dans le coin droit près de la fenêtre en
saillie qui surplombait le jardin. Sur le plancher de
merisier du salon, un magnifique tapis persan mettait
en valeur un canapé victorien rouge aux accoudoirs
tout en rondeurs. Une grande bibliothèque en cerisier
occupait la moitié d'un mur. Elle contenait, à part des
livres, toutes sortes d'objets : minéraux variés, collection de papillons et photos de voyages. S'y trouvait
aussi une photo encadrée du policier croisant le fil
d'arrivée au Marathon de Boston. Laurence prit le
cadre dans sa main.

— C'est récent ?

— Il y a deux ans.

— 2 h 57 minutes, c'est super ! Tu ne sembles pas
trop souffrir…

— Les conditions étaient idéales. Frais et nuageux.
Sans vent.

Alors que Daniel replaçait le cadre sur l'étagère, les
doigts de Laurence effleurèrent sa nuque. Il la chercha
du regard et l'embrassa. Comme il se sentait bien en
sa compagnie ! Elle arrivait avec ce qui lui manquait
dans la vie : amour, tendresse, fantaisie et beauté. Mais
il craignait qu'un appel de la centrale ne vienne per-
turber sa sortie. Après lui avoir infligé une journée
exécrable, le monstre allait-il gâcher sa soirée ? Il souhaita voir Hurtubise passer une nuit tranquille loin des
autoroutes. En prévision d'une urgence, il avait pris

la liberté de laisser à Beaupré le téléphone de Laurence. Qui sait où se terminerait la nuit ?

Laurence touchait à tout. Elle semblait impressionnée par la propreté qui régnait dans la maison, même les plantes étaient époussetées. Duval lui apprit qu'une femme de ménage venait une fois par semaine.

— Rien de trop beau pour la classe policière, le nargua-t-elle.

— J'ai jamais été fort sur le nettoyage. Je comprends les femmes de se révolter par les temps qui courent. Juste pour ça, c'est suffisant…

— Du Laura Ashley ? demanda-t-elle.

— Quoi ?

— Le tissu de ton sofa ?

— Je dois t'avouer que tout ce que tu trouveras beau ici a été le choix d'une décoratrice ou de ma fille.

— Je vais finir par croire que les policiers reçoivent des pots-de-vin…

Daniel fut légèrement froissé par cet humour noir et sentit le besoin de s'expliquer :

— J'ai reçu un fort montant de l'assurance quand Marie-Claude est morte.

La bouche de Laurence se tordit d'embarras. Elle posa une main sur l'épaule de Daniel.

— Je m'excuse, Daniel. Je suis bête.

Daniel enserra sa taille et la regarda dans les yeux.

— Disons que tu ne pouvais pas savoir.

Il consulta sa montre :

— Le spectacle va commencer dans vingt-cinq minutes. Je te ferai visiter l'étage une autre fois.

Daniel avait hâte de lui montrer la surprise qu'il lui réservait.

— Votre enquête avance ? s'informa-t-elle.

— Une question d'heures avant qu'on arrête la bête. Elle est sous haute surveillance. Il se pourrait, en passant, que je sois appelé au cours de la soirée, chez toi ou ici, ou encore qu'on vienne me cueillir au spectacle comme un vulgaire criminel… Je ne le souhaite pas, mais…

— Cueille-t-on les policiers au lit, parfois ?

— Parfois, un détective privé les surprend dans les bras d'une maîtresse. C'est ce qui arrive à mon collègue, Harel.

— Et comment ça s'arrange ?

— Il va falloir demander la réponse au juge.

Laurence ne tenait pas à le perdre au cours de la soirée. Duval verrouilla la porte. Laurence sortit ses clés :

— On prend ma voiture ? demanda-t-elle.

— Suis-moi.

Ils marchèrent jusqu'au garage. Daniel tourna la clé dans la serrure, plia les genoux et souleva la lourde porte coulissante. Puis il tendit à Laurence un casque protecteur. Sa main droite se tendit comme celle de l'animateur de *Price is right* en montrant ce qu'il considérait comme son trésor de jeunesse. Il ne la sortait pas souvent. Parfois, Mimi lui demandait de l'amener faire une ballade à la campagne.

— N'est-elle pas magnifique ? dit Daniel en désignant la Ducati 750 rouge, dont le réservoir à essence luisait comme une cerise de fantaisie.

Laurence demeura bouche bée pendant que Daniel attachait la courroie de son casque.

— Daniel, tu penses me faire grimper sur ce tue-monde ? J'arrête pas de recoudre, de plâtrer des motocyclistes, d'en envoyer d'autres à demi morts en chirurgie ou encore directement à la morgue pour une autopsie. Et toi, tu veux que…

Elle affichait une mine terrorisée tandis que Duval enfourchait sa monture. D'un coup sec, son talon déplia la béquille.

— Sauf que là, tu vas être avec un policier qui a fait jadis des dizaines de milliers de kilomètres à moto dans les rues de Montréal. Tu vas voir, je ne m'énerverai pas.

Daniel fit rouler la moto jusqu'à l'extérieur du garage en s'aidant de ses pieds. Laurence restait immobile à l'intérieur du garage, sans rien dire. Le visage avenant, il se tourna vers elle, l'invitant à le rejoindre…

— Allez, Laurence, mets le casque et ferme la porte.

Laurence s'exécuta à contrecœur. Elle avait toujours refusé de faire de la moto lorsque l'occasion s'était présentée. Mais là, comment décliner l'invitation ? L'amour a des exigences que la raison ne saurait dompter.

Duval avait acheté ce bolide quinze ans plus tôt. Son ouragan sur deux roues accélérait de 0 à 100 kilomètres en cinq secondes. Il actionna le démarreur d'une flexion de la jambe droite. La pétarade jaillit avec violence, révélant la puissance monstrueuse de la technologie italienne. C'était la Ferrari des motos.

Daniel ajusta le rétroviseur, jeta un coup d'œil à Laurence, lui décocha un sourire et actionna le levier de vitesse. Le bolide décolla. Laurence l'agrippa avec force et sa poitrine se colla contre son dos.

Il roula tout en douceur en souhaitant apprivoiser Laurence à ce passe-temps qu'il pratiquait depuis la fin de son adolescence. Il passa par le boulevard Saint-Cyrille, lentement, en direction du Palais Montcalm.

◆

Alors que tous avaient les yeux rivés sur Jaco Pastorius, le nouveau gourou de la basse, lui fixait Wayne Shorter. Il admirait cette légende du jazz qui avait joué avec les plus grands. Peu à peu, il se laissa gagner par la musique aux accents multiethniques. Le bassiste à la longue chevelure portait une casquette de baseball et ressemblait à un *freak* avec ses vêtements amples comme ceux d'un clochard. Ses longs doigts glissaient avec agilité sur sa basse sans frette. Joe Zawinul, avec son béret zouave et sa moustache, avait l'air d'un marchand de souk derrière ses synthétiseurs dont les sonorités tout en couleurs donnaient à la musique une touche africaine.

Droit comme un i, Wayne Shorter se livrait à une sublime incantation sonore qui le conduisit au bord de la transe. Son saxophone soprano se dressa dans les airs pour rendre un dernier souffle. La foule acclama son solo.

Duval reçut une légère bourrade dans les flancs. Laurence lui fit remarquer qu'il tapait du pied. Il ne put que s'avouer vaincu par cette atmosphère envoûtante. Il se sentait détendu, ne pensait plus au boulot ni à sa semaine de misère.

Puis Jaco Pastorius exécuta seul un be-bop de Charlie Parker, *Donna Lee*. Ses doigts ressemblaient aux pattes d'une tarentule. Le son moelleux et élastique de sa basse remplissait tout l'espace. La dextérité nécessaire pour interpréter cette pièce relevait de l'exploit. Après sa performance, il lança sa Fender dans les coulisses comme un rocker et un technicien l'attrapa au vol. La foule délirait.

Les rappels furent enthousiastes. Zawinul et sa bande se montrèrent généreux. Une odeur de pot vint aux narines du lieutenant, ce qui fit rigoler Laurence.

— Tu n'interviens pas ?

Il sourit, s'approcha et l'embrassa sur la bouche.

En descendant les marches du Palais Montcalm, Daniel dut faire un aveu.

— C'est du bon jazz fusion. Je ne croyais pas que ça existait.

— J'étais sûr que tu changerais d'idée.

Daniel hésita à prendre le chemin du stationnement.

— As-tu envie d'aller faire un tour de moto ? demanda-t-il.

— As-tu envie de venir chez moi, plutôt ?

Daniel demeura bouche bée. Il préférait de loin cette chevauchée.

— Et, bien sûr, je t'invite à prendre un verre. Pas besoin de la moto, j'habite rue des Remparts. On peut monter à pied.

— Je suis prêt à monter où tu veux.

Daniel n'avait pas perçu la connotation sexuelle de son message. Il n'aimait pas la vulgarité, mais là ils s'esclaffèrent.

Elle le prit par la main et il se laissa mener.

C'était une de ces nuits chaudes où les corps se dénudent, s'allègent des tissus. La pudeur ne tient plus, ni les soutiens-gorge. Les seins vont et viennent sous le coton léger.

Ils passèrent sous la porte Saint-Jean. Un cortège de voitures paradait, radios à fond, moteurs ronflants. Les mordus du disco allaient veiller au Bistro Plus, les rockeurs se dirigeaient vers le Cercle électrique, tandis que les granolas en poncho ou en chemise indienne descendaient dans les voûtes du Foyer ou montaient Chez son père.

Passant devant le Bec fin, un effluve de viandes fumées leur titilla les narines.

— Viens, dit Laurence, ils ont les meilleurs sandwiches en ville.

Elle commanda deux sous-marins et ils sortirent aussitôt.

Lorsqu'il posa le pied à l'extérieur, Duval aurait voulu changer de trottoir, mais il était déjà trop tard. Deux mastiffs à matraque de la police de Québec, connus de lui, les avaient repérés. Tous deux lorgnèrent les seins de Laurence, le sourire accroché aux babines. « Deux gorilles en chaleur et en service », chuchota Daniel. Ils eurent à peine le temps d'ouvrir la bouche pour dire « Salut, Dan ! Comment ça va ? » que Duval les laissait plantés là, complètement gagas.

Ils piquèrent par la rue Couillard en mangeant leurs sous-marins. Perché à une fenêtre de l'auberge de jeunesse, un voyageur interprétait un air espagnol en s'accompagnant à la guitare.

Arrivée à la rue des Remparts, Laurence aperçut un banc public que venait de déserter un vieil homme. En voyant un couple qui accélérait le pas pour s'y installer, elle entraîna Daniel dans une course pour s'en emparer. Une fois assise, elle poussa un cri victorieux qui rappela à Daniel qu'elle était pleine de jeunesse, fantasque. Elle le prit par la taille et il répondit en lui caressant la nuque. Silencieux, ils contemplèrent la vue. Le fleuve dans sa robe vaporeuse ouvrait ses bras sur l'île d'Orléans. Au-dessus du Château Frontenac la nouvelle lune, à travers les nuages, se découpait derrière le pignon d'une tourelle.

Deux jeunes chevelus aux barbes d'apôtres, vêtus de ponchos mexicains, marchaient en équilibre précaire sur le rempart à la hauteur du bassin Louise. Un faux pas et c'était la chute. L'un d'eux tenait une bouteille de vin dans un sac et fredonnait une chanson d'Harmonium.

— J'adore cette ville, s'émerveilla Duval. Elle m'a guéri de tous mes maux. Elle me fait oublier Montréal.

— Tu es né dans quel quartier ?

— À Rosemont. Dans la petite patrie.

Pendant un moment, Duval parut rêvasser. Il faillit parler de son enfance à Montréal, mais bifurqua sur un autre sujet.

Aimes-tu le baseball ? Les Expos vont jouer au stade olympique après les jeux.

— Moi, regarder des gars cracher, mâcher des chiques de gomme et se prendre la bite devant la caméra, je trouve ça dégoûtant. Pas toi ?

— C'est drôle, ma mère dit la même chose. Faut croire que ça dérange juste les femmes.

Elle lui donna une bourrade dans les flancs.

Laurence essuya avec sa serviette de table un point de moutarde sur le menton de Daniel.

La vue de l'île rappela à Laurence que la Semaine du patrimoine approchait et qu'il y aurait un grand spectacle avec des chansonniers.

Un voyou passa en criant et en sacrant à quelques pieds du banc où ils se trouvaient. Il semblait sur l'acide. Laurence sursauta, mais pas Daniel, habitué à ce genre d'écervelé.

— Est-ce qu'il t'arrive souvent de te battre ? demanda Laurence.

— Parfois dans les égouts… dit Duval en souriant. Souvent avec mon patron… Je me bats beaucoup ces temps-ci contre mon syndicat qui s'oppose à l'abolition de la peine de mort. Mais je n'aime pas me battre. C'est arrivé deux ou trois fois dans ma vie. Mon premier cauchemar s'est produit le jour où j'ai dû affronter un camarade à la petite école. Il ne voulait pas me donner la carafe que je venais de gagner. Terrible injustice pour un enfant innocent. Il m'a invité à me battre. Tout de suite, un attroupement s'est formé. J'avais la chienne. Mes parents m'avaient élevé dans la douceur et je ne connaissais pas la violence. Je ne voulais pas me bagarrer, mais tout le monde me criait de lever les poings devant mon adversaire qui était déjà prêt. Résultat : j'ai mangé une volée qui m'a fait mal autant physiquement qu'à l'orgueil. À tel point que, durant l'hiver, j'ai pris la décision de me venger. Je ne pouvais supporter l'idée d'avoir été humilié et roué de coups. Mais je ne voulais pas une vengeance publique pour laver l'humiliation publique que j'avais subie. Il s'appelait Martin Bolduc. Je connaissais ses habitudes. Je savais à quelle heure et par quel chemin il arrivait au terrain de baseball qui menait à l'école. Bref, j'avais déjà de la flicaille dans le corps.

Laurence éclata de rire. Ses yeux émerveillés embrassaient ceux du gaillard qui racontait cette anecdote.

— Je me suis caché derrière un banc de neige que tout le monde franchissait pour raccourcir son chemin. Quand il est arrivé au sommet, je lui suis apparu en pleine face. Il n'avait plus ses amis pour le soutenir. Je l'ai fait débouler en bas de la butte et je lui ai rendu bêtement la monnaie de sa pièce : un coup de poing sur le nez. J'y tenais. Il m'a *stoolé*, ce que moi je n'avais pas fait. J'ai été exclu de l'école pendant deux jours à la grande honte de mes parents, plus catholiques que le pape. À part la nuit où tu m'as soigné – Duval la gratifia d'un clin d'œil –, je ne m'étais plus battu depuis cette fois-là.

— Mémoires d'un flic converti.

— Mémoire d'un flic abruti par une donzelle qui le fait craquer.

Elle s'approcha et l'embrassa longuement.

— Moi, j'étais la plus grande de ma classe. Je dépassais même les gars. J'avais aussi la poitrine pas mal développée. Au début de l'année, trois garçons de ma classe se sont mis en tête de me tâter. T'aurais dû les voir prendre des taloches et des coups de pieds dans les tibias !

— Eh bien ! Je vais me méfier.

Elle le frappa gentiment, puis se blottit contre lui. Daniel sentait la poitrine de Laurence écrasée contre la sienne et il n'avait qu'une envie : monter dans son appartement et lui faire enfin l'amour. Ses mains effleuraient ses seins dont la pointe durcissait. Les étreintes se faisaient de plus en plus fortes. Ils ressemblaient à deux adolescents dont les langues se livrent à un furieux duel. Les yeux de Laurence miroitaient de désir et le corps de Daniel s'enflammait sous ces caresses. Par un malicieux signe de la tête, elle l'invita à le suivre. L'immeuble de style britannique en grosses briques grises se trouvait à une minute de marche. Elle ouvrit la vieille porte de pin. Le vaste appartement aux murs de pierres grises ressemblait à un jardin luxuriant. Les planchers en lattes de chêne donnaient beaucoup de chaleur à la pièce dont les plafonds lambrissés faisaient trois mètres de haut.

— C'est superbe ici ! dit Daniel en entrant.

La fenêtre panoramique entourée d'un balcon Juliette embrassait tout le bassin Louise et les installations portuaires. Un vent marin faisait voleter le rideau rouge. Daniel sortit sa tête : on voyait parfaitement Sainte-Pétronille en regardant vers la droite. Un navire de marchandises se dirigeait vers le chenal de l'île d'Orléans.

— Tu veux une bière ? demanda Laurence.

— Oui.

Un piano droit Yamaha luisait comme un sou neuf près de la fenêtre. Une partition des préludes et fugues de Bach était ouverte sur le lutrin.

— Tu joues du piano ? demanda Daniel alors qu'elle se trouvait dans l'autre pièce.

— Comme toute bonne petite fille de bonne famille, mes parents m'ont fait suivre des cours de piano quand j'étudiais aux Ursulines.

— Tu peux jouer du Bach ?

— J'aime beaucoup cette musique. Elle me repose du stress de mon travail. Il y a deux ans, mon père est décédé d'un cancer et je me suis trouvée tellement tarte de n'avoir pu déceler son cancer avant son médecin que je me suis tapé une dépression. Le copain avec qui je sortais est demeuré aussi froid qu'un glaçon durant cette épreuve et j'ai dû consulter un psychologue. C'était rendu que je projetais ma peine sur mes patients qui souffraient du cancer. Je pleurais avec eux, tu te rends compte. Mon travail devenait un vrai calvaire. Un chemin de croix pavé de patients qui allaient, dans certains cas, mourir. J'ai viré mon copain et je me suis acheté un piano. J'ai recommencé à jouer du Bach. Quand j'arrivais à la maison, j'interprétais les préludes, les inventions et j'oubliais tout : les tracas, les patients, ma culpabilité. Bach m'a redonné la joie et le goût du travail.

Daniel la regardait, complètement envoûté par ce qu'elle dégageait à ce moment-là. Il la trouvait irrésistible, autant d'esprit que de corps. Il lui prit la main et la rapprocha de lui. Laurence glissa sa main sur la cuisse de Daniel. Il s'allongea sur le canapé et la ramena vers lui. La passion fit tout le reste. Leurs corps ne pouvaient plus se soustraire l'un à l'autre. Il plongea une main dans sa longue chevelure et glissa l'autre lentement sous le coton léger de sa robe. Laurence, d'un geste affirmé, lui enleva sa chemise. Sans attendre, il remonta en douceur la robe de la jeune femme, qui leva les bras avant d'être dévêtue totalement. Ce fut ensuite la percussion : bruit de ceinturon, fermeture éclair, monnaie roulant sur le plancher.

◆

Le disque de Keith Jarrett avait eu le temps de jouer trois fois avant que cessent leurs ébats. Laurence posa une question embarrassante à Daniel.

— Est-ce que tu avais envie qu'on fasse l'amour la semaine dernière à l'hôtel ?

— Tu devrais plutôt me demander si j'étais en état de te faire l'amour.

Elle s'esclaffa.

— Oui, j'avais vraiment envie de toi et ce, même au quarante-deuxième kilomètre… Et toi ? demanda Duval.

— Depuis que tu t'es sacrifié pour rester dans ma vague de coureurs, j'ai craqué. Tu n'avais qu'à faire un signe. Je t'attendais. Je savais que tu n'étais pas un bluffeur.

CHAPITRE 7

H erra une partie de la nuit d'une paroisse à l'autre, s'arrêtant à certains endroits où Paul et lui avaient laissé leurs traces. Retour dans un parc désolé où ils avaient fait régner leur loi après les classes. Là, il avait longuement médité sur les événements à venir.

Au-dessus de lui les lampadaires, en cols de cygnes, baignaient dans un halo de brume. La pression barométrique n'avait cessé de monter. H pouvait sentir l'exhalaison fétide de ses pieds et les ampoules qui y avaient poussé comme des larves en pleine croissance. Son toupet huileux collait sur son front. La pizza et les bières englouties glougloutaient dans son estomac. La finale de la chanson de Black Sabbath *NIB* jouait sans arrêt dans sa tête comme un mantra. De 1 h à 3 h, il s'était terré dans un club du boulevard Laurier où se produisait un groupe rock qui interprétait des succès. La musique n'avait fait que l'exalter davantage à l'idée du plan qu'il avait concocté.

Sa main tâta la liasse de billets au fond de sa poche. Il avait dépensé huit dollars en consommations, trois pour la pizza. Il aurait juste assez d'argent pour se procurer l'essentiel.

Luttant contre le sommeil, il marchait dans des rues obscures tout en maintenant le cap. Ses faibles ressources ne lui permettaient pas de coucher à l'hôtel avant la nuit suivante.

Il traversa le sinistre quartier militaire composé de baraquements à la peinture terne et écaillée. Un chien jappa, suivi d'un autre. Son cœur pulsait le sang à grands coups dans sa poitrine. Se trouvant dans la paroisse Saint-Denis, à moins d'un kilomètre du poste de police municipal, il accéléra la cadence. Il piqua par un terrain de baseball et aboutit dans la paroisse Notre-Dame-de-Foy. Le jour commençait déjà à bleuir la nuit. Il passa devant le cimetière de Notre-Dame-de-Foy. À côté se dressait le clocher de la vieille église, et il revit le gros corbillard. C'est là qu'avaient eu lieu les funérailles de Paul. Sans le savoir, il faisait un pèlerinage. Son frère d'armes avait vécu dans ces rues et H ressentit une émotion empreinte de rage qui mouilla ses yeux. Il aperçut le gros *bloc* rouge en briques où Paul avait habité. Il s'arrêta un instant devant l'immeuble jouxtant l'autoroute Henri IV. Son regard se posa sur la fenêtre de la chambre de Paul et cette image décupla son ardeur à le venger. Il se sentait fin prêt en ce jour fatidique de juin.

Il s'adressa à Paul en lui recommandant de bien observer la suite des événements, à commencer par ce qui allait se passer en matinée. La fatigue l'alanguissait, mais la simple pensée d'en finir lui redonnait force et détermination. On ne l'écraserait pas, lui. Il avait plus d'une carte dans sa manche. Avant de quitter les lieux, il jura à Paul qu'il aurait la peau du flic. «Le poulet sera rôti et prêt à manger dans les quarante-huit heures. Après ça, on pourra se reparler comme avant.»

Une lumière s'alluma dans un salon et un homme, dont on ne distinguait que l'ombre, tira les rideaux comme pour l'observer. Hurtubise déguerpit en vitesse.

Il avait fumé du hasch et, comme chaque fois, son ventre hurlait famine. L'enseigne d'un A & W ne lui donna qu'un espoir momentané. L'établissement était fermé. Pour mal faire, il se trouvait maintenant à court de hasch. Il l'avait oublié sur sa table de chevet. Il en avait bien pour 20 $.

Il se consola en pensant à ses projets. Lui à qui on avait reproché de ne jamais passer aux actes, d'être léthargique, sans ambition, de ne rien faire de sa peau… quelle semaine il avait connue, se félicitait-il. Il se décernait la médaille d'or en cet été olympique.

En remontant le chemin Sainte-Foy, il se dirigea vers le Relais, qui servait de terminus d'autobus. L'endroit ouvrait dès 5 h. Dans l'aube calme, les autobus recommençaient à rouler, remplissant le silence de longs vrombissements.

Il entra dans le restaurant et s'installa au comptoir sur un tabouret qu'il fit pivoter fébrilement. Couvert de sueur, le cuisinier terminait ses préparatifs avant la cohue du matin. H tambourina sur le comptoir en formica pour avoir du service. Le cuisinier le toisa et vit aussitôt que c'était un énergumène. Il s'approcha pour prendre sa commande. L'autre répondit « dés œufs, du béquenne, dés toasts, pis un café ». En attendant d'être servi, comme il ne voulait pas être reconnu, H traîna ses savates jusqu'à la machine à boules Playboy. « Juste une », se dit-il en fouillant dans sa poche. Sur le tableau d'affichage vitré, il se vit en surimpression de la *bunny-playmate*, une blondasse à gros nichons coiffée d'oreilles de lapin. Sous l'action de ses doigts nerveux, le flipper renvoyait la boule sur les bornes qui catapultaient la bille de fer devenue folle. Les cloches et le chiffrier venaient briser le calme d'une chanson de Joe Dassin. La machine vibrait sous l'impulsion de son corps qui semblait en pleine crise d'épilepsie. Le chiffrier déroulait les points. Puis la bille argentée lui échappa. Il secoua la table de jeu. Le mot *tilt* clignota et la machine s'arrêta net. Il frappa durement le flanc de l'appareil. Un cri retentit et des pas lourds vinrent dans sa direction. C'était le cuisinier, dont le visage cramoisi contrastait avec son couvre-chef blanc. Exaspéré, il se pencha et déconnecta le fil.

— Tes œufs sont prêts. Mange pis décrisse !

Une chanson sirupeuse de Fernand Gignac, *Donne-moi des roses,* remplaça l'autre. H avala son repas en deux minutes. Il enfourna une rôtie en trois bouchées. Le café lui redonna du nerf. Il étira le bras pour prendre un *Journal de Québec* laissé à la disposition des clients. Ce n'est pas l'enquête du fédéral sur les coûts des Jeux olympiques qui l'intéressait, ni l'affrontement des gens de l'air sur la question du bilinguisme. Non, ce qui frappa son imagination, comme tous les matins, c'était l'accident mortel survenu sur la 138. Un vrai beau crash. Le chauffeur ivre avait tenté un dépassement à l'approche d'une courbe et avait heurté une voiture qui arrivait en sens inverse. Lui seul était capable de reconnaître les modèles éventrés : une Camaro et une LTD. Le titre du journal lui donna une montée d'adrénaline : « Une chance sur treize ». Puis une joie subite alluma tout son corps lorsqu'il aperçut un entrefilet du chroniqueur Claude Corbeil :

BOULEVARD DE LA MORT
Un suspect écroué en fin de soirée.

Duval et Harel avaient arrêté un homme armé qui se cachait dans un fossé en bordure du boulevard Duplessis. « Tiens, on s'met à m'copier », se dit H. Un sentiment ambigu l'envahit : de la fierté, mais aussi de l'indignation. Après tout, il était l'auteur de ces crimes et n'avait pas honte de ce qu'il avait fait.

Il ne laissa pas de pourboire à cause des reproches formulés par le cuistot. Avant de siroter sa dernière gorgée de café, il entendit la même information à la radio. On apprenait qu'un suspect avait été arrêté dans l'affaire du boulevard de la mort. Hurtubise comprit qu'il pouvait se permettre d'aller chercher sa «dope». Bien sûr, il ne pourrait s'y rendre sans couverture.

L'horloge Molson marquait 7 h 5. Des clients commençaient à entrer, surtout des passagers en attente de leur correspondance et des chauffeurs d'autobus aux traits tirés.

Il jeta un coup d'œil à l'extérieur et constata que le ciel se gonflait de nuages. Le chroniqueur météo annonçait des averses tôt en matinée. Quelques gouttelettes commençaient déjà à tomber. Il marcha jusqu'à la cabine téléphonique, ferma la porte, et composa le numéro qui lui trottait depuis trop longtemps dans la tête.

La sonnerie du téléphone retentit trois fois avant que le patron réponde.

— Station Texaco Bérubé.

H changea sa voix.

— Oui, j'suis stâllé su' l'boulevard Duplessis a' hauteur de la sortie Charest Est. Ma courroie de distribution, j'pense, ou un cardan.

— Parfait, monsieur, j'envoie Normand. Y é là dans une dizaine de minutes.

En raccrochant, H ressentit un plaisir intense. Tout marchait comme prévu. En plus, Bérubé envoyait «Bizoune», celui qui l'avait tant bavé, qui le traitait comme un demeuré, qui lui donnait des ordres, qui repassait toujours derrière lui quand il travaillait. «Une charogne de moins», conclut Hurtubise sans aucun remords. Il se sentit littéralement transporté vers l'endroit où surviendrait l'accident. Il prédit que celui-ci aurait lieu à la hauteur de la rue d'Amour. Le mot amour le fit sourire.

Il sortit et marcha en direction du Bélair, un immeuble sous lequel s'enfonçait un stationnement. Il s'engouffra par l'entrée en spirale du garage et se livra au sport préféré de son adolescence, le vol de voiture. Il reluqua dans un coin ce qui lui semblait un «char de p'tit vieux» : une Pontiac Parisienne dont le propriétaire négligeant n'avait pas hissé la capote. Il sauta par-dessus la portière et sortit son couteau à cran d'arrêt, saisit des fils électriques, les sectionna et établit le contact entre ceux qui actionnaient le démarreur. Pour ne pas être trop visible dans la décapotable, il hissa le toit ouvrant.

Il sortit le plus discrètement possible, mais le puissant moteur qui actionnait ce paquebot roulant poussait un ronflement du diable. Il roula sur le chemin Sainte-Foy en respectant toutes les règles du code de la route. À la hauteur du centre commercial de sa paroisse, il s'engagea dans la bretelle d'entrée du boulevard Duplessis. En voyant le cortège de voitures qui circulaient au ralenti, il sut que le coup avait porté, mais demeura perplexe. L'accident aurait dû se produire plus loin. Pas aussi haut. Trop près de la bretelle, à ses yeux. À trop petite vitesse. Il avait commis une erreur stratégique. Il avait oublié que Bissonnette, parce qu'il roulait dans la voie Est du chemin Sainte-Foy, n'avait pas le choix d'entrer par une autre bretelle d'accès – plus près de Quatre-Bourgeois – pour revenir à la hauteur de Charest Est. Cette entrée devait être prise beaucoup plus lentement que celle qu'il venait d'emprunter. Il paniqua, frappa violemment le volant bleu, appuya sur l'accélérateur. Il lui fallait prendre l'autre voie pour constater les dégâts. Mais pour ce faire, il dut effectuer un demi-tour par le boulevard Hamel et remonter à la hauteur de Quatre-Bourgeois. Il fulminait, sacrait, mais une voix en dedans lui disait de se calmer. Dans l'almanach, il avait lu qu'une collision à quarante milles à l'heure suffisait pour tuer quelqu'un.

Tout dépendait de l'endroit où avait eu lieu l'impact. Puis il sursauta en voyant surgir une ambulance et les gyrophares des autos patrouilles de la SQ. La lenteur du trafic lui permit de constater les dommages infligés à la dépanneuse, qui gisait à moitié dans le fossé. C'était sérieux puisque les ambulanciers accouraient avec une civière. Bissonnette était amoché. Dans l'énervement, H appuya par accident sur le klaxon. Il aurait aimé s'immobiliser, mais un agent orchestrait la circulation. Il syntonisa une station de radio pour en savoir un peu plus.

◆

Le téléphone retentit vers 7 h 42. Daniel ne dormait plus depuis longtemps. Les coulées de pluie ruisselaient sur les fenêtres. Ils avaient fait l'amour au réveil et s'étaient raconté des histoires. Lorsqu'il entendit Laurence s'exclamer : « Qui peut appeler à cette heure ? », il pressentit que l'appel lui était destiné. Elle se leva et lui passa le combiné :

— Le batphone !

Duval expira, fronça ses sourcils en accent circonflexe. Ses yeux écarquillés disaient tout. Pouliot avait pris le risque de le surprendre au numéro que Daniel avait laissé à Beaupré. La voix rocailleuse du chef par intérim acheva de le réveiller :

— Les patrouilleurs ont retrouvé une autre carte sur les lieux d'un accident. Il a eu lieu vers 7 h 15. Le gars n'a pas été tiré. Du moins à première vue. Tremblay est parti avec le mandat et si Louis peut arriver, il devrait te rejoindre.

— On a aperçu Hurtubise ?

— Non. Les sentinelles qu'on a postées près de l'immeuble n'ont rien vu.

— J'arrive, dit Duval en raccrochant le récepteur en forme de boomerang.

Intimidé par sa nudité, il se hâta de récupérer ses vêtements qui traînaient dans le salon.

— Je dois vous abandonner Bat Girl, railla Daniel en enfilant en vitesse ses vêtements.

— T'en fais pas pour ma voiture, j'irai la chercher cet après-midi.

Duval se pencha pour ramasser son casque intégral. En passant devant le bol à fruits, Laurence lui refila une banane.

— Tiens, si tu veux récupérer après cette nuit-là.

Duval sourit en prenant la banane et censura le lapsus phallique qui allait lui faire fourcher la langue. Il enlaça Laurence et l'embrassa une dernière fois.

— C'était magnifique… Je te rappelle et on recommence.

Laurence le regarda filer et l'inquiétude succéda au plaisir. Il descendit l'escalier en trombe. Elle eut l'impression qu'il était devenu un autre homme.

◆

Une pluie fine tombait. Son veston en lin ne tiendrait pas longtemps. Il courut à grandes enjambées jusqu'au stationnement souterrain du Carré d'Youville.

D'un coup sec du pied, il replia la béquille et jura en actionnant le démarreur qui exigea trois coups avant de faire rugir le moteur. L'écho décupla le bruit assourdissant des 750 cc. Il sortit sans respecter la limite de vitesse, laissa cinq dollars au préposé du stationnement. À l'ombre du gratte-ciel de la Banque de Montréal, il brûla un premier feu rouge, tourna dans la rue d'Aiguillon, en grilla un second et se laissa absorber par la côte d'Abraham. Les changements de vitesse ressemblaient à un contrepoint endiablé et le moteur poussait un plain-chant d'enfer. L'intuition de Duval lui disait que la récolte serait bonne, que le canard attendait son chasseur. Il devenait le prédateur mandaté par la Couronne.

Après une succession de feux de circulation qu'il ne put éviter, la voie s'ouvrit enfin. Il fendit l'air, louvoyant dans la circulation abondante.

Il dut ralentir pour éviter les automobilistes curieux qui observaient le travail des secouristes. Il stationna la moto en bordure du chemin et traversa le terre-plein à la course. Tous ses vêtements étaient trempés.

Il aperçut Francis de dos, dans son imper blanc trois quarts, penché vers le fossé à observer la scène. Duval se pencha à ses côtés. Francis s'épargna les longs palabres. Un dessin valait mille mots.

— Salut, dit-il en lui mettant sous les yeux une carte montrant un pneu crevé. Sans faire de mauvais jeu de mots, ça dépasse les bornes…

Duval s'approcha pour examiner le véhicule dont le nez avait plongé dans le fossé.

— Dans quel état est le conducteur ?

— Il est conscient et semble avoir subi plusieurs fractures. Il devrait s'en tirer.

— Il n'a pas été tiré, d'après Pouliot ?

— Non. L'enfant de chienne a trouvé un *modus operandi* moins risqué.

Duval plissa les yeux.

— Qu'est-ce qu'il a fait ?

— À première vue, il aurait saboté la dépanneuse en déboulonnant une roue. On a retrouvé la carte coincée dans la jante. Le conducteur nous a dit qu'il avait perdu cette roue après avoir négocié la courbe.

Les ambulanciers extirpèrent du véhicule le garagiste, dont le visage n'était qu'un masque de douleur.

Harel se pointa en saluant de la tête ses équipiers.

— Un technicien vient de confirmer la version du garagiste. Ils n'ont retrouvé aucun boulon.

— Et personne n'a aperçu Hurtubise.

Tremblay sortit de son veston une feuille que le crachin avait détrempée.

— Daniel, j'ai le mandat.

— Pendant que Harel et moi on va chez le garagiste, tu te rends chez Hurtubise faire le guet. On t'y rejoint. Attends-nous pour entrer.

Harel donna une tape sur le casque de Daniel. Son sourire en disait long sur ce qu'il voulait insinuer.

— En passant, qu'est-ce que tu fais en moto et habillé comme un gigolo?

— …

Louis appuya son gros index sur la poitrine de Duval.

— Toi, t'as pas couché dans ton lit, hier.

Harel se laissa aller à chanter la chanson de Nanette : *Voulez-vous coucher avec moi…* Et pour une rare fois, Duval exprima sa joie en fredonnant le refrain tout en se dandinant : « Tché ké Tché ké ya ya ya ya : Je suis lady Marmelade. »

Stupéfait, Louis s'esclaffa en voyant la scène. Duval n'avait rien d'un cabotin : il ne savait ni danser ni chanter.

— Louis, je comprends mieux ce que tu ressens.

— *Yeah* !

Tout sourire, Duval coiffa son casque et lui donna rendez-vous au garage.

◆

Lorsque Duval et Harel passèrent sous le chambranle, une clochette retentit. Les employés de la station-service avaient la mine déconfite. Sous le châssis des voitures, ils n'avaient plus le cœur à l'ouvrage. Cela aurait pu leur arriver. Tous croyaient à un accident bête.

Bérubé, les yeux rougis d'émotion, terminait la facture d'un client. Duval dut toussoter pour qu'il relève la tête.

— On voudrait parler au patron.

— C'est moi, répondit Bérubé sur un ton bourru.

— On est enquêteurs et on aimerait vous poser quelques questions, poursuivit Duval.

Allant droit au but, Harel sortit la photo de Donald Hurtubise, qu'il planta devant les yeux de Bérubé.

— Connaissez-vous cet homme ?

Bérubé réagit par une moue dédaigneuse.

— Écoutez, c'est pas le temps. Un de mes gars vient d'avoir un gros accident.

— C'est justement pour cette raison qu'on veut vous parler, rétorqua Louis.

La plume de Bérubé se mit soudainement à trembler, son visage prit une teinte livide.

— Le tabarnak ! C'est pas vrai ?

— Je vous repose la question. Vous le connaissez ? répéta Louis.

— C'est Donald Hurtubise. Y travaillait ici jusqu'à la fin de la semaine dernière.

— Vous dites qu'il travaillait ici ? précisa Daniel.

— Je l'ai congédié.

— Pourquoi ? demanda Louis.

— Il a rempli de jaune le réservoir d'une Corvette et j'ai failli perdre un client.

L'expression empreinte de froideur et de rigidité de Duval et de Harel se froissa. Ils se regardèrent, atterrés.

— Un dénommé Bernier ? s'écria Harel.

— Non, Kid Samson, le gars des courses en huit.

— Est-ce qu'Hurtubise l'aurait menacé ? s'empressa de demander Duval.

— Je ne crois pas. Samson était quelqu'un d'important pour lui. Il est demeuré calme jusqu'au moment… Mais mercredi, Hurtubise a participé à une course de démolition et il a attaqué sauvagement Samson.

Le crayon de Duval s'immobilisa. Plus aucun martèlement ne résonnait dans l'atelier. Les employés, en bleus de travail, s'étaient tous approchés pour écouter. Le patron les regarda mais ne les renvoya pas à leur ouvrage comme il l'aurait fait habituellement.

Duval sortit avec une pincette la carte du jeu de Mille Bornes.

— On a retrouvé cette carte coincée dans la roue du véhicule et c'est la signature de Donald Hurtubise. C'est lui qui tire sur les voitures depuis une semaine.

Une rumeur et des jurons étouffés retentirent parmi les mécaniciens. Ils se regardaient, tout ébaubis.

Harel s'excusa un instant auprès de Bérubé et ramena Duval à l'écart.

— Penses-tu qu'il visait Samson et se serait trompé de cible ?

— Je ne sais pas. Faudra voir. Cet incident-là, avec Samson, a peut-être juste servi de déclencheur.

Le patron, troublé, avala sa salive et eut du mal à poser sa question :

— Avez-vous des informations sur les blessures de Bissonnette ?

— Plusieurs fractures, mais comme il est jeune et possède une bonne constitution, il va s'en tirer, répondit Duval.

— En tout cas, si j'avais Hurtubise devant moi, je le tuerais, confia le patron en levant le poing. Tu donnes une chance à un gars et il te fait dans les mains.

— En voulait-il à Bissonnette ? demanda Louis.

Un employé coiffé d'une casquette STP s'avança et prit timidement la parole.

— Il en voulait à tout le monde. Bissonnette le pinait souvent. Cette fois-là, il l'a pas pris. Il a pété les plombs. C'est comme l'autre jour avec Kid. Il a pris une canne d'huile pis il l'a garrochée sur Bizoune de toutes ses forces, dit l'homme au nez grec.

— Pourquoi ? demanda Louis.

— Bizoune lui soufflait souvent des Hhhhhhhh à l'oreille. Pis il s'est moqué d'Hurtubise quand il s'est acheté un bazou. Hurtubise disait qu'il allait battre Kid. Norm faisait des jokes là-dessus.

Duval se tourna vers le patron.

— Connaissiez-vous le passé criminel d'Hurtubise avant de l'engager ?

— Oui, il m'avait été envoyé par un membre du Club Lions, Jean Morency, qui travaille à la réinsertion de jeunes criminels dans sa paroisse.

— Sacré Momo ! s'exclama Harel.

— Vous le connaissez ? demanda Bérubé.

Louis montra sa chevalière du Club Lions.

— La bonté sur deux pattes.

Il connaissait bien Morency. Il apprécia le geste de ce dernier en se disant qu'il n'y avait que lui pour se dévouer ainsi. Mais il sentit aussitôt la moutarde lui monter au nez.

— À part cet incident ridicule du réservoir d'essence, comment était-il ? demanda Louis.

— J'avais rien à dire. Y travaillait correctement. Ce gars-là connaît bien la mécanique. Un bizarre.

— Il ne faisait pas un travail de mécanicien ? se surprit Louis.

— Non, y était homme de service.

— Pourtant, il avait un diplôme en mécanique, tonna Harel.

Il fulminait. Il s'avança, regarda le patron dans les yeux. Son gros front se plissa de vagues menaçantes.

Puis sa voix s'abattit comme une masse. C'était le gars du Club Lions qui rugissait sa colère.

— Pourquoi ne pas l'avoir encouragé à la place ? Tout le monde commet des erreurs. Il a mis du jaune à la place du rouge. *So What!* Câlice de tabarnak ! Le char va rouler pareil. Huit cents de différence entre un gallon de rouge et de jaune. Au lieu de le réprimander normalement, vous le renvoyez. Puis l'autre toto, votre Bizoune, qui va le ridiculiser… Comment voulez-vous qu'il se réinsère dans la société ? C'est déjà un gars fragile. Là, il est juste bon pour Bordeaux à vie. Belle réinsertion. Morency va être content.

Les employés maugréèrent aux propos de Louis. Duval posa une main sur l'épaule de son collègue pour le calmer. La tempe gauche de son ami pompait de rage et ses veines frontales formaient une fourche inquiétante.

Tous les employés attendaient la réplique de Bérubé.

— J'ai pas les moyens de perdre des clients comme Samson. Y m'envoie plein de monde, plaida le patron.

Louis n'allait pas s'arrêter là.

— Votre ami du Club Lions vous a envoyé un garçon dans le besoin. Est-ce que votre dévouement se calcule au nombre de gallons vendus, ciboire ?

La main parée de grosses bagues du patron balaya le vide. Bérubé en avait assez entendu. Il sortit de derrière le comptoir et s'avança vers ses employés.

Louis, qui avait de la peine pour Morency, le suivait pas à pas en enfonçant son message.

— En tout cas, j'espère que Momo, à l'avenir, va se contenter de vous confier ses problèmes mécaniques.

Bérubé fit la sourde oreille et se tourna vers ses employés.

— Les gars, finissez vos jobs pis on ferme la galère. Après, je vous paie le repas à la Touraille. Il semble qu'on peut pu travailler, aujourd'hui.

Duval s'interposa pour faire sortir son équipier, dont l'humeur bilieuse jaillissait. Son crâne cramoisi luisait de colère. Ses yeux ressemblaient à ceux d'un bison.

Daniel posa une main sur l'épaule de Louis et l'entraîna à l'extérieur. Impressionné, mais pas surpris par la diatribe de Louis, Daniel le félicita pour avoir dit ce que lui-même pensait tout bas.

— Momo est un gars extraordinaire, dit Louis en poursuivant son apologie.

Lorsqu'il était question du Club Lions, Louis s'enorgueillissait, se pétait les bretelles. Les Lions étaient de preux chevaliers en des temps pourris et tout ce qu'ils faisaient avait une valeur de symbole pour lui.

Il ne restait plus qu'à aller perquisitionner chez Hurtubise.

Louis se consola en pensant à la victoire des Expos.

— As-tu vu le circuit de Barry Foote ? Non, toi, c'est vrai, t'étais aussi au batte.

Le rire gras de Louis fusa. Duval n'apprécia pas les grivoiseries de son collègue et le ramena à la réalité.

— Tu stationneras la voiture derrière l'immeuble. Il y a déjà deux voitures banalisées aux alentours. Tu peux dire aux gars d'aller déjeuner.

— En passant, le patron s'est défoulé sur toi. Des propos entendus par un collègue à la radio.

— Pourquoi ?

— Ç'a rapport à un article de journal. L'histoire du présumé suspect arrêté, il ne la trouve pas drôle.

— Je ne m'attendais pas non plus à le faire rire…

— Pourtant, il semblait dans de bonnes dispositions quand on s'est parlé.

— Il n'avait pas encore lu son journal.

Daniel avait pris cette décision sans en aviser son supérieur, mais la situation l'y obligeait. Il savait bien que cette histoire de suspect ferait jaser et c'est exactement ce qu'il désirait.

Daniel sourit, renvoya ses cheveux vers l'arrière avant de coiffer son casque.

— Belle monture ! Comment s'est passée la chevauchée ? cabotina Harel.

— À tantôt.

Louis roula volontairement sur le fil avertisseur pour agacer Bérubé.

Duval actionna le démarreur et passa à son tour, sans le vouloir, sur la sonnette. Les mécaniciens s'étaient retournés pour contempler le bolide et se demandaient tous ce qu'un flic faisait en service sur une Ducati.

Duval tourna le coin de la rue des Mélèzes et de la rue de Norvège. Le temps gris plombait le ciel. Il ressentit toute la monotonie de cette rue. De là était sorti le prédateur. Pas surprenant. Il aperçut une fillette qui jouait, seule, à la marelle, la queue de cheval qui sautillait, les petits pieds qui dansaient dans les carrés tracés à la craie. Il médita un instant sur l'absurdité d'un tel nom de rue. Quel toponymiste minable avait appelé de Norvège ce long mur de briques ? Cette presqu'île prétentieuse n'avait rien à voir avec la Norvège, pays de montagnes et de fjords. Ici, les gens s'entassaient dans d'horribles rectangles sans âme. La hauteur des immeubles avait remplacé les montagnes ; l'autoroute les rivières ; les lampadaires le soleil de minuit. Pas de fleurs, que du béton armé. Les architectes qui font jaillir de tels avortons devraient être condamnés à y loger, pensa-t-il.

Il immobilisa sa moto derrière le bloc. À l'abri sous le porche, Louis grillait une cigarette trempée par la pluie. D'un geste de la main, Duval signala à Tremblay de demeurer dans la voiture pour faire le guet devant l'immeuble.

Louis ouvrit la porte en invitant son copain à passer devant lui. Il siphonna énergiquement sa cigarette et la jeta au loin. Le mégot chuinta dans une flaque d'eau.

Une odeur âcre se dégageait du tapis par ce temps humide. Daniel eut le réflexe de toucher son arme, mais se rappela qu'il ne l'avait pas.

Harel eut tôt fait de le constater.

— Encore !

— Quand je vais à un concert, j'ai pas l'habitude d'emporter mon 38.

— Je peux te pardonner d'avoir un 38 à cinq coups, mais pas de l'oublier.

Derrière Duval, la respiration de Louis devenait de plus en plus haletante. Daniel le devançait de plusieurs marches.

Devant la porte, Harel sortit son revolver et appuya sur la sonnette. La voix rauque de la femme annonçait une humeur acariâtre.

— C'est qui ?

— La police, madame, ouvrez, dit Harel.

— Dônald est pas icitte.

— Ouvrez, on a un mandat de perquisition, répéta-t-il en haussant le ton.

Dans la porte entrebâillée, le visage apeuré de la femme se montra à demi. Elle reconnut les enquêteurs. Son chignon retenu dans un foulard olivâtre ressemblait à un fenouil. L'odeur de fond de teint donna un haut-le-cœur à Duval. Son regard zooma sur l'arcade sourcilière de la femme. À force de s'épiler, elle était devenue chauve de sourcils. Une mince ligne brune avait été tracée d'une main tremblante. L'épais maquillage lui conférait l'air d'un bouffon. C'était grotesque. Mais en même temps elle avait cette force et cette bonté tranquille des exclus, ceux qui écopent en silence, dans l'attente du pan de ciel chrétien.

Harel lui remit les papiers qui autorisaient la perquisition.

— L'avez-vous vu récemment ? demanda Duval.

— Non, dit-elle en mentant.

— Est-il venu coucher, hier soir ? poursuivit-il.

— Oui.

— Alors vous l'avez vu récemment ? conclut-il.

— Y a récent pis récent.

Daniel agita son index devant le visage de la dame
qui mentait. Soit Hurtubise avait découché, soit il se
terrait dans un recoin de l'appartement.

— Écoutez, madame, tenez-vous à être accusée de
complicité ? On a beaucoup de place à la prison Gomin,
menaça Harel.

Un peu plus et on aurait vu dans ses yeux apeurés la
prison des femmes avec ses airs de château médiéval.
Elle fit claquer nerveusement ses lèvres, angoissant à
l'idée de passer une nuit avec des matrones.

Fidèle à ses habitudes, Louis fut direct :

— Donald Hurtubise, votre neveu, est accusé de
meurtres.

Le visage fripé et versicolore de la femme se crispa
dans un rictus terrorisé.

— Où est-il ? pesta Harel.

— Pas ici.

Duval prit un ton moins cavalier que son collègue
et lança une rafale de questions :

— Madame, quand l'avez-vous vu la dernière fois ?

— Hier soir. Au restaurant où je travaille.

— Lequel ?

— Le casse-croûte du Buffet de la colline.

— À quelle heure ?

— Environ onze heures.

— Pourquoi est-il venu ?

— Y voulait m'emprunter de l'argent.

— Puis ?

— J'y ai pas donné. Y é parti fâché.

— Pourquoi voulait-il de l'argent ?

— J'sais pas.

Elle évita de dévoiler aux enquêteurs le larcin commis par Donald. L'aveu lui titillait le bout de la langue, mais elle résista par amour pour sa sœur.

— Il n'est pas venu coucher ? reprit Louis.

— Non.

— Parce que s'il est ici et que vous me dites le contraire, le morveux va envier ses victimes, gueula Louis. Êtes-vous sûre qu'il n'est pas ici ?

— Oui. J'pas folle.

— Il vous a sûrement dit où il allait ? lança Duval.

— Non. Pas un mot. J'pense qu'i' sait que vous l'cherchez.

— Il ne serait pas chez des amis ? De la famille ? suggéra Duval.

— Non. Y m'a rien dit. De toute façon, y a pas d'amis. Après la mort de Paul, ç'a été fini.

Un frisson traversa la colonne de Louis Harel. Cette peste de Paul réveillait de mauvais souvenirs. Il caressa inconsciemment sa cicatrice et sortit son 38 de l'étui.

— Où est sa chambre ? demanda-t-il.

— Au boutte à droite.

Harel entra dans l'appartement suivi de Duval. L'arme au poing, Louis ouvrit la porte de la garde-robe d'entrée : vide. Daniel regarda sous le sofa : que de la poussière qui roulait. Louis fit glisser la porte-fenêtre : sur le balcon se trouvait une chaise longue détrempée. Retour à la case départ. Le corridor était dégarni de tout artifice. Deux murs blancs encadraient un plancher de bois franc déverni, usé prématurément. Louis précéda Daniel. Un coup d'œil à droite pour constater que le suspect n'était pas dans la cuisine ni dans la dépense. Un regard à gauche confirma qu'il ne se

terrait pas non plus dans la salle de bains. Personne
ne se trouvait dans la petite chambre du fond, celle
de la dame, ni sous le lit ni dans la garde-robe. Le
salaud s'était réservé la grande chambre, se dit Harel.

— Sa chambre est là, dit la tante.

Sur l'autre porte, à demi fermée, une affiche *Beware
of dog / No Entrance* était épinglée. Aucun signe de vie
dans la pièce à l'exception des bactéries. Les chaussettes non lavées exhalaient un relent fétide. Un mon-
ticule de linge sale s'accumulait dans un coin. Harel
grimaça en faisant pouffer l'air de sa bouche : « Ça
sent le travail d'équipe. » Duval marcha jusqu'à la
fenêtre et l'ouvrit toute grande. Louis observa une
affiche écarlate d'Alice Cooper sur laquelle le chanteur
était pendu.

— Imagine ta fille qui te présente un agrès pareil,
dit Louis.

Duval se rappela les paroles de Villemure à propos
du copain de sa fille.

Puis, le regard étonné des policiers se posa en même
temps sur l'étagère blanche en mélamine. La stupéfaction de chacun se lisait dans le visage de l'autre.

— Tu vois ce que je vois ?

Gisait sur les trois tablettes une démentielle apocalypse routière. Un cimetière miniature de voitures.
Des scènes d'accidents avaient été reconstituées avec
un dessein époustouflant de réalisme. Des blessés,
des témoins, des ambulanciers, des policiers et des
pompiers… Un opéra de tôle froissée et de corps ago-
nisants.

— Elles sont toutes scrapes, lança Harel.

— Le jeu n'était plus assez excitant… Il lui fallait
jouer avec des voitures de taille réelle.

— T'as vu tous ces détails ?

— Appelle l'Identité.

Harel sortit demander la permission d'utiliser le téléphone. Sous une lampe en macramé, la tante faisait tranquillement ses mots-mystères au bout d'une table, un Pepsi à la main et une Craven A dans l'autre. Les murs, jadis blancs, étaient tout jaunis par la cigarette.

Duval se pencha pour examiner les objets sur la table en rondins : un bloc de haschisch, des couteaux noircis, une lampe à souder sous laquelle se trouvaient des numéros du *Journal de Québec* récents. Duval remarqua que des articles avaient été découpés, ceux qui concernaient Hurtubise.

Harel se ramena en vitesse.

— Regarde, Louis, il collectionne les coupures.

— Méchant malade !

Louis pivota de 180 degrés, ouvrit le tiroir de la table de chevet et trouva d'autres coupures de journaux, plus anciennes, qui concernaient Paul. Il faillit se sentir mal lorsque sa main gantée ramena une photo de Paul. Sa pression monta. Le passé refaisait surface dans sa vie.

Il passa le cadre à Duval et les coupures.

En fouillant au fond du tiroir, Harel retira un jeu de Mille Bornes.

— Tiens, son jeu de cartes préféré. Je te parie qu'il manque des cartes, railla Louis.

Duval, en ouvrant une ancienne boîte de cigares en bois, découvrit une arme artisanale faite à partir d'un tuyau et d'une catapulte à ressort.

— Tiens, un *pen gun*.

— Orsainville 101, il a appris sa leçon, dit Louis.

À l'extérieur, Tremblay, assis dans sa voiture, profita d'une brève éclaircie pour exposer son visage au soleil. Il écoutait le répartiteur de la centrale taquiner des collègues. Un homme s'amena en bicyclette dans sa direction. C'était Ferron, le propriétaire de l'arme volée. Il s'immobilisa à la hauteur de la portière.

— L'enquête avance ?

— Vous, ça avance la bécane ?

— Ça roule.

— Continuez comme ça.

Une Parisienne à la capote blanche passa devant eux sans qu'ils la remarquent. La voiture entra dans le stationnement arrière. Dans l'habitacle, H, sûr de lui, avait pris la décision de venir à l'appartement. Maintenant que les flics, pensait-il, avaient leur suspect, il pouvait monter chercher la précieuse pâte. Il était à court et les effets du sevrage se faisaient sentir. Il souhaitait que la vieille ne soit pas là, question de s'éviter une crise de nerfs à propos du vol de la veille.

Le stationnement lui parut aussi tranquille que d'habitude. Il fut rassuré. Aucune voiture de police. En jetant un coup d'œil sur la banquette arrière, il constata que le propriétaire de la Parisienne avait laissé une casquette écossaise en laine. Instinctivement il la coiffa.

Son regard ébloui se posa sur la belle Ducati. Tout ce qu'il put exprimer fut un juron. Il regarda le bolide et monta sur la selle. Puis il se vit partir en cavale sur la motocyclette, mais sa rêverie fut de courte durée. Un locataire, poubelle à la main, ouvrait la porte arrière. H pencha la tête et se faufila à l'intérieur du vestibule.

Il grimpa les marches deux par deux comme il le faisait depuis sa tendre enfance. Des gouttes de sueur tavelaient son front. Le temps humide collait les vêtements à sa peau. Il agrippa la fourche de son jean qui lui rentrait dans la raie du derrière. Il arriva le souffle court devant la porte entrouverte de l'appartement. Il entra sans se douter de rien. En voyant surgir le visage grimaçant de la vieille, il crut qu'elle se vengeait pour ses pourboires.

— Sauve-toé ! hurla-t-elle.

La police ! Puis il aperçut le visage de Harel qui semblait catapulté comme un boulet au fond du corridor.

— Rends-toi, t'es coincé.

H se précipita dans le passage. Trente mètres plus loin, il tourna dans la cage d'escalier. Harel l'entrevit et essaya tant bien que mal de le rattraper. D'un bond, H se jeta d'un palier pour atterrir lourdement sur le suivant, et ainsi de suite jusqu'au vestibule. Aucun angle pour tirer, pesta Harel. Le tintamarre de cette course folle alerta les voisins qui entrebâillèrent leurs portes. Les escaliers tremblaient comme une rampe de lancement. Harel entendit un train qui s'amenait derrière lui. Il se retourna juste à temps pour se voir doublé par Duval qui dévalait l'escalier. Harel se rappela que son chef d'équipe n'avait pas son arme.

— Daniel, prends mon gun !

Louis lança son 38, que Duval saisit à deux mains.

— Va rejoindre Francis, cria ce dernier d'une voix haletante, il faut le coincer.

Alors qu'Hurtubise s'engouffrait dans la Pontiac, Duval ouvrit la porte, le chercha pendant un instant. Lorsqu'il vit la voiture partir en trombe en crissant des pneus, Duval allongea le bras, tira un coup qui déchira la capote mais sans immobiliser le fuyard. Il jura, courut vers sa moto puis se rendit compte qu'il avait oublié son casque en haut. Un virulent « tabarnak » jaillit de sa bouche. Il sauta sur sa monture, serra la poignée d'embrayage. La première flexion de jambe ne suffit pas à faire démarrer la Ducati. Au second essai, son pied passa dans le vide – la semelle humide de son soulier avait glissé – ce qui le mit en rogne. Le troisième essai fut le bon et la moto se cabra sur une roue.

À bout de souffle, Louis traîna gauchement sa carcasse vers la voiture de Tremblay, qui se trouvait plus près que la sienne. Dans une étrange pantomime, il gesticulait pour que Tremblay s'amène mais l'autre, qui était presbyte, ne vit rien. Louis ouvrit la portière du côté conducteur et poussa Tremblay sur le siège du passager : «Tasse-toi, Francis.» Les poursuites, c'était lui.

— Qu'est-ce que tu fais ? s'offusqua Francis.

Tremblay n'aimait pas être bousculé, mais il craignait encore plus de se trouver otage d'une poursuite impliquant Harel. Qui n'avait pas redouté ce cauchemar ?

La Chevrolet laissa dix mètres de caoutchouc sur l'asphalte humide, d'où s'éleva une épaisse boucane. Le regard hypnotique de Louis, fixé droit devant, et les lampadaires qui filaient à cent à l'heure avaient de quoi inquiéter le jeune enquêteur. Tremblay, encore sous le choc de s'être fait traiter comme un novice, eut l'impression qu'un robot dans un état second avait pris les commandes du véhicule. Puis il fut surpris d'entendre la voix de Louis crier : «Attache-toi», ordre auquel il obéit aussitôt.

Duval entendit au loin la voiture de Tremblay qui démarrait en trombe. Quoique sans casque, il ne pensait pas aux risques. Hurtubise tourna dans la rue de la Paix sur les chapeaux de roue et quasiment hors de contrôle. Duval vira à son tour. Mais en accélérant trop brusquement sur le pavé humide, il perdit la maîtrise de la moto qui zigzagua nerveusement – le genre d'arabesque qui vous conduit au Centre François-Charron pour deux ans. Il serra l'embrayage et put ramener la Ducati. Un coup de frein et il aurait pris le décor. La voiture de Louis se trouvait à sa portée.

— Fais attention, Francis, mon oncle Daniel va passer, lança Louis en regardant dans le rétroviseur.

La moto doubla la voiture dans un hurlement strident, faisant jaillir une élégante gerbe d'eau sous la

roue arrière. Tremblay frissonna en jaugeant la vitesse
à laquelle roulait son chef d'équipe.

— *Wow !* s'écria Louis.

— Il n'a pas de casque, s'étonna Tremblay.

— Guy Lafleur non plus !

Il crut pouvoir s'échapper par le Versant nord. Il
écrasa la pédale de frein et monta par la rue Strasbourg
afin de semer les policiers.

Les accélérations fulgurantes de la Ducati la rap-
prochaient de la Parisienne bleue. À cent mètres, Duval
dut ralentir et dévier sa course pour éviter la voiture
d'une personne âgée qui sortait d'une entrée en prenant
toute la rue. La moto frôla la chaîne de trottoir en
perdant de précieuses secondes. Les longues mèches
du policier, fouettées par le vent, lui pinçaient le visage.
Ses vêtements trempés lui glaçaient les os jusqu'à la
moelle.

Au coin des rues Strasbourg et d'Amour, une odeur
de caoutchouc brûlé jaillit de la Pontiac. Il freina
mais dut labourer un terrain pour effectuer son virage.
Les branches d'un saule griffèrent le côté de la voiture.
La chaîne de trottoir endommagea le cardan et un clic-
clac anormal se fit entendre. Le compteur marqua cent
milles à l'heure. Duval gagna du temps en négociant
parfaitement les virages à la corde. Il aperçut la Pontiac
qui tournait dans la rue des Mélèzes. Rien n'était perdu ;
la souplesse de conduite de la Ducati, ses accélérations
fulgurantes et un peu de veine, pensait-il, auraient tôt
fait de l'amener contre le pare-chocs de la Pontiac. Il
l'avait toujours dans sa ligne de mire, mais il la perdit
de vue quand elle bifurqua dans une entrée de service.

À l'intersection de la rue des Mélèzes et du chemin
Sainte-Foy, une file de voitures était immobilisée au
feu rouge. Duval balaya l'horizon du regard et vit la
Pontiac sortir en trombe du stationnement d'un IGA.
Il piqua par le même raccourci mais fut ralenti par le

va-et-vient des automobilistes. Au loin, il aperçut
Hurtubise qui prenait la bretelle d'entrée de l'autoroute
Duplessis en direction nord. Duval brûla un feu rouge
et un tonnerre de klaxons réprobateurs éclata. Derrière
lui, la Chevrolet noire des collègues faisait son chemin
comme un char d'assaut. Le concert philharmonique
de klaxons annonçait que Louis venait de griller lui
aussi un feu rouge ou de faire une de ses « passes à
Tanase », comme il les appelait. La bretelle qui menait
au boulevard ressemblait à une piste d'accélération
libre de tout obstacle. À cent mètres de la station Shell,
Duval constata que son poignet ne pouvait ramener
davantage l'accélérateur. Les bungalows de la paroisse
Saint-Benoît passèrent comme une traînée d'acrylique
blanc sur un tableau abstrait. Il eut à peine le temps
de deviner que le panneau était celui du boulevard
Duplessis qu'il se jetait dans la bretelle. Il freina déli-
catement, débraya, ralentit par compression, inclina
sa monture, le genou gauche frôlant l'asphalte, et
négocia la courbe en quatrième en accélérant si bru-
talement que la fourche télescopique se cambra dans
les airs. Il entra sans rien céder aux conducteurs qui
s'amenaient, s'immisçant en sandwich entre deux
véhicules. Une percée de bitume s'ouvrit devant lui :
les échangeurs grossissaient à vue d'œil. La circulation l'empêchait de voir la voiture de Hurtubise. Le
crachin qui tombait rendait la conduite hasardeuse,
sans compter les nids-de-poule que la voirie n'avait
pas encore réparés. Mais le danger cédait devant
l'obsession de procéder à une arrestation que tous
attendaient. La vitesse ne le grisait pas autant que
l'idée de passer les menottes à ce détraqué. Les pare-
chocs des voitures arrivaient à une vitesse folle. Sa
concentration était maximale. Il louvoya gauche-droite,
droite-gauche entre une série de voitures et entrevit le
monstre bleu qui terrorisait les conducteurs trop lents

en les forçant à livrer le passage sous la menace du pare-chocs.

Les voitures que Duval dépassait le klaxonnaient ou l'aveuglaient avec leurs phares de brume. Il gagna rapidement un demi-kilomètre sur la Parisienne quand une tête brûlée, dans une Camaro Z 28, décida de ne pas se laisser doubler par un « twit » en moto. Duval allait entreprendre le dépassement quand l'autre pressa à fond l'accélérateur. Duval ralentit pour ne pas emboutir une voiture devant lui. Il se rangea à droite et, à six mille tours minute en quatrième, se retrouva derrière l'aile gauche de la Camaro. Il poussa à fond en cinquième et aperçut à deux cents mètres l'arrière d'une remorque qui grossissait dans son champ de vision à une vitesse affolante. Le conducteur de la Camaro jaune colla l'accélérateur au tapis pour que le motocycliste reste coincé derrière le camion. Mais à cette vitesse Duval irait s'étamper sur le véhicule lourd. Freiner équivalait à se tuer. À la hauteur de l'aile avant de la Camaro, Duval exigea de l'accélérateur tout le jus qui lui restait et, profitant de l'effet d'aspiration créé par la remorque, se déporta dans le mince interstice entre la voiture et le camion qu'il frôla. Cent mètres plus loin, il se jeta dans la grande courbe près du Holiday Inn. Il ne croyait pas Hurtubise assez fou pour rester coincé sur le boulevard Laurier, voie de circulation achalandée et lente, d'autant plus que des gyrophares signalaient qu'un barrage routier avait été établi. Il s'en réjouit.

Il s'engagea dans la sortie qui menait au chemin Saint-Louis. Au bout, il savait qu'il trouverait le coléoptère farci de rouille du pont de Québec.

Devant lui, à sa grande joie, se dressait un autre barrage policier, mais il demeura incrédule en voyant la Pontiac se frayer un passage sans être inquiétée entre deux voitures de patrouille. Lorsqu'il arriva à la

hauteur des policiers de Sainte-Foy, on lui intima
l'ordre de se ranger. Il ralentit, feignit de s'arrêter et
décolla en flèche sur une roue, passant de justesse
entre les voitures. Harel s'occuperait de raconter aux
policiers la méprise dont il faisait les frais. Duval
n'en revenait pas. Où formait-on une police pareille ?
Il s'élança dans la côte de l'aquarium, dont l'inclinaison
donnait le vertige, effectua un virage à 90 degrés à
droite. Les bosses dans l'asphalte soumettaient ses
avant-bras à une véritable torture. La voiture d'Hurtubise laissait derrière elle une longue traînée d'eau
et de boue. Duval la vit rouler en dérapage contrôlé
vers le boulevard Champlain. Il craignit qu'Hurtubise
prenne la fuite à pied par le cap qui longe la gare fer-
roviaire. Le tueur devait savoir qu'il n'avait aucune
chance contre une Ducati. Le boulevard Champlain,
lisse comme un billard, avec ses longues lignes droites
et ses courbes, s'avérait l'endroit idéal pour venir à
bout du fuyard.

Duval passa en quatrième. Puis la vue d'un nid-
de-poule à deux mètres lui arracha un hoquet. Il se
cramponna au guidon en prévision d'un vol plané,
mais la vitesse de la moto lui fit survoler le trou.

Une série de courbes serrées le mena à une centaine de mètres du pare-chocs de la Pontiac. Il voyait
la nuque du jeune homme qui bougeait de gauche à
droite. Heureusement, le feu de circulation qui livre
les conducteurs à la longue et dangereuse côte tout en
courbes du boulevard Champlain passa du vert au
jaune. La Pontiac freina brusquement et Duval dut
freiner lui aussi et se déporter pour ne pas l'emboutir.
Un enjoliveur de roue de la voiture se détacha, roula
dans le cap et finit sa course dans le fleuve. Duval
s'aperçut que l'arme de Louis ne lui serait d'aucune
utilité. Il ne pouvait conduire d'une seule main sa

moto. Pour tirer, il lui faudrait prendre assez de vitesse, s'immobiliser et attendre sa proie.

Il cambra sa monture jusqu'à faire corps avec elle. Il négocia la courbe en décélérant, sans freiner, puis poussa à fond la poignée des gaz. Grisé par la vitesse et les envolées lyriques de son moteur, il se sentit dans un état second. Puis il se rangea à gauche et parvint rapidement à remonter la Pontiac, mais lorsqu'il se trouva à la hauteur de l'aile gauche, Hurtubise braqua avec l'idée d'écraser le motocycliste comme un vulgaire moustique contre le garde-fou. La moto trouva une mince échappatoire. En quelques secondes Duval creusa l'écart entre lui et Hurtubise mais pas suffisamment, à en juger par ce qu'il voyait dans ses rétroviseurs, pour avoir une position de tir idéale. Il négocia à 180 kilomètres la ligne droite sous les ponts, sorte de pacte avec la mort où l'équilibre et la chance sont les garants de la vie. Il voyait défiler les poteaux des lampadaires à une vitesse hallucinante dans son rétroviseur.

«Encore 500 mètres, tu t'immobilises et tu tires», s'encourageait Duval, qui salivait déjà comme le chasseur qui voit venir l'orignal.

Soudain, en passant devant les réservoirs Irving, Duval eut l'impression d'un cauchemar où tout se meut au ralenti. Les aiguilles du tableau de bord chutèrent à l'unisson ainsi que la vitesse et le son du moteur. Il comprit qu'il n'avait plus d'essence. Il jura. Sidéré par ce qui lui arrivait, il en oublia le monstre bleu qui fonçait droit sur lui. Il eut juste le temps de descendre de l'engin et de bondir derrière le rail de sécurité. Sa moto fut catapultée à dix mètres dans les airs, retomba en deux morceaux et s'embrasa. Il sortit son arme, tira deux fois, sans venir à bout de la cible, déjà trop loin. Duval, qui avait du coton dans les jambes, crut qu'il allait défaillir.

Derrière, comble de l'horreur, une voiture de police suivait à tombeau ouvert la voiture de Harel et de Tremblay. On entendit un crissement de pneus. Harel donna un coup de volant pour éviter les restes de la Ducati qui brûlaient au milieu de la chaussée. Des effluves de caoutchouc et d'huile brûlés émanaient de la moto.

Daniel pria pour que la police de Sillery ait établi un barrage routier à la hauteur de la côte Ross et de Gilmour.

Il marcha vers le quai de la Irving et déchargea sa frustration en bottant une vieille canette. Puis il s'assit sur le quai, les jambes pendantes, la mine ténébreuse. Il passa sa main dans ses cheveux ; ils étaient tout emmêlés. Son regard sombre fixa les filets à anguilles. De biais, un cargo orange était en rade. Il aurait voulu prendre le large sur ce rafiot. Il venait d'échouer encore une fois. « Une panne d'essence ». Il avait la poisse, il l'avait toujours eue, se dit-il. Il sentit une rage nerveuse l'envahir. Qu'un poisseux ! se répétait-il. Il se trouva minable et s'insulta à haute voix. Les piaillements des goélands semblaient se moquer de lui : « Tu es aux Homicides ce que Terry Harper est au hockey… Nul, insignifiant. »

Puis une voix grave et martiale s'éleva derrière lui :

— Monsieur le cow-boy, vous êtes en état d'arrestation.

Il se retourna et observa le massif sombre à moustache qui se dressait sous sa casquette. Un bouseux de la police de Sainte-Foy.

Commotionné par ce qu'il venait de vivre, Duval demanda naïvement « pourquoi ? ». Après tout, il était policier.

La tête de l'agent, un gros ventru de cent kilos, était couronnée d'un nuage gris. Le jeunot malingre derrière lui, à peine sorti du cégep, semblait terrorisé de ce qu'il avait vu et regrettait sans doute le jour où il s'était inscrit en techniques policières. La grande mâchoire y alla de sa litanie d'accusations sur un ton dramatique. Au-dessus d'eux, des goélands effectuaient des vols circulaires en criant. Duval les regardait sans rien écouter.

— Vous avez brûlé des feux de circulation, deux stops, défié un barrage routier, vous rouliez à 140 milles à l'heure et vous ne portiez pas de casque. Vous avez failli causer des accidents sur le boulevard. Une personne âgée a subi un malaise cardiaque. On a reçu un appel d'un conducteur qui vous a vu effectuer des manœuvres dangereuses. À partir de maintenant, vos points de démérite se compteront sur les doigts d'un manchot.

Duval se gratta la tête et n'apprécia pas ce zeste d'humour alors qu'il venait de jouer avec sa vie.

— Avez-vous votre permis ? demanda le constable.

Duval fouilla dans sa poche et sortit sa carte de l'escouade des Homicides. Leur tournant le dos, il leva nonchalamment le bras pour la leur remettre. Les deux tarés à casquette, c'est ainsi qu'il les voyait à cet instant du coin de l'œil, n'en croyaient pas leurs yeux. Le jeune, qui semblait avoir perdu l'usage de la parole, laissa parler son collègue.

— Vous êtes enquêteur à la Criminelle ? C'est vous, Duval !

— Messieurs de la police de Sainte-Foy, félicitations !

— Que faisiez-vous en moto et sans casque ?

— Je fais du zèle quand les circonstances l'exigent. Les circonstances, c'est le tueur qui sème la terreur sur un boulevard de Sainte-Foy et que je poursuivais.

— Vous voulez dire que vous aviez pris en chasse le tueur ?

— Oui. Et que vous m'avez pris en chasse à mon tour, et présentement mes deux collègues ont les policiers collés au derrière.

— Pourquoi la moto ?

Duval tiqua, leva les yeux au ciel.

— J'étais chez ma copine quand Pouliot, mon chef, m'a demandé de me rendre sur les lieux.

— Pourquoi ne pas porter de casque ?

Seul mon coiffeur le sait, eut envie de répondre Duval en parodiant l'annonce de Clairol. Il soupira :

— On perquisitionnait chez le suspect quand il est arrivé. J'ai couru après sans penser à mon casque.

Le colosse moustachu le regardait, stupéfait, avec son air de bovidé, les mandibules relâchées. Duval se leva et, sentant l'haleine de hamburger à l'oignon du constable, recula. Puis un éclair d'intelligence apparut dans l'œil de l'agent, qui s'appelait Ferland d'après son badge d'identification. Il annonça à Duval qu'il ne porterait pas d'accusation, que l'action était louable dans les circonstances. Duval apprécia ce premier soupçon de bon sens. Il saisit un caillou et le projeta avec un mouvement de trois quarts en essayant de faire des ricochets sur l'eau, mais la roche coula net. Il regarda Ferland droit dans les yeux.

— Vous devriez reprendre votre travail là où je l'ai laissé.

— C'est plus notre juridiction, répondit le jeune en se déliant la langue.

— Le bébé se noie dans la piscine et ce n'est pas ma juridiction !

Duval voulut s'arracher les cheveux.

— Du calme, conseilla Ferland.

Une fourgonnette de Télé 4 s'immobilisa en bordure du boulevard. « Tiens, les vautours », râla Duval. Le cameraman sortit pour filmer les restes fumants de la moto. Repus d'images, ils s'approchèrent du quai.

Le gros Fecteau, avec ses moustaches en guéridons, sortit son carnet. Son autre main empêchait son postiche de s'envoler. Il parut tout confus en reconnaissant Duval.

— Lieutenant ? Qu'est-ce qui vous arrive ?

Exaspéré, Duval demanda au policier Ferland d'expliquer à Fecteau sa déveine.

Ferland raconta dans une syntaxe boiteuse et d'une façon cavalière ce qui s'était passé. Duval n'avait jamais vu une histoire ainsi expédiée en un tourne-langue et un journaliste demeuré autant sur sa faim. Duval craignit de voir cette histoire rapportée de travers au bulletin de nouvelles. À tel point qu'il demanda à Fecteau de l'appeler plus tard au bureau.

Il retraita en direction du boulevard. Mais Fecteau, insatiable, colla à ses talons pour des précisions. Ferland tapota l'épaule de Fecteau en l'invitant à laisser Duval tranquille.

Ferland offrit à Duval de le raccompagner chez lui ou à la centrale. Duval ressentit un pincement au cœur en jetant un dernier coup d'œil sur les restes de la moto. Plus rien ne luisait. La belle italienne n'était plus qu'un amas de ferraille. Puis le constat l'assomma de plein fouet. Il n'avait pas d'assurances pour la moto. Il n'avait pas fait les démarches nécessaires au printemps. Après avoir ramassé le plus gros des débris, les deux policiers firent glisser la Ducati sur l'accotement. Le jeunot appela un garage afin qu'on vienne la récupérer.

Bien assis dans la Chevrolet, Duval écoutait, hébété, les messages radio qui se télescopaient en grésillant. Et soudain l'horreur. Une voix annonça qu'une voiture banalisée venait de percuter le rail de sécurité après avoir fait de l'aquaplanage à la hauteur de l'Anse-aux-Foulons. Par miracle, les deux hommes s'en tiraient avec des blessures mineures. La voix ajouta que le suspect leur avait échappé. Il devina qu'il s'agissait de Harel et de Tremblay, ce que confirma peu après la radio. Le répartiteur de la police annonça que les deux policiers souffraient dans un cas d'une entorse à la cheville, et d'un cou de lapin pour l'autre – et Tremblay probablement d'un choc nerveux, songea Duval. Il y songerait deux fois avant de céder le volant à Loulou.

Tout était à recommencer. Il aurait voulu être ailleurs, loin de la criminalistique.

Bien calé sur la banquette arrière, il pensa aux risques qu'il avait pris et se demanda si cette folle équipée avait valu la peine. Sa vie avait tenu à un fil. Il avait une fille orpheline de sa mère et, depuis une semaine, les circonstances faisaient de lui un sujet tout désigné pour l'ami Villemure.

◆

Lorsque Duval entra dans le hall de la centrale, deux journalistes, Corbeil et Landry, l'attendaient pour lui soutirer des réponses. Sa déveine avait fait le tour des médias et commençait à se répandre sur les ondes. Ses deux compagnons étaient soignés à l'infirmerie, lui annonça le vieux Beaupré, qui lui signala du même souffle que le patron voulait voir. Il regarda l'heure. Dans trente minutes, il lui fallait aller chercher Mimi pour l'amener à son match de basket.

Duval s'installa dans un des cagibis qui servaient aux dépositions. Il n'avait pas de voiture et il téléphona à Mimi pour lui dire de prendre un taxi, qu'il payait la course. Mais elle lui annonça que Laurence, qui était venue chercher sa voiture et avec qui elle discutait, allait la reconduire.

— Laurence va m'accompagner pour mon examen au Conservatoire, lança-t-elle pleine d'enthousiasme.

Cette nouvelle eut l'effet d'un baume sur l'ego meurtri du policier.

Comme toutes les fois où un policier fait feu, il lui fallait remplir un rapport circonstanciel. Il s'installa devant une machine à écrire pour expliquer que l'usage de son arme s'était avéré nécessaire. Duval oublia toutefois d'inscrire que l'arme utilisée n'était pas la sienne. Il signa le rapport et le déposa dans le courrier interne.

Les marches qui menaient à l'étage du patron semblaient le conduire au gibet. Les regards des collègues qu'il croisait dans l'escalier et le corridor en disaient long. Des salutations fuyantes et pleines de compassion. Des visages condescendants, celui de Bégin, le compère falot et mesquin de Malo, la face à claques boutonneuse qui n'attendait qu'un signal du chef pour s'emparer de l'enquête. Seul Bernard Prince l'encouragea en le gratifiant d'un clin d'œil amical.

La secrétaire du chef, si chaleureuse en temps normal, affichait aussi une face d'enterrement sous la grosse fougère jaunie qui descendait du plafond. « Il en a pour quelques minutes. Il est avec le caporal Malo. » Elle le pria de s'asseoir.

Le patron avec Malo. Ça n'augurait rien de bon. Duval feuilleta *Sûreté*, le dernier mensuel, mais fut incapable de se concentrer. Il essaya de se préparer mentalement pour réfuter les arguments du patron. Mais les siens ne tiendraient pas longtemps. Il était battu à plate couture. Dans un état d'abattement extrême, il se demanda comment il arriverait à se défendre. Il regarda par la fenêtre. Des cordes de pluie obliques s'abattaient sur la ville. À la radio, on annonçait que les employés du Stade municipal remettaient la toile qui protégeait le terrain. Le match entre les Phillies de Reading et les Métros prévu pour le soir était compromis.

La porte s'ouvrit. Le visage triomphant de Malo, une Mark Ten au coin des lèvres, confirma ce qu'il soupçonnait déjà. Le grand Malo croisa Duval, mais ne daigna pas le regarder, plongé qu'il était dans un état d'ivresse égotiste. Un peu plus et sa grosse tête aurait défoncé l'imposte.

La secrétaire reçut le message du patron qu'il était prêt à recevoir Duval.

Debout devant l'un de ses nombreux classeurs, le patron rangeait un document. Il ne se retourna pas. La pièce baignait dans un nuage de fumée de cigarette. La pluie ruisselait dans les vitres. Des éclairs de chaleur lézardaient le ciel. Sans se retourner, Pouliot articula deux mots :

— Assieds-toi.

Un silence accablant s'installa, que venait défigurer davantage le sinistre grondement des néons et du tonnerre.

Duval remarqua la coupure de journal de l'article de Corbeil annonçant l'arrestation d'un suspect. Le patron s'approcha, tordit son mégot dans le cendrier, dégagea une fibre de tabac entre ses lèvres et dévisagea Duval en lui montrant l'article. Puis il recommença à se donner des coups de pouce sur le pif, signe de nervosité. Duval le regarda droit dans les yeux.

Pouliot prit la coupure de presse du bout des doigts comme s'il s'agissait d'une souche d'influenza. Il la mit sous les yeux de Duval.

— On va commencer par ça. Qu'est-ce que ça veut dire ? Qui a laissé couler cette information ?

— C'est moi.

— Parfait. C'est tout ce que je voulais savoir pour te retirer l'enquête.

— Laisse-moi t'expliquer. Sans cet article, Hurtubise ne se serait jamais risqué à aller chez lui. On

est passés à un cheveu de l'épingler. La stratégie était
parfaite.

— Mais pas les stratèges… J'aime pas ta réponse,
Duval. Au moment où je te parle, le chien sale doit
avoir l'ego boosté au coton. Ça va lui donner une
confiance à toute épreuve. On est dû pour de la casse.
Tu dois savoir ça, toi, avec toutes tes théories.

Duval ne prisa guère le sarcasme et refréna une
réplique qu'il se contenta de mâcher entre ses lèvres.
Le patron continua de se tapoter le nez avec le pouce.

— Cette affaire, vous la menez tout croche depuis
le début, conclut le patron. Et c'est quoi cette histoire
de faire le cow-boy en moto ?

— Tu voulais que je prenne le taxi quand tu m'as
appelé, ce matin, chez ma copine ?

Duval n'en revenait pas qu'on lui reproche d'avoir
utilisé une moto. Après tout, sa vie n'avait tenu qu'à
un mince fil tout au long de cette poursuite. Pour qui
avait-il pris de tels risques ? se demanda-t-il : la société, son patron, ou simplement pour satisfaire son
orgueil ? La peau de Donald Hurtubise méritait-elle
qu'il risque sa vie ?

Le patron froissa l'emballage d'une Caramilk et
l'expédia directement dans la corbeille. Il ne la manquait que très rarement. Faut dire qu'il mangeait beaucoup de chocolat.

Le chef reprit son laïus d'enfant martyr sur un ton
pathétique.

— J'en ai plein mon casque des journalistes et du
sous-ministre qui m'achalent. Le maire de Sainte-Foy
veut mettre une équipe d'enquêteurs sur l'affaire. La
honte !

— Eux devraient commencer par distinguer un criminel d'un policier, s'emporta Duval.

Pouliot se passa la main dans les cheveux et sau-
poudra un nuage de pellicules dans la lueur de la

lampe. La phalange de son pouce se remit à flipper le lobe de son nez comme s'il fallait chasser un intrus.

— Donc, tu nous retires l'enquête?

— Considère que c'est… déjà… fait. Je n'ai pas aimé, non plus, ce qui s'est passé après la réunion syndicale, hier. Harel est allé trop loin.

Le patron se racla la gorge, avala sa salive de travers.

— Tu serais gentil d'annoncer la nouvelle à ton équipe.

Duval se leva.

— Je vais le faire, mais pas pour te rendre service, juste pour pas qu'ils te voient la face.

Le patron crispa les mâchoires, se leva. Son corps semblait aussi raide qu'un arc bandé.

— Je t'avertis, Duval, si tu continues à me parler sur ce ton, tu vas aller patrouiller dans le bas du fleuve.

— Sais-tu, ce serait pas une mauvaise idée. L'air de la campagne me ferait du bien. Ça pue ici! gueula Daniel en faisant claquer la porte.

Alors qu'il traversait le vestibule pour se rendre à l'infirmerie, il aperçut près d'un drapeau de la SQ le chroniqueur Corbeil qui revenait du bureau de l'Identité judiciaire. Sa grosse tête frisée et sa barbe le faisaient ressembler à un forçat ou à un gauchiste. De petites fentes, toutes symétriques, séparaient ses incisives, ce qui lui donnait un sourire de gamin.

Le journaliste afficha une moue perplexe mais qui marquait une certaine sympathie. Sa bonhomie ravit aussitôt Duval. Puisqu'il avait contracté une dette pour l'article maudit, Duval le convia à son bureau, prêt à se vider le cœur.

L'entrevue qu'il allait donner à Corbeil frapperait.

◆

Trente minutes plus tard, Duval poussa la cordialité jusqu'à raccompagner Corbeil à la porte. Il lui avait fourni tous les détails concernant la fouille chez Hurtubise pour clore l'entrevue par une charge pamphlétaire contre son chef. Corbeil irradiait. Il semblait parti pour écrire l'article qui lui vaudrait le Pulitzer. Duval descendit ensuite à l'infirmerie, mais on lui annonça que ses amis se trouvaient à la cafétéria.

Attablés devant un Coke, les deux agents faisaient pitié à voir. Tous deux avaient revêtu une combinaison de l'Identité judiciaire en attendant que sèchent leurs vêtements. Harel avait la jambe allongée sur une chaise et appliquait de la glace sur sa cheville bleuie, résultat d'une déchirure des ligaments au premier degré. Une boîte de choux à la crème à moitié entamée le consolait de sa peine. Tremblay, raide comme un T majuscule, portait une minerve autour du cou et mangeait un sandwich aux œufs. Le verre droit de ses lunettes s'était cassé quand il avait été projeté contre le pare-brise. Il salua Duval en levant nonchalamment la main.

Duval prit une chaise et s'assit à l'envers en s'accoudant sur le dossier. Les mines déconfites de ses compagnons en disaient long, la sienne aussi. Une belle équipe… conclut Duval.

Harel hocha la tête plusieurs fois en affichant un air ravi.

— Eh bien ! Mon p'tit vieux, tu m'as émerveillé !

Sur le coup, Duval se crut victime d'un sarcasme. Ses arcades sourcilières relevées ressemblaient à deux boucliers prêts à encaisser.

— Qu'est-ce que tu veux dire, Louis ?

— D'abord, je savais que tu faisais de la moto. Mais j'ignorais à quel point tu pouvais filer vite làdessus. J'ai jamais clenché comme ça pour suivre quelqu'un, uniquement pour le plaisir de te voir rouler.

Tes virages à la corde étaient parfaits. C'était de toute beauté à voir. C'est vrai, hein, Francis ?

Le Chouaneux, qui semblait paralysé à partir des épaules, acquiesça, mais dans ses yeux indigo se lisait encore l'effroi d'une ballade qui aurait pu mal tourner. Il enleva ses lunettes d'intello et frotta ses yeux fatigués.

— Mais qu'est-ce qui t'est arrivé ? demanda Louis.

— J'ai manqué d'essence.

— Non ! Pas après...

Duval, que les compliments n'avaient pas remonté, montra du doigt les blessures de ses collègues.

— Vous autres, qu'est-ce qui s'est passé ?

— Aquaplanage à cent milles à l'heure après la côte Gilmour, dit Louis. Ç'a été incroyable ! J'ai eu le réflexe tout de suite de mettre le char au neutre, j'ai pas appuyé sur les freins, et ensuite on a pris le clos, mais heureusement pas de voiture ni de poteau pour nous arrêter.

— Et ta cheville ?

— En sortant de la voiture, mon pied a viré. Sinon j'aurais pas une égratignure, crisse !

Tremblay n'en revenait pas. Il ferma les yeux, horrifié. Duval se tourna vers lui, désigna du menton la minerve.

— Francis, tu sais maintenant qu'il est dangereux de rouler avec Loulou.

Malo entra comme un m'as-tu-vu et se dirigea vers le distributeur de Coke. Il ne pouvait masquer le sourire narquois qui défigurait son visage cireux dont la texture, sous l'éclairage au néon, ressemblait à du caoutchouc sous tension. Sa mâchoire affichait un hématome violacé, conséquence du coup de poing de Louis. L'attitude baveuse de ce boutefeu déplut à Duval. Ils étaient tous à terre et l'autre les narguait avec son sourire niais.

— Je voulais vous dire, les gars, que le patron nous retire l'enquête et qu'il la confie…

D'un coup de tête, Duval désigna Malo.

Harel eut envie d'aller corriger le malotru. Les ragots allaient courir comme des rats dans un égout. Ce serait sale. Poisseux. Le persiflage était la nourriture spirituelle de trop de policiers dans ce service. Le sourire crasse affiché par Malo relevait de la provocation.

Harel se leva, pointa une béquille menaçante vers le collègue.

— Cette enquête n'est pas pour toi, Malo. C'est une histoire d'hommes. Pas pour un peigne-cul de ton espèce.

— Loulou ! Arrête ! railla Malo comme s'il s'adressait à un demeuré.

Duval se posta devant Louis qui se raidissait comme un arc.

Malo élargit davantage son sourire pète-sec.

— J'ai plutôt l'impression qu'on sépare aujourd'hui les hommes des enfants. Contente-toi d'avaler ton *cream puff*, Loulou.

Duval sentit un coup de vent. La béquille fusa comme un javelot et frôla la joue de Malo pour se planter dans la machine distributrice de confiseries et d'arachides. La vitre vola en éclats et des sachets de friandises tombèrent de la machine devenue folle.

Duval se posta devant Louis pour que l'affrontement ne s'envenime pas davantage. Malo replaça son long toupet sur le côté et essaya d'arborer une certaine contenance.

— Bris de mobilier. Voies de fait. Utilisation d'un objet comme d'une arme offensive. Fais attention, Harel, je pourrais porter plainte, cette fois-ci. Tu trouves pas que t'es assez dans le trouble comme ça ?

Louis se tenait sur une patte comme un héron.

— Mon grand câlice de picoté, tu vas me payer ça d'une façon ou d'une autre.

Malo regarda Tremblay et Harel en hochant la tête.

— En passant, ça vous va bien, les gars, une combinaison de l'Identité. Ça vous va même beaucoup mieux.

Louis pointa son index vers le menton de l'autre :

— Toi, Malo, tu serais plus beau avec un autre bleu sur la gueule. T'aurais l'air du drapeau français…

Duval ordonna à Louis de se taire et s'approcha de Malo :

— Toi, sors d'ici, mon hostie, parce que les gars d'un autre corps policier vont venir enquêter sur ta carcasse.

Son ton ferme cloua le bec à Malo qui décapsula son Coke, en prit une gorgée en se donnant complète satisfaction, et décampa en se pavanant comme un jars.

Tremblay regardait la scène en faisant faire à ses yeux une gymnastique diabolique.

Duval voulut remonter le moral des troupes.

— Attendez de lire l'article de Corbeil, demain. Il va aussi demander à l'éditorialiste de prendre position.

À 16 h 30, les trois compères retraitèrent dans leur bureau. Louis n'éprouvait qu'une envie : boire une bière. Duval dépouilla son courrier interne : des nouvelles syndicales sur le vote qui aurait lieu en Chambre sur la peine de mort. La partie syndicale, inquiète, préparait une contre-offensive. À la Chambre des communes, les conservateurs semblaient avoir perdu la bataille. Il s'en réjouit.

Harel se dirigea en béquille jusqu'à la fontaine. Il remplit un verre conique en carton, le but d'un trait et le froissa dans ses grosses mains.

— Je prends mes messages, Daniel, et je suis à toi dans un instant. En passant, j'aimerais t'inviter à prendre un verre, ce soir.

— Dans cet état ?

— J'aurais une balle dans l'gras du beef que je sortirais quand même. Tu peux même inviter ta copine.

Duval acquiesça.

— 10 h au Balzac.

— Mais c'est un bar disco !

— Attends de voir les poules…

— Et Sandra ?

— Sandra se fait toujours aller le boulingrin à la Baie James.

Daniel éclata de rire. Décidément, l'Année de la femme, en 1975, n'avait pas apaisé les ardeurs machistes de son collègue.

Duval s'assit sur le coin de son bureau et jasa avec Tremblay, qui se demandait comment il allait faire, dans son état, pour passer une soirée au resto en compagnie de sa blonde.

— Tu la regardes dans les yeux.

Tremblay ricana.

Duval jeta un coup d'œil vers Louis qui écoutait ses messages d'un air grave. Il pensa tout de suite qu'il devait s'agir de sa femme ou de Sandra, ou, pire, du patron qui l'appelait pour le sermonner. Malo avait-il déjà tout raconté ? Ou s'agissait-il du syndicat ? Louis affichait une mine sombre en se frottant le coco, songeur. Le tout semblait urgent. Duval en oublia sa conversation avec Tremblay, qui en était à se demander comment il ferait pour se tourner dans son lit.

Duval lui lança un « Ça va ? T'as pas l'air dans ton assiette », mais Harel demeura coi, regardant son collègue d'une drôle de façon. Puis il sortit une cigarette de son paquet et la porta à sa bouche. Duval constata que le filtre était du mauvais bord.

— T'es sûr, le Gros, que tout va bien ?

— J'te dirai ça ce soir.

— O.K. Mais pour l'instant, ta cigarette est à l'envers.

C'est à ce moment que Beaupré, que les inspecteurs appelaient monsieur Maytag, apparut dans l'embrasure de la porte, la mine basse. Il annonça à Louis qu'il était convoqué d'urgence par le chef.

Louis tourna lentement sa cigarette dans le bon sens, l'alluma et se leva péniblement de sa chaise.

— Dix heures au Balzac, dit-il en s'éloignant.

Duval regarda Louis peiner avec ses béquilles, puis l'horloge. Il était temps de mettre un terme à cette journée pourrie, se dit-il ; il était lessivé lui aussi.

◆

H célébrait sa victoire à la taverne Del Monico dans la basse-ville, près du port. Sur la table ronde en formica blanc, noircie par les brûlures de cigarettes, une grosse Molson lui servait de champagne. La vengeance se dégustait avec une bière froide dans son cas. Suspendu au plafond, un téléviseur Admiral présentait un match de baseball entre Baltimore et Chicago ; on en était à la douzième manche. Fourmillait dans ce lieu ce que la ville comptait de pire parmi sa racaille notoire : beaucoup de motards, des repris de justice et des prostituées. En prison, on avait souvent parlé à H de ce repère et de Bernie, son gérant. Il y trouverait ce qu'il cherchait.

Après s'être débarrassé de la Pontiac dont le moteur râlait, H était descendu dans les bas quartiers de la ville. Il avait marché, ivre d'invincibilité, jusqu'au bout de Saint-Vallier Est.

Assis devant sa bouteille, il écoutait la chanson d'Alice Cooper qu'il avait choisie sur le juke-box.

Dans sa tête repassaient les meilleurs moments de la poursuite. Il s'en était fallu de peu qu'il n'équarrisse le poulet en moto. Et la Ducati projetée dans les airs ! Partie remise. Il les avait eus encore une fois. Il hocha la tête d'admiration, leva sa bière et but à sa santé, puis à celle de Ti-Paul. Le col de mousse de la bière souligna sa moustache. Puis il sourit en pensant que ce bar se trouvait dans la rue Saint-Paul. Un signe du destin, interprétait-il. Ti-Paul et ses amis célébraient sans doute avec lui au ciel. Un rictus amusé vint briser la placidité de son visage. Puis il rota sans vergogne.

La serveuse en minijupe s'approcha en faisant claquer ses talons hauts. Elle enfonça ses pouces dans la ceinture qui lui servait de porte-monnaie. H zieuta ses grosses cuisses gainées d'un collant noir. Les bourrelets étaient comprimés sous la pression élastique du tissu. Puis elle se pencha pour essuyer la table. Ses seins, sous le polyester noir, semblaient vouloir s'extraire de l'encolure et obéir à la bonne vieille loi de Newton.

— Tu veux-tu une autre bière ?

Il désigna les bocaux de langues de bœuf et d'œufs dans le vinaigre.

— Donne-moé une langue avec ça.

Alors qu'elle tournait les talons, Hurtubise lui fit signe de s'approcher.

— Bernie est-y icitte ?

— Dans le backstore.

— J'aimerais ça y parler une menute.

— J'vas y dire.

Il sortit de sa poche une liasse froissée de billets de banque, surtout des petites coupures. Il lui faudrait louer une chambre d'hôtel pas cher, manger, chercher quelques joints et souhaiter que Bernie lui fasse un bon prix. Ensuite, il pourrait festoyer avec Ti-Paul et les amis disparus. Ce qui restait à venir frapperait aussi fort qu'un lancer frappé de Bobby Hull, pensa-t-il.

La bière commençait à l'étourdir. Plateau à la main, la grosse fille s'amena en déployant un sourire. Son fond de teint donnait à sa peau la couleur et la texture d'un élastique. L'épaisseur de mascara sur ses cils les faisait ressembler à des mille-pattes. H la trouvait de son goût avec son rouge à lèvres rose et aurait aimé toucher son collant de nylon noir.

— Bernie s'en vient dans cin' menutes, dit-elle en déposant le plateau.

Il avait juste le temps de faire un appel. Elle lui indiqua l'appareil près de la machine à cigarettes et retourna au bar en faisant claquer ses talons. Il se dit que le chat finissait toujours par manger la souris. Le chat, c'était lui, et demain on saurait partout ce qui s'était passé. Il souhaitait que le match prenne fin pour voir ce que la télé annoncerait.

Il paya la fille et la complimenta pour ses pendentifs représentant des têtes de mort. Elle sourit de contentement. Il n'était pas arrivé souvent à H de lancer des fleurs à une fille et elle l'avait bien pris, ce qui le réjouit.

Après avoir calé un verre et roté bien fort, il sortit en signalant à la serveuse qu'il allait revenir. Il n'était pas question de téléphoner de la taverne, où on pourrait entendre ce qu'il avait à dire. Il se dirigea vers la cabine téléphonique qui se trouvait près de l'édifice de la douane.

Il sortit de sa poche un papier chiffonné. Il déposa dix cents dans la fente et composa le numéro de la centrale. Harel était absent. Il laissa un message sur le répondeur : « C'est plate, t'es pas là. J'ai un deal pour toé ». Il demanda ensuite à Harel de se rendre à son bureau à neuf heures pour la suite des événements. Neuf heures, répéta-t-il. Il termina par cette bravade : « Ma vie vaut pas grand-chose, mais la tienne non plus. »

H retourna à la taverne. Il traversa la rue Dalhousie avec ostentation, si lentement qu'il obligea un automobiliste à ralentir.

La taverne baignait dans un épais nuage de cigarettes et de cigares. Sous les néons, une nuée d'insectes et de papillons de nuit voltigeaient. Les plafonds et les murs poisseux avaient tout pour activer un mal de bloc. L'horloge Labatt 50 cerclée d'un néon semblait la seule lueur des lieux.

H levait le coude lorsqu'il eut une étrange sensation sur son bras, quelque chose de glacial et d'artificiel. Son regard se posa sur une prothèse qui imitait bras et main. Le colosse portait une alliance sur son annulaire en plastique. H surmonta un certain dégoût, mais aurait aussitôt aimé savoir les circonstances de l'amputation. Il leva le menton et aperçut un colosse barbu avec une couette, des lunettes fumées et un anneau à chaque oreille.

— Tu me cherches ?

L'homme avait une voix rauque. Il portait un blouson en jean aux couleurs des Popeyes. Sa bedaine, réservoir de bière et de gras saturé, faisait bouger les ailes emblématiques de la compagnie Harley-Davidson.

— On m'a parlé de toé.

Dans cette guerre des gangs qui opposait les motards pour le contrôle de la drogue à Québec, le colosse devait se méfier.

— Qui ça, on ?

— Bin du monde. Jérôme Broz Labrosse et Pit Pit Hudon. Y m'ont dit que tu pourrais m'dépanner un jour.

Les noms des taulards, d'ex-postulants du club, rassurèrent Bernie qui tira une chaise et s'assit.

— J'ai besoin d'un gun, dit H.

— Quel calibre ?

— Un 38, plus six balles. Le moins cher possible.

— Pourquoi ?

H n'allait pas lui révéler ses véritables desseins.

— Un hold-up.

— Soixante piastres. Numéro de série limé. Livraison demain.

Rien ne fonctionnait. Trop cher et pas assez tôt au goût de H. Il regarda Bernie avec l'assurance de celui qui prépare un gros coup.

— J'en ai besoin à soir.

— Pas avant demain. Je dois m'informer sur ton compte.

— D'accord pour demain, mais j'ai cinquante piastres pour toi.

— Cinquante-cinq piastres.

Hurtubise hocha la tête pour sceller l'entente.

— À quelle heure j'peux passer ?

— Vers midi.

Puis Bernie posa des questions à H pour savoir qui était ce jeune blanc-bec si sûr de lui, froid comme un serpent à sonnettes.

— Comment tu t'appelles ?

— En prison on m'appelait Hurt.

Le nom sembla plaire au barbu, qui claqua des doigts pour que la serveuse lui apporte une bière. H fixa son bras artificiel et se mit à l'interroger sur la cause de cette amputation.

◆

Seule la lumière tamisée dans le bureau de Louis illuminait les cagibis vitrés de l'escouade des Homicides. L'horloge Westclock marquait 20 h 58. Les traits tendus et cernés de Louis sous l'éclairage de sa lampe laissaient deviner sa perplexité. Il avait passé une heure dans le bureau du patron à se faire enguirlander, puis était allé porter un grief au syndicat pour contester cette suspension avec solde. Au retour il avait réécouté le message d'Hurtubise. Sur le coup, il avait cru à un canular de la part de la gang à Malo qui cherchait à venger l'humiliation subie par leur chef d'équipe. Mais le doute avait rongé peu à peu son esprit. Était-ce vraiment Hurtubise ? Il attendit jusqu'à neuf heures pour en avoir le cœur net.

Dans le petit transistor aux ondes grésillantes, Jacques Doucet, la *Voix* des Expos, décrivait le match. Puis, à 21 h précises, alors que le compte était complet pour Cesar Cedeno, le téléphone sonna.

— Harel.

— Harel et Hardy… Je vous ai eus… Des fous d'une poche.

— Pourquoi tu t'en prends aux innocents ?

— Ti-Paul m'a dit que personne est innocent. Tu connais Paul ?

Hanté par ce nom depuis longtemps, Harel sut qu'il ne s'agissait pas d'un canular.

— T'as pas d'autres choses à faire que de tirer sur le monde ? Pourquoi tu fais ça ?

— Pourquoi ? Parce que vous m'écœurez.

— Quand on va t'attraper, mon p'tit crisse, tu vas passer au tordeur. J'vas t'faire jouer avec les poignées de ton cercueil, comme ton ti-frère. Y a des prises que j'ai pas essayées depuis longtemps.

Hurtubise gloussa.

— C'est pour ça que j't'appelle, gros tas de marde…

Harel eut une montée d'adrénaline.

— Qu'est-ce que tu veux ?

— Ta peau, hostie, comme t'as eu celle de Paul.

— Bin viens la chercher, p'tit morveux.

— Penses-tu que je suis assez mongol pour me rendre au poste ? Mais j'ai une p'tite invitation pour toé.

— Dis-moi où et je suis ton homme. Pourquoi pas ce soir ? Les gars de la morgue ont un petit creux depuis deux jours.

Hurtubise s'esclaffa.

— Tu vas avoir besoin d'une bonne nuit de repos.

La vanne exaspéra Harel, qui parvenait avec peine à garder son calme.

— Dis-moi quand.

H voyait son plan se réaliser comme il l'espérait. Il appâtait Harel avec des piques à l'orgueil. Il ne lui laisserait pas beaucoup de temps pour s'organiser. C'est un homme affaibli qui se présenterait à lui.

— Tu vas venir à ton bureau et je t'appelle vers deux heures demain. Là tu sauras où aller et à quelle heure.

— …

— Pis viens seul, fais pas ton lâche. Moi, j'vas être tout seul avec mon frère en mémoire. Juste toé pis moé. H contre H…

Hurtubise raccrocha.

Assis sur le coin de son bureau, Harel passa sa main sur son visage fatigué. Sa première idée fut d'appeler Duval. Il composa les quatre premiers numéros puis raccrocha. Il se demanda s'il devait aviser la nouvelle équipe dirigée par Malo, mais il s'arrêta net d'y réfléchir. Pourquoi leur servir le gibier sur un plateau d'argent ? Pouliot venait de le suspendre. Pas question de lui faire ce cadeau. Malo l'avait ridiculisé. Pas question de faire briller les galons de cet idiot. Il ne méritait pas cet honneur. Celui-ci lui revenait. Il allait respecter l'entente avec Hurtubise. Il s'y rendrait seul, comme à l'époque des bons vieux duels, et il lui ferait éclater la cervelle comme à un vulgaire lièvre. Il éteignit la lampe, regarda la date sur son calendrier Dolly Parton, ramassa ses béquilles qu'il allait changer pour une canne. Il s'assura qu'il avait son 38, prit des cartouches à tête explosive qu'il glissa dans la poche de son veston. Il descendit en agrippant la rampe d'une main et en serrant les deux béquilles sous son aisselle.

La manœuvre lui prit un temps fou et il pesta. Il finit par descendre en sautillant sur son pied en santé. L'autre pied ne le faisait pas assez souffrir pour l'empêcher de marcher dessus. Au diable les béquilles qui lui irritaient les aisselles ! Il marcha jusqu'au magasin pour demander un gilet pare-balles, mais changea d'idée afin de ne pas attirer l'attention. Leblanc, le commis, était un panier percé de la pire espèce. Étant donné que Louis ne faisait plus de zèle depuis longtemps, enfin plus depuis la mort de Melançon, on aurait tôt fait de le suspecter de quelque chose. Il irait manger un bon t-bone au Vendôme, et ensuite il se rendrait à la discothèque. Il pensa à Sandra. Il avait hâte qu'elle revienne de la Baie-James. Elle ne rentrerait pas avant les petites heures du matin.

◆

La maison était déserte. Michelle n'était pas revenue de son match de basket. Les filles avaient dû célébrer leur victoire dans un A & W. Daniel aurait aimé profiter de la présence réconfortante de quelqu'un. Il ne s'était jamais trouvé aussi moche. Une sortie digne des *keystone cops*, pensait-il.

Il tenait à se rendre chez Laurence à la fin de la soirée, après sa sortie avec Louis. Il ouvrit la porte du garage, adjacente à la cuisine, et constata tout le vide créé par l'absence de la Ducati. Désolation. Nostalgie. Frustration. Il ne restait plus que cette odeur d'essence pour rappeler la présence de sa belle à deux roues. C'était un des rares objets qu'il avait conservé du temps où sa femme était vivante. Il entrebâilla la porte du garage pour laisser circuler l'air.

La pluie tambourinait sur le toit.

Après la montée d'adrénaline qui l'avait tenu sur le qui-vive, Duval se sentait dans un état de semi-torpeur.

Il se laissa choir en soupirant sur un vieux récamier troué, un meuble reçu en héritage et qu'il n'avait pas encore fait recouvrir. Il se livra aussitôt à un exercice de rumination mentale. À bien y penser, il s'était fait une grosse peur. C'était toujours pareil. Il se reprocha d'être si inconscient du danger. Sur le coup il fonçait, mais après il regrettait, éprouvait de la frousse à rebours. Il avait du mal à s'avouer qu'il avait aimé cette virée diabolique. Son métier lui offrait des sensations interdites aux simples citoyens. Parfois il aimait se sentir au-dessus des lois. Mais la morale judéo-chrétienne et le poids de la culpabilité le rongeaient. Cette fois encore, la gibecière était vide, et l'enquêteur eut l'impression que sa carrière était menacée. Tous ces risques avaient été pris pour rien. Malgré la protection syndicale blindée à souhait dont il bénéficiait, il se demanda si les derniers événements n'allaient pas lui causer des ennuis irréparables : son opposition musclée à la peine de mort dans les réunions syndicales, le 38 qu'il avait oublié, la béquille de Louis ratant de peu la tête de Malo, la poursuite à moto, sans casque, sa déclaration à l'émission d'André Arthur, la fausse nouvelle dans le journal et, demain, l'entrevue qu'il venait d'offrir à Corbeil… Cela s'appelait de l'indiscipline, de la négligence ou de l'insubordination, et pouvait mener au congédiement. Puis il se rappela qu'il n'avait pas besoin de travailler pour subvenir à ses besoins. L'argent qu'il avait reçu à la mort de sa femme lui assurait immédiatement une retraite paisible. Mais il aimait son métier.

Il frotta ses tempes d'un mouvement circulaire des doigts. Sa tête voulait éclater. Il se sentait à l'abri dans son garage, parmi tous ces objets hétéroclites : jouets, jeux de société, canot, cannes à pêche, gants de baseball, outils, tondeuse. D'anciennes odeurs rassurantes, celles du gazon frais coupé et de l'armoire en cèdre. Une sensation qui lui rappelait le temps où, tout jeune, il s'enfermait dans la cave de ses parents quand les choses allaient mal. Sur un calendrier on voyait la maquette du Stade olympique avec son mât. Malheureusement, le stade serait amputé de sa tour penchée. Le bruit monotone de la pluie, tombant en sourdine dans les feuilles, toujours égal, le calma. Il contempla le vieil orme, si étrange, devant la maison. Son écorce était rude et pelée. Le tronc avait poussé tout en spirale. Il donnait l'impression d'avoir souffert, d'avoir été tordu par le temps. Duval se sentait un peu comme l'orme, noueux à l'intérieur. Il bâilla, s'étira et s'endormit. Il passa immédiatement du réel au rêve ; il chevauchait sa moto qui n'avait plus de freins et dont l'accélérateur était coincé. Il devait rouler jusqu'à la panne sèche en évitant les obstacles. Mais un mur grossissait à vue d'œil sur lequel il allait s'écraser. Il ouvrit à demi les yeux, les referma, se rendormit. Pouliot et Hurtubise se confondirent dans le rêve suivant. Rien n'avait de sens. Hurtubise lui donnait des ordres. Puis on tira sur sa manche, à petits coups secs, et il entendit une voix qui disait «papa, réveille-toi... »

Les yeux mi-clos, il aperçut la tête de Mimi penchée sur lui, tout sourire.

— Papa, tu rêves.

— Mimi...

— Qu'est-ce que tu fais ici ?

— J'ai dû m'endormir.

Derrière Mimi se trouvaient deux coéquipières amusées de la situation. Elles portaient les couleurs du collège.

— On a gagné le championnat !

Duval se redressa, les cheveux aussi emmêlés que les pétales des monardes. Il essaya de reprendre vie, se frotta les yeux avec ses poings fermés.

Il se leva abruptement et vit des étoiles danser devant lui.

— Génial, les filles ! On va fêter ça. Qu'est-ce que vous diriez d'un barbecue ?

Mimi afficha une mine embarrassée. Elle se tourna vers la voiture qui était stationnée dans l'entrée. Duval distingua trois garçons, au long toupet sur le côté, qui les attendaient dans une Chevette.

— C'est que nous sommes invitées par des joueurs du Séminaire qui sont venus nous encourager.

— Vous allez où ?

Depuis que Mimi s'était fait épingler dans une descente au bar La Relève, avec une fausse carte d'identité, il craignait qu'elle ne récidive. Duval toisa les garçons : trois poilus, selon lui.

— On va chez Paul, le cousin de Corinne… Il fait un party.

Corinne afficha un sourire d'aluminium éclatant, tout en broches.

— En passant, Laurence a été super fine, elle est restée pour notre match. Elle a même soigné une fille de l'équipe adverse qui a perdu le souffle momentanément. Elle va t'appeler vers huit heures.

— Comme quoi les bonnes actions sont récompensées.

Mimi ne saisit pas l'ironie du paternel.

— Tu ne vas pas me dire que tu es venue juste pour me demander la permission ?

— J'avais besoin de mon maillot de bain. Les parents de Paul ont une piscine creusée.

— Bon, c'est d'accord.

Mimi lui donna un baiser sur la joue et lui demanda à l'oreille si elle pouvait rentrer vers minuit.

Il lui fit signe de revenir et lui chuchota à son tour : à minuit.

— Merci p'pa. Hé, où est la moto ?

— Je te raconterai ça demain au déjeuner.

Il savait que, tôt ou tard, les garçons feraient leur entrée dans la vie de Michelle. Voilà, ils y étaient. Et il ne lui avait pas encore parlé de ces choses-là. L'éducation sexuelle de sa fille relevait-elle de ses compétences ? Il ne fallait pas compter sur les bonnes sœurs. Savait-elle qu'il fallait se protéger contre les grossesses ? Ces questions lui martelaient l'esprit.

Il regarda sa montre, poussa un long bâillement. Heureusement, son mal de tête avait disparu. Le ciel était dégagé, mais l'humidité persistait. Il referma la porte du garage et retourna dans la maison.

Pour la première fois depuis longtemps, il eut le goût d'une partie de plaisir. Faire la fête, se changer les idées. « Saoule-toi, Duval, demain c'est congé », plaidait une voix intérieure. Il n'allait pas se morfondre plus longtemps au sujet de cette *démotion*. Il s'amusa à penser qu'il ne manquait qu'une syllabe pour former le mot démolition.

Il mit sur la platine le disque des balades langoureuses de Chet Baker.

Il se doucha en chantant *My Funny Valentine,* qui jouait à tue-tête. En sortant du bain, il eut l'impression de s'être débarrassé à la fois d'une couche de crasse et d'une couche de honte.

Il monta sur la balance et parut satisfait. Il enroula une serviette autour de sa taille, sortit son blaireau, se moussa la figure, grimaça, se traita de flic ordinaire mais pas corrompu, puis se rasa en écoutant toujours la voix fausse et éraillée de Farmer. Il appliqua un après-rasage Giorgio Armani, leva les bras pour faire rouler le déodorant sous ses aisselles. Puis un peu de pommade dans les cheveux pour coucher son long toupet vers l'arrière. Après avoir choisi une tenue de soirée, un complet italien léger, il descendit à la cuisine et se prépara une pizza aux anchois. « Surtout n'oublie pas de remonter te brosser les dents, se dit-il à haute voix. Ce soir, l'enquêteur aux Homicides danse la rumba de la mort. »

Daniel se dit que les événements insolites en attiraient d'autres. Lui, aller danser dans un bar disco ! C'était le monde à l'envers. Mais par cette journée pleine de guigne, tout était permis.

Quand Laurence décrocha, il lui susurra *My Funny Valentine* et elle l'invita sur-le-champ à poursuivre sa mélodie directement à son oreille. Duval l'avertit qu'il se sentait l'âme sentimentale.

— Mon collègue Louis m'entraîne dans un bar disco près de chez toi, le Balzac. Je me sens kétaine à soir et, après une journée du tonnerre, le détective Duval fait la fête. As-tu envie de venir danser sur du boum boum ?

Elle s'esclaffa, ne pouvant imaginer son enquêteur-joggeur en train de se dégourdir les jambes sur *That's the way I like it*.

— Non, j'aime pas le disco : mais après t'être fait aller les cannes, passe chez moi, si t'as envie, seul de préférence. Je t'attendrai pour une *funny valentine*.

— Je devrais être là à minuit, comme Cendrillon. Avant de raccrocher, je veux te remercier pour Mimi.

— Je me suis bien amusée. Tu sais, j'ai aussi fait mes études là. Ça m'a rappelé de bons souvenirs.

— Je t'embrasse.

— Je t'embrasse partout. À tantôt peut-être.

— À tantôt.

◆

Duval traversa la porte Saint-Jean. La fièvre courait par les rues en cette nuit claire. La pleine lune ne serait pas seule à être ronde en fin de soirée. Les cris fusaient de partout. Près du Capitol, des jeunes marchaient sur les fortifications et leurs cigarettes traçaient des arabesques dans l'air. Duval ne sortait que très rarement en ville. Dans ces occasions, il s'amusait ferme à regarder le zoo nocturne. « Hhhhh », lui susurra un vendeur aux couettes rastas. La parade des voitures, pare-chocs à pare-chocs, s'étendait jusqu'au sommet de la rue Buade. « Hey man, t'as vu comment y'a jacké son char, stie ! » Duval pensa que le quotient intellectuel de certains conducteurs était inversement proportionnel à la hauteur du châssis de leur voiture. Un jeune automobiliste avait posé des *blacklights* tout le tour de sa Firebird ; un autre, le pied sur l'embrayage, faisait pousser des plaintes d'enfer à sa Mustang. La vue d'une Kawasaki 750 rappela à Daniel de mauvais souvenirs. Il traversa la rue d'Auteuil et aperçut l'enseigne d'une discothèque. Devant la vitrine de la Canadian Bible Society, un barbu aux yeux bleus exorbités, vêtu de lin, les cheveux blancs comme un patriarche de l'Ancien Testament, apostrophait les passants en brandissant sa bible ouverte sur un passage de l'Apocalypse. Deux jeunes barbus vêtus de chemises indiennes ouvrirent la porte de la brasserie le Foyer d'où s'échappa une odeur de pot et la chanson *Quand les hommes vivront d'amour.* « On en a bien besoin de ce temps-ci », marmotta Duval.

Il passa devant la Cathédrale de Québec et traversa la rue Buade en se faufilant à travers le trafic. Il piqua droit dans la rue du Trésor, engorgée par les touristes en quête d'une toile bon marché de la ville de Québec. Les artistes et les vendeurs, avenants et souriants, répondaient en anglais aux questions des passants.

Le Balzac était bondé. Une longue file commençait sur le trottoir et serpentait jusqu'à l'intérieur de l'édifice. Louis, la canne à la main, jasait avec Johnny Courville, le portier. Ils avaient tous deux fait partie d'un club d'haltérophilie une dizaine d'années plus tôt.

Courville tâtait le ventre trop mou du policier.

— Disons, Louis, que t'as pris de l'expansion en dessous des pectoraux depuis.

— Y a plus besoin d'haltères, ajouta Duval, qui arrivait par-derrière et qui avait tout vu.

Ils s'esclaffèrent.

Après les présentations, Courville leur évita la queue et les escorta directement à l'ascenseur. Louis, qui marchait péniblement, apprécia le geste. Sur les portes qui se refermaient, des affiches annonçaient un marathon de danse.

L'entrée des trois colosses dans la discothèque causa tout un effet et on se retourna à leur passage. On eût dit le troisième trio d'un club de hockey. Johnny les présenta au barman comme deux membres de l'escouade des Homicides. « V.I.P. Occupe-toi d'eux. C'est la maison qui paye, les gars. » Daniel refusa la tournée. Il tenait à payer ses consommations. Il détestait user d'un avantage en raison de son statut, mais Louis but son scotch aux frais de la princesse.

— Je te comprends pas. Les gens te font un cadeau en signe d'appréciation et tu refuses. C'est insultant pour eux.

— Pas du tout. Ils finissent toujours par demander quelque chose en retour.

— Tu aurais fait un bon Fédéral dans les années 30.

— Tu peux me lancer tous les sarcasmes que tu veux, ça ne changera rien.

Louis portait une chemise imprimée en polyester au large col. Sa chaîne en or se découpait sur les poils de sa poitrine. Son pantalon blanc à pattes d'éléphant recouvrait ses *loafers* à pompons. Ce n'était certainement pas Charlène qui lui avait conseillé cette tenue vestimentaire à la mode, pensa Duval.

Malgré le nom du bar, on était bien loin de la maison des Goriot. Des bancs en cuirette, des lumières tamisées,

une boule miroitante, des jeux d'éclairage spectaculaires sur la piste de danse et beaucoup de chrome
composaient le décor. La lourde pulsation de la basse
et de la batterie disco résonnait comme un marteau-
pilon dans cette enceinte. La voix d'outre-tombe de
Barry White attira un flot de corps sur le carré de danse.
Une table se dégagea et Louis demanda à Duval d'aller
vite s'y asseoir pendant qu'il tirait de la patte derrière.
Duval ne comprit pas pourquoi des téléphones se
trouvaient sur chaque table.

— Je t'avais jamais parlé des téléphones ? dit Louis
en s'asseyant.

Ce qui amenait Louis, au Balzac, outre les femmes
qui y régnaient en beauté, c'était justement ces téléphones qui vous permettaient de communiquer avec
quelqu'un de votre choix et de l'inviter à danser.

— C'est *too much* ! s'exclama Louis.

La crainte de Daniel fut de voir Louis s'engager
dans une partie de télédrague.

— Comme ça, Sandra est à l'extérieur ?

— Elle bosse, cette nuit ! gloussa Louis. Toi, t'es
pas allé voir ta docteur Welby ?

— Je vais peut-être la rejoindre plus tard.

Le serveur déposa une Labatt 50 et Duval le força
à prendre l'argent. Louis ne laissa qu'un pourboire.
Tous deux portèrent un toast.

— À la fin prochaine de cette affaire, lança Louis
d'une voix assurée.

Duval trouva suspect l'enthousiasme de son collègue, alors que l'enquête se retrouvait dans les mains
de Malo.

Louis reluqua une jeune beauté dont la coiffure était
une vraie pub pour fixatif. D'un coup de tête, il la désigna à Duval. Harel roula des yeux pour lui faire part
de son appréciation. Duval hocha mécaniquement la
tête.

— Si j'avais pas le pied dans cet état, je sens que j'aurais le p'tit grappin dans l'corps. J'irais lui demander de danser. Tu riais de moi quand je prenais mes cours chez Valentino, pas loin d'ici, mais tu peux pas savoir combien de poupounes tu peux lever quand tu sais où mettre tes pieds sur une piste de danse. Ce que tu apprends le jeudi soir, après le boulot, te rapporte beaucoup le lendemain soir.

Duval l'écoutait pérorer, le sourire aux lèvres. Harel s'était taillé toute une réputation au poste par son humour graveleux. Le *Women's lib* ne l'avait pas fait fléchir. Il aimait parler de sexe ; il était à l'aise dans l'univers des danseuses et lisait son *Playboy* sans rougir devant les collègues féminines.

Daniel avait l'air songeur.

— T'as pas l'air de *feeler*, Dan.

Daniel ne répondit pas, avala une bonne rasade de bière, déposa sa bouteille fermement.

— J'aime mon métier. Je te l'ai souvent dit. Je pourrais faire une vie pépère. Mais le farniente, c'est pas mon genre, je m'ennuierais. Ce serait comme de demander à un joueur de baseball prometteur de prendre sa retraite en échange du magot. Ce que je déteste le plus souvent dans mon métier, ce sont les trous de cul comme Malo ou Pouliot. Les arrivistes m'écœurent.

Harel eut une moue approbatrice et leva son verre à cette tirade.

— Ce qui me plaît, continua Daniel, c'est lorsqu'une enquête progresse et qu'on se dirige vers une solution, quand on est sur le point de cerner la bête. Mais ce qui nous arrive là, c'est la pire humiliation de ma carrière. Depuis l'affront qu'on a fait subir à ma femme durant ses premières années dans la police, jamais je n'ai ressenti pareille honte.

Comme bien des policiers, Louis s'était opposé à l'entrée des femmes dans la police et il avait refusé de faire équipe avec l'une d'elles ; mais il connaissait les positions de Daniel là-dessus, aussi se tint-il coi. Duval était chatouilleux sur le sujet et pouvait argumenter et vilipender quiconque remettait en question les compétences de la femme policière. De fait, l'arrivée des femmes dans la police avait réduit le nombre d'interventions musclées et la violence avait beaucoup diminué.

Daniel fit signe au serveur de lui apporter une autre bière.

— Non, ce que je veux dire, c'est que jamais je ne me suis senti aussi nul qu'aujourd'hui...

Pendant un instant, Louis crut que son collègue allait pleurer de rage et de dépit. Il lui donna une grande tape dans le dos tout en faisant signe au serveur de lui apporter un autre scotch.

Le D.J. fit tourner *Bloody well right* de Supertramp.

Louis hocha la tête avec une drôle d'assurance, comme si les doléances de son ami ne méritaient pas qu'on se mette dans un tel état. Lui, il se foutait complètement de la suspension et il leur en mettrait plein la vue.

— Bin moi, Dan, tu m'as impressionné en crisse sur ta moto, aujourd'hui. Je pensais pas que quelqu'un pouvait avoir du cran comme ça. C'est l'une des plus belles choses que j'ai vues en vingt ans.

— Dans un sens, je suis obsédé par la recherche de la proie. Aujourd'hui, c'est la débandade. C'est comme passer dans le vide sur une troisième prise en série mondiale à la neuvième manche, alors que tous les sentiers sont occupés avec deux retraits. Tu t'en remets pas.

— T'exagères, dit Louis en grimaçant. Si tu savais ce qui m'arrive présentement, tu serais à terre.

— Quoi ? demanda Duval, intrigué.

— Écoute, Daniel, il faut que je te dise que j'ai été suspendu avec solde. Et si tu veux savoir, je m'en contrecrisse complètement. J'ai porté un grief, mais pour la forme.

Daniel sembla catastrophé.

— T'es suspendu ?

— Oui, et je vais en profiter.

— Combien de temps ?

— Une semaine. C'est formidable ! Je casse la gueule à Malo et c'est comme si on me récompensait. Avoue qu'il y a une justice interne à l'escouade…

Le cynisme de Louis dépassait complètement Daniel.

Pour le reste, Harel n'avait pas la tête aux épanchements. Demain, il ferait la peau à ce malade mental. Deux grands trous dans la cervelle. Bang ! Bang ! Et son sang irait nourrir la vermine.

À la table voisine, Louis zieuta une blonde arborant une superbe coupe dégradée. Elle lui faisait penser à Farah Fawcett. Son corps moulé dans une robe fuseau lui donnait des allures de sirène. Le décolleté laissait entrevoir des seins tout en rondeurs, ambrés, prêts à bondir au déclic de l'agrafe. Elle était accompagnée d'une rousse qui faisait de l'œil à Daniel. Pas piquée des vers non plus, elle était tout cheveux tout flamme dans son pantalon de cuir brun et sa chemise nouée à la taille. Louis donna un coup de tête dans cette direction.

— Tiens, voilà de quoi te remonter.

Harel les salua en levant son verre. Elles répondirent d'un signe discret de la tête et ricanèrent.

— Je les appelle ! dit Louis en prenant le récepteur. Il composa le numéro de la table, mais Daniel appuya sur l'interrupteur et replaça l'appareil.

— Arrête ça, Loulou.

— Mais elle te regarde. Invite-la à danser.

— Non. J'ai pas la tête à danser.

— Tu vois pas passer souvent des chicks pareilles. As-tu vu le body? Beau body!

Le serveur déposa les consommations et refusa de nouveau l'argent de Daniel, qui le remit sur le plateau. Soudain, la tête des deux agents se dressa vers la télé accrochée au-dessus du bar. Jobidon, le journaliste de Radio-Canada, présentait un reportage sur la poursuite: des images du boulevard Champlain, des restes de la Ducati, de la voiture de Louis et de la voiture volée d'Hurtubise, qu'on avait finalement retrouvée.

Gros plan sur le réservoir cabossé de la Ducati. La séquence suivante fut de trop, au goût de Duval. Un film muet grotesque. On le voyait monter par la porte arrière de la voiture de police comme un vulgaire criminel, c'est du moins ce que les images suggéraient. Il ne lui manquait que les menottes aux poignets. Un bandit! Louis éclata de rire, se tapa les cuisses. Duval lui jeta un mauvais regard. Ce n'était pas le temps qu'on se paie sa gueule. Les deux filles s'étaient retournées et regardaient elles aussi la télé. La suite donna de l'urticaire aux deux compères. On apercevait Pouliot en train de donner une entrevue à Jobidon. Le chef annonçait sûrement qu'on venait de faire le ménage. Les pommes pourries au fond du baril avaient été retirées.

— Hurtubise sera pas beau quand on va te le ramener, Pouliot, lança Louis.

L'excès de confiance manifesté par son collègue étonna encore une fois Daniel.

On vit un gros plan de Donald Hurtubise. Il avait l'air aussi expressif qu'un bulbe de printemps qui n'a pas levé.

— As-tu vu le beau garçon? demanda Daniel.

— Le crisse! Y va y goûter.

Deux individus efféminés persiflaient derrière eux en disant que les flics sur l'affaire étaient des amateurs. Ils leur portèrent le coup de grâce en supposant qu'on laissait traîner l'enquête pour accélérer des négociations salariales.

Louis se retourna vers les deux insolents qui ne savaient pas à qui ils avaient affaire. Il se leva et s'adressa à eux en les pointant avec sa canne.

— Hé, les filles ! Pourriez-pas aller éventer votre parfum de moumoune ailleurs ? Ça pue.

Le ton était catégorique.

Daniel regarda, amusé, la scène. Les deux hommes filèrent vers la piste de danse au son de *Disco duck*.

Puis, à la télévision, on passa au conflit libanais avec toutes les milices qui détruisaient Beyrouth. La ville blanche disparaissait en flammes et en fumée.

Ce topo des événements de la journée planta le dernier clou dans le pied de Duval. Il ne comprenait pas le peu de cas qu'en faisait Harel, si prompt à gueuler d'habitude. Matin, midi et soir pourris. Journée logique d'un bout à l'autre, philosopha Duval.

Louis n'avait pas digéré de voir la face du patron, mais il pensa à la carte cachée qu'il gardait dans son jeu. Il eut envie pendant un instant de confier son secret à Daniel, mais il changea d'idée. Duval était assez zélé pour se mettre immédiatement au boulot. Il ne put malgré tout s'empêcher d'y aller d'un message prophétique, convaincu d'abattre le lendemain même Hurtubise.

— Tu sais, vieux, l'enfant de chienne, on va en venir à bout plus vite que tu penses. Je me le fais. Ce sera mon cadeau pour la fête des Pères.

Ce ton et cet enthousiasme prolongés n'avaient rien de commun avec le Louis blasé des derniers mois. Après la déconfiture de la journée, et même de la semaine, Duval n'y vit que de l'esbroufe, celle d'un homme avec quelques verres d'alcool de trop dans le sang. Mais le doute lui titilla l'esprit.

— Qu'est-ce qui te fait dire ça?

Harel aperçut alors la blonde qui prenait le téléphone.

— Regarde, Dan, elles nous appellent! Combien tu gages?

Mais les secondes passèrent et le bouton lumineux du téléphone rouge ne s'alluma pas à leur table. Harel cala son scotch. La blonde avait d'autres intérêts à deux tables de la leur, deux jeunots de cégépiens barbus farcis de belles théories marxistes. Du prêt-à-porter idéologique.

— Elles doivent penser que je suis impotent. Tu disais? fit Louis en revenant à la question de Daniel.

— Qu'est-ce qui te fait dire que ça pourrait être ton cadeau pour la fête des Pères?

— Mon index, celui qui va appuyer sur la gâchette! Non, sérieusement, c'est comme les bonnes femmes qui devinent tout. Mon idiote de femme était de même. Elle pressentait tout, même que je la trompais, dit Louis en éclatant d'un rire sadique.

— Elle a quand même eu besoin d'un détective pour te prendre les culottes baissées…

— Merci de tourner le fer dans la plaie…

Louis se tourna pour zieuter les deux filles. Vers 23 h 45, le D.J. fit jouer *Crocodile rock* et la piste s'emplit de nouveau. Duval commanda une autre bière et Harel succomba à un autre scotch.

Daniel commençait à croire que son collègue lui cachait quelque chose. Il entreprit de lui tirer les vers du nez.

— J'arrive pas à comprendre ce qui te pousse à penser qu'on a encore un rôle à jouer dans cette enquête. Notre chien est mort, Loulou…

— J'te l'dis, j'ai un feeling…

Le D.J. annonça le gagnant de la grande finale du concours Disco Dance 76. Le couple remportait un voyage à New York, service V.I.P., limousine, billets pour le concert de Barry White et la chance de le rencontrer.

Duval alla droit au but.

— Tu sais quelque chose et tu ne veux pas me le dire.

Harel feignit de ne pas entendre, se tourna vers les filles et constata que la table était vide. Elles causaient avec les deux gars au style efféminé.

— T'as vu ça? C'est le monde à l'envers, crisse.

Daniel cala sa bière et déposa la bouteille sur la table comme pour marquer le point à cette soirée. La fatigue et l'alcool ne faisant pas bon ménage, il sentit qu'il devait rentrer.

— Je vais me coucher.

— Avec qui? dit Louis dont la question se perdit dans le vacarme.

Puis il ajouta:

— Non, Dan. Rentre pas tout de suite. Laisse-moi pas tout seul.

Daniel se leva, tapa sur l'épaule de son ami et le regarda droit dans les yeux. Mais au même moment, le téléphone s'alluma.

Harel sentit son corps se bander comme un arc.

— Je te l'avais dit, Dan. Reste un peu.

Il décrocha le récepteur.

— Si vous pouvez vous joindre à nous? Bien sûr, come on down, répondit-il.

Le visage de Daniel exprima une lassitude immense. Il ne se sentait pas d'attaque pour une conversation de bar ridicule, sous prétexte de draguer. Il avait le choix de rentrer ou d'émigrer dans le nid chaud de Laurence, mais il se trouvait moche et sans tonus, pas montrable, défait.

— Reste au moins pour une dernière bière. Je te la paie.

Harel fit signe au serveur de leur donner à boire et de servir les dames qui allaient se joindre à eux.

— Rappelle-toi ce qu'elles boivent et tu vas avoir un bon pourboire !

Louis croyait qu'il s'agissait des deux déesses de tantôt. Mais la déception fut grande lorsqu'il vit apparaître deux laiderons dans la quarantaine avancée, au visage couvert de fard orangée, les paupières lourdement ombrées et qui boucanaient comme un régiment.

— Tiens, Laurel et Hardy, railla Daniel.

La plus grande portait une combinaison-pantalon en imitation d'aluminium et l'autre un pantalon mauve rayé à pattes d'éléphant avec un chemisier bleu à manches chauve-souris.

La première, que Daniel baptisa aussitôt « hardi boudin blanc », était une boulotte aux cheveux filasses. Sa copine, toute décharnée et visage cireux, lui faisait penser aux cadavres qu'il avait vus sur la table d'autopsie. Il ne lui manquait que des lividités, ce que rachetait bien l'épaisseur du maquillage.

Duval expédia un sourire narquois à Louis pour son enthousiasme aveugle. Il était tenté de le laisser moisir en compagnie de ces beautés fatales.

Bon joueur, Harel se leva, tout sourire, et galamment tira les chaises en invitant les dames à prendre place. Mais derrière l'une d'elles, il fit un rictus dégoûté à l'intention de son collègue. Duval avait envie d'éclater de rire, mais sa décence proverbiale l'en empêchait.

— Bonjour, dit Harel, moi c'est Louis et voici mon copain Daniel.

La maigrichonne aspira longuement sa cigarette et souffla sa fumée au plafond en relevant brusquement la tête. La petite grosse se chargea des présentations.

— Moi c'est Monique, pis ma chum c'est Joëlle, précisa-t-elle en prononçant Jôwelle, avec un accent à coucher dehors.

Joëlle écrasa son mégot. Le filtre taché de rouge à lèvres donna un haut-le-cœur à Daniel. Elle se ralluma aussitôt une cigarette dans un geste mécanique réglé au quart de tour.

Toutes deux sentaient un parfum lourd et sucré.

Le serveur apporta les cocktails des femmes. Des malibus, que Louis paya ainsi que la bière de Daniel.

La table fut submergée d'un nuage de fumée.

— Marci, dit Monique.

— *Thanks*, dit Joëlle.

Puis une conversation typique des bars disco s'engagea :

Boum boum boum « Qu'est-ce que vous faites dans vie ? » boum boum boum « C'est l'fun icitte. » glou glou glou « Vous venez souvent ici ? » boum boum boum « Aimez-vous danser ? » boum boum boum « C't'une belle place pour sortir. » glou glou glou « Y'ont eu du goût. Ça marche fort. » boum boum boum « Avez-vous hâte aux Olympiques ? » boum boum boum « Ça coûte trop cher. Le Canada est poche. C't'un scandale. » boum boum, boum « C'pour lé riches. » glou glou glou « Oui, mais Ferragne aura-t-y sa médaille ? » glou glou glou « Y fait chaud. » boum boum boum « Vous fates quoi dans vie ? » boum boum boum « Police ! » boum boum boum « On est en sécurité. » boum boum boum « C't'une bonne toune. Voulez-vous danser ? » glou glou glou « Non, je danse pas. » glou glou glou « Pis moi j'ai mal à une jambe, mais les deux autres sont correctes. » boum boum boum « Qu'est-ce qu'i' dit ? » boum boum boum « Y'a mal à une patte… »

Daniel regarda sa montre, puis Louis. Pour la énième fois, il mesura la quantité de liquide qui restait dans les verres des deux femmes et qui ne baissait pas assez vite à son goût. Il était claqué. C'était la fin éprouvante d'une journée massacrante. Il regarda de nouveau sa montre. Minuit quinze.

— Je dois partir. Mesdemoiselles, je vous laisse en charmante compagnie.

Avant de plier bagage, Duval posa affectueusement ses mains sur les épaules de Louis et il glissa au creux de l'oreille du Gros :

— En tout cas, si t'es au courant de quoi que ce soit que j'ignore, n'hésite pas. Bonne nuit.

Duval s'éloigna au son de *Born... Born... Born.*

CHAPITRE 8

SAMEDI, 12 JUIN 1976

En arrivant chez lui, Daniel monta à l'étage en traînant sa carcasse. Il se sentait trop claqué pour se rendre chez Laurence. Les marches en érable craquaient sous son poids. La veilleuse en forme de libellule était allumée et il s'en servit comme repère. Il ouvrit la porte de la chambre de Mimi et constata qu'elle dormait à poings fermés, ses longs cheveux recouvrant son oreiller. Gros Minet veillait dans un coin. La lune éclairait la chambre d'une lueur bleutée. Le cadran digital affichait 12 h 57. Si elle avait pu voir son père à ce moment-là, elle aurait découvert un homme tout attendri. Tout pouvait prendre le bord, il y aurait toujours Mimi.

Il descendit à la cuisine se préparer un sandwich au jambon. Lorsqu'il ouvrit le réfrigérateur, la lumière l'aveugla. Il se sentait à la frontière du mal de bloc. Ses vêtements et ses cheveux puaient la cigarette. Du pain et de l'eau le remettraient d'aplomb. Autour de lui, tout était paisible. Le vitrail vert et blanc dans la cuisine était avivé par les rayons lunaires. Seul le bourdonnement intermittent du frigo perturbait le silence de la maisonnée. Pareille paix lui parut irréelle.

Le porte-ustensiles était vide. Sans faire de bruit, il ouvrit le lave-vaisselle et se nettoya un couteau. La vue de cette vaisselle sale lui donna la nausée, car elle témoignait de la semaine qu'il avait eue. Les journaux s'étaient empilés sans qu'il les ait lus.

Il ne pouvait se coucher après avoir bu autant de bière. Impossible également d'aller au lit sans appeler Laurence pour lui dire qu'il ne pouvait la rejoindre. La présence de Laurence aurait été un baume après cette journée, mais il se sentait trop moche. Pouvait-il se montrer dans cet état au tout début d'une relation qui s'annonçait prometteuse ?

Étendu sur le sofa, il prit le téléphone et composa le numéro de Laurence. Une sonnerie à peine et il entendait sa voix chaude. En dépit de l'heure, elle ne manifesta aucune acrimonie.

— Qu'est-ce que tu fais ? demanda Duval.

— J'écoute *Boulevard du crépuscule* à Ciné-répertoire.

— Tiens, tiens, un film de circonstance, railla Duval.

— Tu viens ?

— Je suis complètement vidé, lessivé. Tu me mettrais dehors. Pas montrable. J'ai pris une bière de trop et je pue la cigarette.

Il alluma la télé et aperçut Gloria Swanson et William Holden en train de visionner un film muet dans le cinéma-maison de la diva déchue. À travers les volutes émanant de son porte-cigarettes, Swanson tentait par ses minauderies et sa gloire passée de conquérir le jeune scénariste. Mais elle ne rayonnait plus. Daniel se rappelait avoir vu ce film un soir au Ouimetoscope avec Marie-Claude, alors qu'ils étaient étudiants.

— Tu viens me chercher demain pour l'entraînement du club ? dit Laurence. On se rend au mont Sainte-Anne. Passe vers sept heures.

Duval regarda sa montre et éteignit la télé alors que Swanson, le visage tout en contorsions, piquait une sale colère.

— J'aimerais mieux ne pas m'entraîner avec le club demain après la journée que je viens d'avoir.

— Qu'est-ce qui se passe ?

— T'as pas écouté les nouvelles ?

— Non.

— Je te raconterai tout ça demain.

— Tu veux pas m'en parler ?

— Pas cette nuit.

— D'accord. Alors viens me réveiller à huit heures. Sonne pas. La clé est sous le paillasson. Je t'attends. Ensuite on ira courir dans le Vieux.

— Je t'embrasse.

— Moi aussi. Et encore plus au petit matin…

Il raccrocha, heureux de lui avoir parlé, mais se demanda comment il ferait pour courir trente kilomètres dans moins de six heures. L'amour, sans doute. Il se coucha avec la chanson *Love's Theme* de Barry White dans la tête et il ne put la chasser avant plusieurs minutes.

◆

H se laissa choir sur un lit dont les ressorts grinçaient au moindre mouvement, un lit simple au matelas courbé comme une banane par les années et les coups tirés. Il envoya valser ses chaussures de sport à l'autre bout de la chambre, puis il fit de même avec ses chaussettes blanches noircies par la crasse. Il se sentait bien. Il examina la chambre en détail. Au-dessus de la tête de lit, une peinture en velours montrait un daim dans la forêt. Une lampe à l'abat-jour cerné d'humidité était posée sur une table tubulaire en plastique. Une télévision Zénith reposait sur une étagère en métal.

Les murs de cet hôtel de passe étaient bruns, tout comme la moquette. C'était le nid des putains de la rue Notre-Dame-des-Anges. De sa fenêtre il remarqua que le M de l'enseigne au néon du Motel Le Charest ne s'allumait plus. Les moustiquaires étaient percées à trois endroits et les papillons de nuit allaient et venaient, captifs du plafonnier dont la coupole devenait le mausolée de centaines d'insectes desséchés. Les rideaux rouges délavés étaient inertes. Le vrombissement des voitures et des véhicules lourds noyait tout instant de silence. C'était pire que la rue de Norvège. Du second étage, il apercevait le toit lustré des autobus qui entraient au garage de la STCUQ.

Il alluma la télé et tomba sur un vieux film noir et blanc. Un homme portait en terre le cercueil d'un singe ayant appartenu à une star déchue. Sur le coup, il trouva la scène étrange et crut qu'il s'agissait d'un film d'horreur, mais il se lassa rapidement. Il chercha un film porno pour apaiser la tension qu'il ressentait sous la ceinture. Depuis des heures qu'il était en érection et qu'il avait envie de se masturber. Il ne trouva rien d'autre qu'une fille en bikini dans un film d'Elvis et il s'exécuta mécaniquement. Il se leva pour aller aux toilettes, s'essuya, urina en regardant l'épaisse toison au fond de la corbeille. Sa brosse lui piquait la main. Il se regarda dans le miroir et se trouva beau. Son large front avait perdu le rideau brun qui lui avait tenu lieu de toupet. Il avait peine à se reconnaître avec cette nouvelle coupe de cheveux. Et puis sa barbe qu'il laissait pousser commençait à noircir son visage. Cette nouvelle tête serait le passeport nécessaire pour réussir son plan du lendemain.

Le lit grinça pendant quelques secondes avant de se stabiliser. Il ferma l'interrupteur de la lampe et savoura cette impression que plus rien ne viendrait contrecarrer ses plans. Il dominait la situation. Il se voyait gagnant sur toute la ligne. Il ne lui restait plus qu'à affronter l'ennemi de son clan.

Il ferma les paupières et rumina quelques mots : «Demain midi. Le 38. Del Monico. Acheter aussi des balles de 303. Ne paie pas l'hôtel. Téléphoner Harel. Mort au rat…» Il sombra rapidement dans un sommeil sans remords.

◆

Daniel entendit la porte s'ouvrir discrètement, et des pas tout aussi discrets faire à peine craquer les marches de l'escalier. Il avait dormi au sous-sol à cause de la chaleur. Les premiers rayons du soleil dardaient les persiennes.

Mimi se levait tôt. Puis la maison trembla sous une secousse sismique musicale. Mimi, qui croyait que son père avait découché, faisait tourner le dernier album de Genesis. Il se glissa du lit, regarda sa montre, 7 h 15, bâilla, replaça ses cheveux. Le plancher vibrait et le réveil se révélait brutal. Il monta l'escalier du sous-sol et lorsqu'il ouvrit la porte, il aperçut Mimi en pyjama qui dansait devant le miroir. Il sourit et s'avança pour la surprendre. Lorsqu'elle entrevit cette forme humaine dans le miroir, elle sursauta, poussa un cri. Elle était certaine de se trouver seule dans la maison.

Son visage, rubescent d'embarras, traduisait bien la gêne qu'elle ressentait. Elle se tourna, en colère, baissa le volume et toisa son paternel.

— Tu ne vas pas m'empêcher de circuler dans la maison ? dit Daniel.

— Je croyais que tu étais absent.

— Eh non. J'ai dormi en bas.

— Tu parles d'une peur à me faire.

— Continue à écouter ta musique, je pars m'entraîner.

Mimi afficha sa moue d'ado exaspérée.

— Ta soirée chez tes amis s'est bien déroulée ? reprit Daniel.

Mimi n'allait pas lui dire qu'elle avait rencontré un gars génial et qu'elle ne pensait plus qu'à le revoir. Elle n'avait fait que rêver à lui toute la nuit. Craignant que son père, en bon détective, ne lise dans ses pensées, elle alla dans la cuisine se verser un verre de jus.

Daniel se sentait bien dans son corps, quoique ce ne fût pas la grande forme. Il monta se doucher, puis revêtit son short, son t-shirt de l'Université de Montréal et ses chaussures de course.

Il souhaita à Mimi un bon avant-midi et lui laissa son allocation hebdomadaire.

— Papa ?

Il sentit l'embarras de sa fille, aux prises avec un sujet tabou.

— Quoi ?

Elle voulait lui parler du persiflage entendu la veille au sujet de son paternel. Des médisances qui lui étaient insupportables, où il était question de l'incompétence de son père et de son équipe, mais elle ne savait pas comment s'y prendre. Et elle ne voulait surtout pas y croire.

— T'as fait un accident avec la moto ?

— Non. Je n'étais pas dessus. Le chauffeur fou avait décidé qu'il écrabouillerait la Ducati. Il n'aimait pas le rouge…

— Pourquoi tu me l'as pas dit ?

Son visage marquait la détresse et tout l'amour qu'elle avait pour lui ; elle détestait qu'on ridiculise l'homme le plus merveilleux sur Terre : son père. Mais Duval évitait depuis le début de cette enquête d'en discuter avec sa fille pour ne pas l'inquiéter.

Il ouvrit la porte, ramassa *Le Soleil* et le cacha sous la poubelle métallique pour que sa fille ne prenne pas connaissance des nouvelles qui le concernaient. Avant de partir, il prit sa pulsation cardiaque sur quinze secondes et multiplia par quatre : soixante-douze. Normalement son cœur battait à cinquante-deux pulsations par minute au repos. La fatigue prenait demeure en lui.

Le matin était frais, mais la journée s'annonçait chaude et collante. Les cloches d'une église carillonnaient dans la basse-ville. Les oiseaux piaillaient et les hirondelles se faisaient la chasse au-dessus du coteau. En voyant le camelot remonter la rue avec sa grosse poche blanche tachée d'encre, il aurait souhaité être invisible. Il avait oublié de le payer la semaine précédente. Il le salua sans s'arrêter. Le calme monacal de ce matin de juin avait un goût amer. Il aspira à fond l'air et chercha à détendre ses muscles.

Il lui arrivait rarement de rater les longues sorties du club, mais il se sentait incapable de soutenir les regards de ses amis coureurs. Bien qu'il ne fût pas du genre à carburer à l'amour-propre, son orgueil venait d'en prendre un coup. Ses copains du club étaient farceurs et les mauvaises blagues auraient fusé. Il se sentait à cran comme rarement il ne l'avait été dans sa vie. Pas d'humeur au cabotinage. La rage lui fit alors augmenter la cadence et son pouls s'accéléra. Même sa fille commençait à entendre des ragots sur son compte. Cela le démolissait. « Du calme, du calme », se dit-il. Et Louis qui semblait mijoter quelque chose…

Il s'apaisa, essaya de penser à autre chose en passant devant le Capitol. Il tourna dans la rue des Glacis, longea les fortifications, courut à l'ombre de l'Hôtel-Dieu et admira la rue de Remparts.

Une minute plus tard, il soulevait le paillasson et ouvrait la porte des mille et une nuits de la volupté.

Une samba sensuelle de Carlos Jobim *So danço so danço Samba* jouait dans le salon.

La porte de la chambre était entrebâillée. Laurence était emmitouflée dans sa douillette moelleuse. Seuls dépassaient son visage hâlé par le soleil et son épaule droite. Sur le mur derrière elle était accrochée une reproduction des *Nymphéas* de Monet. Il la trouva irrésistible et se douta bien, à voir la couverture glisser sur son épaule, qu'elle était nue.

— L'entraînement est ardu. J'ai pas de jambes ce matin, conclut-il.

Avec l'index, elle l'invita à se rapprocher :

— Eh bien ! Viens t'étendre si t'as besoin de repos.

Duval ne se fit pas prier bien longtemps ; il avait besoin de réconfort et d'amour. Il songea que Laurence était la seule personne adulte qui voulait encore entretenir un rapport avec lui dans ce bas monde.

Comme il portait déjà une tenue plutôt légère, il ne s'embarrassa pas de se déshabiller et se glissa dans son lit. Les yeux de Laurence se rivèrent aux siens et leurs corps se moulèrent l'un à l'autre. Sa peau était douce et chaude comme le marbre chauffé au soleil.

Daniel s'étendit sur Laurence qui s'agrippa à lui en enroulant ses jambes autour des siennes. Il couvrit son corps sinueux de baisers. Ses mains glissaient sur ses cuisses en effleurant son sexe, avide de la prendre tout entière. L'indice du désir grimpa d'un cran. Laurence eut l'impression qu'une source thermale naissait sous son épiderme. Leurs lèvres se livrèrent à un merveilleux chassé-croisé. Lorsque Daniel s'enfonça lentement en elle, les ongles de Laurence gravèrent dix hiéroglyphes dans son dos. Le va-et-vient ne cessa de s'amplifier. Laurence suivait le rythme débridé de son amant, leurs ventres tambourinant à la même cadence. Leurs voix, leurs souffles, leurs

gémissements se confondaient totalement, sans disso-
nance. Au pinacle de leurs ébats, avant la grande marée
apaisante, Daniel souleva Laurence. Il se sentit en
apesanteur alors que son sexe pulsait en elle.

◆

Le jogging se limita à vingt kilomètres dans la ville.
Duval n'avait pas de jambes ni la motivation de pro-
longer la sortie. Alors qu'il aurait dû se trouver aux
environs de 170 pulsations cardiaques à la minute, il
les dépassait nettement.

— Difficile de performer après ça, dit Daniel.

— Je te ferai remarquer que mon pouls est tout à
fait normal, se moqua Laurence.

Heureusement que la conversation meublait le calvaire de l'entraînement. Laurence, avec ses longues
jambes de gazelle, donnait l'impression de survoler
l'asphalte. La sueur ruisselait à peine sur sa nuque et
son visage, alors que Daniel était en nage.

— Je te remercie encore pour ce que tu as fait pour
Mimi.

— C'est rien.

— Elle va finir par t'aimer, je le sais.

Duval aperçut sur un lampadaire le sigle olympique des Jeux de Montréal.

— T'as envie de venir assister à une compétition
avec moi ?

— Oui.

— L'entrée des marathoniens dans le stade est
quelque chose d'extraordinaire.

— Vendu, mais à cause du boulot, je dois vérifier
mon agenda.

— T'as des vacances ? demanda Daniel d'une voix
haletante.

— Deux semaines au début d'août.

— T'as envie qu'on planifie quelque chose?

— Sûr.

Laurence, qui aimait aussi la chanson québécoise, se rappela la Semaine du patrimoine qui clôturait son calendrier par un concert au Bois de Coulonges.

— As-tu envie d'assister samedi au concert en plein air?

— Oui, je suis partant.

Ils passèrent par les Plaines, le chemin Saint-Louis, puis le boulevard Laurier, poussèrent jusqu'à l'aquarium et revinrent sur leurs pas par le boulevard Champlain jusqu'à l'appartement de Laurence. Dans la douche, Daniel n'offrit aucune résistance à un *lovin' shower*, pour reprendre l'expression de Laurence.

À la cuisine, Laurence actionna la machine à espresso. Une odeur d'arabica fraîchement moulu se répandit. Elle l'invita à venir s'installer sur le balcon Juliette qui donnait sur le fleuve.

Un bateau rouge et blanc sortait du port derrière les silos à grains de la Bungie. Duval reconnut le vétuste *McClean* à ses deux grosses cheminées qui peignaient le couvert nuageux de bandes noires. Pour Duval, la journée aurait été un accord parfait sans cette confuse appréhension qui le ramena tout d'un coup à Louis.

◆

Il sortit du magasin d'armes à feu de la rue Saint-Paul. Le sac qu'il avait à la main contenait une boîte de cartouches de calibre 303. Il avait calculé qu'une centaine de cartouches suffiraient pour la première partie de son plan. Pour la finale, il se contenterait des six projectiles de calibre 38 commandés à Bernie. Son estomac vide le torturait, mais il fallait attendre.

Il marcha d'un bon pas en direction du Del Monico pour arriver à temps à son rendez-vous. Si Bernie ne pouvait lui procurer l'arme, il avait envisagé d'en fabriquer une, artisanale, comme le lui avait appris Normand Tomate Hinse à Orsainville : un bout de tuyau et un ressort.

Bernie se trouvait penché derrière le comptoir à remplir, de la seule main qui lui restait, le réfrigérateur. La taverne était vide, à l'exception de deux clochards qui buvaient leur bière pression.

H frappa deux fois sur le comptoir. La grosse tête aux cheveux hirsutes de Bernie le dévisagea. Sur le coup, il ne le reconnut pas avec sa nouvelle coupe. À la gare centrale, H avait piqué une paire de lunettes bon marché de style aviateur. Il était méconnaissable. Bernie n'en revenait pas de cette transformation. Il se releva lentement et s'approcha à deux pouces du visage, mécontent.

— C'est moé, Hurt.

H sortit la liasse de billets qui lui restaient, beaucoup de petites coupures. Il les compta.

Bernie roula l'arme dans du papier journal. H tenait sa vareuse militaire dans sa main, mais il ne voulait plus la porter parce qu'elle était reconnaissable.

— Tu pourrais pas me passer un coat ? Celui-là, je veux pas être vu avec.

Bernie alla dans l'arrière-boutique et rapporta un blouson de mauvaise qualité qu'un débardeur avait oublié un soir de cuite.

— Deux piastres, exigea-t-il.

— *Come on, man*.

Bernie, qui avait écouté les nouvelles, devint impatient.

— Écoute, Hurtubise, avec tous les policiers que t'as sur le dos, tu devrais fermer ta gueule pis payer. Deux piastres !

À contrecœur, H casqua les deux dollars et demanda à Bernie de le débarrasser de sa vareuse, mais ce dernier refusa. Frustré, H se dirigea vers la sortie, mais Bernie le fit revenir.

— Sors par-derrière. Un peu plus loin, y a un conteneur. Tu crisseras ton *coat* dedans.

Hurtubise sortit sans le saluer. Après avoir jeté sa vareuse, il arracha les trois bandes bleues sur chacune des chaussures.

Il lui restait douze dollars. Il emprunta la rue du Roi et vit pour la première fois l'imposante église Saint-Roch. Quelqu'un ouvrit les portes de ce temple d'inspiration gothique et un puissant accord d'orgue dissonant jaillit comme un mauvais présage. Pas question pour lui d'entrer dans le mail, il y aurait trop de policiers. Au coin de la rue de l'Église, un *pusher* qui paraissait tomber du ciel lui offrit « du bon stock » : hasch, pot, mescaline, buvard. H s'arrêta sec. Il en avait besoin, cela faisait partie des accessoires nécessaires à sa mise en scène. L'homme, dont la tignasse mettait son visage chevalin entre parenthèses, mâchouillait un cure-dents.

— C'est quoi ton pot ?

— Du colombien *gold*. C'est rare. Y tape fort.

Les yeux de l'homme avaient la minceur d'une fente, mais ses iris brillaient avec une intensité diabolique. H sut tout de suite que le gars était gelé, ce qui le rassura.

— Combien ?

— J'ai des *bags* à cinq, à dix, vingt piastres l'once. Ça fait un beau sac.

— Tu peux me vendre deux joints ? Je suis cassé.

— Non, juste des *bags*.

— O.K. Un *bag* à cinq.

— Marche avec moé.

Le revendeur sortit le sac de son veston de suède à franges et le remit discrètement à H, qui lui refila l'argent.

— Salut, man ! Tu r'passeras, j'suis souvent dans l'coin.

H tourna dans la rue de la Couronne et remonta jusqu'au boulevard Charest, continua jusqu'à Dorchester et se sentit appelé par un casse-croûte nommé le Petit Bedon. Il jeta un coup d'œil à l'intérieur et ne vit pas de policiers. Il se doutait bien qu'ils ne mangeaient pas dans une binerie aussi minable.

Il prit place au comptoir. La serveuse, une grosse fille pleine de bonhomie, lui rappela des photos de sa mère et il fut d'une politesse exemplaire.

— Vous allez bien ?

— Oui, vous ? demanda la *waitress* en s'approchant avec son calepin et son crayon. Le menu du jour ?

— Non, deux hamburgers catchup, relish, moutarde, oignon, pis des frites et un gros Coke.

— Ça sera pas long, monsieur.

— Avez-vous un crayon et du papier ?

— Oui, je vous amène ça.

Elle lança deux boulettes sur le gril. Elle portait des chaussures blanches en cuir comme sa tante et ses mollets étaient striés de varices que le bas de nylon blanc ne cachait pas.

H fut rassuré. Elle ne l'avait pas reconnu, même si les événements de la veille étaient rapportés dans le *Journal de Québec* dont un exemplaire traînait sur presque toutes les tables.

Elle apporta le papier et le stylo avec un sourire.

— Merci, dit H poliment, un mot qu'il n'utilisait presque jamais.

Il essaya de rédiger un mot à l'intention de sa tante, mais fut incapable d'écrire quoi que ce soit. Il se contenta de planifier tant bien que mal les étapes de la journée.

L'assiette fumante apparut devant lui comme une récompense. Il avait faim. Il cala la moitié du Coke qui ruissela dans sa gorge sèche. Il attaqua le premier hamburger avec l'avidité d'une bête féroce, faisant gicler sur le napperon du jaune, du vert et du rouge. Ses doigts portaient les frites du sac brun à sa bouche avec une régularité mécanique.

Un homme assis en diagonale au comptoir le regardait. L'avait-il reconnu ? Pourtant, la photo dans le journal rendait une identification difficile. H le dévisagea avec insistance et l'homme céda rapidement, replongeant dans son assiette. Une odeur nauséabonde monta aux narines de H. C'était la sienne, celle de ses Adidas, plus fétide que jamais.

Il engloutit le deuxième hamburger aussi rapidement que le premier, puis rota, ce qui amena la serveuse à le reconsidérer du regard.

Il paya, laissa un pourboire de dix sous, sortit. Un bus arrondi, jaune et vert, vestige de la compagnie Fournier, passa en trombe en dégageant un nuage de diesel.

Les deux grosses pastilles rouges d'une enseigne de Coke sur un mur de briques lui rappelèrent qu'il n'avait pas fini ses emplettes. Il se dirigea vers le commerce, tira la poignée de la porte et une clochette retentit, ce qui l'inquiéta sur le coup. Le commis, un vieil homme arqué avec des lunettes à demi-foyers perchées au bout du nez, le salua discrètement. Une forte odeur de tabac imprégnait les murs.

— Vous avez du butane, du gaz à *lighter* ? demanda H.

— De l'essence à briquet ? Un instant, répondit l'homme sur un ton pontifiant.

Il poinçonna trois chiffres sur les touches d'une caisse enregistreuse et le montant apparut sur de grosses cartes.

— On dirait qui fera pas beau aujourd'hui ? dit-il.

H ne voulait pas engager la conversation. Il fixa le grain de beauté sur la joue de l'homme, d'où jaillissaient de longs poils pareils à des pattes d'araignée, paya et se tira. Quelques instants plus tard, il regarda l'heure sur l'édifice de la Daisy Fresh. Il fallait appeler Harel et fixer le rendez-vous. Il retourna à la gare de Québec pour téléphoner.

◆

À la lumière du jour, Laurence avait remarqué les traits cernés de Daniel. Il lui raconta les événements de la veille. Bien qu'il essayât de rester stoïque, elle décela en lui une blessure profonde, un sentiment d'impuissance.

— C'est comme si, dans ton travail, tu commettais une faute professionnelle qui mettrait en danger la vie de ton patient ou le tuerait carrément. L'histoire se retrouverait ensuite dans les journaux, et c'est ce qui m'arrive. Dans nos pires cauchemars à l'escouade des Homicides, c'est ce qu'on craint le plus. Et ce n'est pas tout…

Il passa ses mains sur son visage fatigué.

— Je suspecte Louis de me cacher des informations.

— Il n'est pourtant plus sur l'enquête.

— Son attitude est bizarre. Il tient un drôle de langage. Il me cache quelque chose.

— Je peux utiliser le téléphone ?

— À côté du piano.

Il téléphona d'abord à la garçonnière de Louis, mais ce dernier ne s'y trouvait pas. En désespoir de cause, il composa le numéro du bureau. Il demanda à Beaupré s'il avait vu Louis.

— Oui, et ce n'était pas une vision, rigola Beaupré.

Voir Louis au bureau un samedi matin avait de quoi étonner tout le monde. Daniel demanda à lui parler, mais Beaupré fut catégorique :

— Il attend un appel important et ne veut pas être dérangé.

— Quand même, Beaupré, je suis son partenaire.

— Bon, O.K. Un instant, Dan, je te transfère.

Il le mit aussitôt en ligne. La voix de lendemain de veille de Louis retentit :

— Oui, Harel à l'appareil.

— Salut, vieille canaille. Tu fais du surtemps ?

Duval comprit au ton de son collègue qu'il le dérangeait.

— J'étais venu chercher des infos pour l'autre enquête.

— Sacré farceur ! Arrête, tu vas me faire croire que les poules ont des dents. Un samedi !

Daniel sentit que Louis voulait conclure rapidement la conversation.

— Louis, tu me caches quelque chose et ça me déplaît.

— Pourquoi tu dis ça ?

— Je ne t'ai jamais vu au bureau la fin de semaine. Alors tu vas me dire ce qui se passe.

— Je suis venu chercher des effets personnels.

— Contradiction entre deux versions. Tu viens de me dire que c'est pour l'enquête.

— Des effets personnels concernant l'enquête…

Leur conversation fut interrompue par le standardiste. Un homme demandait à parler à Louis sur l'autre ligne. Louis salua Daniel et raccrocha.

Daniel resta un instant songeur, le combiné dans les mains jusqu'à ce qu'une voix enregistrée lui dise de raccrocher.

◆

Le vieux Beaupré transféra l'appel. H fut laconique. Harel eut juste le temps de noter le lieu : le champ derrière la compagnie sanitaire Champlain. Un vieux camion à ordures rouge abandonné près de la voie ferrée. Paul et Donald jouaient jadis à cet endroit. Ils allaient tirer sur des canettes avec leurs carabines à plomb. Ce sanctuaire deviendrait la tombe de Harel. « Viens seul », lui rappela H avant de raccrocher.

Il apparut sous la marquise de l'entrée principale de la gare. Les autobus étaient cordés de biais d'une porte à l'autre. Des voyageurs attendaient sur le quai, d'autres circulaient devant et derrière. Des chauffeurs aidaient des passagers à sortir leurs valises. À l'abri derrière une colonne, H observait les automobilistes qui allaient et venaient dans la rue de Sainte-Hélène. Tôt ou tard, l'un d'eux sortirait de sa voiture en laissant le moteur tourner sous prétexte de faire une course rapide ou de cueillir les bagages d'un proche. Par expérience, H connaissait le résultat. Dix minutes plus tard, un homme descendit d'une Duster jaune, dont le coffre resta ouvert. H entendait les valves du moteur qui claquaient affreusement. L'homme, obèse et grisonnant, marcha lentement vers le quai. Une jeune fille le salua à distance. H se dirigea vers la voiture. Le va-et-vient des passagers et des voitures lui offrait une protection momentanée.

Il se glissa dans l'habitacle et décampa à toute vitesse par le boulevard Charest. Il se pressa d'arriver à la hauteur de la côte Saint-Sacrement où il pourrait rouler à grande vitesse. Le feu de circulation tourna au rouge. Il hésita un instant, regarda tout autour et dans les rétroviseurs, puis brûla le feu et poussa à fond l'accélérateur de ce chancre mou, mais il ne dépassa pas les 90 milles à l'heure. Un conducteur osa même coller son pare-chocs pour qu'il dégage la voie rapide. Il emprunta la sortie de la route de l'aéroport. Cinq minutes à peine s'étaient écoulées depuis le vol du véhicule. Il prit ensuite le chemin de terre qui menait au lac Laberge, jusqu'à la base de plein air de Sainte-Foy, et stationna le véhicule. Il viendrait le rechercher un peu plus tard quand la soupe serait moins chaude.

Il essuya les empreintes sur le volant en étirant son t-shirt. Il regarda dans la voiture à la recherche d'objets utiles, aperçut une lampe de poche. Elle pourrait servir. Mais d'ici l'heure H – il apprécia le jeu de mots –, il allait se terrer dans un coin ombragé et feuillu.

◆

Daniel s'approcha de Laurence, qui était appuyée à la grille du petit balcon. Ses cheveux voletaient légèrement sous l'effet de la brise marine. Devant elle, le ciel se couvrait d'une chape de plomb. Pas de dégagement avant demain, prévoyaient les météorologues.

Il la prit par la taille et l'embrassa dans le cou. Elle se serra contre lui davantage.

— Je dois aller travailler. J'ai l'impression que Louis mijote quelque chose de pas très catholique. Ce n'est peut-être pas le cas, mais je dois vérifier.

Alors qu'il allait appeler un taxi, Laurence lui offrit sa voiture. Elle lui tendait les clés de la 240 Z rouge.

— Tu es formidable. Je t'adore, dit Duval en l'embrassant.

◆

Derrière le comptoir, le vieux Beaupré, qui se trouvait à deux mois de sa retraite, faisait ses mots-mystères. Ses grosses lunettes à monture noire étaient perchées au bout de son nez. Sous un certain angle, ses verres épais comme des fonds de bouteille créaient un effet de loupe qui rendait ses yeux menaçants.

— Salut, Léo.

— Salut, Dan. Coudon, qu'est-ce que vous faites ici la fin de semaine ?

— Louis est encore ici ?

— Il vient de partir. Avec ce qui lui arrive, il doit préparer sa réplique.

Beaupré secoua sa boîte de gommes Chicklets jaune et en fit glisser deux.

— T'en veux ?

Duval hocha négativement la tête.

— Sais-tu où il est allé ?

— Non. Mais il semblait assez excité.

— Pourquoi ?

— Je sais pas. Mais ça ne lui ressemblait pas.

Beaupré lui montra dans la page du *Journal de Québec* l'entrevue accordée à Corbeil.

— Félicitations, Dan ! T'as dit tout haut ce que tout le monde pense tout bas.

— Merci, Léo.

Daniel se donna un élan et monta l'escalier en cinquième vitesse. L'odeur de cire fraîchement polie pénétrait les narines. Les planchers étaient aussi luisants qu'une patinoire après le passage de la Zamboni. Il s'engagea dans la grande serre vitrée de l'escouade des Homicides.

Pas une taupe dans les cagibis en verre. Il marcha jusqu'au fouillis indescriptible que constituait le bureau de Louis, dont les paniers débordaient de notes éparses. Duval observa ces tourelles de papier, stupéfait, en se demandant par où commencer. Il jeta d'abord les gobelets en styromousse à moitié vide qui traînaient.

Louis n'avait jamais eu de système de classement, sinon l'empilement : mémos internes, paperasserie syndicale, journaux, procès verbaux, notes d'enquête. La revue *Hustler* dépassait entre deux dépositions. Duval examina le combiné du téléphone, mais il n'y avait aucun message datant du jour même. C'est dire que son collègue avait pris la peine de les effacer. Par contre s'y trouvaient deux messages sauvegardés. Le premier : celui de Sandra qui l'invitait à le rejoindre à l'aéroport. Et le second : on entendait d'abord une longue respiration. Puis une voix jeune qui narguait Louis au téléphone.

Duval sentit monter en lui une nuée de chaleurs. Sa gorge se serra. Il ne s'était pas trompé. La bête avait une autre cible en tête. Il se gratta le crâne, désemparé. Il savait que Louis était parti trente minutes auparavant. Des traces, il avait dû en laisser.

Il fouilla dans la corbeille, mais il n'y avait que les emballages d'une tablette Mars et de choux à la crème. Il se pencha sur l'agenda du Gros, ouvert à la date du 15 mai, mais ne vit rien après qui pût l'éclairer ou lui donner des indices. Les pages de juin contenaient seulement des noms de filles et des statistiques de baseball. Il aperçut le bloc-notes près du cendrier puant de mégots et l'approcha de la lampe noire en forme de coupole.

Sur la page blanche, on pouvait déceler des traces d'écriture. Il ouvrit un tiroir, prit un crayon à mine et noircit la page. Un message apparut :

> *Camion de vidange rouge*
> *Bout du champ*
> *Track*

Duval fourra le message dans sa poche en souhaitant éclaircir la chose rapidement avec Louis. Mais d'abord, il fallait lui mettre la main au collet.

À quel endroit pouvait se trouver un camion à ordures dans un champ, sinon dans un dépotoir ? Il s'assit sur la chaise du Gros et réfléchit à la question. Il feuilleta les pages de l'annuaire téléphonique, fit aller ses doigts jusqu'aux services sanitaires municipaux des villes de la Communauté urbaine de Québec. Quelle municipalité avait des camions à ordures rouges sur son territoire ? Ceux de la ville de Sainte-Foy étaient blancs… Il appela à la CUQ pour parler à un responsable du service de la collecte des ordures, mais un message enregistré le ramena vite à la réalité du week-end.

Il réfléchit un instant et se souvint qu'il connaissait un ingénieur à la voirie, Henri Lamoureux. Il prit l'annuaire, chercha Lamoureux dans les pages blanches et obtint un seul numéro. Il composa et après trois coups un enfant répondit.

— Est-ce que ton père est là ?

— Papa ?

— Oui. Va me chercher ton père.

— Qui parle ?

— Va chercher papa.

L'enfant ne devait pas avoir plus de trois ans et n'était pas du tout coopératif, et surtout pas pressé d'aller chercher son papa.

Duval allait perdre patience lorsqu'il lui vint une idée.

— Va dire à ton père que le père Noël veut lui parler.

L'excitation se répercuta jusqu'au royaume du père Noël.

— Le Père Noël ? Un instant !

Quinze secondes plus tard, la gardienne prit le téléphone et annonça que les Lamoureux étaient partis pour la fin de semaine.

— Pouvez-vous me donner le numéro de téléphone où je peux les joindre ? C'est urgent.

Elle lui demanda d'attendre un instant.

Duval marcha quelques pas jusqu'à son bureau et son cœur tapa comme une grosse caisse lorsqu'il aperçut, sur sa machine à écrire, le message que lui avait laissé Louis.

Salut vieille taupe! Je ne voulais pas te faire rater une belle journée de week-end même s'il fait un temps de chien. Mais c'est le temps parfait pour saigner le cochon. Profites-en. Ne t'inquiète pas. Moi, je suis parti ramasser les ordures. Mon pied me fait déjà moins mal… Faut bien que je travaille un peu.

Loulou

La gardienne lui refila le numéro de téléphone. C'était dans les Cantons de l'Est.

Duval composa le numéro et reconnut la voix de Lamoureux.

— Salut, Henri, c'est Daniel Duval de la SQ. Excuse-moi de te déranger durant tes vacances.

— Salut, Dan, ça va?

— Je suis sur une affaire. Peux-tu m'informer sur les camions à ordures dans la région?

— C'est un quiz ou une thèse, ton affaire?

— Pour 10 000 $, est-ce qu'il y a des municipalités dans la région qui ont des camions à ordures rouges?

— Actuellement? Non.

— Et auparavant?

— Non plus.

Duval remercia Lamoureux et lui souhaita un bon congé.

Il retourna au bureau de Louis, ouvrit son bottin téléphonique, chercha le numéro de téléphone de Sandra. Il ne connaissait pas son nom de famille. Son doigt glissa rapidement sur les feuilles. Des adresses de filles, il y en avait assez pour condamner Louis pour adultère. Sandra Dion, rue Dompierre. Il composa le numéro, mais il n'y avait «plus de service au numéro composé».

Il fit un pas jusqu'à la patère, prit son étui, s'assura que le 38 était chargé. Il descendit en vitesse en sautant les marches deux par deux. Son instinct lui disait que Louis était en danger. Son état psychologique et physique ne lui permettait pas d'affronter un prédateur comme Hurtubise. Le vieux Beaupré était toujours plongé dans ses mots-mystères. Derrière lui, en sourdine, un air rétro sortait de son transistor.

— Léo, est-ce que Louis utilise sa voiture aujourd'hui ou celle du service?

— Comme tu sais, Louis n'est pas en service, il est suspendu. Il doit avoir son char. Pourquoi?

Duval tourna dans le corridor de droite et se dirigea vers l'armurerie.

L'armurier Leblanc était assis derrière le comptoir. Son visage de poupon, avec ce nez minuscule comme s'il avait été écrasé par le sein maternel, était plongé dans le *Journal de Québec*.

— Tiens, salut, Dan. Ça brasse, à ce que je vois?

— Oui, mon cher, et c'est pas fini. J'ai besoin d'un gilet pare-balles.

— Coudon, t'en vas-tu à Chicago?

— …

Leblanc alla au fond de l'armurerie et revint avec l'objet. Il inscrivit la date et l'heure de l'emprunt et sa main tavelée présenta le formulaire à Daniel pour qu'il appose sa signature.

Alors qu'il ouvrait la porte d'entrée, Daniel vit Malo qui arrivait en sens inverse. Il portait son complet rayé beige avec les pantalons à pattes d'éléphant. Duval se réjouit en constatant que sa mâchoire continuait de bleuir et d'enfler. Depuis des mois qu'il cherchait le Gros, il avait reçu le poinçon qu'il méritait, pensa-t-il.

Ils se croisèrent au milieu de l'escalier. Malo le toisa avec toute sa morgue. Daniel ne lui fit aucun signe de politesse, ne montrant que de l'indifférence.

En voyant une voiture circuler dans le stationnement avec une longue antenne sur le coffre arrière, il se rappela que Louis faisait partie d'un club de cébistes. C'était un fervent adepte de ce mode de communication. Les conducteurs jasaient de tout et de rien ou se refilaient des renseignements sur les conditions routières ou les obstacles à venir : radar, barrage routier… La Javelin de Louis possédait une antenne longue de trois mètres qui fléchissait comme une brindille. Il retourna à la réception parler au vieux Beaupré.

— Excuse, Léo, est-ce que ta voiture a un poste C.B. ?

— Je déteste jaser en chauffant. J'ai assez d'entendre les jérémiades de ma femme.

— Sais-tu comment ça fonctionne ?

— Tu te mets sur une fréquence, pis là tu parles.

— J'aurais besoin d'une voiture avec un C.B.

— Va voir Moreau à la fourrière.

Le vieux Beaupré ne comprenait pas l'état d'excitation de son collègue.

Duval courut jusqu'à la guérite du poste de stationnement et demanda à Albert Moreau, le préposé, s'il avait vu Louis le matin. Moreau écoutait un match de baseball de la ligue américaine sur sa télévision à batteries tout en mangeant un sandwich aux œufs dégoulinant de mayonnaise.

— Non, j'ai pas vu Louis.

— As-tu une voiture avec un C.B. ? Je suis sur une enquête.

Moreau sortit son long cou par la fenêtre de la guérite et parcourut du regard le stationnement. Il afficha un sourire moqueur. Du jaune d'œuf était resté suspendu à sa moustache.

— Tiens, j'ai une Impala blanche toute rouillée là-bas. Une décapotable. C'est tout ce que j'ai. Y boucane en crisse, par exemple. Mets de l'huile aux vingt kilomètres. Y a été saisi à un barrage routier. Tu vas comprendre pourquoi…

Il décrocha le trousseau, auquel pendait une tête de mort, et le remit à Daniel.

— Tiens. Tu vas voir, c'est pas une Ducati. Tu savais que Louis a été suspendu ?

— Oui, je sais…

Daniel, tout en sueur, courut vers le mastodonte dont la calandre pointait le nez vers le ciel. Les amortisseurs arrière étaient au bout du rouleau et le pare-chocs flirtait dangereusement avec le pavé. On eut dit une voiture prête au décollage sur une rampe de lancement. La porte s'ouvrit en laissant pleuvoir des flocons de tôle rouillée. Le cuir du siège avant avait complètement desséché avec le temps et de longues entailles lais-saient voir le rembourrage. Daniel arracha le dé en peluche ridicule accroché au miroir. L'intérieur puait le renfermé et la cigarette, le cendrier ouvert débordant de mégots au point qu'on ne pouvait plus le refermer. Le plancher était un dépotoir à ciel ouvert : bouteilles, papiers d'emballage, journaux. Sous la radio se trou-vait le poste de bande publique, une boîte noire reliée au récepteur par un fil de téléphone. Daniel appuya sur le contact et entendit à travers le bruit blanc un concert hétéroclite de voix humaines, comme si toute la province cherchait à communiquer. Maladroitement, il se positionna sur une fréquence et appela Louis. Il trouvait ridicule l'utilisation d'un tel appareil, mais celui-ci allait s'avérer fort utile. Rien ne lui paraissait plus bête que ces conducteurs cherchant à se communiquer des renseignements aussi plates et terre à terre que la température.

Il tourna la clé dans le contact et le moteur s'étrangla plusieurs fois avant de démarrer dans une pétarade enfumée. Le silencieux était percé à plusieurs endroits. Le lecteur de cassettes à huit pistes se mit en marche sur une chanson d'Elvis. Duval retira la cassette.

En passant devant la guérite, Daniel salua laconiquement Moreau, qui ricana. Il dut freiner pour laisser traverser Malo qui sortait à pied de la centrale et qui afficha un large sourire en le voyant derrière le monstre rouillé. « Maudit cancer », râla Duval qui craignait de ne pas tenir la route longtemps avec cette guimbarde.

— Hé, Malo, tu sais comment ça fonctionne, un C.B. ?

— Vous montrez pas ça à vos élèves à l'école de criminologie ?

La réponse de Daniel fut un crissement de pneus.

— Va chier !

Il lui paierait ça tôt ou tard.

Lorsqu'il tourna le coin de rue, le pare-chocs arrière fit jaillir une gerbe d'étincelles.

Sur le boulevard Charest, la casserole à roulettes ne dépassait pas 70 milles à l'heure. Elle pompait l'huile et tous les conducteurs empestés la doublaient agressivement sans signaler. Duval tenta de nouveau de joindre Louis, mais en vain. Dans le haut-parleur du poste, la cacophonie de voix se faisait toujours entendre. Il prit le récepteur et essaya sans succès de le faire fonctionner. « Louis Harel, c'est Daniel. Je veux te parler. Comment ça marche, cette cochonnerie ? »

Il s'arrêta dans une station de taxis COOP et demanda si quelqu'un pouvait lui expliquer le fonctionnement du poste. Un bon samaritain qui se trouvait assis sur un banc devant la station s'approcha.

— Vous allez voir, ça prend pas un cours classique.

Il monta dans la voiture sans faire de commentaires déplacés sur l'état du véhicule. Il prit le récepteur dans ses mains, jeta un coup d'œil au poste.

— Le vôtre a 24 canaux. Vous choisissez votre canal. Pour parler, il faut que vous demandiez un break. Vous prenez le récepteur et pesez sur l'interrupteur du micro. Vous dites « break » et vous prenez la parole une fois que l'autre personne a fini de parler. Vous êtes en panne ? Vous dites « break » et vous donnez votre position et la marque de votre voiture.

— À quelle distance je peux être entendu ?

— Si vous êtes dans la basse-ville, vous pouvez être entendu dans un rayon de deux à trois milles. Si vous êtes dans la haute-ville sur la falaise, vos fréquences peuvent parcourir jusqu'à douze milles.

— Dans le cas d'un appel urgent ?

— Si vous êtes dans une situation d'urgence, vous lancez un appel. Quelqu'un derrière son poste de radio à ondes courtes prendra votre message et communiquera immédiatement avec la dépanneuse, la police ou une ambulance. Quelqu'un qui est mobile devra s'arrêter, chercher une cabine téléphonique et demander de l'aide. Évitez le canal 7 et le 10, c'est pas très recommandable. Le 9 est un bon poste pour demander de l'aide.

— Si je veux rejoindre ma femme qui est en voiture ?

— Vous lancez un appel sur toutes les ondes et vous lui demandez de vous contacter sur le canal 9, par exemple.

Duval se sentit moins dépourvu après ce séminaire.

— Merci beaucoup. C'est très gentil.

Daniel repartit un peu plus optimiste. Il avait à sa disposition un moyen qui pouvait le relier à Louis.

Daniel lança l'avis de recherche sur les canaux 7 et 10. Si ce n'était pas recommandable, comme l'avait mentionné le chauffeur, Louis devait y être pour quelque chose. Il fit une description sommaire de son ami et de sa Javelin vert lime avec une barre de compétition noire. Daniel ajouta : « C'est mon frère, il est parti sans ses pilules pour le cœur. »

Une dizaine de conducteurs appelèrent pour demander des informations supplémentaires. « XM 522478, pouvez-vous me dire dans quelle direction il circule ? »

— Vers Cap-Rouge.

En se rendant à Sainte-Foy, il pensa que Louis avait peut-être décidé de ne pas répondre. Il avait dû se terrer, silencieux, en attente de l'heure fatidique. Le repère chronologique utilisé par Louis pour parler d'un règlement de l'affaire était « demain soir ». La montre bracelet de Daniel marquait 17 h. Il tourna à l'intersection de la côte Saint-Sacrement et entreprit une ascension qui exigea de la voiture autant d'énergie qu'il en avait fallu à Edmund Hillary pour conquérir l'Everest. Duval regarda dans le rétroviseur et aperçut un long ruban noir d'huile et de fumée derrière le mastodonte.

Il tourna dans la rue Myrand. Louis y avait loué, à l'ombre de la tour de communication, une garçonnière, qu'il appelait son baisodrome. Daniel repéra un espace de stationnement, mais se demanda comment faire pour garer le dinosaure. Il braqua le volant, recula et réussit, de peine et de misère, après plusieurs manœuvres, à insérer le mastodonte. Des locataires sur une galerie l'observaient en riant. Il fallait marcher sur son orgueil pour rouler dans une telle horreur, mais la vie de son ami valait plus que son amour-propre amoché. La voiture de Louis n'était ni dans le stationnement ni dans la rue.

Sur la longue boîte postale en aluminium vissée au mur, il chercha le numéro de l'appartement de Louis : 02. C'était au sous-sol. Il descendit l'escalier aux marches recouvertes de carreaux en céramique bleu pâle. Le passage dégageait une odeur de soupe Lipton. PAS DE COLPORTEURS, pouvait-on lire sur la porte. Il appuya sur la sonnette. Le voisin de l'appartement, au 01, écoutait *Gilligan's Island*. Daniel reconnut la voix du millionnaire Howell et la réplique sensuelle de Ginger.

Pas de réponse. Il sonna de nouveau, colla son oreille sur la porte, mais n'entendit rien et renonça. Il sortit à la recherche d'un téléphone public, mais n'en trouva pas. Il aperçut la grosse quille de l'enseigne du Salon de bowling Myrand. Lorsqu'il franchit le seuil, un tonnerre de quilles qui s'abattaient et un tohu-bohu de boules qui roulaient sur les allées en bois résonnèrent dans ses oreilles. Un téléphone public se trouvait au sous-sol. Il avait le numéro de Sandra, mais pas son adresse. Le bar Amazone n'ouvrirait pas avant 22 h. Il téléphona à Beaupré.

— Salut, Léo. Pas de nouvelles de Louis ?

— Non.

— Est-ce qu'il y a quelqu'un à l'Identité judiciaire ?

— Oui, Béland, un stagiaire.

— Parfait. Passe-le-moi.

La voix cérémonieuse du jeune homme résonna dans l'appareil.

— Salut, c'est le lieutenant Daniel Duval. Je voudrais savoir si t'as quelque chose dans les archives au nom de Sandra Dion. J'ai besoin de son adresse. Je sais qu'elle habite dans la rue Dompierre, mais elle n'est pas dans les pages blanches. Regarde dans l'annuaire Marcotte, qui fonctionne par noms de rue. Je te rappelle dans cinq minutes.

— Parfait, lieutenant.

Duval marcha devant le comptoir des allées de quilles. La préposée lui demanda s'il voulait jouer, mais il déclina l'offre de la tête. Les membres d'une ligue de quilles s'affrontaient. Duval s'amusa à étudier le comportement des joueurs. Après chaque abat, on assistait à un débordement de joie, comme si les joueurs, bons ou mauvais, atteignaient le nirvana. Ils s'excitaient, sautaient, se tapaient dans les mains et se congratulaient, comme si, en faisant *tabula rasa* des quilles, les tabous tombaient.

Duval rappela à l'Identité judiciaire. Béland annonça avec enthousiasme qu'il avait trouvé l'adresse. Le jeune avait poussé le zèle jusqu'à sortir le dossier judiciaire de la femme. Sandra avait une feuille de route bien garnie.

— Arrêtée dans un salon de massage en 1971, arrêtée une seconde fois en 1972 pour racolage près de l'hôtel Victoria, accusée de recel la même année, de voies de fait sur une danseuse en 1975 et de possession de drogue la même année.

— Merci, Kojak, mais je n'ai pas besoin de l'histoire de sa vie. Donne-moi l'adresse.

— 3251 rue Dompierre, appartement 4.

— Merci.

Louis Robert et André Lamothe, deux joueurs de quilles dont les noms figuraient sur le dos de leur chemise, riaient en regardant le trousseau de clés avec la tête de mort que Duval ne cessait d'agiter sans s'en rendre compte. Duval les dévisagea. Avec des trouées pareilles entre les dents, même un dentiste ne réussirait pas une réserve, se dit Duval.

Il quitta les lieux en vitesse.

Il n'était qu'à cinq minutes de la rue Dompierre. Il ouvrit la portière lourde et grinçante. Il tenta sur le canal 7 et sur le 9 de joindre Louis, mais sans succès.

Il inséra la clé dans le contact et après un, deux puis trois coups de poignet, le moteur s'activa. Évidemment, les voitures devant et derrière lui n'avaient pas bougé et plusieurs manœuvres plus tard, il s'extirpa de l'étau. Il donna un coup d'accélérateur et le moteur poussif eut plusieurs ratés, toussant, avançant par à-coups.

Il emprunta sur la rue Chanoine-Scott, descendit la longue côte jusqu'au Versant Nord, tourna à gauche pour se retrouver devant les immeubles bruns qui s'élevaient sans grâce près du chemin de fer. « Voir Sainte-Foy et mourir », pensa-t-il.

En sortant de sa voiture, il balaya du regard le stationnement à la recherche de la Javelin de Louis, mais ne la vit pas. Une forte odeur de peinture à l'huile régnait dans le vestibule. Les murs étaient lustrés et un écriteau *Peinture fraîche* invitait à la prudence. Il monta un escalier aux barreaux blancs surplombés d'une rampe en plastique doré. L'appartement 4 se trouvait au premier étage.

Il sonna. Aussitôt, une fille superbe au corps ondulant dans une jupe *sexy* lui ouvrit la porte. Ses longs cheveux frisés noir de jais encadraient un visage lunaire aux yeux foncés.

— Est-ce que Sandra est ici ? Je suis Daniel Duval, l'ami de Louis Harel.

Elle regarda Duval des pieds à la tête et sa bouche appétissante comme une fraise humide se contracta. Sa langue s'appuya sur les incisives centrales qui étaient légèrement séparées. Une petite fente de gamine. Louis lui avait parlé de son collègue. Une forte odeur de cuisson au beurre et d'épices à steak imprégnait l'appartement. *Le Ranch à Willie* jouait à la télévision. Deux valises rouges avec des étiquettes Québec Air trônaient dans l'entrée. Sur la table en contreplaqué du salon, Duval aperçut un miroir sur lequel s'étirait un sillon de poudre blanche, mais il n'en fit pas de cas.

— Sandy, y a un beau pétard pour toé.

Le tout se gâte lorsqu'elle se met à parler, se dit Duval. Une blonde platine se pointa avec un masque d'argile sur le visage. Son peignoir laissait entrevoir des jambes longues et galbées, tannées par le soleil.

Sur le coup, son visage se crispa et le masque se fendilla. Sa peau semblait se décomposer sous ses yeux. Elle croyait qu'il était arrivé un malheur à Louis.

— Non, non, mais je le cherche.

— Hostie, j'ai eu la chienne! Le *shake* commençait à m'pogner.

Elle s'avança et embrassa Daniel sur les joues, y laissant des squames d'argile. Les routes poussiéreuses de la Baie-James l'avaient incitée à nettoyer en profondeur sa peau.

— Pourquoi que tu le cherches? reprit aussitôt Sandra.

— Ça serait trop long à t'expliquer.

— Je sais qu'il te doit de l'argent…

— Non, c'est pas de ça. Tu l'as pas vu?

— Non, mais on doit se voir à l'Amazone, ce soir vers 11 h. On s'est parlés ce matin avant que je revienne de la Baie-James.

Pour Daniel, cela voulait dire que l'action se passerait entre 20 h et 22 h, probablement à la tombée du jour.

— Sandra, essaie de te rappeler, c'est très important : est-ce que Louis t'a dit ce qu'il faisait ce soir?

Elle posa une cigarette entre ses lèvres, actionna la roulette de son briquet et inhala avec force. Sandra avait le port de cigarette haut et fier. La cigarette bandait sous l'aspiration.

— Ti-Wi m'a rien dit, mais y semblait bizarre.

— Comment ça?

— Il avait l'air dans les nuages, ça m'a paru un peu bizarre après ce qui vous est arrivé hier. Y m'a dit que c'te crisse de fou-là allait pogner son Waterloo. T'es pas avec lui ?

Elle posa une main sur une hanche, reprit :

— Pourquoi tu me poses toutes ces questions-là ? Y é pas dans l'trouble, j'espère ? Pas sa femme ?

— Non, non. Inquiète-toi pas.

— Y se dévalorise beaucoup par les temps qui courent.

Le masque devenait de plus en plus horrible. Elle ressemblait à un monstre de série B ou à une rescapée d'un tremblement de terre qu'on ramène à la surface.

Sa copine était demeurée légèrement en retrait. Daniel ne put s'empêcher de couver du regard les courbes affichées. Sandra se retourna et constata la présence de sa colocataire.

— Je te présente Gina, c'est notre petite nouvelle, notre ti-bebé, dit Sandra en tapotant amicalement le ventre de son amie.

Gina n'avait pas plus de dix-huit ans. Sandra essuya les traces de poussière d'argile sur le visage de Daniel. Elle avait un corps d'une plasticité parfaite. Elle fit signe à Daniel d'entrer et de s'asseoir. Il remarqua que la colocataire avait fait disparaître la poudre.

— Viens prendre un verre, mon Dan.

Duval déclina l'invitation, mais Gina s'avança vers lui en minaudant et en roulant des yeux doux. Son taux de phéromones devait excéder la norme permise. Tout de suite en le voyant, elle s'était dit que c'était un homme comme lui qu'elle voulait : un *vrai* homme. Un gars costaud qui la protégerait des autres brutes.

— Viens don' prendre une bière.

— Non, je suis en fonction.

— Sois pas constipé, mon Danny, on te fera pas mal.

— Je le sais… mais…

Elles insistaient comme deux vieilles tantes devant un neveu qui refuse le dessert qu'on lui offre.

— Alors viens rejoindre Ti-Wi au bar à soir. Y serait content de te voir.

— Peut-être.

— Y a bin des filles au club qui seraient prêtes à répondre à toutes tes questions, blagua Sandra.

— Viens à soir. Gigi va danser pour toé.

Gina lui expédia une foudroyante œillade qu'elle avait dû répéter des centaines de fois.

Daniel évita le regard sexuellement assassin de Gina, s'excusa de les avoir dérangées, les remercia et salua.

En descendant les escaliers, il regarda sa montre. Le temps filait et il fallait essayer autre chose. Il tenta à nouveau d'entrer en contact avec Louis par le poste de bande publique, mais sans succès. Il s'arrêta devant une cabine téléphonique et composa le numéro de la garçonnière de Louis, toujours en vain. Il appela Beaupré, qui lui annonça qu'il n'avait pas revu le Gros. Un wagon de passagers Via Rail gris métallique passa sur la voie ferrée.

Il remonta dans la Chevrolet et lança un message sur toutes les fréquences disponibles, demandant à Louis de le contacter sur le canal 9. Il demanda aux automobilistes à l'écoute de lui signaler la présence d'une Javelin vert lime avec une barre de compétition noire, conduite par un homme chauve dans la quarantaine.

Aussitôt, quelques automobilistes lancèrent des messages pour indiquer à Daniel qu'ils ouvraient l'œil.

◆

La sablière de Cap-Rouge servait désormais à enfouir des déchets. C'était un trou béant à ciel ouvert, une blessure industrielle. Que du sable fin, blond ; on eût dit un désert de dunes grand comme vingt terrains de football. Pendant la semaine du grand ménage, tous les objets de grosses dimensions, électroménagers, meubles et ferrailles s'y entassaient pour leur dernier repos. Le reste du temps, la sablière servait de dépotoir à la population et de déversoir pour les bennes de la voirie municipale.

L'Impala traînait dans son sillage une longue guirlande de poussière. Duval venait de faire le tour de la sablière une deuxième fois et il conclut que le camion rouge ne s'y trouvait pas. Il s'immobilisa devant la guérite de l'entrée, mais elle était vide. Il essaya une fois de plus d'appeler Louis, mais sa communication demeura sans réponse. Il reçut des appels lui signalant la présence d'une Javelin sur le boulevard Laurier, sauf que le conducteur était chevelu.

Il songea un instant à téléphoner au poste afin qu'on lance un avis de recherche, mais Pouliot ne l'aurait pas pris au sérieux. Quelle belle occasion d'être ridiculisé encore une fois ! pensa-t-il.

Il regarda l'heure sur sa Seiko, la montre qu'il avait gagnée aux Olympiques de la police. Le soleil invisible roulait ses lueurs sous un couvert nuageux de plus en plus sombre. Le grondement en sourdine du tonnerre au loin annonçait des orages. L'humidité devenait insupportable.

Duval sortit pour se délier les jambes. Sa chemise collait à son dos, imbibée de sueur. Le cuir du baudrier lui irritait la peau. Il fit quelques pas, réfléchit à la tournure des événements. Son visage traduisait l'angoisse et l'incertitude.

Il en voulait à Louis de lui faire un coup pareil. Pourquoi son ami agissait-il de la sorte ? Uniquement pour se prouver à lui-même qu'il comptait encore ? Il le laissait tomber et Daniel se sentait trahi.

Le trou béant de vallons sablonneux devenait une représentation de ce qu'il ressentait. Il poussa un cri qui se répercuta en écho dans le blond canyon.

— Louis ! (Louis… Louis… Louis…) T'es là ? … (T'es là… T'es là…)

Il retourna à la voiture en jetant un regard vers le ciel menaçant. Le bloc-moteur, qui avait beaucoup chauffé, émettait des craquements inquiétants. La flèche du témoin du niveau d'huile était dangereusement basse. Comme lui, elle était dans le rouge, à bout, à cran.

◆

Vers 19 h 50, H, au volant de la Duster, descendait la rue de Norvège. Il tourna dans l'entrée voisine d'un immeuble en construction. L'arrière donnait sur l'autoroute Duplessis. Trois étages avaient été achevés et les maçons avaient commencé à poser la brique sur le revêtement de papier noir. À l'arrière, les déchets de construction s'empilaient en plusieurs monticules.

Il entra dans l'immeuble en marchant sur un madrier qui surplombait la tranchée du drain. Il monta au troisième par les escaliers. Essoufflé, couvert de sueur, il s'appuya contre une cloison et s'épongea le front avec une manche de son blouson.

L'odeur du bran de scie lui donnait le goût de fumer un joint avant de mettre à exécution la première phase de son plan. Il sortit le sac de mari, le papier à cigarettes et, avec dextérité, roula l'herbe en un gros pétard dont il lécha la lisière de colle et rabattit les extrémités. Il suça le bout puis alluma le joint. Dès la première inhalation, il comprit que le vendeur n'avait pas menti. Il faillit s'étouffer et dut se retenir de toussoter. C'était de la dynamite. Les graines pétaient dans un bruit sec. Il jeta un coup d'œil au paysage, tapi derrière une porte qui donnait sur le vide. Il n'avait qu'à sauter, pensa-t-il, pour mettre fin à tout ça. Mais le moment n'était pas venu.

L'effet rapide de la marijuana accrut l'excitation qu'il ressentait toujours avant d'entreprendre un geste criminel. Il inhala avec une telle force qu'il dut fermer les yeux pour résister à la douleur. Un DC 9 volant à basse altitude se préparait à atterrir à l'Ancienne-Lorette. D'où il était, H pouvait voir les passagers. Le sifflement assourdissant des réacteurs masqua pendant un instant le bruit des automobiles sur l'autoroute. Puis ce fut comme un big bang dans sa tête. *Wow!* Il n'avait jamais éprouvé ça: une fébrilité extraordinaire. Il pompa tout ce qu'il pouvait tirer du joint, puis écrasa le mégot sous son pied. L'effet était dévastateur. Il se sentait sur une autre planète.

Il se mit rapidement au travail. Cette poubelle en aluminium ferait parfaitement l'affaire. Il la remplit de bran de scie, de copeaux de bois et de vieux journaux abandonnés. Il sortit la centaine de cartouches qu'il avait dans ses poches et les disposa à différentes hauteurs dans le contenant. Il y en avait assez, pensa-t-il, pour laisser croire à un siège. Ce serait pire qu'une fusillade à la Richard Blass. Il extirpa de la poche intérieure de son blouson la bouteille bleue de butane. Il la déboucha et aspergea l'intérieur de la poubelle. Il allait sortir ses allumettes lorsqu'il eut une idée en apercevant une salopette qui traînait et un casque de chantier. Son visage s'éclaira d'un sourire de totale euphorie.

Il ramassa la salopette, chercha autour de lui une charpente sur quoi la faire tenir, n'en trouva pas. Il prit des deux par quatre et, avec des instruments de fortune, confectionna ce qu'il nomma un épouvantail à policiers. Il posa le casque jaune au-dessus et l'illusion fut complète. Ils tomberaient dans le panneau. Puis la vue d'un bout de crayon lui donna envie de laisser un mot. Il se demanda quel endroit serait le plus logique pour que son leurre fasse effet. « Icitte ? Non. Là ? Plutôt icitte », se dit-il. Quand ils arriveraient par le long couloir avec le feu qui ferait rage, les policiers verraient, de cet angle, l'ombre de sa créature et hésiteraient avant d'aller plus loin. Il se pencha et ramassa un bâton qui laisserait croire à une carabine. Pompé comme jamais, il retourna près du baril pour allumer son feu. Ses allumettes… Où étaient-elles passées ? Il ne les avait plus sur lui. Nerveusement, il se livra à une fouille en règle.

Finalement, il aperçut avec soulagement le carton qui était tombé à ses pieds. Il gratta une allumette et enflamma un journal à trois endroits par mesure de sécurité. Une fois que le feu atteindrait la dernière feuille du journal, le butane ferait le reste. Il visualisait le feu d'artifices dans sa tête. Il lui fallait déguerpir rapidement. Il refit le chemin inverse en descendant. Derrière, des enfants jouaient avec des rebuts de construction. Il marcha d'un pas rapide jusqu'à la voiture. Les quelques locataires sur les galeries ne portèrent pas attention à sa présence. Les jeunes passaient souvent par les arrière-cours pour se rendre à la tabagie.

Le feu n'était pas encore visible et les balles n'exploseraient pas avant quelques minutes. Il monta la rue en respectant la limite de vitesse. La rue de son enfance. Il savait que c'était la dernière fois qu'il en faisait l'ascension.

Pour éviter d'attendre au feu de circulation du chemin Sainte-Foy, il piqua par le stationnement du IGA.

Il ne voulait pas accéder au lieu de rendez-vous par l'entrée de la compagnie sanitaire. Harel s'y planquait peut-être déjà. Il passa par une rue tranquille de la paroisse voisine, Saint-Benoît. Il roula jusqu'en bas de la côte et tourna dans l'avant-dernière rue. Il longea la lisière du boisé qui sépare la voie ferrée, tourna et roula encore jusqu'à ce qu'il soit à la hauteur de l'endroit fixé. Avant de sortir, il prit la lampe de poche et s'assura qu'il avait bien son arme. Avec discrétion, il alla en reconnaissance : rien de suspect, pas de flics en vue. Que des jeunes filles qui jouaient à la corde à danser. Il traversa la rue, le fossé, le chemin de fer puant le créosote et le talus qui menait au camion. Il n'y avait personne et il crut que Harel ne viendrait pas. Si son plan fonctionnait comme prévu, la police serait tellement occupée à traquer son fantôme, rue de Norvège, qu'il serait comme un homme invisible dans la ville. Des camions à ordures stationnés s'échappaient des coulis aux fumets fétides.

L'endroit était tel qu'il l'avait mémorisé. Près du chemin de fer, il y avait un buisson d'arbustes et de mauvaises herbes. Il se pencha et se fraya un chemin à travers les branches. Il testa la lampe de poche. Elle fonctionnait aussi en mode clignotement, ce qui lui donna une idée. Il la coinça entre deux branches et recula jusqu'au camion rouge abandonné pour tester l'effet. Harel n'y verrait que du feu.

Le ciel continuait de s'alourdir. À part la rumeur du boulevard au loin, le silence était entrecoupé par le chant strident des grillons, parfois par le jappement d'un chien ou le grondement du tonnerre.

Le vieux camion dans lequel il venait jouer enfant semblait figé là à tout jamais, vestige d'une autre époque. Sa peinture rouge, jadis éclatante, avait tourné à l'orange, délavée par le soleil. Un jour, Paul et lui avaient découvert une couleuvre sous le siège avant. Ils l'avaient rapportée pour effrayer les enfants, ce qui lui avait valu une bonne volée de sa tante adoptive. H continuait à sentir les effets du pot. Jamais il n'avait été dopé de la sorte. Un wagon de passagers passa à grande vitesse. Attendre. Rester embusqué. Rouler un autre pétard, manger son petit gâteau Vaillancourt. Attendre. C'est tout ce qu'il lui restait à faire.

Puis il entendit enfin des sirènes. Une symphonie de sirènes, celles des pompiers et des policiers. Son plan fonctionnait.

◆

À 20 h 49, le poste de police de Sainte-Foy reçut de multiples appels signalant une fusillade. Un tireur fou mitraillait tout ce qui bougeait du haut d'un immeuble en construction.

La police de Sainte-Foy contacta aussitôt la SQ. La nouvelle se répandit : le tireur fou était de retour. Un défilé anarchique et bruyant de voitures de patrouille et de véhicules d'urgence apparut. Malo sortit de la cabine du camion blanc de l'escouade tactique de la SQ. Pouliot lui avait accordé l'artillerie lourde. Francis, tireur d'élite à la SQ, avait été dépêché sur les lieux, malgré son torticolis.

Les hommes en uniforme noir, protégés par des vestes pare-balles, sortaient à la queue leu leu comme un commando.

Les balles sifflaient partout. Elles avaient déjà fracassé des vitrines. Ils avaient affaire à un dément. Un mouvement de panique avait gagné plusieurs locataires qui fuyaient à la recherche d'un endroit sécuritaire. D'autres, dont un père et son fils, s'approchaient, insouciants, sans penser aux conséquences. Malo s'empara du porte-voix et hurla des insultes à l'homme en lui ordonnant de s'éloigner.

En prêtant l'oreille aux coups de feu, Malo se demanda s'ils n'étaient pas deux à tirer. À moins que le tireur n'eût en sa possession une arme automatique ou deux fusils. Il marcha, les bras arqués, vers Fournier, un policier de la ville de Sainte-Foy :

— Évacuez le secteur.

— Quoi ?

— C'est un ordre. On évacue dans un rayon d'un kilomètre. Je veux le cordon de sécurité le plus large possible. On bloque la rue.

— On n'est pas assez.

— Appelez du renfort. Demandez aux gens de sortir par-derrière.

Fournier obtempéra.

Déjà, des hommes étaient postés sur l'autoroute Duplessis. Pour Malo, Hurtubise était fait comme un rat. Mais il lui fallait procéder sans risquer la vie des résidents. Pas de blessés, pas de morts.

Il signala aux quatre hommes de son escouade de s'approcher.

— Bégin et Prince, vous allez passer par-devant, tandis que Côté et Bertrand iront par-derrière. Comme ça, il ne pourra pas nous échapper. Il se tient dans cette partie-là de l'immeuble, au second étage.

Il se tourna de nouveau vers Fournier.

— Appelez des ambulances. Il y aura peut-être des blessés.

On aurait dit que Rome brûlait. Il lançait des ordres à tout vent. Il contrôlait toutes les opérations. Rien ne devait lui échapper.

Les hommes se lancèrent à l'assaut du second étage. Ils couraient, le dos légèrement courbé comme on le leur avait appris. L'équipe 1 entra rapidement par l'avant pendant que l'équipe 2 tournait le coin à l'arrière de l'immeuble.

Malo se tourna vers Francis et désigna l'immeuble qui se trouvait en face de celui où se terrait Hurtubise.

— Toi, tu montes là et tu demandes au locataire de cet appartement de te laisser emprunter son balcon. Aussitôt que tu vois la face d'Hurtubise, tu la fais exploser.

Alors qu'il terminait sa phrase, une vitre vola en éclats, suivie d'une autre.

Francis acquiesça et courut vers l'immeuble en tenant une carabine de calibre 233 pourvue d'une lunette de visée.

Malo marcha d'un pas martial vers Fournier et le toisa comme s'il s'agissait d'un demeuré.

— Fournier! Mettez vos voitures de travers pour bloquer les rues transversales. On vous a pas appris ça?

— Vous devriez lancer des grenades lacrymogènes, caporal.

Malo n'avait pas songé à cette solution, mais ce n'est pas un blanc-bec en uniforme qui allait lui en remontrer.

— Qui commande ici? rappela-t-il.

Rapidement, les véhicules de la télévision envahirent les lieux.

L'assaut débuta en catastrophe. Bégin sortit sur les épaules de Bernard Prince. Il avait été atteint à un mollet et saignait abondamment. Bégin ne comprenait pas comment le tireur avait pu l'atteindre de cet angle. «J'ai jamais vu ça.» La balle avait traversé des cloisons de gypse et des feuilles de contreplaqué. Une balle magique.

Prince et Malo couchèrent le blessé à l'abri derrière une auto de patrouille.

Malo, avec de grands moulinets de bras, appela l'ambulance.

— J'comprends pas comment y a pu… Ça fait mal, câlice !

Prince regarda Malo, tout aussi étonné.

— On dirait qu'ils sont deux ou trois là-dedans.

Malo porta son walkie-talkie à sa bouche et ordonna à l'équipe 1 de ne pas entrer encore.

— Oui, mais on va pas attendre qu'il ait fini de tirer.

— Vous bougez pas. C'est clair ?

Le bruit clinquant d'une civière qui roulait sur l'asphalte rassura Bégin. Les ambulanciers, deux fantômes blancs, se penchèrent sur lui pour le réconforter.

On aperçut de la fumée qui s'échappait du deuxième et Malo demanda l'intervention immédiate des pompiers. Son porte-voix bien haut dans les airs ressemblait à une crête blanche sur sa tête. En parlant dedans, il essaya de raisonner le tueur fou.

— ÉCOUTE, HURTUBISE, T'ES ENCERCLÉ. RENDS-TOI. ÇA T'DONNE RIEN DE CONTINUER. AVANCE-TOI À LA FENÊTRE, LES BRAS EN L'AIR, ET JETTE TON ARME. J'TE PROMETS QU'ON TIRERA PAS.

Une minute s'écoula. Le message resta sans réponse.

Les balles continuaient de fuser de part et d'autre en sifflant tout autour. Les policiers, cachés derrière leurs portières, attendaient les ordres. Un blessé, ça pouvait toujours aller, pensait Malo, mais il paniquait à l'idée de se retrouver avec des morts sur les bras à la fin de l'intervention.

Malo savait que, tôt ou tard, Hurtubise finirait pas manquer de cartouches. La fusillade avait d'ailleurs déjà diminué. D'autres voitures continuaient d'affluer en renfort. Malo, essoufflé, s'approcha de Fournier et lui demanda comment se déroulait l'opération d'évacuation.

— On fait de notre mieux, répondit sèchement le policier, un colosse aux cheveux en brosse que l'attitude prétentieuse de Malo rendait malade.

Les voitures de police qui bloquaient la rue laissèrent le passage aux camions d'incendie. Malo sut aussitôt comment il allait procéder. Il courut vers le camion, monta sur le marchepied et demanda au chauffeur d'installer son véhicule de manière qu'il puisse, avec la nacelle, atteindre le second étage.

— Vous pensez pas que c'est risqué?

— Si quelqu'un vous dit ça avant d'aller éteindre un feu, est-ce que vous y allez pareil? Mon travail, c'est d'arrêter les coups de feu.

Malo parut fier de son jeu de mots et conclut sur un ton suffisant:

— Vous préférez qu'il tue d'autres innocents? Faites ce que je vous dis.

Malo, qui n'avait pas froid aux yeux, sauta dans le panier de la nacelle. Il s'assura qu'il avait bien enfilé son gilet pare-balles et sortit son Browning. Prince accourut vers lui, stupéfait. C'était à eux que revenait ce travail.

— Laissez-nous y aller.

— Tu monteras quand je te dirai de monter.

Le pompier sortit du véhicule, s'installa derrière la console, puis aiguilla la nacelle vers la porte-fenêtre que Malo lui indiqua, celle de l'appartement adjacent à celui où se trouvait le tireur. Aucune balle n'était sortie de cette ouverture. Rapidement, il le hissa jusqu'au balcon désigné. De son nid d'aigle, Malo aperçut une ambulance noire qui se stationnait devant un immeuble.

À la tombée de la nuit, les gyrophares créaient un chassé-croisé rouge et bleu sur les devantures des édifices.

De l'endroit d'où provenaient les coups de feu sortait maintenant une fumée peu dense. Les détonations se faisaient de plus en plus espacées. Malo sut que le tireur serait bientôt à court de munitions. Il commençait déjà à les ménager. La nacelle se trouva à la hauteur de la porte. Nerveusement, Malo regarda le vide entre la nacelle et le seuil, puis sauta. Il pénétra dans le logement et longea un mur porteur à moitié recouvert de panneaux de gypse. Les bras pliés à la hauteur de la poitrine et l'arme près du visage, il avançait lentement. Arrivé à la jonction du corridor, il passa rapidement la tête et ensuite tout le corps en se penchant, puis déplia ses bras en pointant l'arme devant lui. Le corridor était vide. Devant, une porte s'ouvrait sur la cage d'escalier. Il dut traverser sur un madrier jusqu'à l'appartement où se terrait Hurtubise.

Une détonation assourdissante retentit au moment où Malo entrait dans l'appartement. De la fumée s'échappait de la pièce de droite. Asthmatique, Malo avait de la difficulté à respirer. Les balles avaient troué les murs. L'anxiété le gagna. Son cœur semblait être une grenade sur le point d'exploser. Une minute passa et aucun coup de feu ne se fit entendre. Malo se parla à lui-même. « Vas-y ! » Il reprit son avancée silencieuse en frôlant le mur du corridor, se mit à découvert et tira quatre balles sur la cible. L'épouvantail s'écroula par terre et le casque troué roula dans le corridor. Dans son walkie-talkie, il cria qu'il l'avait abattu.

— Il est touché ! Je l'ai eu ! Vite !

Puis il pénétra dans le salon enfumé et découvrit l'arnaque. La honte et la stupeur l'envahirent. La sueur perla partout sur son visage picoré par la vérole. Il jeta un coup d'œil à l'extérieur – « Tout d'un coup qu'il aurait fui » –, puis dans les autres pièces. Mais rien. Aucune trace. Hurtubise n'avait quand même pas pu sauter par la fenêtre ! Ce qu'il avait cru être le tueur n'était en fait que des bleus de travail et un casque.

— C'est pas vrai !

Son long toupet blond peigné sur le côté tomba, comme s'il s'agissait de sa propre reddition.

Lui qui, trente secondes plus tôt, se voyait comme un héros, ne savait plus où se mettre tandis qu'il entendait les pas des policiers qui foulaient le madrier.

L'escouade tactique d'intervention, les agents de la police de Sainte-Foy et les pompiers prirent d'assaut la pièce. La scène leur parut pathétique. Malo était accroupi dans un coin et ne disant rien.

— Où est le corps ? demanda Prince.

L'autre se retourna en expirant longuement la fumée de sa Peter Jackson. L'affreux H, farceur à ses heures, leur avait tendu un piège et ils étaient tombés dedans comme des truites affamées.

— Y a pas de corps, tabarnak ! J'ai tiré sur un crisse de mannequin…

Tremblay, qui venait d'arriver, entendit l'aveu de Malo. En voyant le leurre à côté de la poubelle criblée de trous, il refréna un sourire : au tour de Malo de se faire baiser par Hurtubise !

Soudain, une détonation envoya tout le monde au plancher.

— Des blessés ? s'enquit Malo en relevant la tête.

Tremblay eut envie de répondre : « Oui, toi, Malo, blessure d'orgueil », mais la rumeur s'en chargerait.

— N'oubliez pas d'appeler le coroner, dit le lieutenant Fournier en voyant la scène.

Malo n'apprécia pas le commentaire.

Avec un extincteur, un pompier éteignit ce qui restait du feu. La poubelle était trouée comme une passoire. Francis jeta un coup d'œil à l'intérieur et vit des dizaines de douilles chauffées à blanc. L'odeur de poudre était insupportable. Il ramassa une boîte de cartouches CIL au pied du contenant. Puis Tremblay constata qu'un message avait été inscrit sur le rabat. Une vague de frissons le traversa.

PENDANT QUE VOUS ÈTES LA, VOUS DEVRIEZ ETRE AILLEURE. LE CHIEN SALLE A HAREL À BESOIN DE VOUS AUTRES. MAIS YÉ TROP TARE. YÉ MORT.

Hurt

Consterné, Francis lut le message à haute voix. Malo se leva. Il pouvait encore sauver la face, mais un policier affecté aux communications avisa Malo que les journalistes de la télé voulaient entrer. Malo paniqua, il expira d'impatience. Son visage transpirait d'angoisse. Il ne saurait quoi leur dire, alors qu'ils s'attendaient à trouver le cadavre d'Hurtubise. C'était un cauchemar. Il imaginait déjà les réactions et les articles qui allaient suivre. Comment expliquer qu'il avait confondu un épouvantail à moineau avec Hurtubise ? Lui qui avait tant critiqué ses collègues de travail passerait pour un vrai crétin.

— Caporal ?

Il sortit de sa torpeur. Ce qui venait de se produire et ce qui arrivait à Harel lui offraient une voie royale pour se défiler.

— Dites-leur qu'ils ne peuvent entrer, c'est trop dangereux pour l'instant. Appelez l'Identité pour qu'ils viennent faire leur travail. Expliquez-leur qu'il faut qu'on aille au secours de Harel.

— Mais qu'est-ce qui s'est passé ?

Ils sortirent à la hâte. Fournier se ferait un plaisir d'expliquer aux médias les événements. On avait déployé une force excessive et un homme avait été blessé.

Malo disparut comme un voleur avec ses hommes, laissant derrière lui des journalistes prêts au massacre.

◆

Daniel ne sut rien du carnaval de la rue de Norvège, car il était à l'affût d'un message sur la bande publique. La voiture longea le fleuve à la hauteur de la baie de Cap-Rouge, passa sous le *tracel*. Duval commençant à perdre espoir, sa voix devenait de plus en plus mécanique. Le ciel lourd n'attendait plus que l'occasion de crever ; quelques gouttes commençaient déjà à perler sur le pare-brise.

Duval sentit la faim lui tirailler l'estomac et il eut envie d'avaler n'importe quelle cochonnerie. Une enseigne en forme de cône de crème glacée lui donna le goût d'une glace. Qu'est-ce qu'il lui restait à faire ? se demandait-il. Rentrer ? Son collègue l'avait trahi, son ami l'avait laissé tomber. Voilà les mots qui trottaient dans sa tête.

Un coup de tonnerre. Des cordes de pluie obliques lacérèrent le ciel. Les gouttes s'abattaient sur le capot du véhicule avec une telle force qu'elles rebondissaient. On eût dit des centaines de coups de baguette sur une caisse claire. Duval nota une fuite d'eau à l'arrière de la capote. Il se rangea à mi-chemin dans la côte Provencher. Sa main gauche partit à tâtons à la recherche du bouton des essuie-glaces ; rien ne semblait indiquer son emplacement. « Voyons, tabarnak ! » Il venait d'actionner les feux de détresse. Il chercha de nouveau à l'aveuglette, manipulant tout ce qui se tournait ou se pressait, à bout d'injures. Il trouva enfin le bon bouton et les essuie-glaces se mirent en marche avec un bruit de corde à linge insupportable. Un seul fonctionnait, l'autre bougeait à une lenteur infinie et l'eau semblait s'en moquer, lessivant le pare-brise. « Merde ! » Il ne se résignait pas à rentrer et se remit en route.

Au sommet de la côte Provencher, il reprit son obsessionnelle recherche sur les différents canaux de l'émetteur. Il s'engagea sur le chemin Sainte-Foy afin de regagner Québec.

Les fenêtres s'embuaient et il devait les essuyer avec la main pour voir la route devant lui. Il ne parvenait pas à faire entrer l'air dans les conduits d'aération.

Il eut une autre idée pour inciter Louis à répondre.

— Salut, Louis ! Si tu m'entends, pour la énième fois, veux-tu me contacter, s'il te plaît. Je viens de voir Sandra. Il faut que je te parle.

À travers des bruits de fond parasites émergea une voix connue.

— Y a pas à dire, t'es tenace.

— Louis, t'es là ?

— Pourquoi que tu me colles après ?

— Louis, s'il te plaît. Dis-moi où t'es.

— Non, mon vieux. Toi, t'es où ?

Daniel se résolut à mentir. Il s'immobilisa sur l'accotement.

— Je suis à Limoilou. Je me dirige vers l'incinérateur où j'espère te trouver.

Louis éclata de rire.

— T'es trop loin, de toute façon. T'es pas dans le bon dépotoir. Je suis…

— Allez, dis-moi où tu te trouves.

— À dix milles d'où tu es.

À cet instant, Daniel entendit dans le poste un bruit qui venait vers lui. Il se glissa hors du véhicule en étirant le fil du récepteur. Il regarda dans les airs et aperçut sous le couvert nuageux un Constellation qui s'apprêtait à atterrir. Il repéra l'endroit exact où se trouvait l'avion. Après quinze secondes, il marinait dans ses vêtements. Des éclairs cisaillaient le ciel.

— Louis, qu'est-ce qui fait ce bruit-là ? Je t'entends plus.

— Un avion de Québec Air qui vient de décoller. Il passe au-dessus de ma tête.

La chance devait tourner tôt ou tard. Daniel entendait au loin les moteurs. Le bruit s'amplifiait. Il repéra à travers les nuages les feux de navigation de l'appareil. Louis se trouvait quelque part entre l'aéroport de Sainte-Foy et l'endroit où lui-même était, dans un axe sud-est, ce qui limitait le secteur de recherche. Duval mit le cap dans cette direction. Les coups de tonnerre se faisaient entendre aussi dans le récepteur.

— Tu veux me dire où tu es?

— Non, je dois raccrocher. Mais je te donne rendez-vous au bar vers onze heures. Je crois que la petite vermine va se coucher tôt ce soir.

Daniel essaya de le prendre par les sentiments.

— Je vais aller te rejoindre. Tu dois pas manger le gâteau tout seul, mon vieux.

— Laisse-moi m'occuper du sale boulot. Tuer un homme, ça m'est déjà arrivé. Toi, jamais. Même quand tu détruis la vermine, tu ressens quelque chose. Tu dois pas enseigner ça à l'école de criminologie.

— J'enseigne pas le meurtre, même en état de légitime défense.

— Bon, maintenant je vais te laisser.

— Non, attends, Louis.

— On se verra plus tard, ce soir ou lundi au bureau. On pourra pas dire que je me démène pas. Même suspendu, je fais de l'*over time*.

— Attends… Louis! Louis!

L'autre avait raccroché. «Crisse», murmura Duval. Il tenta de retrouver le signal, mais peine perdue. Daniel embraya aussitôt. Il était à moins de cinq minutes de son ami. Il fit demi-tour. Pour se rendre à la hauteur de ce qu'il croyait être le boulevard Chaudière, au sud du boulevard Charest, il n'avait pas le choix, il lui fallait rebrousser chemin. La voie ferrée l'empêchait de se rendre directement à l'endroit désiré. Il descendit la côte de Cap-Rouge à 80 milles à l'heure sans trop savoir si les freins allaient lui permettre de tourner dans la rue Provencher, ce qu'il réussit dans un crissement de pneus. Un piéton offusqué de le voir rouler si vite lui fit signe de ralentir. Il tourna au boulevard Chaudière et se trouva logiquement sur un axe horizontal par rapport à l'endroit où se trouvait Louis. Il dut ralentir en apercevant une voiture de police qui s'amenait dans sa direction. Il aperçut un avion qui amorçait son atterrissage en survolant les pignons du collège Champigny. L'aiguille du compteur marquait 90 milles à l'heure. Le moteur refusait d'en donner davantage. Les vitres étaient toujours embuées. Duval ouvrit la fenêtre. Au moins, il pouvait encore distinguer la ligne blanche et les feux de circulation. Moins d'un kilomètre. Un gros garage en tôle ondulée. Sa main gauche chassait la buée qui devenait de plus en plus opaque. Sa tête se balançait de gauche à droite pour entrevoir une percée, une éclaircie, car il commençait à chercher des repères. Une voiture le croisa en klaxonnant. L'eau projetée par le véhicule gicla sur la sienne et il se prit la rafale en pleine gueule.

Il sentait son degré de tolérance baisser dangereusement. Le témoin du niveau d'huile clignotait.

Il vit une voiture qui s'engageait dans un champ où subsistaient quelques arbres squelettiques, vestiges d'un passé forestier. La voiture qui avançait dans le terrain vague éteignit ses lumières. Ce devait être Louis, à moins que ce ne fût Hurtubise. Duval ne pouvait accéder au terrain à cette hauteur à cause d'un fossé. Il lui fallait continuer de rouler.

La buée envahit totalement le pare-brise. Duval ne voyait plus rien et il dut se ranger sur l'accotement. Il frappa le volant de rage, chercha un linge, n'en trouva pas. Il prit les dés en peluche et essuya le pare-brise, ce qui lui permit de voir un peu mieux, mais à peine. Il zieuta rapidement le thermostat et finit par découvrir la commande d'aération pour éliminer cette condensation. Peu à peu le pare-brise s'éclaircit et il fut en mesure de voir où il allait.

Il avait perdu de vue la voiture de Louis, mais il savait exactement où elle se trouvait. Le talus du chemin de fer formait un cul-de-sac naturel.

Il vit l'enseigne des Services sanitaires Champlain.

Derrière un vaste hangar en aluminium était cordée en rang d'oignons une armada de camions d'ordures. Les bennes des camions, véritables coléoptères d'acier, dégageaient une odeur fétide en cette soirée humide, la pluie amplifiant le fumet pestilentiel. Un véhicule passa. Puis Daniel obtint enfin la confirmation de ce qu'il cherchait : de vieux camions jonchaient ce dépotoir à ciel ouvert. Il appuya à fond sur l'accélérateur. Il aperçut au loin une lumière clignotante.

◆

La Javelin de Louis s'engagea dans le stationnement du centre sanitaire. Il aperçut le chemin de terre cahoteux qui menait au point de rencontre, deux ornières creusées par les pneus des voitures. Il roulait lentement. Même à bas régime, le moteur de sa voiture était bruyant. Il éteignit son poste de bande publique. Il ne voulait plus entendre la voix de Daniel ; assez rusé, son collègue, pour le relancer jusqu'ici. Il avait une idée fixe et ne voulait pas être influencé. Il immobilisa la voiture, éteignit ses phares. Il observa attentivement le terrain avant de sortir. Il n'aimait pas ce qu'il voyait, trop d'endroits pour se cacher : des buissons, des arbres. C'était un terrain vague où s'était dressé jadis un magnifique boisé. Il n'en restait plus qu'une lisière pour en rappeler le souvenir. Quelques arbres valeureux résistaient à l'assaut des pollueurs. Louis baissa sa fenêtre. Le site était jonché de détritus : électroménagers, sommiers rouillés… Les services sanitaires y avaient aussi mis au rancart d'anciennes bennes de camions à ordures.

Louis abaissa le levier de vitesse et roula lentement jusqu'à l'endroit convenu, le vieux camion rouge. Tout de suite il chercha à savoir où se trouvait planqué Hurtubise. Ce vicieux ne lui avait certainement pas préparé un comité d'accueil, et si oui, pas celui auquel on s'attend habituellement.

De grandes veines de pluie coulaient sur le pare-brise. La main du Gros se posa sur la crosse tiède de son 38. Il pesta en constatant qu'il allait devoir marcher dans cette « crisse de swamp ». Le champ était trans-formé en une mare de boue et il portait ses *loafers* neufs. La pluie avait diminué d'intensité, mais tombait avec régularité, monotone.

Louis sentit peser sa solitude, mais il savait qu'il n'avait qu'à prendre le récepteur et que son compère se pointerait à la course, le 38 au poing. L'idée lui effleura l'esprit, mais il se ravisa.

« Une cour à scrap ! Quel endroit de prédilection pour disposer de cette ordure. Une de moins », se dit-il. Au loin, on entendait les avions de l'aéroport de Québec décoller ou atterrir, et le chuintement des pneus sur la chaussée mouillée des autoroutes. L'endroit, à première vue inquiétant, était une zone de résonance sinistre pour les oreilles, et puait aux narines.

À dix mètres, de biais à sa gauche, une lumière s'allumait et s'éteignait à travers un buisson. Louis sortit de sa voiture et se posta derrière la portière. La lumière continuait de clignoter et Hurtubise ne se

manifestait pas. Derrière Louis se trouvait le camion
à ordures rouge, ou ce qu'il en restait.

— Allez, sors de là. La partie est terminée. Si tu
sors pas, à trois je tire. Un, deux, trois.

Louis fit feu et visa droit sur la lampe de poche
qui s'éteignit. Le fracas de la détonation se répercuta
longuement. Il n'entendit pas un corps s'abattre. Rien.
Pas un signe de vie ni de mort. Harel commença à
s'inquiéter. Sur son crâne chauve dégoulinaient les
perles de sueur et de pluie, que ses cils ne retenaient
plus et qui lui piquaient les yeux. Il s'essuya les paupières du revers de sa manche de chemise. Celle-ci
était trempée et ses beaux souliers en cuir fin étaient
enfoncés dans la fange.

La pluie reprit avec plus d'intensité, assourdissante.

— Hurtubise, quand je donne rendez-vous à quelqu'un, j'me montre... Sors de ton trou, cria Louis.

Une poignée de cailloux grêla sur le toit de la Javelin.
Louis, qui était toujours derrière la porte ouverte, eut
le réflexe de se protéger avec les mains. Il tourna la tête.
Le vautour était perché derrière, très haut, debout sur
la boîte du camion à ordures.

Louis allait se retourner quand l'autre hurla :

— T'es mort si tu te r'tournes !

Dans le reflet du pare-brise, Louis pouvait le voir
juché sur la benne du camion. Il se sentit coincé. S'il
se terrait dans la voiture, l'autre aurait tôt fait de la
canarder. Il ne pouvait pas courir vers le buisson, son
pied ne lui permettait pas de déplacements rapides. Il
serait poivré aussitôt. Pourtant, qui sait ? Hurtubise
pouvait viser de gros objets en mouvement, mais
pourrait-il toucher un homme qui se déplacerait en
zigzaguant ?

— C'est pas très brave de se cacher dans le haut
des garde-robes. Quand on est petit, ça peut aller,
mais à ton âge, c'est pisseux. C'est pas un vrai duel.

— C'est toé qui oses dire que j'suis lâche alors que tu viens de shooter sur une flashlight ? T'as trouvé ça brave de tirer sur mon frère qui était pas armé ?

— Il avait un couteau. J'vais porter une cicatrice pour le restant de mes jours.

Hurtubise descendit de la benne en sautant sur la cabine, dont le toit renfonça, puis sur le capot et enfin sur le sol gorgé d'eau.

— Jette ton arme, gueula Hurtubise.

Louis refusa, sachant que cela signifiait sa fin.

Un véhicule au moteur ronflant s'amenait dans leur direction. Hurtubise tourna légèrement la tête et Louis virevolta pour faire feu, mais Hurtubise le précéda et tira. Louis fut touché à l'épaule et son arme projetée à deux mètres de lui.

H ne pourrait pas faire durer le plaisir. La voiture se trouvait à mi-chemin. Il avança lentement vers le policier. Louis courut, se rua sur son arme, mais s'effondra à plat ventre. Hurtubise tira trois balles à bout portant sur le corps de Louis agité de soubresauts, une seule de ces balles ratant de peu sa cible. H déposa la carte *Fin de limite de vitesse* sur la nuque de Harel, à l'intérieur du col.

Il ne prit pas le temps d'observer une minute de silence réjoui sur sa victime qui gisait dans la boue, ni de s'emparer de l'arme restée sous le corps. Il monta dans la Javelin du policier, tourna nerveusement la clé de contact. Comme le moteur tournait déjà, le démarreur émit un son crissant. H embraya et fonça droit devant à toute vitesse.

◆

Daniel fut saisi d'effroi en entendant les cinq coups de feu. Il tenta d'interpréter ce qui avait pu se passer

entre le premier coup et les quatre autres. Quelqu'un
y avait sûrement laissé sa peau. Une voiture, feux de
route allumés, fonçait sur lui. Aveuglé, il se demanda
s'il pouvait s'agir de Louis. Mais non, son collègue
n'aurait pas filé ainsi. Il ne roulerait pas non plus
avec ses feux de brouillard. Il était clair que l'autre
n'avait pas l'intention de s'arrêter. Il reconnut la
Javelin de son ami, mais eut juste le temps de se
ranger pour éviter la collision. Un jet de boue ma-
quilla le blanc de la Chevrolet. Il braqua et opéra un
virage à 180 degrés qui fit gicler un torrent de vase.
Duval sut alors qu'il n'y avait qu'Hurtubise pour conduire en malade de cette façon. Il lança la chasse en
exigeant de la Chevrolet toutes ses réserves.

Il s'empara de l'émetteur du poste de bande publique et cria sur le canal 9: « Break! Break! C'est
urgent! J'ai besoin d'aide. Il faut envoyer immédiatement une ambulance derrière les installations sanitaires Champlain, tout près du chemin de fer, sur le
boulevard Chaudière. Un enquêteur de la SQ a été
atteint de plusieurs balles par le meurtrier du boulevard. »

Une femme, qui se trouvait derrière son poste à
radio ondes courtes chez elle, entendit le message et
se mit en ligne.

— Base XM 522889. Denise à l'appareil. J'envoie
tout de suite une ambulance. Est-ce qu'il y a quelqu'un avec lui, présentement?

— *Break*, non, il est seul.

Il savait que ce serait suffisant pour lancer l'alerte
générale. Duval était déchiré à l'idée de ne pas être au
chevet de son ami. Il craignait le pire. Toutes ces balles
et un fuyard qui roulait à vive allure.

Duval, hors de lui, suivait le criminel, mais avec
l'impression d'être retenu par un câble. Cette vieille

guimbarde n'avançait pas. Heureusement, Hurtubise dut freiner pour laisser passer des voitures avant de s'engager sur le boulevard Chaudière.

La Javelin dérapa sur la chaussée mouillée, mais H réussit à redresser. Il dépassa les trois voitures qui l'avaient ralenti et s'engagea dans la bretelle qui menait à l'autoroute 40 Est. Daniel l'imita dix secondes plus tard. Son pied écrasa la pédale d'accélérateur. Il parvenait assez bien à maintenir la cadence d'Hurtubise en ligne droite et la chose l'étonna, car le moteur de la Javelin était des plus puissants. Il pensa qu'Hurtubise cherchait à l'entraîner à sa suite afin de lui régler aussi son compte. Si c'était son plan, Daniel remerciait Dieu. Le gros derrière de la Chevrolet survirait et Duval se sentait dangereusement déporté dans les courbes.

Une ambulance s'amenait en sens inverse et Duval souhaita que ce soit pour Louis. Il se demanda si Hurtubise avait entendu ce qu'il avait dit sur la bande publique.

H prit la longue courbe de la 40 qui menait à l'autoroute Duplessis, l'artère qui avait servi de théâtre à ses crimes.

Daniel se trouvait à six voitures de la Javelin. La ballade infernale allait atteindre une intensité rarement égalée. Il savait qu'Hurtubise le manipulait, il l'avait vu conduire la veille et il se doutait bien qu'il lui tendait un piège. Il se demanda à quel canal le poste de la Javelin était ouvert. Il prit le récepteur pour lancer un «Break ! Je suis policier, c'est urgent. »

Il entendit aussitôt une voix mentionner qu'une ambulance se dirigeait vers la compagnie Champlain. La nouvelle ne fit qu'accroître son ardeur. Jamais il n'avait été chaud à utiliser son arme. Mais là, il fallait éliminer cette vermine. Une sourde rage envahissait son esprit. Son corps était un réseau de nerfs tendus vers une seule action : tuer Hurtubise.

La chaussée était trempée. Parfois un éclair allumait encore le ciel, mais la pluie avait à peu près cessé de tomber. Duval cria dans l'émetteur pour qu'on le mette en contact avec Denise.

H prit la sortie du chemin Saint-Louis et s'engagea dans la côte de l'aquarium. D'abord, Daniel pensa qu'il l'entraînait sur le même parcours que la veille, sauf qu'au lieu de bifurquer sur le boulevard Champlain en direction de Québec, la Javelin tourna dans la voie qui menait au vieux pont de Québec par une multitude de détours. Duval sut alors qu'il pourrait coincer le meurtrier.

— *Break*, je dois parler à Denise.

La voix de Denise retentit dans le haut-parleur.

— *Break*, oui. Denise ! À vous.

— Denise. Appelez le poste de la SQ à Charny pour leur dire de bloquer les portiques sud et nord du pont de Québec. On tient Hurtubise, le meurtrier. Il roule en direction du pont. C'est urgent. Dites-leur que c'est Duval, de la Criminelle. Je suis toujours à la poursuite du meurtrier.

— Break, base XM 522889. J'appelle tout de suite, monsieur Duval. En passant, l'ambulance est en route.

L'aiguille blanche du compteur de vitesse indiquait 90 milles à l'heure. À ce rythme, le moteur allait sauter. La mécanique emballée réclamait sa dose d'huile, le témoin lumineux clignotait depuis longtemps. La suspension molle de la Chevrolet lui faisait perdre de l'adhérence, rendait ardue la conduite sur cette succession de nids-de-poule.

La Chevrolet approcha à moins de cent mètres de la Javelin. Duval se laissait mener par Hurtubise. Il pesta en constatant l'absence de renfort à l'entrée de la bouche d'acier. Le message ne s'était pas encore rendu. Le portique vert-de-gris et corrodé du pont de Québec les engouffra. Hurtubise passa sous la poutre cantilever et, dix secondes plus tard, ce fut au tour de Duval. Parvenu au milieu, sous la poutre suspendue, H vit deux autos de patrouille jaune et vert qui s'apprêtaient à bloquer le portique sud. Il ne pourrait jamais passer au travers. Il appuya légèrement sur les freins, souleva le frein manuel et la voiture effectua un demi-tour. Un concert de klaxons hystériques accueillit la manœuvre. Duval se retrouva face à face avec Hurtubise. Il tenta de l'intimider en lui opposant la mâchoire de sa Chevrolet mais l'autre, qui tenait moins à la vie qu'à la mort du policier, obligea Duval à braquer au dernier moment. La collision fut évitée de justesse, suivie d'autres longs klaxons lancinants. H se réjouit. L'ouverture était libre à la sortie nord. Duval ne voulut pas y croire. Tout était à recommencer. Mais, à moins de cinquante mètres, le portique nord se referma comme une écluse : deux voitures de patrouille de la SQ prenaient d'assaut la chaussée. Duval, radieux, aperçut dans son rétroviseur les renforts. En aval et en amont, des dizaines de gyrophares et de sirènes hurlantes et, derrière les portes, des tireurs impitoyables, se dit-il. Duval effectua un périlleux demi-tour. Hurtubise était coincé, Duval en était sûr maintenant. Il vit les feux d'arrêt de la Javelin rougeoyer devant lui.

H ouvrit la portière à une trentaine de mètres du barrage policier et traversa la travée. Il enjamba le garde-fou, évalua d'un coup d'œil rapide comment il pouvait rejoindre la passerelle qui longeait les poutres supérieures. Il n'y avait qu'une façon de le faire à cet endroit, et c'était au risque de sa vie. H entreprit de gravir la membrure d'acier inclinée qui menait en haut. L'acier mouillé était glissant, mais les croisées offraient une prise solide pour s'y agripper solidement. L'ascension exigeait beaucoup de force et d'endurance. Muscles tendus, H semblait aussi à l'aise qu'un chimpanzé dans un arbre.

Duval, en contre-plongée, le regarda faire. Il eut le réflexe de le suivre, mais changea d'idée au moment d'enjamber la barrière. «De l'autre côté, vite», se dit-il. Il traversa la chaussée désertée par les automobilistes, sauta par-dessus le garde-fou. La vue en plongée sur le gouffre et le fleuve noir ne calma pas ses ardeurs. Il s'agrippa à la membrure, dont l'angle faisait 45 degrés, et amorça son escalade. La structure complètement oxydée imprégnait sa main d'un fluide rouillé, et les croûtes qui se détachaient de la poutre lui piquaient la peau. Les poutrelles glissantes ne pardonnaient pas les erreurs. Il savait qu'au jeu de l'endurance, Hurtubise ne viendrait jamais à bout de lui. L'autre avait cependant une dizaine de mètres d'avance sur lui. Duval accéléra, ses mains s'accrochant à chaque croisillon. Mais en cherchant un appui, son pied gauche se déroba et le droit glissa également. Duval s'affaissa, retenu seulement par les mains, le corps tout déséquilibré. Son cœur s'emballa. Il se redressa et dut laisser reposer ses muscles palmaires gorgés d'acide lactique. Il reprit sa montée et se retrouva juste sous la poutre horizontale du sommet. Il devait se hâter d'atteindre la passerelle, sinon Hurtubise le prendrait de vitesse. Mais la peur et l'effort que la manœuvre exigeait le décourageaient. Il savait qu'il n'avait plus le choix. Il ne pouvait pas faire marche arrière. Il se trouvait dans un angle de 45 degrés et il devait, pour s'accrocher à la poutre cantilever, se retrouver pendant une seconde en déséquilibre afin de s'y agripper. Il avait deux possibilités tout aussi funestes et téméraires l'une que l'autre: effectuer la manœuvre du côté fleuve ou du côté tablier du pont. Le vide avec, comme point de chute final, la dureté de l'eau ou celle du pavé. Il décida qu'il préférait tomber à l'eau que sur le pavé. Mais le vent pouvait déporter son corps et le briser contre les ramifications d'acier. Des faisceaux lumineux en chassés-croisés balayèrent la structure. Duval craignit qu'on ne le confonde avec la proie. Sa main droite ne parvenait pas à saisir une prise. Il lui manquait quelques centimètres. À travers le squelette d'acier, il aperçut le pont principal d'un porte-conteneurs qui s'approchait. « Ne regarde pas en bas », se dit-il. Il s'assura que ses pieds étaient bien ancrés dans les croisillons ; bandant son corps comme un arc, il se tira vers la gauche, se souleva du bout des pieds, se trouva un instant en instabilité totale, puis s'accrocha désespérément à l'acier froid et parvint assez facilement à se hisser sur la passerelle. Il se sentit rassuré par le maigre garde-fou qui lui arrivait à mi-cuisse. Il n'avait pas le vertige mais, dans sa jeunesse, il avait souvent rêvé qu'il déambulait seul au sommet du pont Jacques-Cartier, habité par un sentiment de désespoir dans lequel le danger de chute était omniprésent. Il avait l'impression de revivre ce cauchemar récurrent de son enfance. En bas, c'était la mort. Le ciel était d'encre et de petits points lumineux, les navires, sillonnaient le fleuve. Il lorgna sa proie dans ce sprint en parallèle. Hurtubise, de l'autre côté, descendait la poutre cantilever en direction de la poutre suspendue, l'arche du pont. Duval sut dès lors qu'il pourrait le prendre de vitesse. Il sortit son 38 et se jura de se maudire s'il le ratait. Ses mains glissaient sur la rampe mouillée tandis qu'il effectuait une course époustouflante. Hurtubise le devançait encore de quinze mètres lorsqu'il amorça la montée de l'arche du pont. Duval atteignit celle-ci. Il se demanda si l'autre l'avait remarqué. Il aurait pu tenter de l'abattre à cette distance, mais préféra le prendre par surprise. Il se retrouva presque à égalité avec Hurtubise. Les bruits de ses pas affolés sur la structure d'acier s'entendaient distinctement.

Hurtubise se retourna et hurla.

— Hé, poulet! T'es mort! cria-t-il à bout de souffle.

Une détonation retentit. La balle ricocha sur la structure en étincelant et se perdit dans un sifflement sinistre. Hurtubise l'avait manqué d'un mètre.

H ragea, frappa du poing la rampe. Il n'avait plus de souffle et qu'une seule cartouche dans son barillet. Découragé, les jambes en coton, sans énergie, il reprit sa course avec la détermination d'une bête traquée. Il perdit pied et se fracassa le tibia sur une marche en glissant. Son visage se contorsionna de douleur. Il se releva. Daniel redoubla d'efforts pour parvenir le premier au sommet du pilier sud. H pensa sauter pour en finir, mais il lui restait une balle et il voulait quitter ce monde en beauté. Tuer le beu, et ensuite rejoindre Ti-Paul en faisant le grand saut. Cette pensée le stimula.

Duval calcula mentalement le nombre de cartouches à la disposition d'Hurtubise. Cinq balles avaient été tirées dans le dépotoir, et Hurtubise venait de faire feu une fois. Six cartouches? Mais combien de balles Louis avait-il tirées? Ce qui était sûr, c'est qu'Hurtubise disposait au moins d'une autre cartouche. S'était-il emparé du revolver de Louis? Avait-il des cartouches en réserve? Il ne servait à rien de spéculer là-dessus, se dit-il. Mais le fait qu'Hurtubise n'avait tiré qu'une seule fois sur le pont signifiait peut-être qu'il était à court de munitions.

Il devançait maintenant Hurtubise par une dizaine de marches. Il atteignit enfin le sommet du pilier. Une rafale de vent le décoiffa, son toupet fouetta son visage. Il reprit son souffle. Ses mains sanguinolentes le faisaient souffrir. Il les essuya sur son pantalon.

Tout en bas, le bateau fit tonner sa corne de brume.

Des faisceaux lumineux se croisaient à travers le gigantesque meccano comme s'il s'agissait d'une première hollywoodienne. Hurtubise se retrouva pris entre les feux. Il ne lui restait plus que quelques marches à gravir. Le bruit sourd d'un hélicoptère allait en augmentant. Duval comprit que c'était celui de la SQ. Tout ce qu'il souhaitait, c'est qu'on ne le confonde pas avec Hurtubise. Il se pencha afin de ne pas être visible quand Hurtubise atteindrait le sommet du pilier.

Mais à six marches du sommet, H s'assit, épuisé, hors d'haleine et tout en sueur. Il plaqua le revers de sa main sur son front et l'épongea. Ses mains étaient elles aussi entaillées et rougies par le sang. Il regrettait de ne pas s'être emparé du revolver de Harel.

Daniel prit une position de tir, attendant qu'Hurtubise apparaisse dans son champ de tir. Mais l'autre ne se montra pas.

Bourdonnement d'un moteur diesel. Duval regarda sous lui. La plage avant du navire était chargée de conteneurs orange et rouges.

Le feu de mât du cargo apparut sous le tablier du pont. La passerelle blanche coiffée d'une cheminée jaune passa à moins de dix mètres de la structure.

H, malgré l'épuisement, était exalté. Il allait doublement venger l'honneur des Hurtubise. Puis ce serait le saut de l'ange. Toute la famille serait bientôt réunie. Paul et lui, à nouveau ensemble. Le tribunal divin ne lui inspirait aucune crainte. Dieu sait qu'il en avait arpenté, des tribunaux. Au pire, on lui reprocherait d'avoir vengé le meurtre crapuleux de son frère. Il lui restait une balle, précieuse comme la vie. Il avait coincé le revolver derrière sa fermeture éclair. Saint-Pierre allait accueillir un autre salaud.

Duval cria :

— Rends-toi, t'es cerné.

L'hélicoptère s'approcha, suspendu comme par un fil. Un homme avec un porte-voix s'adressa à Hurtubise. Duval reconnut la voix de Tremblay. Bonne nouvelle. Tremblay était un tireur d'élite.

Daniel l'aperçut à travers les treillis d'acier.

— Hurtubise, tu vas te rendre parce que tu es cerné de partout. Jette ton arme.

H se retourna et fit signe qu'il était désarmé.

Il sortit en levant les mains au-dessus de la tête.

Duval se leva et se dirigea vers lui en pointant son arme.

— Jette ton arme, vociféra-t-il.

— Je l'ai échappée en grimpant.

— Tu mens.

— Non. C'est vrai.

Voyant qu'Hurtubise refusait d'obtempérer, il réitéra son ultimatum. Puis, à sa grande surprise, Hurtubise cria :

— Je me rends.

— Couche-toi.

— Je me rends.

Il marcha cinq mètres en direction de Duval, puis se ravisa.

— Couche-toi, sinon je tire, hurla Daniel.

H tourna les talons et marcha vers le pilier. Il enjamba la rampe.

— Tu vas devoir me tirer dans le dos, cria Hurtubise.

À trente mètres, Tremblay observait la scène depuis l'hélicoptère, l'œil derrière la lunette de visée, l'index sur la détente de sa Remington 700, 308 mm. Un puissant projecteur éclairait Hurtubise. Tremblay n'aimait pas que Daniel soit si près de sa cible. Le pilote d'hélicoptère se positionna de biais à Hurtubise.

H n'avait qu'un pas à faire pour se jeter dans le vide.

Duval s'avança lentement vers lui, prudemment, pas à pas, l'arme au poing, jusqu'à ce que son champ de vision ne découvre que le gouffre sombre.

— Hurtubise, fais pas ça.

— Ils vont penser que vous m'avez poussé.

— De l'hélicoptère, ils voient tout ce que tu fais. Ils se rendront compte que non.

Duval se méfiait d'Hurtubise, mais il le savait prêt à se libérer du calvaire à venir en faisant le saut de la mort.

— Y r'trouveront pas mon corps, comme pour Paul.

H donna l'impression qu'il allait s'élancer. Il s'étira les bras en croix, comme les *clavadista*, ces plongeurs qui défiaient la mort du haut des falaises escarpées. Puis il ramena les bras, saisit son arme, se tourna à la vitesse d'un chat, mais reçut instantanément une balle dans le dos, qui le ramena vers le pilier, et un autre projectile tiré par Duval, un centième de seconde plus tard, qui lui perfora l'abdomen et le catapulta dans le vide.

Quelques secondes plus tard, une sourde éclaboussure fut entendue. Duval s'était approché, l'arme toujours au poing. Penché sur le garde-fou, il ne vit rien d'autre qu'une coulée d'encre ponctuée çà et là par les feux de position des navires marchands. Les courants d'air produits par les pales de l'hélicoptère et l'odeur de kérosène lui levaient le cœur. Tremblay sortit son porte-voix :

— Daniel, ça va ?

Sa voix se noyait dans le bruit du moteur.

Duval fit un geste de la main.

— Éloigne-toi un peu. On vient te chercher.

Duval regarda sous lui. C'était dément : un spectacle de gyrophares bleus et rouges. À l'est, les lumières de la ville de Québec se découpaient. Les artères lumineuses convergeaient vers la Vieille Capitale. À sa droite, la raffinerie de la rive sud ressemblait à une ville de l'espace. Sa torche flamboyait dans le ciel sombre.

Duval frissonna sous le vent frisquet. Ses mains saignaient. Il souhaita qu'elles ne se soient pas infectées. Ses vêtements fripés étaient couverts de rouille et de saletés, son visage noirci par toute la pollution déposée contre la structure d'acier.

Les hommes en combinaison noire de l'escouade arrivèrent, à bout de souffle, formant un cercle autour de Duval, le félicitant. Ils avaient tout vu alors qu'ils grimpaient pour prêter main forte au lieutenant.

— Ça va, Daniel ? demanda Prince.

— Oui.

— Qui a tiré en premier ?

— C'est Tremblay.

Prince lui tapota l'épaule amicalement :

— Le coroner et les plongeurs sont en route.

Tremblay communiqua dans le walkie-talkie de Prince pour lui dire que le pilote faisait une manœuvre d'approche afin de prendre le Duval.

L'hélicoptère s'approcha, décoiffant tout le monde au passage. Le pilote positionna le patin droit de son engin à un mètre de la passerelle. Tremblay tendit la main et aida Daniel à monter dans la cabine. Un coup de manche à balai et l'hélicoptère dériva en oblique vers Sainte-Foy.

Tremblay accueillit Daniel avec une accolade chaleureuse. Lui qui venait de tuer un homme pour la première fois affichait un sang-froid hors du commun, nota Duval.

— On l'a eu !

Puis il eut un air grave.

— Louis ne va pas bien. Il a été atteint de plusieurs balles. Les médecins ne savent pas s'il va survivre. Il semble que des organes vitaux aient été atteints, la colonne aussi. Les balles ont été tirées à bout portant, une à l'épaule et deux autres dans le dos. Une autre lui a frôlé le cuir chevelu. Il est sur la table d'opération.

Le visage de Duval était accablé ; il avait pressenti que Louis luttait pour sa vie. Il plaqua sa main sur son front et se frotta le visage.

— On va se rendre à l'hôpital Saint-Sacrement. Pouliot nous donne la permission.

Puis il remarqua les mains de Duval.

— Oh ! tes mains saignent.

Duval fit signe que ça allait.

Tremblay insista pour le soigner. Il sortit la trousse de premiers soins et désinfecta les plaies avec du peroxyde.

Pouliot envoya un message de félicitations à Duval et à Tremblay. Daniel demeura muet.

L'attitude conciliante du patron tranchait sur celle qu'il avait manifestée toute la journée.

— Y était en crisse contre toi. L'article de Corbeil lui a fait sauter les plombs.

Tremblay raconta ensuite le gâchis de la soirée : la fusillade de l'homme invisible, l'épouvantail à flics.

— Le patron ne sait pas où donner de la tête et Malo ne sait plus où cacher la sienne.

Ce qui aurait fait rire Daniel en temps normal l'abattait. Ses pensées le ramenaient constamment à Louis.

Puis ce fut à son tour de narrer les événements de la journée et de la veille.

— Tu comprends, j'ai pris la décision d'abandonner le Gros pour me lancer à la poursuite d'Hurtubise.

Il cacha son visage derrière ses grosses mains, expira.

— Non, Dan. Tu as tout fait pour lui venir en aide. Deux minutes après, une ambulance arrivait sur les lieux. Le Gros était inconscient. Ça n'aurait rien changé.

— Mais qu'est-ce qui lui a pris, à Loulou, de ne pas nous en parler ? Pourquoi s'entêter à vouloir régler tout seul l'affaire ?

Duval hocha la tête et leva les bras en l'air, sans réponse. Francis émit une hypothèse:

— Avec toutes les blagues qui circulaient depuis quelque temps au bureau… Il venait d'être suspendu. Il avait quelque chose à se prouver. Hurtubise l'a relancé et il a pris le mors aux dents.

L'hélicoptère se posa derrière le stationnement de l'hôpital.

Le panneau lumineux Urgence se reflétait sur le pavé mouillé. Des ambulanciers glissaient une civière hors d'un fourgon. L'œil magique ouvrit les portes coulissantes. En entrant dans la salle d'urgence, Daniel sentit un nœud se former dans sa gorge. Il prenait conscience soudainement de l'ampleur de ce qu'il venait de vivre.

La salle d'opération était au cinquième. Tremblay appuya sur le bouton de l'ascenseur. Lorsqu'il émergea, Daniel sentit l'émotion l'étreindre. Louis continuait-il à lutter? Oui, il fallait qu'il se batte. Vingt-quatre heures auparavant, le Gros et lui blaguaient dans une discothèque à la mode.

Tremblay demanda à une sœur hospitalière, qui arborait encore une cornette de film d'horreur, si le policier se trouvait toujours en salle d'opération. Elle consulta une autre infirmière.

— Monsieur Harel était en réanimation. On l'a sorti mais on vient de le rentrer de nouveau. Il a fait un infarctus. On est en train de le réopérer. On ne saura pas avant plusieurs heures s'il peut s'en tirer.

Duval se laissa choir sur une chaise, complètement anéanti.

Au même moment, un chirurgien dans un sarrau vert fripé, le masque au visage, tourna le coin du corridor à la course et entra dans la salle d'opération à toute vapeur.

Tremblay et Duval affichèrent une mine sombre. Les deux gaillards se regardèrent et se jetèrent dans les bras l'un de l'autre. Duval essuya ses yeux et s'adressa à la sœur.

— Savez-vous si sa famille a été contactée ?

— Oui, son épouse est dans la salle d'attente.

Duval pensa tout de suite à Sandra. Avait-elle été avisée ? Il s'en occuperait. La religieuse posa une main affectueuse sur les avant-bras de Duval et de Tremblay. Ses grosses joues rondes et ses yeux verts exprimaient toute la sympathie du monde et la confiance qu'elle avait dans le Seigneur qui veillerait à la suite des choses.

— Ça ne donne rien de rester ici, dit-elle. Dieu est avec lui. C'est Lui qui va décider.

Tremblay lui donna raison.

— On va aller au poste, Daniel. Il va falloir qu'on fasse nos dépositions, qu'on remplisse la paperasse.

— Avant qu'on aille au bureau, il faut que j'avertisse Sandra.

— Sandra qui ?

— La maîtresse de Louis.

— Louis avait une maîtresse ?

Tremblay grimaça d'avoir parlé de Louis au passé.

— Est-ce que tu m'accompagnes ? demanda Daniel.

— Je te suis.

Tremblay appela un taxi qui les déposa dix minutes plus tard devant l'Amazone. Daniel reconnut le portier, Harold, un costaud qu'il savait relié à un groupe de motards criminalisés.

— Salut, est-ce que Sandra est ici ?

— Elle est au bar.

Le portier leur jeta un regard suspicieux et examina Duval des pieds à la tête. Il parut perplexe en voyant les vêtements froissés et salis du policier, tout le sang, la rouille et la saleté. L'air qu'ils avaient ne laissait aucune place à la discussion. Mais des poulets dans la boîte n'auguraient jamais rien de bon. Une fois passé le vestibule, des dizaines d'arbres faussement tropicaux en plastique donnaient son nom au bar. L'endroit était plongé dans l'obscurité à l'exception de la scène. *L.A. Woman*, des Doors, jouait à en faire éclater les tympans. Sur la scène, Daniel reconnut Gina. Elle ne portait plus que son slip et s'amusait avec un foulard de soie. Ses seins bien ronds se trémoussaient pendant que Morisson scandait *Are you a lucky little lady in the City of Light? Or just another lost angel, City of Night City of Night.*

La salle était aux trois quarts pleine. La clientèle masculine salivait en rêvant de s'envoyer cette jeune nymphe.

Au bar, Duval aperçut Sandra qui fumait une cigarette en buvant un rhum et Coke et en discutant avec deux autres filles. Elle portait une minijupe en cuir et un débardeur blanc transparent, sans soutien-gorge.

Duval ne savait pas comment annoncer la nouvelle. Il s'approcha comme un spectre, le visage livide. Une des danseuses assises au bar les toisa d'un regard sensuel et Sandra se retourna en pivotant sur son tabouret. Elle vit d'abord le beau blond qui accompagnait Duval, surprise, car elle s'attendait plutôt à voir son gros Toutou.

— Ti-Wi est pas avec vous autres?

Puis elle remarqua la saleté et le sang qui maculaient les vêtements de Daniel. Elle comprit immédiatement qu'il était arrivé quelque chose. Toute la soirée, elle avait eu des appréhensions.

— Écoute, Sandra, Louis a été tiré. Ils sont en train de l'opérer.

Elle eut un cri étouffé, puis de grosses larmes sillonnèrent son fard à joues. Duval l'accueillit au creux de ses bras. Il la serra contre lui, souillant son débardeur de toute la crasse qu'il avait accumulée. Puis ce fut un chœur de Madeleine éplorées, les filles de la nuit entourant Sandra, étrange chœur d'effeuilleuses en pleurs.

Daniel regarda la scène, ému.

Le barman s'approcha. Derrière lui se trouvait une photo de Manon Therrien, celle parue dans les pages nécrologiques.

En toile de fond, la grosse voix ébréchée de Morisson hurlait : *Cops in cars the topless bars / Never saw a woman So Alone So Alone.* Sur la scène, sous la boule en miroir qui se reflétait sur sa peau, Gina était complètement nue. Dans un autre monde. Une lumière de scène projeta un halo rouge dans ses cheveux. Elle mouvait ses bras dans les airs et les bracelets scintillants roulaient sur ses poignets.

Le barman déposa un cognac sur le bar.

— Bois ça, Sandy, dit-il. Ça va te faire du bien.

Elle fit cul-sec, s'épongea les yeux et demanda à Daniel de l'amener au chevet de Louis.

Duval lui fit comprendre que c'était déplacé pour l'instant :

— Charlène est là avec les enfants.

La maîtresse de Louis fulmina. Personne n'allait l'empêcher de voir son Ti-Wi. Les autres danseuses essayèrent de la raisonner par des «*Come on, Sandy*».

— C'est elle, câlice, qui a mis un beu à ses trousses, dit-elle sans se rendre compte qu'elle insultait ceux qui se trouvaient là. Pis ensuite elle veut jouer à la môman avec lui.

Elle prit son sac à franges blanches et sortit son miroir, ses pinceaux et ses fards. Les couleurs de son maquillage s'étaient toutes mélangées.

Daniel posa son bras sur l'épaule de Sandra.

— Je dois y aller.

Elle le serra de nouveau.

— On se verra à l'hôpital, Danny, répondit-elle.

Tremblay, qui n'avait pas le cœur à la fête, comprit alors pourquoi Loulou avait succombé aux charmes de Sandra. Lui aussi aurait bien aimé consoler l'une de ces filles.

Daniel lui fit signe qu'il était prêt. Tremblay opina de la tête. Le policier demanda au barman d'appeler un taxi. Le portier leur ouvrit la porte et chercha à savoir ce qui se passait, sans recevoir de réponse. La pluie avait recommencé de plus belle. La voiture les attendait, entourée de flaques d'eau.

Daniel, qui n'avait aucune envie de se rendre au poste, demanda au chauffeur de le déposer à l'hôpital Saint-Sacrement. Il voulait rester au chevet de Louis. Tremblay acquiesça. Il n'y avait rien à célébrer. L'affaire ne serait pas close pour autant. Louis allait probablement mourir. Et lui venait de tuer un homme.

La religieuse hospitalière les reconnut et ne comprit pas pourquoi ils ne s'étaient pas changés. Le plus vieux était sale comme un cochon. Elle savait qu'ils étaient policiers. Elle sortit de derrière le comptoir et s'avança vers eux, sa lourde croix d'argent sur son plastron.

Elle les prit tous deux par la main et s'adressa à eux à voix basse.

— Monsieur Harel est aux soins intensifs. On l'a sorti il y a quarante minutes. Je sais que vous êtes ses amis. Suivez-moi, je vais monter avec vous et je vais voir ce que je peux faire. Mais vous ne pourrez ni le déranger ni lui parler.

Au lieu de prendre l'ascenseur, elle les entraîna dans l'escalier. Elle marchait sans faire de bruit, comme sur un nuage, dans ses chaussures blanches de bonne sœur.

Devant les deux portes battantes qui donnaient accès aux soins intensifs, elle leur demanda d'attendre un instant. Elle sortit au bout de deux minutes et les prit à part. Chacun d'eux pourrait entrer et rester avec monsieur Harel un court moment.

— Il ne faut pas lui parler. Il ne va pas bien du tout.

Tremblay et Duval remercièrent la religieuse. Francis, d'un geste de la main, fit signe à Daniel d'y aller en premier.

Daniel poussa la porte battante rouge. La salle était rectangulaire et les lits étaient disposés sans cloisons, comme un dortoir : mouroir pour certains, vivoir pour d'autres. Un endroit de combat final. Tout était mis à contribution pour évincer la mort des lieux. L'infirmière à l'intérieur du poste vitré sortit et lui indiqua le lit où était Louis.

Daniel marcha lentement, sans faire de bruit, vers son ami, qui se trouvait dans un coin, au fond de la salle.

Il le reconnut à sa corpulence. Louis était relié à toute une batterie d'appareils lumineux, de fils et de tubes. Une balle avait traversé l'épaule sans faire trop de dommages, une autre avait frôlé la calotte crânienne sans mettre sa vie en danger, mais les deux autres balles avaient ravagé son corps. L'une d'elles ayant atteint sa colonne, Louis ne pourrait sans doute plus marcher. La dernière avait traversé le grand oblique de l'abdomen avant de se loger dans le rein gauche. Toutes les cartouches avaient été tirées dans le dos. On avait dû lui transfuser plusieurs litres de sang.

Le doute est un cancer pour l'esprit, se dit Duval. Il se demanda s'il avait bien agi. Aurait-il dû faire ceci plutôt que cela ? Les coups avaient été tirés au moment où il entrait sur le terrain. Avait-il précipité le geste d'Hurtubise et ainsi nui à Louis ? Les raisonnements à rebours n'avaient rien de réconfortant.

Les instruments de mesure indiquaient ce qu'il
restait de vie dans l'enveloppe de son ami : des chiffres,
des lignes, des graphiques, des bip bip inquiétants.

Il s'approcha du lit et posa sa main sur celle de son
collègue. Malgré tout ce qui les unissait au boulot,
pouvait-on trouver deux êtres plus différents ? Daniel
aimait Loulou mais il avait toujours refusé qu'il prenne
une trop grande place dans sa vie. Combien de fois
avait-il dit non aux sorties que lui proposait le Gros ?
Il se rappela cette visite à l'Expo-Québec qu'ils avaient
faite ensemble. Louis avait dépensé une fortune pour
décrocher le Gros Minet que voulait Mimi. Il était
finalement parvenu, après vingt tentatives et quarante
dollars, à mettre les trois boules dans le panier, au
grand dam de Charlène qui lui criait d'essayer le tir à
la carabine à la place.

Alors que les yeux de Daniel s'embuaient, le médecin de garde s'approcha pour lui dire que le temps
était écoulé. Duval, sale comme un guenillou, essuya
une larme de sa main. Il se pencha et effleura la main
de son copain.

— Lâche-nous pas, mon Gros, lui murmura-t-il à
l'oreille.

Lorsqu'il sortit, il retrouva Tremblay qui discutait
avec deux gars de l'Identité venus aux nouvelles.

— Salut, Daniel. Beau travail ! C'est triste pour
Louis. Y a du chien, il va s'en tirer.

Le baratin habituel, empreint de retenue.

Tremblay poussa la porte battante et entra à son
tour comme une âme en peine.

◆

Dans le taxi qui les ramenait à Québec, Duval avait l'impression que la chanson de Beau Dommage qui jouait à la radio était un message adressé à Louis.

Tous les palmiers tous les bananiers
Vont pousser pareil quand j'serai parti.

Après la chanson, un journaliste rappela les événements qui s'étaient produits plus tôt dans la soirée :

« Donald Hurtubise a été abattu en fin de soirée sur le pont de Québec, mais un policier, Louis Harel, vingt ans de service à la SQ, a été atteint de plusieurs balles par Hurtubise. Le détective est présentement entre la vie et la mort à l'hôpital Saint-Sacrement, nous apprend le porte-parole de la police. »

Le chauffeur de taxi monta le volume. Puis il se mit à narrer à Daniel et à Francis ce qui s'était passé sur le pont.

— Moi, j'suis pour ça, la peine de mort, conclut-il.

Puis, voyant que ses clients ne réagissaient pas, il regarda dans le miroir et dit :

— Y annoncent du beau temps pour demain. Y é temps !

REMERCIEMENTS

L'auteur tient à remercier les personnes suivantes pour leur précieuse collaboration :

Je veux saluer le docteur Michel Marois, médecin légiste et pathologiste de l'hôpital Saint-François-d'Assise, qui m'a offert d'assister à une autopsie afin de mieux comprendre son travail. Merci pour les renseignements, les conseils techniques et votre disponibilité. Mes salutations à votre assistant.

Il me faut remercier le capitaine Alain Quirion, enquêteur aux crimes contre la personne à la SQ, qui a bien voulu répondre à mes questions sur le travail d'enquête.

Je veux aussi remercier Vanier, des magasins Latulippe, de m'avoir fourni des informations sur les armes à feu.

Merci à Onésime et à Claire pour avoir pris le temps de m'expliquer le fonctionnement du CB, ce mode de communication très populaire dans les années 1970.

Et je ne terminerai pas sans louer Jean Pettigrew pour avoir redonné des ailes à mon stylo...

JACQUES CÔTÉ...

... vit à Québec. Il enseigne la littérature au Cégep de Sainte-Foy. Dans les années 80, il séjourne à Londres où il écrit son premier roman, *Les Montagnes russes* (1988), adapté pour la télévision et réédité en 1999. En 2000, il publie un premier roman policier, *Nébulosité croissante en fin de journée*. *Le Rouge idéal* (2002), second volet de la série, reçoit le prix Arthur-Ellis 2003 du meilleur roman policier.

Son intérêt pour la criminalistique a amené l'auteur à écrire *Wilfrid Derome, expert en homicides* (2003). Grand Prix *La Presse* de la biographie, ce récit fait connaître le pionnier des sciences judiciaires et de la médecine légale en Amérique. Jacques Côté a été conférencier invité de l'École de criminologie de Montréal, de la Société médicale de Québec et du Laboratoire de sciences judiciaires et de médecine légale, mais aussi de plusieurs écoles et bibliothèques du Québec. En 2004, il a participé à la réalisation du documentaire sur la vie de Wilfrid Derome présenté à canal D.

EXTRAIT DU CATALOGUE

ALIRE

Collection «Romans» / Collection «Nouvelles»

----	(N) *La Rose du désert*	Yves Meynard
001	*Blunt – Les Treize Derniers Jours*	Jean-Jacques Pelletier
002	*Aboli* (Les Chroniques infernales)	Esther Rochon
003	*Les Rêves de la Mer* (Tyranaël -1)	Élisabeth Vonarburg
004	*Le Jeu de la Perfection* (Tyranaël -2)	Élisabeth Vonarburg
005	*Mon frère l'Ombre* (Tyranaël -3)	Élisabeth Vonarburg
006	*La Peau blanche*	Joël Champetier
007	*Ouverture* (Les Chroniques infernales)	Esther Rochon
008	*Lames soeurs*	Robert Malacci
009	*SS-GB*	Len Deighton
010	*L'Autre Rivage* (Tyranaël -4)	Élisabeth Vonarburg
011	*Nelle de Vilvèq* (Le Sable et l'Acier -1)	Francine Pelletier
012	*La Mer allée avec le soleil* (Tyranaël -5)	Élisabeth Vonarburg
013	*Le Rêveur dans la Citadelle*	Esther Rochon
014	*Secrets* (Les Chroniques infernales)	Esther Rochon
015	*Sur le seuil*	Patrick Senécal
016	*Samiva de Frée* (Le Sable et l'Acier -2)	Francine Pelletier
017	*Le Silence de la Cité*	Élisabeth Vonarburg
018	*Tigane -1*	Guy Gavriel Kay
019	*Tigane -2*	Guy Gavriel Kay
020	*Issabel de Qohosaten* (Le Sable et l'Acier -3)	Francine Pelletier
021	*La Chair disparue* (Les Gestionnaires de l'apocalypse -1)	Jean-Jacques Pelletier
022	*L'Archipel noir*	Esther Rochon
023	*Or* (Les Chroniques infernales)	Esther Rochon
024	*Les Lions d'Al-Rassan*	Guy Gavriel Kay
025	*La Taupe et le Dragon*	Joël Champetier
026	*Chronoreg*	Daniel Sernine
027	*Chroniques du Pays des Mères*	Élisabeth Vonarburg
028	*L'Aile du papillon*	Joël Champetier
029	*Le Livre des Chevaliers*	Yves Meynard
030	*Ad nauseam*	Robert Malacci
031	*L'Homme trafiqué* (Les Débuts de F)	Jean-Jacques Pelletier
032	*Sorbier* (Les Chroniques infernales)	Esther Rochon
033	*L'Ange écarlate* (Les Cités intérieures -1)	Natasha Beaulieu
034	*Nébulosité croissante en fin de journée*	Jacques Côté
035	*La Voix sur la montagne*	Maxime Houde
036	*Le Chromosome Y*	Leona Gom
037	(N) *La Maison au bord de la mer*	Élisabeth Vonarburg
038	*Firestorm*	Luc Durocher

039 *Aliss*   Patrick Senécal
040 *L'Argent du monde -1* (Les Gestionnaires de l'apocalypse -2)   Jean-Jacques Pelletier
041 *L'Argent du monde -2* (Les Gestionnaires de l'apocalypse -2)   Jean-Jacques Pelletier
042 *Gueule d'ange*   Jacques Bissonnette
043 *La Mémoire du lac*   Joël Champetier
044 *Une chanson pour Arbonne*   Guy Gavriel Kay
045 *5150, rue des Ormes*   Patrick Senécal
046 *L'Enfant de la nuit* (Le Pouvoir du sang -1)   Nancy Kilpatrick
047 *La Trajectoire du pion*   Michel Jobin
048 *La Femme trop tard*   Jean-Jacques Pelletier
049 *La Mort tout près* (Le Pouvoir du sang -2)   Nancy Kilpatrick
050 *Sanguine*   Jacques Bissonnette
051 *Sac de nœuds*   Robert Malacci
052 *La Mort dans l'âme*   Maxime Houde
053 *Renaissance* (Le Pouvoir du sang -3)   Nancy Kilpatrick
054 *Les Sources de la magie*   Joël Champetier
055 *L'Aigle des profondeurs*   Esther Rochon
056 *Voile vers Sarance* (La Mosaïque sarantine -1)   Guy Gavriel Kay
057 *Seigneur des Empereurs* (La Mosaïque sarantine -2)   Guy Gavriel Kay
058 *La Passion du sang* (Le Pouvoir du sang -4)   Nancy Kilpatrick
059 *Les Sept Jours du talion*   Patrick Senécal
060 *L'Arbre de l'Été* (La Tapisserie de Fionavar -1)   Guy Gavriel Kay
061 *Le Feu vagabond* (La Tapisserie de Fionavar -2)   Guy Gavriel Kay
062 *La Route obscure* (La Tapisserie de Fionavar -3)   Guy Gavriel Kay
063 *Le Rouge idéal*   Jacques Côté
064 *La Cage de Londres*   Jean-Pierre Guillet
065 (N) *Treize nouvelles policières, noires et mystérieuses*   Peter Sellers (dir.)
066 *Le Passager*   Patrick Senécal
067 *L'Eau noire* (Les Cités intérieures -2)   Natasha Beaulieu
068 *Le Jeu de la passion*   Sean Stewart
069 *Phaos*   Alain Bergeron
070 (N) *Le Jeu des coquilles de nautilus*   Élisabeth Vonarburg
071 *Le Salaire de la honte*   Maxime Houde
072 *Le Bien des autres -1* (Les Gestionnaires de l'apocalypse -3)   Jean-Jacques Pelletier
073 *Le Bien des autres -2* (Les Gestionnaires de l'apocalypse -3)   Jean-Jacques Pelletier
074 *La Nuit de toutes les chances*   Eric Wright
075 *Les Jours de l'ombre*   Francine Pelletier

Collection «Essais»

---- *Les 42210 univers de la science-fiction*   Guy Bouchard
001 *Stephen King : trente ans de terreur*   Hugues Morin *et al.*
002 *Radiographie d'une série culte : The X-Files*   Alain Bergeron,
                                                                     Laurine Spehner *et al.*
003 *Le XIXᵉ siècle fantastique en Amérique française*   Claude Janelle *et al.*
004 *Le Roman policier en Amérique française*   Norbert Spehner

VOUS VOULEZ LIRE DES EXTRAITS
DE TOUS LES LIVRES PUBLIÉS AUX ÉDITIONS ALIRE ?
VENEZ VISITER NOTRE DEMEURE VIRTUELLE !

w w w . a l i r e . c o m

NÉBULOSITÉ CROISSANTE EN FIN DE JOURNÉE
est le quarantième titre publié
par Les Éditions Alire inc.

Ce troisième tirage
a été achevé d'imprimer
en juin 2006 sur les presses de